Biblioteca Antonio Muñoz Molina
Novela

Antonio Muñoz Molina
Plenilunio

Seix Barral

Obra editada en colaboración con Editorial Planeta – España

© Antonio Muñoz Molina, 1997
Fotografía de la portada: Shutterstock
© Editorial Planeta, S. A., 2013, 2016, Barcelona, España

Derechos reservados

© 2023, Editorial Planeta Mexicana, S.A. de C.V.
Bajo el sello editorial BOOKET M.R.
Avenida Presidente Masarik núm. 111,
Piso 2, Polanco V Sección, Miguel Hidalgo
C.P. 11560, Ciudad de México
www.planetadelibros.com.mx

Primera edición impresa en país: España de 2016
ISBN: 978-84-322-2583-3

Primera edición impresa en México en Booket: septiembre de 2023
ISBN: 978-607-39-0457-5

Impreso en los talleres de Quitresa Impresores, S.A. de C.V.
Calle Goma No.167, Colonia Granjas México, C.P. 08400,
Iztacalco, Ciudad de México.
Impreso y hecho en México - *Printed and made in Mexico*

Biografía

Antonio Muñoz Molina nació en Úbeda (Jaén) en 1956. Ha reunido sus artículos en volúmenes como *El Robinson urbano* (1984; Seix Barral, 1993 y 2003) o *La vida por delante* (2002). Su obra narrativa comprende *Beatus Ille* (Seix Barral, 1986, 1999 y 2016), *El invierno en Lisboa* (Seix Barral, 1987, 1999 y 2014), *Beltenebros* (Seix Barral, 1989 y 1999), *El jinete polaco* (1991; Seix Barral, 2002 y 2016), *Los misterios de Madrid* (Seix Barral, 1992 y 1999), *El dueño del secreto* (1994), *Ardor guerrero* (1995), *Plenilunio* (1997; Seix Barral, 2013), *Carlota Fainberg* (2000), *En ausencia de Blanca* (2001), *Ventanas de Manhattan* (Seix Barral, 2004), *El viento de la Luna* (Seix Barral, 2006), *Sefarad* (2001; Seix Barral, 2009), *La noche de los tiempos* (Seix Barral, 2009), *Como la sombra que se va* (Seix Barral, 2014), el volumen de relatos *Nada del otro mundo* (Seix Barral, 2011) y el ensayo *Todo lo que era sólido* (Seix Barral, 2013). Ha recibido, entre otros el Premio Príncipe de Asturias de las Letras, el Premio Nacional de Literatura en dos ocasiones, el Premio de la Crítica, el Premio Planeta, el Premio Liber, el Premio Jean Monnet de Literatura Europea, el Prix Méditerranée Étranger, el Premio Jerusalén y el Premio Qué Leer, concedido por los lectores. Desde 1995 es miembro de la Real Academia Española. Vive en Madrid y Nueva York y está casado con la escritora Elvira Lindo.

www.antoniomuñozmolina.es

*Para Elvira, que tenía tantas ganas
de leer este libro.*

1

De día y de noche iba por la ciudad buscando una mirada. Vivía nada más que para esa tarea, aunque intentara hacer otras cosas o fingiera que las hacía, sólo miraba, espiaba los ojos de la gente, las caras de los desconocidos, de los camareros de los bares y los dependientes de las tiendas, las caras y las miradas de los detenidos en las fichas. El inspector buscaba la mirada de alguien que había visto algo demasiado monstruoso para ser suavizado o desdibujado por el olvido, unos ojos en los que tenía que perdurar algún rasgo o alguna consecuencia del crimen, unas pupilas en las que pudiera descubrirse la culpa sin vacilación, tan sólo escrutándolas, igual que reconocen los médicos los signos de una enfermedad acercándoles una linterna diminuta. Se lo había dicho el padre Orduña, «busca sus ojos», y lo había mirado tan fijo que el inspector se estremeció ligeramente, casi como mucho tiempo atrás, aquellos ojos pequeños, miopes, fatigados, adivinadores, que lo reconocieron en cuanto él apareció en la Residencia, tan instantáneamente como él mismo, el inspector, debería reconocer al individuo a quien buscaba, o como el padre Orduña había reconocido en él hacía muchos años el desamparo, el rencor, la vergüenza y el hambre, incluso el odio, su odio constante y secreto al internado y a todo lo que había en él, y también al mundo exterior.

Sería probablemente la mirada de un desconocido, pero el inspector estaba seguro de que la identificaría sin vacilación ni error en cuanto sus ojos se cruzaran con ella, aunque fuese una sola vez, de lejos, desde el otro lado de una acera, tras los cristales de un bar. Le ayudaba en su búsqueda la circunstancia ventajosa de que también él era todavía en gran parte un desconocido en la ciudad, porque le habían trasladado a ella sólo unos meses antes, a principios de verano, casi por sorpresa, cuando ya no creía que su petición fuera a ser respondida, al menos hasta que el año siguiente volviera a abrirse el concurso de traslados. Si algo tarda tanto en llegar, más valdría que ya no llegara nunca: el inspector le mostró la notificación a su mujer, que llevaba años esperándola, pero ella no dio señales de alegría, ni siquiera de alivio, se limitó a asentir, despeinada todavía, ausente, como recién levantada, aunque eran las tres de la tarde, volvió a guardar en el sobre la notificación con membrete y prosa oficial, la dejó sobre un aparador y se quedó un instante con la cabeza baja, como si no recordara adónde iba, frotándose las manos.

Lo que tarda tanto en llegar es igual que si no hubiera llegado, peor incluso, porque el cumplimiento a destiempo de lo que tanto se deseó acaba teniendo un reverso de sarcasmo. Pero durante mucho tiempo él se había negado a solicitar el traslado, o le mentía, parcialmente, le contaba que había mandado la solicitud, o que habían cerrado el plazo antes de tiempo, excusas para no decirle que el miedo o el peligro a él no le importaban tanto como la posible vergüenza, la deslealtad hacia los compañeros, hacia los amigos asesinados, a los desfigurados o paralizados para siempre después de una explosión. A él le importaban esas cosas, pero no a ella: ella esperaba, desde la mañana hasta la noche, a veces también a lo largo de la noche entera, esperaba sentada cerca del teléfono y enfrente del televisor encendido, o al otro lado de los visillos de una ventana, mirando hacia la calle, sobresaltada por cualquier cosa, por un timbrazo, por el petardeo de un coche, por una alarma que saltaba en alguna tienda de la vecindad. Había esperado hora tras hora y día tras día durante años, tantos años que ya eran demasiados, que al final ya no preguntaba ni pedía, ya no empezaba casualmente a la hora de comer una conversación en la que habría de irse deslizando hasta encontrar la ocasión de preguntarle por el traslado. Pero justo cuando llegó la notificación (que en realidad era una orden, y tal vez hasta una sugerencia de retiro) ya hacía algún tiempo que ella había dejado de preguntar, no sólo sobre el traslado, sino sobre cualquier cosa, si el inspector volvía muy tarde y no había avisado por teléfono ya no lo esperaba levantada en camisón para reñirle o para romper en llanto. Entraba en la casa y encontraba con infinito alivio que las luces estaban apagadas, se quitaba los zapatos, la cartuchera con la pistola, entraba a tientas en el dormitorio, alumbrado tan sólo por un rastro de luz de las farolas de la calle, y se desnudaba con sigilo, oyéndola respirar en la oscuridad donde sólo brillaban las cifras rojas de la radio despertador, se deslizaba en el interior de la cama, con un pesado mareo de cigarrillos y de whisky, cerraba los ojos, tanteaba en busca del cuerpo de ella, que no deseaba desde hacía tanto tiempo, y entonces se daba cuenta de que no estaba dormida, y fingía dormirse él, para evitar cobardemente las posibles preguntas, las repetidas tantas veces, como el llanto y las quejas, por qué había tenido que llevarla a una tierra tan hostil y tan lejana de la suya, por qué ya no la tocaba nunca.

El inspector, desconocido aún en la ciudad, examinado todavía con algo de admiración y algo de recelo por el personal de la comisaría, porque del norte había traído consigo una confusa leyenda de determinación y coraje, pero también de arrebatos de desequilibrio, iba por la calle buscando la cara de alguien a quien reconocería, estaba seguro, instantáneamente, tal vez con un segundo de estupor, como cuando en un escaparate se ve uno a sí mismo y no sabe quién es porque está viendo no la expresión premeditada de la cara que suelen mostrarle los espejos, sino la otra, la que ven los demás, que resulta ser la más desconocida de todas. Busca sus ojos, le había dicho el padre Orduña, y él salió esa noche de la Residencia buscando caras y miradas por la ciudad casi vacía, con una oscuridad de invierno prematuro, de puertas y postigos cerrados contra el invierno y el miedo, porque desde la muerte de la niña parecía que hubiera renacido un miedo antiguo a las amenazas de la noche, y las calles se quedaban enseguida desiertas y la oscuridad parecía más profunda, y las luces más débiles. Los pasos de cualquiera sonaban como los pasos de ese hombre cuya mirada buscaba el inspector, cualquier figura solitaria con la que se cruzase podía ser la misma que nadie vio subir del pequeño parque de la Cava en la noche del crimen, alguien que intentaría fingir una cierta naturalidad al regresar a la luz, que sin duda se había sacudido la tierra que le manchaba los pantalones y se había ordenado el pelo con los dedos mientras se deslizaba entre los setos abandonados, entre los bancos donde ya no se sentaban las parejas de novios y bajo las farolas que nunca estaban encendidas, porque cada fin de semana las apedreaban las cuadrillas de jóvenes que se iban a beber a los jardines. Pisaría los cristales de las farolas y de las botellas de cerveza mientras salía del parque, dejando atrás, en el terraplén, la mancha pálida bajo la luna de una cara con los ojos fijos y abiertos. Alguien anda ahora mismo por la ciudad y guarda dentro de sí el recuerdo de esos ojos en el último instante en que fueron capaces de mirar, un segundo antes de que los vitrificara la muerte, y quien ha provocado y presenciado esa agonía no puede mirar como cualquier otro ser humano, en sus pupilas debe quedar un reflejo, un residuo o un chispazo del pavor que hubo en aquellos ojos infantiles. Cuarenta años atrás, el padre Orduña paseaba su mirada por la fila de niños que mantenían la vista al frente mientras aguardaban un castigo y distinguía sin dificultad la mirada del culpable, y luego, después de desenmascararlo y avergonzarlo ante los otros, sonreía y declaraba: «La cara es el espejo del alma.»

Pero el inspector estaba seguro de que hay gente que no tiene alma, y lo que buscaba, sin precisar mucho ese pensamiento, era una cara que no reflejase nada, la cara neutra y los ojos como deshabitados que había visto algunas veces a lo largo de su vida, no demasiadas, por fortuna, al otro lado de una mesa de interrogatorios, bajo los tubos fluorescentes de las comisarías, y también las fotos, algunas caras de sospechosos y convictos que provocaban en él, más que miedo o desprecio, una sensación muy desagradable de frío. En realidad, pensaba ahora, no había conocido a muchos, no era muy frecuente, ni siquiera para un policía, encontrarse con una cara en la que no había el más leve reflejo de un alma, con unos ojos en los que sólo sucediera el acto de mirar.

13

—Pero eso no es cierto —le había dicho el padre Orduña—. No hay nadie que no tenga alma, hasta el peor asesino fue creado por Dios a su imagen y semejanza.

—¿Lo reconocería usted? —dijo el inspector—. ¿Sería capaz de identificarlo en una fila de sospechosos, como cuando nos ponía en fila a nosotros porque alguien había hecho una travesura y usted se nos quedaba mirando uno por uno y siempre encontraba al culpable?

—Cristo supo que Judas era el traidor nada más que mirándolo.

—Pero él actuaba con ventaja. Ustedes dicen que era Dios.

—A Judas lo reconoció con su parte de hombre. —El padre Orduña había adquirido una expresión muy seria—. Con el miedo humano que tenía a ser torturado y a morir.

Buscaba unos ojos, una cara que sería el espejo de un alma emboscada, un espejo vacío que no reflejaba nada, ni el remordimiento ni la piedad, tal vez ni siquiera el miedo a la policía. Quedaron rastros de sangre masculina, residuos de piel, pelos de la cabeza y del escroto, colillas con saliva. Por las aceras, al otro lado de los cristales de los bares, en los primeros anocheceres adelantados y fríos del otoño, el inspector veía como manchas sin precisión ni volumen las caras de la gente y entre ellas surgía sin aviso la cara imaginada de su mujer, con la que había hablado por teléfono antes de salir de la oficina. La llamaba todas las tardes, a las seis, cuando empezaba en el sanatorio la hora de visita, y algunas veces le preguntaba cómo estaba y ella no decía nada, se quedaba junto al teléfono, callada, respirando fuerte, como cuando estaba tendida en la oscuridad del dormitorio.

Pero otras caras se le imponían ahora, en un esfuerzo de su voluntad que era también una manera instintiva de huir de su invencible vergüenza. Ahora no podía distraerse, ahora tenía que buscar, que seguir buscando la cara del desconocido, y el impulso que lo alimentaba en su búsqueda obsesiva y no lo dejaba dormir ni ocuparse de nada más no tenía que ver con su sentido del deber o del orgullo profesional y menos todavía con ninguna idea de justicia: lo que lo empujaba era una urgencia de restitución imposible y un apasionado rencor que sin saberlo nadie era un nítido deseo de venganza. Tenía que encontrar la cara de un desconocido para castigarlo porque había matado y para impedirle que volviera a matar, pero quería encontrarla sobre todo para mirarlo a los ojos y concederse durante unos segundos o minutos un arrebato de amenaza, para atrapar a ese individuo por las solapas o por el cuello de la camisa y mirarlo al fondo de los ojos desde muy cerca y golpearle la cabeza contra la pared, para que se muriera de miedo, para que se meara, como se meaban tantos años atrás en las comisarías los estudiantes, los detenidos políticos.

Salía de la oficina, les decía adiós con un gesto a los guardias de la puerta, miraba a un lado y a otro de la calle, con el miedo antiguo, todavía intacto, con el recelo de mirar a quienes se acercaban y de fijarse si había algún coche aparcado en una posición sospechosa, y nada más alejarse hacia el centro de la plaza donde estaba la estatua del general se convertía en un desconocido y comenzaba su búsqueda, una cara tras otra, espiando sin ser advertido, volviendo siempre a los mismos lugares, la papelería del Sagrado Corazón, donde habían visto a la niña por última vez, bajando hacia el paseo de la Cava y los jardines, en el extremo sur de la ciudad, al filo de la ladera

15

plantada de pinos que terminaba en las huertas, en las primeras ondulaciones del valle.

Algunas tardes rondaba las verjas de las escuelas a la hora de salida. Escuchaba de lejos el escándalo de los niños o se quedaba inmóvil en la acera, entre las madres que esperaban, y entonces se le aparecía la cara de la niña muerta, la de las fotografías y el vídeo de la comunión, la cara que él mismo había visto a la luz de las linternas y de los flashes que disparaba Ferreras, el forense, bajo las copas altas de los pinos, en el terraplén donde la encontraron por casualidad unos barrenderos del ayuntamiento después de una noche y un día enteros de búsqueda. Hacia las nueve de la noche, no mucho más tarde, dijo luego Ferreras, despegándose de las manos los guantes de goma con un ruido desagradable, lavándoselas después bajo el agua caliente de un grifo. «Murió hacia las nueve —repitió—, lo que no sabemos es cuánto tardó en morir», y se acercó otra vez hacia la mesa en la que estaba tendido el cadáver amarillento, amoratado, desnudo y flaco, con las rodillas desolladas, con calcetines blancos. Si parecía una novia, había dicho la madre mirando el vídeo de la comunión delante del inspector, en medio de la tristeza horrible del piso adonde la niña, Fátima, no había vuelto después de ir a comprar una cartulina y una caja de ceras a la papelería de enfrente, y donde ahora estaban sus fotos como imágenes en una capilla, una de ellas sobre una repisa en el mueble del televisor y la otra colgada en la pared, con un marco dorado, una de esas fotos en color impresas en un material parecido al lienzo.

Estaba el inspector sentado en el sofá y la mujer le había servido, con hospitalidad incongruente, una cerveza y un platito de aceitunas, animándole a tomárselas mientras se limpiaba la nariz con un pañuelo de papel, y luego había puesto el vídeo y sin mediación ni aviso apareció la cara de la niña, en primer plano, con tirabuzones y una diadema, con un vestido blanco, con muchas gasas, el mismo que le pusieron después de muerta, pero había crecido desde que hizo la comunión, un año antes, y se lo habían tenido que dejar abierto por detrás, igual que habían tenido que maquillarle la cara para disimular lo más posible las señales, las manchas moradas, para que no se notase lo que el inspector había visto en el terraplén, bajo los pinos enfermos, los ojos abiertos y ciegos, vítreos, redondos, tan abiertos como la boca.

Pero la boca estaba taponada por algo, lo que la había asfixiado, un tejido desgarrado y manchado de sangre que sólo el forense extrajo más tarde, muy poco a poco, todavía húmedo, denso de babas, de sangre, aunque no de semen, dijo Ferreras, señalando una de las manchas con la punta del bolígrafo, y el inspector sintió un acceso de asco y de frío, un principio de náusea que dio paso enseguida a un deseo rabioso de llorar. Pero le era imposible, se le había olvidado, no había sabido o podido llorar ni en el entierro de su padre, y tal vez al padre de la niña le ocurría lo mismo, tenía los ojos secos, secos y rojos, los ojos de quien no ha dormido y no va a dormir en mucho tiempo, y aunque durmiera no encontraría el descanso, porque en los sueños volvería a ocurrirle una y otra vez la desaparición de su hija y el temor y la búsqueda y luego la llamada de teléfono, el timbre de la puerta, el inspector y un par de guardias de uniforme que se quitaron la gorra antes de que nadie dijera nada. El hombre no lloró, abrió la boca tensando mucho la mandíbula inferior y entonces el grito que él no llegaba a emitir lo dio su mujer, que se había quedado en el pasillo, sin el valor preciso para acercarse a la puerta cuando sonó el timbre. Gritó y cayó al suelo, y otra mujer vino a ayudarla, y desde entonces al inspector le parecía que no había dejado de escuchar su llanto, ni siquiera cuando se iba de la casa y regresaba a la comisaría con un incierto propósito de hacer algo, de justificarse, de imaginar que el crimen no quedaría impune, que había actos y búsquedas posibles, órdenes que sólo él podía dar.

De noche, en la cama, a lo largo de tantas noches de insomnio, tendido en la oscuridad, añorando sin verdadera convicción el alcohol y los cigarrillos, veía sucederse en su imaginación las caras diversas de la niña, la que tenía cuando él la vio por primera vez y la que tuvo en la sala de autopsias cuando el forense apartó la sábana para explicarle las lesiones, y también la última cara que le había visto, la del vídeo de la comunión. Veía esas caras y luego, como si la oscuridad se hiciese más densa, veía la otra cara sin rasgos, la de alguien que tal vez a esa misma hora tampoco podía dormir, de alguien que estaba sin duda en la misma ciudad, que caminaba por sus calles y acudía a su trabajo y saludaba a los vecinos. Entonces, algunas veces, el inspector se incorporaba, como quien a punto de dormirse sufre una brusca taquicardia, tenía la sensación imposible de estar al filo de un recuerdo, pero no ocurría nada, ni siquiera le llegaba el sueño, o sólo venía cuando ya estaba amaneciendo, y pensaba en el amanecer de aquel día, en un principio de claridad que habría ido definiendo la cara de la niña, el bulto de su cuerpo, que desde lejos habría parecido como un montón de ropa tirada allí, en el terraplén, donde algunos desaprensivos tiraban basuras, cascos rotos de litronas, cartones de vino malo y de zumo de piña. Ese amanecer a él también lo sorprendió despierto, él había visto la llegada gradual de la luz y sólo supo que se había dormido cuando lo despertó como un disparo el timbre del teléfono.

Temió, confusamente, que lo llamaran del sanatorio. Temió también, y al mismo tiempo, que fuesen a comunicarle un atentado, la muerte de un compañero de la comisaría, pero al recobrar la conciencia también recordó que ya no estaba destinado en Bilbao, que le habían concedido el traslado unos meses antes, después de una espera tan larga, cuando tal vez ya era tarde, como siempre, o casi. Siempre ocurren las cosas cuando ya no hay remedio, se acordaba del modo en que lo miró su mujer cuando él le mostró la notificación, el sobre oficial con un borde desgarrado del que sobresalía una hoja de papel. Hería de tan cerca la fijeza de sus pupilas, pero no estaban mirándolo, miraban a través de él, no hacia el televisor encendido ni hacia la ventana junto a la que ella había aguardado tantas veces, sino hacia la pared, hacia el papel pintado de la pared del piso en el que habían pasado tanto tiempo sin sentir nunca que vivían allí, años en los que sólo al marcharse comprendieron que habían pasado, sin atención ni provecho, desde la última juventud hacia otra edad que no podía llamarse razonablemente madurez y en la que el inspector sentía ahora que habitaba como en una inhóspita provisionalidad tal vez definitiva, como la del piso vacío al que regresaba cada noche exhausto de tanto caminar mirando caras de desconocidos y la cama en la que ya le parecía que estaba esperándole el insomnio igual que volvería a esperarlo su mujer cuando le dieran el alta en el sanatorio.

2

«Alabado sea Dios», dijo el padre Orduña, y a él se le vino a los labios la respuesta automática que no había pronunciado ni una sola vez en más de treinta años, «Sea por siempre bendito y alabado».

Parecía más pequeño, pero no mucho más viejo, usaba unas gafas de cristales muy gruesos y montura anticuada pero su pelo seguía siendo fuerte y casi todo oscuro, y si caminaba algo encorvado y arrastrando los pies no era del todo por culpa de los años, porque también había caminado así cuando era mucho más joven, a causa no de su torpeza, sino de su desaliño y su ensimismamiento. Aún sorprendía que no vistiera una sotana, que no tuviera afeitada la coronilla ni extendiera la mano para que se la besara el recién llegado. Había que inclinarse o arrodillarse al llegar a ellos, había que bajar la cabeza y besar con suavidad el dorso de la mano, y entonces se notaba muy cerca el olor de la sotana y el del jabón o la colonia que impregnaba las manos blancas, muy suaves, siempre muy frías, manos ateridas con un tacto de cera o de seda. Ahora las manos del padre Orduña eran lo más desconocido, lo más cambiado en él, manos grandes y endurecidas por años de trabajo físico, todavía con residuos de callos en las palmas, las manos de un obrero y no las de un cura, aunque también de eso se hubiese retirado hacía tiempo. Ahora no era más que un jubilado, dijo, un trasto viejo, amenazado siempre por un nuevo ataque de corazón, que tal vez lo mataría. Ya no fumaba, ya no se permitía ni un vasito de vino en las comidas, no probaba más vino que el de la consagración, dijo riéndose, y con éste apenas se humedecía los labios, le habían quitado la sal, aunque esa falta le entristecía menos que la de los cigarrillos, a los que de joven había sido muy aficionado: sentado tras su mesa, sobre la tarima del aula, liaba despacio un pitillo mientras preguntaba el catecismo. De noche, en el dormitorio, se oía su tos bronquítica, y al acercarse la cara infantil a su mano derecha se olía a tabaco y se veía la mancha amarilla de la nicotina en los dedos índice y corazón. La sotana del padre Orduña olía a cera, a iglesia, a incienso, a picadura de tabaco.

«Alabado sea Dios», dijo, después de unos segundos de vacilación, provocados sobre todo por la extrañeza de encontrar a alguien esperándolo en el pequeño recibidor. Él apenas recibía ya visitas, no como en otros tiempos, cuando aquella misma vivienda había sido lugar de consuelo, de discusión política, incluso de refugio, para algunos, en los tiempos difíciles. Una vez entró la policía, reventando la puerta, en busca de alguien que no estaba, revolvieron los libros y los papeles del padre Orduña y se marcharon dejándolo todo tirado por el suelo y la puerta medio arrancada de los goznes. De entonces quedaban algunas reliquias en las paredes, carteles de veinte años atrás que ahora eran increíblemente antiguos, un retrato del Che Guevara, un póster de Antonio Machado con algunos versos al pie, otro en el que se veía un mapa verde y blanco y una mujer joven y torpemente dibujada que parecía querer despertarse de un sueño o levantarse con dificultad del suelo: «Levántate y Anda, lucía», todos amarillentos, colgando flojamente de la pared, clavados con chinchetas. Quedaba, sobre todo, como un aire anticuado y familiar de penuria, las sillas y el sofá tapizados de plástico verde, con quemaduras viejas de cigarrillos, como en un piso de pobres, un frigorífico sobre el cual había, desde tiempos inmemoriales, un jarrón de cuello fino y largo, pintado de azul eléctrico, con flores secas, y al lado, en la pared, un calendario de los padres Reparadores, con una estampa rancia de la Sagrada Familia trabajando en el taller de carpintería de san José.

El padre Orduña, que era indiferente a las comodidades, lo era más todavía a la decoración, porque el ascetismo innato que no le permitía reparar mucho en el sabor de la comida le volvía también invisibles los pormenores materiales de las cosas que le rodeaban, su vulgaridad o su anacronismo, su estado de ruina. A él le daba igual que la pequeña cama en la que dormía tuviera el cabezal de formica, o que los zapatos que llevaba, sus zapatones de cura viejo y caminante, tuvieran la punta roma y el tacón ancho que habían estado de moda veinte años atrás, y tampoco echaba en falta una alfombra sobre la que poner los pies al levantarse cada mañana, para no pisar las baldosas heladas. Despojada de todo, su pequeña vivienda, tan angosta como un piso en una barriada obrera, tenía algo de museo involuntario de otro tiempo, no muy lejano, pero sí muy desacreditado, y hasta una gran parte de sus libros parecían reliquias de un pasado que dejó de ser moderno sin existir apenas, volúmenes de teología y de marxismo-leninismo, pasionales debates olvidados sobre la fe y el compromiso, sobre el Hombre, la Sociedad y la Trascendencia, diálogos de comunistas y católicos, incluso alguna novela vulgar de las que ahora se encontraban a precio ínfimo en las librerías de lance, de rancio título escandaloso, *Los nuevos curas, Los curas comunistas.*

Quién se acordaba ahora de aquello, hasta del padre Orduña se había olvidado la ciudad que renegó de él, la parte católica y levítica, la carcunda lóbrega que se avergonzó del hijo pródigo, que solicitó su destierro, su expulsión de la Compañía y hasta del sacerdocio: viniendo de donde venía, llevando el apellido que llevaba. En el sofá y en los sillones de plástico verde, en la salita de familia pobre, se habían celebrado reuniones de una clandestinidad de cristianismo primitivo, eucaristías de pan partido con las manos y vino no bebido en cálices de oro o de plata, sino en vasos grandes de cristal sintético, los vasos de las casas de comidas baratas y de los comedores de las familias proletarias, que eran los mismos, opacos de tan gastados, en los que ahora el padre Orduña ofreció café con leche tibio al visitante a quien había reconocido sin necesidad de oír su nombre. Nescafé descafeinado, leche condensada y agua que el padre Orduña no se había molestado mucho en calentar en la pequeña resistencia eléctrica que guardaba en su armario.

«Bendice estos alimentos que vamos a tomar»: vasos de Duralex, unas galletas María, una bandeja de plástico con el emblema multiplicado de la Caja de Ahorros. Como en los Hechos de los Apóstoles, los justos se reunían en secreto para compartir la pobreza y la persecución. Rodeado por los jóvenes que habían subido sigilosamente a visitarlo, el padre Orduña, con jersey de lana oscura, con pantalones azul mahón, alzaba las manos como un orante arcaico, y las tenía grandes y anchas, fortalecidas y romas por el trabajo. Discutían en voz baja la epístola de san Pedro y los escritos de Lenin sobre activismo sindical, y de pronto les pareció que subía un galope violento por las escaleras y la puerta saltó, rota la cerradura a patadas, innecesariamente, porque no había cerrojo ni llave.

De aquel asalto de la policía le vinieron al padre Orduña los primeros avisos de la fragilidad del corazón. Sus superiores lo relevaron con benevolencia hipócrita de todos sus deberes pastorales, le prohibieron decir otra misa que la de las siete y media de la mañana, a la que no iría nadie. Poco a poco, cada mañana, había más figuras en los bancos: le estaba prohibido pronunciar sermones, pero elegía párrafos del Nuevo Testamento o de los profetas y los leía con una voz muy clara, resonante a esa hora todavía nocturna en las naves frías y oscuras de la iglesia.

Ahora no lo visitaba casi nadie, y sus únicos contactos regulares con el mundo exterior eran las confesiones a las que seguía dedicando una parte de la mañana, después de su misa, la primera del día, a las siete y media, muy de noche en invierno, pero le gustaba decirla, incluso cuando no había nadie, o sólo dos o tres mujeres serias y aisladas en bancos traseros, en zonas de sombra de la iglesia. Desayunaba y comía con una frugalidad extrema, en el pequeño comedor que seguía abierto para los miembros de la comunidad aún no trasladados a otras residencias, y como estaba tan débil del corazón ya no se daba los paseos largos de antes, sus caminatas por los miradores y veredas del campo. Tampoco escribía tantas cartas como en el pasado. A lo que dedicaba una parte considerable del tiempo era a organizar su correspondencia, en la que había piezas de las que se enorgullecía mucho, como las cartas que le había escrito Louis Althusser a principios de los años setenta, o una escrita a máquina por Pier Paolo Pasolini acerca de su película *El evangelio según San Mateo*. Esta última el padre Orduña había tenido la tentación de enmarcarla y colgarla en la pared de su habitación, pero después de mucho deliberar consigo mismo llegó a la conclusión de que si hacía eso pecaría de orgullo, o peor aún, de simple y mundana vanidad, así que la mantuvo guardada, pero no entre las otras, sino en el cajón de su mesa de noche, dentro de las páginas de un Nuevo Testamento encuadernado en piel negra y flexible que había llevado consigo desde sus días en el seminario.

Escuchaba la radio, una pequeña radio portátil que por las mañanas lo acompañaba en el cuarto de baño mientras se aseaba, y algunas veces polemizaba en voz alta con los locutores o con los políticos a los que entrevistaban, era una debilidad que se permitía sin que lo supiera nadie, un resto de su antiguo hábito de discutir ordenadamente, sistemáticamente, paso a paso, con una doble obstinación dialéctica de teología y de marxismo. Aún muy apasionado, a pesar de que cualquier arrebato le alteraba inmediatamente el corazón, se concedía trances de ira bíblica contra el escándalo de los poderosos del mundo, pero ya no los manifestaba nunca en público, por cansancio y porque no tenía muchas ocasiones de hacerlo. Con qué convicción podría predicar el reino de la justicia sobre la tierra a unas pocas mujeres mayores y aisladas, con abrigos oscuros, que se arrodillaban cada mañana a la misma hora y ocupaban el mismo lugar solitario en las filas de bancos, y a las que él conocía por sus nombres y por la monotonía de sus pecados, que le murmuraban luego en el confesonario, sin remordimiento, desde luego, sin ninguna voluntad de interesar ni de sorprender, con una especie de asiduidad administrativa en los sacramentos. Pasaba solo demasiado tiempo, contaminándose despacio por una amargura de postergación y vejez a la que no daba crédito y en la que en el fondo no se fijaba mucho, igual que no se paraba a considerar el tedio de los alimentos sin sal, el frío de las baldosas de su cuarto, la fealdad y el mal olor de la bombona de butano con la que se calentaba, contemporánea del jarrón azul eléctrico y de los sillones y el sofá tapizados de plástico verde. No hacía caso de su pesadumbre ni se quejaba de su soledad, pero cuando reconoció al visitante que permanecía frente a él, en la luz escasa del recibidor, callado, inhábil, aún sin decir su nombre, tuvo una efusión impúdica de jovialidad, un sobresalto de gratitud que le humedeció los ojos y le despertó las emociones más escondidas de su alma, ternura antigua y nostalgia sin motivo, remordimiento más preciso y más firme que los recuerdos ya en parte borrados que lo provocaban.

—Alabado sea Dios —dijo el padre Orduña.

—Sea por siempre bendito y alabado —contestó el inspector, sin que intervinieran su voluntad ni su memoria, automáticamente, dejando salir apenas las palabras de los labios.

3

Alguien lleva un secreto, lo alimenta dentro de sí como si fuera un animal que lo está devorando, un cáncer, las células multiplicándose en la oscuridad absoluta del interior del cuerpo, en la oscuridad blanda y húmeda, estremecida rítmicamente como por un hondo tambor, una conciencia que nadie más conoce y en la que proliferan igual que tejidos cancerosos los recuerdos obsesivos, las imágenes secretas que él no puede compartir con nadie, que nunca lo abandonarán, que lo aíslan sin remedio de los demás seres humanos. En la memoria y en los ojos de alguien están ahora mismo las imágenes indelebles del crimen, unos ojos que en este mismo instante miran en algún lugar de la ciudad, normales, serenos, tal vez, como los ojos de cualquiera.

Pero los ojos de cualquiera pueden dar mucho miedo, los ojos de uno mismo. El inspector, mirándose en el espejo del lavabo, en el pequeño aseo que había contiguo a su despacho, recordó con vergüenza secreta un tiempo no muy lejano en que se miraba en los espejos de algunos bares y el alcohol le volvía turbios y amenazadores sus propios ojos enrojecidos. Volvió a la mesa sobre la cual estaban desordenadas las fichas de los delincuentes, de los posibles sospechosos, cada uno con su secreto en la cara, en los ojos, detrás de la mirada, cada uno con su parte de desafío y temeridad y de odio, ojos inteligentes, ojos estúpidos, ojos despiadados, los ojos que habían visto los últimos instantes de vida de la niña, las pupilas en las que se había duplicado su imagen, convexa, diminuta, como vista tras la mirilla de una puerta. Clavada en la pared estaba la foto de ella que habían entregado los padres cuando denunciaron su desaparición: era un recuerdo, un mandamiento imperioso para seguir buscando, pero también, para el inspector, mirar esa cara de risueña dulzura, los ojos grandes y rasgados en los que no había ni un rastro de recelo, ni un presentimiento de dolor, era una manera de no pensar en las otras fotos, de no acordarse de la cara con los párpados entornados y la boca muy abierta que había visto súbitamente a la luz de las linternas, en una zanja, junto al tronco de un pino, sin comprender al principio plenamente lo que estaba viendo, la piel sin color, la postura como descoyuntada de la cabeza con respecto al cuello, de las piernas tan separadas, el gesto imposible de la boca, tan grande como un agujero, como un inhumano orificio o desgarradura, con el tejido blanco y sucio de las bragas saliendo de ella como un vómito o una excrecencia que el inspector tardó un poco en identificar.

Qué habría visto su asesino mientras la sofocaba, qué recuerdo llevará ahora mismo en su conciencia, a cualquier parte donde vaya, tal vez incluso en sueños, qué estaría sintiendo la niña al final. Pero eso nadie lo podría averiguar jamás, nadie sería capaz de comprender la extensión, la hondura del sufrimiento, la crueldad del terror, nadie que no fuese ella misma, la niña, Fátima, la que dejó de existir al cabo de unos segundos o minutos de jadeos, la boca abierta, los dedos masculinos empujando dentro de ella las bragas desgarradas, la tela llegando a la garganta, aplastando la lengua, introduciéndose en los orificios de la nariz: una punta de las bragas sobresalía de uno de ellos. Luego los dos ojos vivos y despavoridos habían dejado de mirar, carne muerta de pronto, carne con una cualidad de vidrio, y él se había cerciorado de que ya no respiraba y se había apartado de ella, agitado, por el esfuerzo y la ira, por la sucia lujuria, la luna llena entre las ramas altas de los pinos, la cara más blanca ahora, redonda, todavía infantil, aún la cara de una niña y no la cara de una muerta, con un reflejo último e imaginario en las pupilas, también convexo y lejano, el de la cara que se inclinaba sobre ella para asegurarse de que no respiraba.

Subió por el terraplén, tal vez a tientas, con la urgencia de huir, pisando las agujas de los pinos, que crujirían bajo las suelas de sus zapatos, pero es posible que lo hubiese preparado fríamente todo y llevase una linterna además de la navaja, aunque no hacía falta, había luna llena esa noche. El inspector se acordaba de la claridad que llenaba su habitación cuando se despertó de un mal sueño y ya no pudo volver a dormirse hasta el amanecer, se había levantado para ir al cuarto de baño y había visto el rectángulo azul de la noche en la ventana y justo en el centro, sobre los tejados y las antenas de los televisores, la luna llena, grande, blanca, con un resplandor frío y fosfórico que resaltaba los volúmenes sin iluminar el aire. Al volver del baño dobló la almohada para no tenderse del todo y se quedó recostado y despierto, mirando la luna en la ventana, volviendo la cara hacia la pared para ver la hora en el reloj digital de la mesa de noche. Había estado oyendo campanadas de horas en las torres de la ciudad, las más graves y próximas las del reloj de la plaza, junto a la comisaría, que hacían temblar ligeramente los cristales de su despacho. Tal vez, al mismo tiempo que el inspector se despertaba del sueño y se encontraba varado en el insomnio, el otro, el reciente asesino, había yacido en su cama, todavía despierto, cansado, sobresaltado, habría escondido la ropa pensando destruirla a la mañana siguiente y se habría duchado meticulosamente, y sin duda la ducha le habría concedido un sentimiento de alivio, casi de absolución, porque recién duchado no hay nadie que no llegue a sentirse inocente. Pero si no vivía solo cómo había entrado en casa sin llamar la atención de nadie, sin que una mujer o una madre saliera a abrirle o se levantara para preguntarle dónde había estado, por qué había tardado tanto. Una mujer en bata y zapatillas, nerviosa, despeinada, rígida en el recibidor, con un cigarrillo humeando en la mano, y él, el inspector, quieto junto a la puerta que acababa de cerrar, demasiado cansado o borracho para inventar un pretexto, una mentira razonable, queriendo evitar que ella oliese su aliento, o su ropa.

Cómo pudo disimular ante ellas, el asesino, ante una mujer o una madre, dónde y cómo pudo borrar antes de volver a su casa las huellas de lo que había ocurrido, las manchas, la suciedad probable en el pelo y la ropa, el olor también, quién sabe, olor a sudor y a sangre. Quién camina de noche o de día por una ciudad sin esconder un secreto, padres de familia que han rondado en coche por la carretera donde se apostan las prostitutas jóvenes, flacos espectros con las piernas desnudas y los antebrazos marcados por las diminutas picaduras de las agujas, maridos que después de salir de la oficina y antes de volver a casa se dan una vuelta por esos bares adonde acuden muchachos o llaman a un teléfono que se anuncia en las páginas de relax del periódico junto a un anuncio por palabras que es una promesa de excitación clandestina, de delito y adulterio sin huellas, sin consecuencias posteriores, sin recuerdo ni culpa, imaginan. Cada cual con su secreto, como con su carnet de identidad, con su pequeña o abrasadora dosis de vergüenza, con su discreta trampa, con el recuerdo de una hora de adulterio o de lujuria pagada con tarjeta de crédito, con el secreto de un deseo surgido simplemente al mirar a otra mujer al otro lado de la calle mientras caminaba con la suya del brazo, con la presencia desconocida o clandestina de un virus, de un remordimiento, de una enfermedad.

Solo, en su despacho, de espaldas al balcón donde había anochecido y había empezado suavemente a llover sin que él lo advirtiera, el inspector recordó la carne pálida y muerta de la niña, sus ojos entornados, su boca abierta, y como siempre que los recordaba, en medio del ancho pozo de luz amarilla que trazaban las linternas, sintió un escalofrío, una sensación de desagrado absolutamente física, de náusea, como de despertar en un sitio inhóspito y húmedo, de rozar algo mojado y desconocido en la sombra, de desagrado y de piedad, de indignación desarmada y sin límites, también de pavor, de pronto, de rabia.

Si se asomaba al balcón y miraba a los transeúntes de la plaza era posible que viera al asesino, una cara normal, unos ojos que habían visto lo que nadie más en toda la ciudad recordaba. Entre todos los portadores de secretos ruines o atroces o miserables o pueriles ese hombre era el monarca clandestino, el dueño absoluto del peor de todos los secretos, de la peor de todas las infamias nunca confesadas.

El secreto más sagrado y más necesario era el secreto

de la confesión, le había dicho el padre Orduña: cuántos secretos había escuchado en la penumbra de su confesonario, a lo largo de tantos años, sin duda más actos vergonzosos de los que habría tenido ocasión de conocer el inspector a lo largo de toda su vida como policía. Le dieron ganas de irse a la calle sin guardar siquiera las carpetas con las fotografías y las fichas, ponerse la chaqueta y el abrigo y salir a la noche de noviembre y caminar por la ciudad mirando una por una todas las caras, todas las caras de los hombres, las caras ásperas o idiotas, las caras hinchadas, las caras sanguíneas de exceso de alimentación o de alcohol, las caras brutales de los conductores que daban gritos a alguien que cruzaba un paso de cebra demasiado lentamente o que hacían sonar furiosamente el claxon porque el coche que los precedía no acababa de ponerse en marcha al encenderse la luz verde: de pronto la cara inerte o plácida de un conductor cambiaba y se convertía en la máscara cruel de alguien que podía ser un asesino, alguien que grita insultos, que desafía, rojo de ira, tensas las quijadas, los tendones y las venas del cuello, las facciones de un asesino irrumpiendo en una cara vulgar, transformándola como el pelo del Hombre Lobo en esa película que habían puesto unas noches atrás en la televisión, muy tarde. Una transfiguración así vería la niña en la cara de aquel desconocido que se le había acercado en la calle, desconocido o conocido, quién podía saberlo aún, un hombre que no debería tener un aspecto amenazador y que de pronto se convirtió para ella en un monstruo más horrendo que los de las peores pesadillas: una metamorfosis, como en la película, una cara humana transfigurada en máscara animal, respirando sobre ella, entre los pinos, echándosele encima igual que un cuadrúpedo, que una alimaña carnívora.

Era la hora de su llamada diaria al sanatorio, pero el inspector no tenía paciencia para seguir encerrado en el despacho, quería bajar a la calle, envuelto en su ancho anorak verde oscuro, invisible en la práctica, porque en la ciudad eran aún muy pocas las personas que lo conocían, y mirarlos a todos, uno por uno, examinar las miradas, las que se cruzaran con la suya y las que se apartaran de ella o permanecieran fijas en el suelo o en el vacío. Alucinado por la falta de sueño, si cerraba los ojos y adoptaba un estado de máxima tensión intelectual sentía que sería capaz de ver la cara. de ver ante sí, en lo oscuro, no los fogonazos de los párpados apretados, sino los rasgos que vio la niña, los que tal vez él mismo había visto y no había sabido distinguir: era posible que la cara estuviese en su memoria, también decían hace un siglo que la cara del asesino quedaba petrificada en las pupilas de la víctima, y que si se tomaba una foto lo bastante precisa de éstas se la podría ver, mínima y duplicada, acusatoria, definitiva, horrenda y también trivial, la cara de alguien que ha matado.

Marcó el número del sanatorio y oyó con alivio que estaba comunicando. Intentaría llamar después, desde su casa, hasta las nueve se permitían las llamadas. Guardó las fotos, cerró con llave el armario, que todavía era un armario metálico de oficina antigua, de dependencia de la brigada político social, se lavó con agua fría, y al apartarse de la cara la toalla húmeda y no muy limpia y ver de pronto sus ojos enrojecidos por el insomnio tuvo de nuevo la sensación de estar a punto de ver o de recordar los ojos del hombre que buscaba, como quien está a punto de recordar una palabra que no llega a su memoria, que punza tras ella para irrumpir en la conciencia, una burbuja que sube de lo hondo y estalla y queda en nada, un nombre que por algún motivo se niega a ser pronunciado, o una cara a la que no hay manera de asignarle el nombre y los apellidos que le corresponden, una de esas caras de nadie que tienen los muertos que aparecen en los descampados y a los que nadie reclama luego.

Pero la cara de un muerto enseguida se vuelve anónima, todas las caras de las víctimas en las fotos forenses se parecen mucho entre sí, rotos por el crimen los vínculos no sólo con la vida, sino también con toda clase de parentesco familiar. El inspector iba a salir de su despacho y se volvió desde la puerta, cuando ya la estaba cerrando, y aunque se había prometido a sí mismo que no lo haría volvió a abrir el cajón donde estaban las fotos de la niña muerta y se guardó en un bolsillo del anorak el sobre marrón que las contenía, y en el otro la cinta de vídeo que ya había mirado tantas veces, se la sabía de memoria, el vídeo de la comunión de la niña, celebrada el año anterior, en mayo, las imágenes malas, en colores vulgares, la cámara oscilante y los gritos y el ruido de platos y de música, la fila de niños y niñas acercándose a recibir la comunión, y ella de repente, destacándose ahora, como elegida por la desgracia, con su vestido blanco y su diadema, su cara morena y risueña, las manos juntas bajo la barbilla, los ojos que el inspector no asociaba ahora con los que había visto en el terraplén, igual que no parecía que la cara fuese la misma.

Estuvo a punto de sentarse otra vez, de encender la lámpara de la mesa y olvidarse de lo tarde que era, pero en el reloj de la torre, muy cerca, oyó las campanadas de las ocho, que hicieron vibrar débilmente los cristales del balcón, y ahora salió con un aire más enérgico, bajó las escaleras hasta el vestíbulo en penumbra, donde unos guardias fumaban escuchando en la radio un partido de fútbol. No iba a dormir, pensaba, no iba a dormir y no habría nada con lo que pudiera ocupar el tiempo, disimular su lentitud, ni un libro, ni una película, ni un partido de fútbol, la voz del locutor y los rugidos del público se mezclaban con los pitidos y los mensajes en la emisora de la policía, nada, el tiempo tan vacío como una habitación deshabitada, el insomnio no aliviado con cigarrillos, no enturbiado o suavizado con alcohol, no distraído por la presencia de nadie. Desde el balcón, antes de salir de su despacho, el inspector había examinado la plaza, el pavimento negro y brillante bajo la lluvia, el breve espacio arbolado frente a la comisaría, donde estaba la fuente con la estatua y se alineaban los taxis: nadie sospechoso, en apariencia, nadie que merodeara, ningún coche irregularmente estacionado, los guardias tenían instrucciones muy severas de no permitirlo, dictadas por él, desde luego, por su hábito extremo de cautela y desconfianza, por el miedo asiduo que nunca llegaba a apartarse de él, ni siquiera cuando lo olvidaba, cada vez con más frecuencia, a medida que las semanas pasaban. Notaba que se iba acostumbrando a respirar de otro modo, que muy pronto empezaría a perder agudeza, reflejos, intuición para la proximidad del peligro. Ahora iba por la calle no temiendo que lo buscaran y que lo siguieran, sino buscando él, y aunque estaba muy cansado era incapaz de concederse una tregua, de sentarse simplemente en un bar y beber una cocacola o un café y leer el periódico sin mantener una vigilancia insomne en torno suyo. Y de pronto recordaba que no había llamado por teléfono a la clínica, se concedía la disculpa de haberlo encontrado comunicando, pero eso no le curaba el remordimiento, y veía el corredor por el que paseaban a esa hora las mujeres internas, un sitio neutro como un hostal, con cortinas de tejidos sintéticos y estampas baratas de paisajes en las paredes. Alguna enfermera o alguna monja acudían al teléfono y pronunciaban con voz nítida y fría un nombre por el altavoz. Las mujeres caminaban con rapidez y monotonía, se cruzaban sin hablarse, o hablando a solas, y casi todas vestían chándals y arrastraban los pies, calzados con zapatillas de paño. Si retrasaba cada anochecer el momento de llamarla era porque le costaba mucho sostener una conversación fluida con ella. Le contaba algo y tenía la sensación indudable de no ser escuchado. Le hacía una pregunta y ella tardaba en contestar, decía sí o no y se quedaba quieta y respirando en el teléfono, y cuando la respiración se iba volviendo más fuerte era porque había empezado a llorar. Lloraba en el teléfono como tantas veces en la oscuridad del dormitorio, en silencio, de una manera sigilosa, sin gemidos ni énfasis, como si su llanto fuera algo estrictamente privado, sin relación con él, su marido, que permanecía callado y escuchándola sin hacer nada ni decir nada, quieto en el teléfono, como cuando estaba tendido junto a ella en la cama, a una distancia incalculable, de lejanía y de foso.

Cada cual con su secreto escondido en el alma, royéndole el corazón, inaccesible siempre, no sólo para los desconocidos, sino para quienes están más cerca, los matrimonios que paseaban del brazo por las calles nocturnas, los hombres solos que conducen coches al salir del trabajo y aguardan con impaciencia a que cambie al verde el semáforo, los hombres o las mujeres cuyas siluetas veía el inspector en las ventanas iluminadas de las casas, las figuras solitarias que se deslizaban cerca de las paredes, que doblaban con aire de cautela o de huida las esquinas de los callejones. También él, un desconocido, un forastero en la ciudad, recién llegado casi, viviendo solo, caminando sin sosiego, quedándose despierto hasta que clareaba el día en un dormitorio conyugal en el que su mujer no había estado nunca. Había echado a andar sin darse mucha cuenta de hacia dónde iba, por calles mal iluminadas que empezaban a quedarse desiertas, había llegado a la plazoleta de una iglesia donde sus pasos sonaron con un eco muy claro y luego se extravió por unos callejones en los que no recordaba haber estado nunca. Había dejado de llover y un gajo de luna blanca y alta se deslizaba entre jirones de nubes, pero el aire estaba denso todavía de humedad y de niebla. Buscaba la salida hacia una calle principal pero no acertaba a encontrarla. Ahora no pisaba asfalto, sino un empedrado desigual, brillante bajo las luces débiles de las esquinas. Justo en el ángulo donde se quebraba un callejón había una hornacina con un Cristo iluminado por una lámpara amarilla. Se sorprendió de tener miedo, no el miedo usual de su vida adulta, sino otro mucho más antiguo, como un recuerdo de pavor infantil, el miedo de los niños a perderse en calles oscuras y desconocidas. Si ahora viniese alguien hacia él y se cruzaran y fuese el asesino de la niña él no podría saberlo. Caminó más deprisa, sin ver a nadie, oyendo tan sólo ruidos de cubiertos y de televisores en el interior de las casas, porque sin duda era la hora de cenar. Salió con alivio a una calle más ancha y luego a una plaza vacía y mal iluminada, y entonces vio que había llegado al pequeño parque al final de la ciudad, al filo de los terraplenes, muy cerca del lugar donde había aparecido la niña. Seguro que él ha vuelto también, pensaba, internándose en las sombras de los setos y de los cipreses, de los rosales abandonados, escuchando sus propios pasos sobre la grava del parque, sobre los cristales de botellas rotas. Pero era como oír los pasos del otro, como tener su presencia muy cerca, al alcance de la mano extendida, quieta y aguardando allí mismo, entre las sombras de los árboles que parecían algunas veces sombras humanas.

4

El invierno y el miedo, la presencia del crimen habían caído sobre la ciudad con un escalofrío simultáneo,
con un sobrecogimiento de calles silenciosas y desiertas
al anochecer, batidas por una lluvia fría y por un viento
grávido de olores a tierra que en el curso de una o dos
noches derribó todas las hojas de los plátanos y los casta-
ños, secas desde antes del verano por culpa de la larga
sequía. De nuevo había hojas oscuras y empapadas en el
pavimento de las plazas, de nuevo se escuchaba el agua en
los canalones de cinc y hacía falta salir a la calle con abrigo y paraguas, y comprarles a los niños impermeables y
botas de goma. La lluvia, tan necesitada, vino al mismo
tiempo que los anocheceres tempranos de octubre y que
la noticia del crimen y el tránsito de la estación sorprendió a la ciudad como la salida de un túnel al final del cual
apareciera un paisaje desconocido. El pasado, el verano
eterno de la sequía, los días aún tórridos de finales de
septiembre, estaban tan lejos como el tiempo anterior a la
desaparición y al asesinato de la niña, a la llegada de las
cámaras de televisión y las riadas de periodistas que se
instalaron en la plaza del general Orduña, frente a la co-

misaría, como una colonia tumultuosa de aves migrato-
rias, y se marcharon luego tan rápidamente como habían
venido, dejando tan sólo en recuerdo de su presencia vasos de papel y recipientes de comida rápida tirados en los
jardines que rodean la estatua, y también una vaga conciencia de mentira y ultraje. Con una codicia de grandes
aves rapaces vinieron de la capital de la provincia, de Sevilla y Madrid, y ocuparon los costados de la plaza con
sus grandes camiones y sus coches coronados por antenas parabólicas. Asaltaban sin respeto a la gente con los
micrófonos en la mano, montaban guardia frente al portal donde había vivido la niña, rodeaban a todas horas la
puerta de la comisaría, una multitud erizada de micrófonos, de cámaras de vídeo, de chasquidos de disparos y
flashes, de pequeños cassettes que asediaban al inspector cuando salía o entraba. Sólo al principio, desde luego,
cuando apareció el cadáver y se corrió el rumor de que un
sospechoso estaba detenido, de que la policía había logrado localizar el origen de una de las llamadas anónimas
que sonaban cada tarde en casa de la niña, justo a la misma hora en que su padre empezó a pensar que tardaba
demasiado en volver, a las siete menos cuarto, la niña estaba haciendo los deberes y bajó a la papelería a comprar
una cartulina de color azul y una caja de ceras y ya no
volvió más. Ahora alguien llamaba por teléfono, justo a
esa hora, a las siete menos cuarto, llamaba y permanecía
en silencio, invisible y oscuro en alguna parte de la ciudad, al lado de un teléfono, impune y sádico, aunque no
fuera el asesino, aunque llamara tan sólo por curiosidad
morbosa, por oír la voz ronca y desesperada del padre.
Dijeron que las llamadas procedían de una casa cercana,
tal vez del mismo bloque, y que el asesino era un conocido de la familia, incluso un pariente de la niña, y durante

uno o dos días las cámaras fotográficas, los cassettes y los equipos de los reporteros de televisión permanecieron montando guardia frente a la comisaría o en la puerta de los Juzgados, pero al final no se supo o no se dijo nada, y los reporteros empezaron a desaparecer con el mismo estrépito de pájaros migratorios con que habían llegado, y al cabo de una semana las noticias sobre nuevos rumores o pistas habían desaparecido de los telediarios y de las primeras páginas y sólo se encontraban en las secciones de sociedad de los periódicos.

Un día el inspector vio su propia cara en el telediario, tomada de muy cerca, con su nombre y su cargo escritos en la parte baja de la pantalla, por si quedaba alguna duda, y se irritó mucho y se alarmó más de lo que él mismo estaba dispuesto a reconocer. Estaba comiendo en su mesa habitual del Monterrey, en la planta de arriba, cerca de la ventana desde donde veía la plaza y hasta el balcón de su despacho. Cuando su cara apareció en la pantalla miró en torno suyo temiendo que otros comensales se hubieran fijado, pero no había muchas mesas ocupadas, y aunque todo el mundo prestaba una atención distraída al telediario nadie pareció reparar en él. En el Monterrey solían comer viajantes solitarios, algún funcionario recién trasladado, como él mismo, gente de paso en la ciudad. Se preguntó si esas imágenes las estaría viendo alguno de los que le enviaban anónimos cuando vivía en el norte y comprendió con desagrado que había tenido un acceso innoble de cobardía, más intenso porque le alcanzaba inesperadamente, con la guardia baja, cuando ya estaba empezando a acostumbrarse a no tener miedo, en parte porque hasta entonces había poseído la razonable seguridad de que quienes lo amenazaban de muerte unos meses atrás no podían saber adónde lo habían trasladado,

41

en parte también porque estaba tan enajenado, tan ausente de todo, tan obsesivamente dedicado a investigar la muerte de la niña, que todas las demás circunstancias de su vida se le volvían muy borrosas, borrosas y lejanas, lo mismo su mujer en el sanatorio que el pasado en el norte, las llamadas de teléfono en las que una voz joven le anunciaba que iba a morir, los sobres sin franqueo, dejados directamente en su buzón, incluso debajo de su misma puerta, una vez, pocas semanas antes de que le llegara la notificación del traslado. Tocaron muchas veces el timbre y su mujer, que estaba sola, no se atrevió a abrir, ni siquiera a aproximarse a la mirilla, y vio en silencio, paralizada por el miedo, el filo blanco que aparecía poco a poco debajo de la puerta, el sobre en cuyo interior sólo había una foto antigua del inspector recortada de una revista de la policía, una cosa olvidada, de diez o quince años atrás, y cruzando su cara, como tachándola, una cruz trazada con bolígrafo, unas mayúsculas, *R. I. P.,* la fecha de nacimiento del inspector y tras ella una fecha de tan sólo unos días después.

Vio su propia cara en la pantalla del televisor, pero la imagen no duró más de un segundo, y en cualquier caso ésa fue la última vez que hubo referencias a la muerte de la niña en un telediario. Temía de pronto que los demás se olvidaran de ella con la misma inconstancia frívola con que al cabo de dos o tres semanas ya parecían haberla olvidado los periodistas, y se prometió a sí mismo que él no iba a olvidar. Iba a seguir buscando en las caras y en los ojos de la ciudad la mirada del asesino, repasaría uno por uno todos los episodios del hallazgo y de la investigación, todas las declaraciones, los atestados, los informes forenses, las densas páginas mecanografiadas y fotocopiadas muchas veces de la prosa jurídica, de los relatos policiales que él mismo había dictado: hojas densamente escritas, sin acentos, con faltas de ortografía, mecanografiadas por guardias que sólo manejaban los dedos índices de las manos, leídas y repetidas con una monotonía de noches de insomnio, de fórmulas legales que sin embargo mantenían intacta la sugestión del espanto, el recuerdo de una noche de octubre, fría y morada, de lluvia leve, de niebla, las linternas moviéndose entre los troncos anchos de los pinos y las siluetas de los policías, horadando apenas la niebla, cruzando en ella sus haces diagonales de luz con un recuerdo de reflectores antiaéreos.

—Está muerta desde anoche —dijo el forense, arrodillado junto a ella, en el círculo tembloroso de luz donde coincidían varias linternas, una de ellas la del inspector—. ¿A qué hora dicen que desapareció?

—Sobre las siete menos cuarto —dijo el inspector, sin poder apartar los ojos de la cara de la niña, de los párpados entornados y lívidos, del borde del tejido que sobresalía de su boca y de uno de los orificios de su nariz—. Unos minutos antes la vio la dueña de la papelería.

—Entonces no creo que viviese más de dos horas.

—La estrangularon, ¿no? —El juez de guardia señaló las dos manchas moradas que había en el cuello, translúcidas a la luz de las linternas, como manchas antiguas sobre una superficie de mármol.

—Creo que la asfixió —dijo el forense—. Le hundió las bragas hasta el fondo de la garganta. Intentó respirar por la nariz y lo único que logró fue taponarse los orificios.

—Quería que no gritara —dijo el juez.

—Quería matarla —corrigió con sequedad el inspector, y se inclinó junto al forense para examinar más de cerca las manchas en el cuello de la niña. La luz de la linterna dio un reflejo de movilidad y de brillo a la fracción de los globos oculares no tapada por los párpados. Durante un segundo pareció que los ojos miraban, deslumbrados por la cercanía de las linternas, delgados gajos blancos, sin pupilas, fugazmente revividos bajo las pestañas infantiles. La boca abierta era un crudo gesto de terror tan intolerable como las piernas muy separadas o la torsión excesiva de la cabeza contra el hombro derecho, en el que se distinguían unos arañazos y unas señales moradas idénticas a las del cuello: pero en los párpados, en el filo curvo de los ojos que se vislumbraba bajo las pestañas, había una expresión casi de calma, de dulzura, una quietud preservada e intacta de sueño infantil.

—Perdió el conocimiento al final —dijo el forense en voz baja, inclinado aún sobre ella, formulando para sí mismo o para la niña muerta una esperanza de orden privado, que no tenía que ver nada con su oficio ni con la presencia de los otros, ni siquiera con la justicia o el crimen, sólo con la posible piedad final, con el alivio o la absolución de la muerte—. La falta de oxígeno le sirvió de anestesia.

5

Estaba inclinada sobre su ancha carpeta de anillas, inclinada y absorta, indiferente al televisor con el volumen demasiado alto que veían su padre y sus hermanos más pequeños, haciendo los deberes, igual que todas las tardes, en la mesa del comedor, de la que había retirado cuidadosamente el adorno floral del centro, para despejar el espacio que necesiaba, sus cuadernos de dos rayas, sus libros forrados por ella misma con plástico adhesivo, el estuche de cremallera donde guardaba los lápices, el sacapuntas, la goma, cada cosa en su sitio, y todas tan singularmente atractivas para ella, tan dulces de tocar, de mirar, de oler. Le gustaba mucho el olor de los lápices y el de los cuadernos, la modesta voluptuosidad del olor de la goma, de la madera, de la tinta ácida de los rotuladores, se embebía escribiendo con el lápiz bien afilado sin salirse de las dos rayas azules del cuaderno o coloreando un dibujo recién terminado, toda ella absorta, con una delicada gravedad infantil, sin que la molestara la presencia de su padre y la de sus dos hermanos más pequeños que miraban la televisión con el volumen demasiado alto.

Ni los oía, le bastaba desplegar encima de la mesa sus

cuadernos y sus lápices para sumergirse en una laboriosa felicidad, los pies con zapatillas de deporte y calcetines cortos cruzados bajo la mesa, el pelo caído a los dos lados de la cara, corto, a la altura de la barbilla, peinado con raya a la izquierda, sujeto con un pasador de plástico en forma de gafas de montura rosa.

Nadie adivina nunca nada, nadie descubre en la serie idéntica de los actos comunes ninguna señal que permita distinguir el último de ellos. El pasador de plástico estaba luego junto a ella, arrancado con violencia, sujetando todavía un puñado de cabellos que el forense, Ferreras, contó y estudió, guardándolos luego en una bolsa de plástico con una etiqueta escrita a mano por él, *cabellos víctima,* una bolsa pequeña, con cierre hermético, idéntica a la que contenía el pasador y a otra en la que se guardaba un solo cabello que no era de la niña, un cabello corto, muy negro, que debería ser ulteriormente analizado, porque Ferreras estaba seguro de que pertenecería al asesino. Había terminado de hacer los ejercicios de Matemáticas y de Sociales y guardado el cuaderno y los libros en su mochila, pero ahora tenía que hacer un trabajo manual, le dijo a su padre al pedirle el dinero para bajar a la papelería, necesitaba una cartulina azul y una caja de ceras. Los anuncios de la televisión hacían mucho ruido y los dos hermanos pequeños se estaban peleando por algo en el sofá, así que su padre al principio no entendió lo que ella le decía, se la quedó mirando con un cigarrillo en los labios y les dijo con ira a los niños que se callaran, que bajaran la televisión, que uno no podía enterarse de nada en aquella casa, lo mismo que solía decir todas las tardes, como si aquélla fuese una tarde normal, y también como siempre la ceniza del cigarrillo cayó en el sofá y Fátima la miró con disimulada reprobación, le desagradaba el olor del tabaco, del humo de tabaco negro que se percibía nada más entrar en el piso tan pequeño y poco ventilado, olía a tabaco negro y a aceite de girasol, pensó el inspector nada más entrar, a vida estrecha y difícil, a pobreza digna. Con la moneda de quinientas pesetas apretada en la palma de la mano Fátima salió cerrando la puerta tras de sí y su padre ya no la vio viva nunca más. Le gustaba mucho ir a la papelería, mirar en el escaparate los cuadernos intactos, las cajas de colores, las portadas brillantes de los libros, los estuches de compases y de plumas estilográficas y bolígrafos caros, pero sobre todo le gustaba empujar la puerta, encima de la cual sonaba una campanilla, y acercarse al mostrador percibiendo aquellos olores a la vez intensos y tenues, de laboriosidad y delicia, olores de regalo recién abierto en la mañana del día de los Reyes Magos. Encontraron la cartulina a unos metros del cuerpo, había rodado por el terraplén y estaba un poco más abajo, aún atada con la goma elástica que le había puesto la dueña de la papelería después de enrollarla sobre el mostrador. La caja de ceras había sido pisada, o aplastada por algo, se había abierto y una parte de las ceras estaba dispersa entre las agujas secas de los pinos, tal vez en la suela de los zapatos de alguien hay ahora mismo una mancha cremosa y delatora de color, pensó Ferreras, un indicio infalible que sin embargo no descubriremos, igual que es muy posible que las huellas dactilares y el análisis de la sangre que no pertenece a ella y del pelo corto y negro y sin la menor duda masculino no nos sirvan de nada. El cuerpo había empezado a perder la rigidez cadavérica cuando lo encontraron, y en la piel muerta y como de cera, en la parte posterior del cuello, se distinguían con una exactitud de calco las señales de la presión de un pulgar y un índice. En la parte superior del chándal, justo sobre el hombro, estaba la huella de una mano entera, una mano fantasma, precisa como una impresión en tinta o en barro fresco, manchada de una sangre que no era la de Fátima. Nadie es invisible, nadie puede pasar inadvertido: esa mano cuya forma correspondería exactamente a la mancha de sangre en el hombro del chándal de Fátima está ahora mismo en alguna parte, haciendo algo, una mano como cualquier otra, inocente y neutral, sosteniendo tal vez un cigarrillo rubio, un Fortuna, había cinco colillas cerca del cuerpo, pisadas junto a las ceras rotas, apuradas hasta el mismo filtro, y Ferreras las recogió una por una con unas pinzas de depilar y las depositó en una bolsa de plástico, pensando en la dosis mínima de información que contenían, la saliva seca, la marca de unos dientes. Guardaron en otra bolsa de plástico las ceras intactas y las aplastadas o partidas, le mostraron a la dueña de la papelería la caja pisoteada y el cilindro de cartulina azul atado con una goma y dijo que sí, que ésas eran las cosas que había comprado la niña, recordaba que había encendido las luces un poco antes de que ella entrara, porque hacía poco que habían adelantado la hora, así que a las seis y media, cuando bajó la niña, ya había empezado a anochecer. Le parecía que la estaba viendo, con su chándal y sus zapatillas, con una moneda bien apretada en la mano pequeña, siempre estaba comprando cosas modestas en la papelería, un lápiz, una goma de tinta, uno de los anticuados cuadernos de caligrafía y ortografía de los que era tan partidaria su maestra, la señorita Susana, y al entrar y al marcharse saludaba con muy buena educación, dijo la dueña de la papelería, no como tantos niños de ahora, y siempre daba las gracias. No la acompañaba nadie, estaba segura, si había alguien esperándola afuera ella no habría podido saberlo, aguardó con atenta paciencia a que la mujer midiera y cortara la cartulina y luego tardó un poco en elegir la caja de ceras, le gustaban tantas que no llegaba a decidirse, pero como no llevaba mucho dinero tuvo que comprar la más barata. Era de esos niños que van a los recados apretando fuerte las monedas en la palma de la mano, y cuando la entregan en una tienda la moneda tiene un calor de piel humana: de eso se acordaba la dueña de la papelería, de la moneda de quinientas pesetas que la niña le entregó, el metal tibio y un poco sudado, le explicó que al día siguiente debía entregar un trabajo manual, le dijo adiós, con la misma entonación seria y jovial de otras veces, y la dueña de la papelería la vio de espaldas, con su chándal rosa, su pelo corto, sus zapatillas blancas de deporte y la cartulina debajo del brazo, la puerta de la calle se cerró tras ella con el sonido de la campanilla y ya no la vio más, ya no hubo nadie que dijera haberla visto hasta que treinta horas más tarde unos empleados municipales la encontraron, en el otro extremo de la ciudad, en la ladera de pinos que descendía empinadamente desde los jardines de la Cava hasta las huertas del valle. Parecía que nadie más, salvo su asesino, la hubiese visto viva, había salido de la papelería y se había hundido súbitamente en un precipicio, en un foso de invisibilidad y de espanto nocturno, y cuando la encontraron en el terraplén fue como si hubiera sido tragada por el mar y luego devuelta a una orilla lejana, descoyuntada y desnuda, tan sólo con los calcetines puestos, lívida y rígida bajo la claridad de la luna llena, en la que se recortaban con absoluta precisión las sombras de los pinos.

Después, al acordarse de ella, en la embotada estupefacción del dolor, su padre había de sentir la extrañeza de que la última imagen que le quedaba de su hija fuese tan idéntica a otras, tan hecha de simple repetición y costumbre, él sentado en el sofá junto a los dos hermanos más pequeños, el segundo todavía con pañales y chupete, el televisor encendido, más grande y más ruidoso en el comedor tan pequeño, ya abrumado por el tamaño del mueble librería que ocupaba entera una pared, los niños merendando y viendo los dibujos animados y los anuncios. Al más pequeño Fátima le había preparado un poco antes el biberón de la fruta, según le había dicho su madre cuando iba a salir, pero a ella no le hacía falta que nadie se lo recordara, tenía la seriedad de esas niñas que se han acostumbrado desde muy pequeñas a ayudar en la casa y a cuidar hermanos menores, una seriedad antigua de clase trabajadora, le dijo al inspector su maestra, la señorita Susana, Susana Grey, que había estado con ella a lo largo de los últimos tres cursos, y como notó que al inspector le extrañaba un poco ese comentario puso cierto cuidado en explicarse bien: «Quería decir —le dijo— que era la seriedad que aprendían antes los niños de las familias trabajadoras; los acostumbraban desde pequeños a la conciencia del esfuerzo y del valor de las cosas, y los niños ayudaban a los padres en el taller o en el campo y las niñas a las madres en la casa, y sin darse mucha cuenta, sin perder del todo la sensación de que estaban jugando, llegaban a los nueve o a los diez años con un instinto de responsabilidad que en las últimas generaciones ha desaparecido sin dejar rastro.»

—¿Y eso a usted le parece mal? —dijo el inspector.

—No me parece nada —la señorita Susana tenía un aire indisimulado de recelo, de antipatía defensiva, pero se notaba que era una actitud muy forzada en ella, tal vez inducida por una vaga hostilidad hacia la policía y los interrogatorios—. Sólo le cuento lo que sé. Hace quince o veinte años los niños de esta clase eran más fuertes. Tenían una noción del trabajo y de la solidaridad. Ahora son un poco menos pobres que antes, pero no tienen nada y no saben defenderse.

Hablaba como desconfiando de que un inspector de policía pudiera entenderla. También para ella, y con una inadvertida rapidez, Fátima se convertía en una figura del pasado, en una imagen última de normalidad cotidiana que se había quebrado de pronto y que ahora le costaba mucho esfuerzo de la memoria reconstituir: no se atiende a lo que ocurre cada día, no se sabe cuándo al decir hasta mañana se está uno despidiendo para siempre. Siempre era de los últimos al salir de la clase, porque tenía que guardarlo todo en la mochila en perfecto orden y con mucho cuidado, dijo la señorita Susana, y señaló la mesa donde se sentaba Fátima, idéntica a las demás, hacia la mitad de la fila que estaba junto a la ventana, una mesa de material sintético, de color verdoso, muy maltratada, de mala calidad, como todo en el aula, en la escuela entera, todo estaba gastado y maltratado, reciente y ya decrépito, hecho con materiales muy baratos, y ese desgaste se notaba tal vez más cuando las aulas y los pasillos estaban vacíos y se contagiaba de algún modo a los maestros, a la señorita Susana, que tenía sin embargo un aire incierto de juventud y coraje, de dignidad en la fatiga, al final de un día entero de clases.

Le señaló al inspector la mesa de Fátima, idéntica a las otras, más vacía que ellas, porque ahora era la mesa de una niña muerta y nadie había vuelto a ocuparla, y su forma tan simple, su superficie sintética, su desgaste de cosa reciente, mal hecha y mal cuidada, cobraban de pronto una cualidad dramática de fragilidad y desolación, de espacio irreparablemente abandonado, dañado por la ausencia y la muerte. Fátima era una ausencia más que un recuerdo, porque es muy difícil pensar en una niña como en alguien que ha muerto. Su mesa vacía e idéntica a las otras aludía sin embargo tan poderosamente a ella como las fotos o como el chándal sucio y manchado de sangre o el pequeño pasador de plástico rosa con unos cuantos cabellos prendidos. Era la mesa en la que se había estado sentando desde el principio de curso y de la que se levantó justo una hora y media antes de desaparecer para siempre, cuando la señorita Susana, que terminaba de borrar el encerado y recogía sus carpetas y su bolso, le dijo, como le decía casi todas las tardes, que se diera prisa, la reprendió afectuosamente por ser tan lenta en todo, por quedarse siempre la última.

Pero en realidad no estaba segura de recordar exactamente esa última vez. Quizás, sin darse mucha cuenta, la estaba falsificando, usaba para darle verosimilitud rasgos de muchas otras tardes, igual que su padre, por mucho que se desesperase en la obsesión del dolor y del remordimiento, no lograba estar seguro de que su último recuerdo de ella era verdad, no podía revivir cada instante de los últimos que pasó con su hija, cada detalle de lo que ocurría como una repetición soñolienta de tantas otras tardes. El sufrimiento y el insomnio actuaban como ácidos sobre ese pasaje tan breve de su memoria, sobre esa hora que luego reconstruyó en voz alta tantas veces como la revivió en su imaginación y en sus sueños, en los sueños intolerablemente crueles en los que su hija no le pedía dinero para bajar a la papelería o regresaba luego de la calle, igual que siempre, atareada y animosa, igual que cada una de las veces en las que había bajado a comprar algo a la papelería o a la tienda y había regresado sin que su padre comprendiera o agradeciera el valor de su vuelta, el don de su presencia intacta y asidua, de la dulzura y la reserva de sus afectos infantiles.

—¿Sabe lo que me hace desvelarme muchas veces? —dijo la maestra, Susana Grey, de pie junto a la mesa de Fátima, la cara vuelta hacia el patio donde unos niños de los últimos cursos jugaban al fútbol, como para eludir la mirada del inspector—. Me pongo a pensar que si no les hubiera encargado ese trabajo manual ella no estaría muerta.

Si no hubiera tenido que ir a la papelería a comprar la cartulina azul y las ceras de colores, si su padre no la hubiese dejado, si su madre, que al irse de compras le había preguntado si quería acompañarla, hubiera insistido un poco más cuando Fátima le dijo que no podía salir, que aún le faltaba terminar los deberes y hacer el trabajo manual, si ella, su madre, no se hubiera marchado, si algún azar mínimo hubiera interrumpido el curso atroz de los hechos idénticos, si no hubiera sido una niña tan seria en su enérgica vitalidad infantil, si no hubiera disfrutado tanto con las cartulinas y las pequeñas tijeras, con las reglas y los lápices de colores y las grandes letras mayúsculas que coloreaba y recortaba luego y pegaba con una exacta pulcritud sobre la cartulina de los murales. En el insomnio, en las breves horas de sueño que le deparaban los tranquilizantes y que agitaba la extenuación de sufrir, su padre recobraba con una punzada de estremecimiento el instante justo en que la niña le había pedido dinero para comprar una cartulina y había salido dando un portazo que él recordaba ahora, pero que sin duda entonces no escuchó: imaginaba o soñaba que no había llegado a salir, que regresaba cinco minutos más tarde con el rollo de cartulina azul que luego encontraron junto a su cuerpo descoyuntado y lívido; soñaba que la buscaban durante horas por calles y bosques nocturnos y que de pronto aparecía sonriente y tranquila, con ese aire de morosidad que tenía al hacer las cosas que le gustaban mucho, y les preguntaba por qué se habían preocupado tanto, sólo se había distraído un poco en la papelería, o jugando en la calle con una de sus amigas de la escuela.

Todas las cosas deslizándose con esa suavidad sin contratiempos que se recuerda y se añora siempre después de una desgracia, cada una de ellas enredándose con la siguiente para llegar a la última tarde en la vida de Fátima, los hechos más habituales, ahora conspirando para empujarla hacia la muerte, su mesa limpia en el aula, junto a la pared con zócalo de azulejos sanitarios y la ventana por la que se veía un patio de deportes, su caminata lenta desde la escuela hacia su casa, un poco inclinada bajo el peso de la mochila, los pasos exactamente repetidos de su itinerario, la manera en que se detenía siempre en los cruces y miraba a un lado y a otro para ver si venían coches, todo a su tiempo, en su minuto preciso, la llamada al portero automático, la merienda, sus hermanos viendo los dibujos animados y los anuncios de la televisión y su padre fumando junto a ellos en el sofá, en el salón demasiado pequeño donde no había sitio para nada, la madre que podía haberle salvado la vida simplemente llevándosela de compras y sin embargo se marchó sin ella, todo repetido, igual que cada tarde, con el automatismo de los actos diarios de la vida, todo llevándola como una corriente inadvertida y poderosa hacia ese instante entre las seis y media y las siete menos cuarto, hacia ese pozo de oscuridad y desconocimiento del que nunca volvió: como caer por un precipicio al dar un paso o perderse en el mar y aparecer ahogado a la noche siguiente en una costa deshabitada y lejana.

6

—Ya pensaba que no ibas a venir nunca a verme —dijo el padre Orduña, y él no contestó, no intentó una disculpa por el retraso tan largo. Permaneció de pie en el pequeño vestíbulo, con el pelo mojado y revuelto, el anorak reluciente de lluvia, una lluvia suave y tenaz, rumorosa y tranquila, como la del norte, que se escuchaba golpear en los tejados próximos y en los cristales, que chorreaba por los canalones sobre los desiertos patios de juegos que el inspector había cruzado para llegar a las habitaciones del padre Orduña.

La ciudad vivía en el interior de la lluvia y del invierno recobrado igual que en la novedad absoluta del miedo, en el sobrecogimiento nocturno de las casas cerradas, de las leyendas de hombres del saco, mantequeros y tísicos, que volvían a contarse los niños al cabo de dos generaciones que apenas habían conocido más estremecimientos imaginarios que los de la televisión. Por primera vez en mucho tiempo los niños volvían a llevar a la escuela capuchas y botas de agua y se contaban los unos a los otros, en los pasillos de las escuelas, en el tumulto de las aulas antes de la llegada del maestro, rumores fantásticos sobre el asesinato de Fátima o sobre la aparición de un hombre alto, vestido de negro, con sombrero y paraguas, que se asomaba durante el recreo a las verjas de los patios, que se hacía pasar por un padre cualquiera a la hora de salida y vigilaba a los niños a quienes no iba a recoger nadie. Volvía el recelo ante los desconocidos, se contaban otra vez las antiguas historias de hombres con grandes abrigos que ofrecían caramelos o que pasaban de noche por las esquinas con un saco al hombro: mitologías olvidadas de merodeadores y buhoneros, anteriores no sólo a la televisión, sino también al cine y a la luz eléctrica en las calles, reliquias de los tiempos en que las noches traían siempre una oscuridad de terrores y amenazas, las noches largas del invierno, sin más luces que las de las lámparas de petróleo o los candiles de aceite, en aquellas casas donde crujían las maderas y se escuchaban sobre los techos de cañizo y de yeso los arañazos de los ratones, el silbido del viento en los postigos que nunca cerraban bien, las voces que murmuraban historias alrededor del fuego o de la mesa camilla, junto a la almohada de los niños.

Ahora, igual que habían regresado el invierno y la lluvia, volvían también los terrores de las noches antiguas, y apenas anochecía las calles se quedaban desiertas, se cerraban con doble llave los portales de las casas, se vigilaban las aceras vacías desde detrás de los visillos, en busca siempre de una figura a la que nadie sabía atribuirle rasgos precisos, a no ser los que inventaban las excitadas imaginaciones infantiles, un hombre alto con sombrero y paraguas, un hombre joven, de pelo negro y gafas oscuras, que rondaba por las calles conduciendo un coche rojo, su cara pálida apareciendo y desapareciendo al ritmo de las varillas del limpiaparabrisas bajo la lluvia de las cinco de la tarde, en la confusión de coches y paraguas y niños a la salida de las escuelas.

—He oído que tenéis una pista segura sobre él —dijo el padre Orduña—. Que la mantenéis en secreto, para no alertarlo.

—No sabemos nada, o casi. —El inspector se quitó el impermeable mojado y vio con lástima y extrañeza cómo el padre Orduña, al llevarlo a un perchero, arrastraba sobre las baldosas los pies calzados con zapatillas de suela de goma—. Nada más que tiene el pelo negro, que su sangre es del grupo cero y que fuma Fortuna.

—¿Y las huellas dactilares?

—Sólo sirven para encontrar al que ya esté fichado.

—Pero estás muy mojado, te vas a resfriar. —El padre Orduña de pronto había dejado de oír al inspector y examinaba su ropa y sus zapatos con una especie de atareada disposición maternal—. Espera, voy a encender la estufa.

—No se moleste.

—Calla, hombre, si no es más que un momento.

El padre Orduña desapareció por una puerta contigua que debía de ser la de su dormitorio y volvió empujando una gran estufa de butano con ruedas, una cosa grande y antigua, como de anuncio de televisión de los primeros sesenta. Abrió la espita del gas y con una lentitud alarmante buscó en sus bolsillos un mechero, y cuando acercó la llama al quemador, con la mano temblona, el gas se incendió con un brusco resplandor azulado y naranja.

—Quien ha hecho una cosa así tiene que llevarlo escrito en la cara —dijo el padre Orduña—. Llevará una señal, como Caín cuando mató a su hermano y quería esconderse de Dios.

Acercó la estufa al inspector, que se mareaba con el

olor insalubre y caliente del gas, y se sentó frente a él, más viejo y encogido en el sillón demasiado grande para su tamaño, bajo la luz de un tubo fluorescente que daba al recibidor un aire desolado y administrativo. Al inspector le sorprendió que la voz y la expresión de la cara de aquel hombre a quien no había visto desde hacía más de cuarenta años conservaran una capacidad tan poderosa de intimidarlo.

—Y ahora dime por qué has tardado tanto en venir a verme.

Llevaba varios meses en la ciudad, desde principios del verano, y una de las primeras cosas que había preguntado era si aún existía el internado de los jesuitas y si seguía viviendo uno de sus fundadores, aquel cura entonces joven que según él recordaba que le habían contado era pariente del general cuya estatua picoteada de disparos antiguos aún permanecía en el centro de la plaza, frente al balcón del despacho donde él todavía estaba instalándose. Un subinspector viejo, que se dedicaba sobre todo a tareas administrativas, le dijo que el internado llevaba cerrado mucho tiempo, pero que el padre Orduña seguía vivo, y lo dijo en un tono entre de sarcasmo y de fastidio que al inspector le desagradó, aunque procuró disimular, porque era todavía un recién llegado y prefería mantenerse en una actitud de reserva neutra, estudiar a una cierta distancia los comportamientos y las reacciones de los desconocidos que desde ahora serían sus subordinados, que también lo estudiarían a él con la desconfianza y el fondo de agravio hacia quien ha venido de lejos para usurpar lo que correspondía a los méritos de otros.

—Sigue vivo —continuó el subinspector—. Pero ya

no es el que era. Los años lo han suavizado mucho. Yo creo que ya no dice ni misa, de lo viejo que está.

—¿Es verdad que era familia del general de la estatua?

—Y tanto. —El subinspector, que llevaba entre las manos una brazada de archivadores de cartón, miró también hacia la plaza: era una mañana fresca, de principios de verano, y la sombra de la torre del reloj y del edificio de la comisaría se proyectaba sobre los jardines centrales, donde estaba la estatua, rígida sobre el pedestal, un poco inclinada hacia delante—. Era sobrino carnal del general Orduña, una de las mejores familias de aquí. Se puede imaginar el escándalo que se formó cuando se fue a vivir a aquel barrio nuevo de gitanos y gente maleante, el Vietnam. Primero se hizo peón de albañil. Luego entró de operario en la fundición, que había sido de su familia. Se lo puede figurar, en aquellos tiempos, un cura rojo. La gente decía que había cambiado la sotana por el mono azul.

—¿Alguna vez lo trajeron ustedes aquí?

—Más de una. —En la cara del subinspector se formó una sonrisa recelosa y cariada: era un hombre con un aspecto insalubre y desalentado de funcionario viejo, con una nostalgia evidente de tiempos pasados—. La última tuvo que venir a sacarlo el secretario del obispo. Tenían una célula comunista en la residencia... ¿Lo conoció usted también por entonces, en alguna otra hazaña?

No contestó: no quiso que el otro supiera lo mucho que había conocido al padre Orduña. Había oído cosas lejanas sobre él a lo largo de los años, pero lo cierto era que nunca intentó volver a verlo, y que alguna episódica tentación de escribirle no había llegado a pasar de un propósito imaginario. Le escribió al principio, desde luego, recién salido del internado, cuando gracias a su mediación obtuvo una beca para estudiar el bachillerato en otro colegio de jesuitas. Le escribía disciplinadamente cada dos o tres semanas desde la fría ciudad del norte de Castilla adonde lo habían enviado, otra vez interno, según lo que ya le parecía un destino invariable de dormitorios comunes, alimentos ascéticos y corredores sombríos, pero ya adolescente, enconado en la soledad y el estudio, en una misantropía de perfeccionismo y rencorosa competición con los demás en la que muy pocas veces se concedía un apaciguamiento. Luego dejó de escribir, casi al mismo tiempo que iba dejando de confesar y comulgar, y a los efectos de la desidia y de la lejanía se fue agregando una cierta dosis de vergüenza, de miedo ante la posible o segura reprobación del padre Orduña. Primero le mintió un poco y luego simplemente dejó de escribirle. Nunca le dijo que había ingresado en la policía. Pero siempre, incluso cuando más olvidado estuvo de él, guardó dentro de sí un desasosiego de remordimiento, una noción vaga y persistente de su escrutinio, del reproche a la vez general y minucioso que sin duda y en alguna parte, si continuaba vivo, el padre Orduña seguiría formulando contra él. Algunas veces daba gracias por no haber tenido hijos, por ahorrarse el temor al desengaño, la obsesión de la ingratitud, por ahorrarle a otros el agobio del agradecimiento y la culpabilidad.

—Pensaba que ni siquiera te habías preocupado de enterarte si estaba vivo —dijo el padre Orduña, con un brillo de humedad en los ojos, de alegría y desamparo senil que enseguida eludió con un quiebro de ironía—: Me daban ganas de ir a verte, pero ya podrás imaginar que no me trae muy buenos recuerdos el sitio ese donde trabajas.

—Los tiempos han cambiado, padre.

—Los tiempos sí, pero no algunos de vosotros. —Por la expresión afable de su cara cruzó una sombra de severidad—. Aunque estoy medio ciego todavía puedo leer los periódicos. ¿Es verdad que antes de que te destinaran aquí estuviste en el norte?

—Catorce años. En Bilbao.

—¿Pasaste miedo?

—Me acabé acostumbrando.

—¿Y tu mujer?

—A ella le costaba mucho más. Llamaban a casa cuando estaba sola y la amenazaban de muerte, o se quedaban en el teléfono sin decir nada, y cuando colgaba enseguida volvían a llamar. No podía dejarlo descolgado por si llamaba yo, por si le avisaban de que me había ocurrido algo.

—También sé que no habéis tenido hijos. —Ahora había cambiado el tono de voz: era de pronto más suave, el inspector no percibía en él tan acusadamente las veladuras de una posible reprobación—. Y que ahora ella está ingresada en esa clínica. Ya ves, a un cura viejo no le hace falta salir a la calle para enterarse de todo... ¿Le darán pronto el alta?

—El médico me ha dicho que en una semana o diez días, como máximo, hasta que termine el tratamiento.

El padre Orduña, para concentrarse en escuchar, bajaba la cabeza y la movía afirmativamente y tenía enlazadas las manos, exactamente en la misma actitud que en el confesonario. El inspector, que carecía casi por completo de la costumbre indulgente de recordar la infancia, tuvo sin embargo como un instante de clarividencia en el tiempo, y vio esa misma cabeza, mucho más joven, moviéndose igual que ahora en una penumbra eclesiástica, las mismas manos pálidas y enlazadas, y recobró el olor misterioso de entonces, el olor a sotana, a iglesia y a tabaco del padre Orduña, que lo interrogaba amedrentadoramente, en voz baja, en vísperas de su primera comunión, que lo escuchaba luego con una lenta gravedad, que alzaba la mano pálida y blanda en el aire, en un gesto fugaz de absolución. Pero ahora no estaban en la iglesia, sino sentados el uno frente al otro en los dos sillones del recibidor, separados por una mesa baja sobre la que había revistas viejas, boletines sindicales o parroquiales, una mesa y unos sillones como los de la sala de espera en los que casi nadie se sienta a esperar nada. Ahora, calculó el padre Orduña, el inspector habría rebasado los cincuenta años, pero lo que le costaba más no era recordar cómo había sido de niño, cuando lo llevaron al internado, sino prestar una verdadera atención a sus rasgos de ahora, a su cara vulgar, castigada y enérgica, a su presencia desordenada y fornida de adulto que empieza a declinar. Con una nostalgia de paternidad imposible el cura pensaba que tal vez uno nunca puede ver plenamente como adulto a alguien cuya infancia presenció y sigue recordando, y que la verdadera memoria de los primeros años de la vida nunca le pertenece a uno mismo, sino a quienes lo conocieron, a quienes lo educaron y lo vieron crecer. En la cara áspera y rojiza, en el pelo canoso, revuelto y escaso, en el cuello envejecido y no muy bien afeitado del inspector no había rastros del niño ahora inverosímil que sin embargo había sido: el padre Orduña sintió con un orgullo melancólico que era él mismo el depositario del pasado más íntimo de otro hombre, de un desconocido.

Por unos momentos lo examinó en silencio, preguntándose en qué medida la cara del inspector repetía ahora, como suele sucederles a los hombres cuando envejecen, algunos rasgos exactos de la cara de su padre, a quien el padre Orduña sólo había visto una vez, hacía muchos años, y de quien el inspector no hablaba nunca. La cara no sólo es el espejo del alma, pensaba: también se va volviendo el espejo de las caras de los muertos. Cuarenta años atrás, en esa misma habitación, un chico que ahora sólo existía en el recuerdo del padre Orduña había permanecido muchas veces exactamente así, como ahora estaba el hombre de mentón áspero, cara rojiza y pelo escaso y gris, mojado todavía. Lejos, detrás del ruido de la lluvia en los tejados y en los cristales de las ventanas, sonaron campanadas de funeral en la torre de alguna iglesia, y su resonancia lenta y honda trajo al interior de aquella habitación en la que los dos hombres se habían callado y sólo uno de ellos miraba francamente al otro una sugestión antigua de intemperie invernal, de callejones oscuros por los que se deslizan mujeres con velos camino de atrios iluminados. Tendría entonces la misma edad que la niña cuando la mataron, calculó el padre Orduña: un chico flaco, recordaba, con la cicatriz de alguna pedrada muy visible entre el pelo rapado, con alpargatas, con calcetines grises, con un mandil gris y un cuello de celuloide blanco, con sabañones en las manos y en las orejas, con grandes ojos de asombro y desamparo infantil que por fortuna no sólo estaban guardados en la fragilidad de la memoria de un viejo. Se había impuesto a sí mismo la tarea de custodiar lo que ya no importaba a nadie, de preservar lo olvidado y perdido, sus cartas de Pasolini y de Althusser, sus remotos boletines ciclostilados que aliaban la buena nueva de Cristo y las diatribas de los profetas con los vaticinios científicos de Marx, de Lenin, de Ernesto Guevara. Todo lo tenía clasificado y guardado, y lo cuidaba tan celosamente como los archivos que nadie aparte de él había mirado desde hacía décadas, y cuya existencia probablemente nadie más conocía o recordaba. Estanterías metálicas pintadas de gris, archivadores de cartón, legajos atados con cinta roja, listas mecanografiadas de nombres, expedientes con fotografías. La única llave disponible la guardaba él. La tenía en el bolsillo, en el gran manojo de llaves que abrían todas las habitaciones desiertas del internado.

—Ven conmigo —dijo, en el mismo tono inapelable de otros tiempos, y se incorporó sin dificultad, incluso con una viveza de anciano impaciente—. Quiero enseñarte algo.

7

Una mujer enlutada, de unos sesenta años, con aire de infortunio y de iglesia, con tacones chatos y torcidos, esperaba sentada en un banco, en el vestíbulo de la comisaría, sosteniendo entre las manos un bolso pequeño y negro como si fuera un misal, nerviosa y rígida, atenta a la puerta acristalada de la calle, donde golpeaba la lluvia, y donde aparecían de vez en cuando siluetas de policías que entraban cerrando los paraguas y sacudiéndoles el agua, maldiciendo el tiempo. Cada vez que llegaba alguien de paisano, la mujer imaginaba que sería el inspector jefe, y miraba interrogativamente al guardia sentado tras la mesa de recepción, que le hacía un gesto aburrido con la cabeza: ya se lo había dicho, el inspector jefe podía tardar mucho, incluso era posible que esa tarde ya no volviera, últimamente andaba siempre en la calle, le dijo a la mujer, ¿no veía ella la televisión?, ¿no leía los periódicos? El policía, grande y pesado, con la gorra algo echada hacia atrás y los codos sobre la mesa, como abarcando las anchas hojas del libro de entradas y salidas y el cenicero de cristal lleno de colillas, consideró a la mujer desde el otro lado del humo lento de su cigarrillo: no, no tenía mucha pinta de enterarse de nada, parecía una de esas mujeres rudas y enlutadas que vienen de los pueblos de las cercanías a hacer compras o a sacarse el carnet de identidad y se asustan del tráfico y se dejan intimidar por los modales de los funcionarios, sobre todo si llevan uniforme. Con la espalda recta contra la pared, bajo un cartel con fotografías de terroristas, con las rodillas juntas bajo su falda de luto y los tacones torcidos e idénticos, en esa actitud concentrada de inercia y determinación de las personas habituadas a esperar siempre, la mujer miraba la puerta de cristales tras la que se escuchaba la lluvia y el reloj donde la aguja de los minutos parecía avanzar de vez en cuando a espasmos casuales, y apretaba en el regazo su bolso negro, sujetándolo con dedos fuertes y romos de manejar herramientas y recoger aceituna.

—Y entonces, ¿dice usted que el señor inspector vendrá sobre las cuatro?

—Señora, no se ponga pesada, que parece que no oye lo que le digo. —El guardia se caló la gorra, como para acentuar su posición oficial, y aplastó imperfectamente un filtro muy chupado entre las colillas del cenicero—. En estos días el inspector jefe no tiene horarios, ni nadie de nosotros. No sé si se da usted cuenta de que estamos buscando a un asesino. ¿No ve usted los telediarios?

Imaginaban un fantasma al que habían dotado con todos los atributos abstractos de la crueldad y el terror, y al mismo tiempo sabían, aunque difícilmente aceptaban pensarlo, que no era una sombra de película en blanco y negro, ni uno de los tenebrosos ladrones de niños de las leyendas de otros tiempos, sino alguien idéntico a ellos, soluble en las caras de la ciudad, escondido en ellas, tal vez alguien que había mantenido conversaciones sobre el crimen con sus vecinos o sus compañeros de trabajo, que se había unido a la gran multitud silenciosa que acompañó al ataúd blanco de Fátima hasta el cementerio. Toda la ciudad se había congregado allí, desbordando la avenida de cipreses y la explanada de acceso, en la que se oían, en medio del silencio, los chasquidos de las cámaras de los fotógrafos, los motores de las cámaras de vídeo de los telediarios, una muchedumbre de rostros serios, abatidos, abrumados por la incredulidad de que un crimen semejante hubiese ocurrido en la ciudad, entre ellos, no en la televisión, no en uno de esos programas de sucesos sangrientos, sino en la misma realidad en la que ellos vivían, en las calles por las que caminaban, vinculados desde ahora sin remedio a la irrupción de la salvaje crueldad que había aniquilado a Fátima. Conocían a la niña, tenían hijos o hijas en la misma escuela a la que iba ella, habían sido compañeros de su padre en alguno de los trabajos esporádicos a los que se dedicaba, eran parientes suyos, o de su mujer, o podían contar que la conocían del vecindario, o de charlar con ella en una tienda. Hay una vanidad sórdida en la cercanía de una desgracia, como en la de un éxito: se dilucidaban parentescos, se aseguraban conexiones confidenciales con la familia, o con la policía o las oficinas judiciales, cualquiera conocía al forense o al empleado municipal que había encontrado por casualidad el cadáver, se contaba en algún puesto del mercado, como de buena tinta, que acababa de llegar un inspector nuevo de Bilbao o de Madrid a hacerse cargo de las investigaciones, un hombre de grandes conocimientos científicos que iba a descubrir al asesino gracias únicamente al análisis de la saliva que impregnaba las colillas halladas cerca del cadáver de Fátima, o por unas huellas de sangre o un simple cabello, había tales adelantos ahora en los laboratorios de la policía que un pelo o una huella dactilar o una gota de saliva bastaban para identificar a alguien y llevarlo a la cárcel.

Volvían a bajar a los jardines de la Cava, adonde ya sólo acudían algunos viejos y algunos drogadictos, y donde las noches de los fines de semana acampaban cuadrillas de adolescentes que se emborrachaban con vino barato, con litronas de cerveza, con botellas de licores dulzones y mortíferos: ahora bajaban a los jardines los vecinos de otros barrios con la intención de ver el sitio exacto del terraplén donde había aparecido el cadáver, pero una cinta de plástico amarillo cerraba el paso, y un policía estaba de guardia permanente, porque el inspector llegado de Madrid o de Bilbao y el forense continuaban la búsqueda de posibles huellas, contaban que con brochas diminutas rastreaban centímetro a centímetro la tierra y apartaban las agujas secas de los pinos, que tomaban fotografías con cámaras especiales para descubrir las impresiones de suelas de zapatos, tan invisibles y sin embargo tan delatoras como las huellas dactilares. Pero pasaron los días y ninguno de los rumores fantásticos que circulaban por la ciudad llegaba a convertirse en noticia, y el número de periodistas, de fotógrafos y cámaras de televisión que montaban guardia frente a la puerta de la comisaría comenzó a disminuir, al principio de una manera imperceptible, hasta que un día ya no quedó en la plaza ningún coche con una pequeña antena parabólica sobre el techo y el escudo en colores violentos de alguna cadena de televisión pintado en la carrocería. En la falta absoluta de novedades era posible imaginar la inminencia de algún hallazgo definitivo: la policía tenía una pista segura pero guardaba silencio para atrapar al asesino, habían detenido a alguien y se lo habían llevado en secreto a otra ciudad para evitar que lo lincharan. Pero los periodistas se marcharon al mismo tiempo que comenzaba la lluvia y la ciudad ingresaba en un invierno de cielos grises y nieblas como los de muchos años atrás, y quienes tuvieron la curiosidad de bajar a los jardines de la Cava en busca del lugar del crimen encontraron la cinta de plástico amarillo de la policía desbaratada por el viento y enredada entre los setos y los troncos oscurecidos de los pinos, y ya no pudieron saber cuál era el sitio exacto donde estuvo el cadáver ni tuvieron ocasión de merodear en busca de rastros no hallados por la policía ni de reliquias de la muerte de Fátima, porque la lluvia había empapado la tierra y arrastrado las agujas de los pinos acumuladas en los años de sequía, llevándoselo todo ladera abajo hacia la tierra oscura y porosa de las huertas, hacia las acequias ahora crecidas en torrentes que inundaban los viejos cauces secos y las hondonadas de los olivares.

Alentados por la extrañeza de aquel invierno de neblinas y largas noches de lluvias tan parecido a los inviernos que recordaban los viejos, vivían como en un tiempo denso de pasado, y en él la niña se convertía en una muerta de leyenda antigua de crímenes, de estampa primitiva de santidad y martirio, y el asesino no era un hombre como ellos, un conciudadano turbio y vulgar a quien muchos reconocerían cuando lo detuvieran, sino una sombra nítida y sin rasgos, un fantasma que había actuado sin dejar señales de su improbable consistencia material, huellas dactilares o impresiones de suelas de zapato, filtros de cigarrillo rubio, manchas de sangre y de saliva. No había nada, empezaban a pensar, no lo hallarían nunca, aquel inspector recién llegado iba a volverse a Madrid con todos sus aparatos inútiles en el equipaje, con sus brochas de rastrear la tierra, sus bolsitas de plástico, sus cámaras fotográficas especiales, su arrogancia de policía científico.

Acataban la cualidad indescifrable del crimen, el fatalismo de la invisibilidad que se había tragado a Fátima durante treinta horas y en el que simultáneamente desapareció su asesino. Pero no es posible desaparecer así, sin dejar el menor rastro, sin que quede un solo recuerdo, el testimonio de alguien, sin que nadie haya visto, se haya fijado en algo, haya presenciado una parte mínima o un indicio de lo que ocurrió en esa calle tan estrecha, en una distancia de no más de cien metros, entre la papelería y el portal, entre el adiós distraído de la dueña y la ligera alarma y luego el pánico gradual del padre: la acera angosta, los coches mal aparcados, montados sobre ella, tan cerca los unos de los otros que no dejaban espacio para pasar, las tiendas en las que los policías fueron entrando una por una, haciendo siempre las mismas preguntas con una monotonía y una paciencia invariables, mostrando la foto de Fátima, apuntando cosas en sus cuadernos de notas, cosas inútiles, tan repetidas y previsibles como las preguntas, sí, conocían a Fátima, la veían pasar por la mañana y a la salida de la escuela, no vieron nada especial esa tarde, no recordaban haber visto a nadie sospechoso, seguro que se habrían fijado, en el vecindario se conoce todo el mundo, aquí todos somos gente de bien.

Pequeñas tiendas de un barrio no muy próspero, la lechería, la tienda de ultramarinos, la de chucherías, que se llenaba de niños a la salida de la escuela, la pastelería, donde Fátima había comprado un bollycao en la mañana del día de su desaparición, todos la conocían, todos recordaban lo dulce y lo bien mandada que era, algunos eran capaces de contar cosas nimias ocurridas hacía tiempo, la bolsa de globos que compró Fátima en la tienda de chucherías para su cumpleaños, la hoja de papel en la que llevaba siempre apuntadas a la tienda de ultramarinos las pequeñas compras que le encargaba a deshoras su madre. Había como una voluntad común de recuerdo de Fátima, de ternura herida, incluso de agravio vengativo, un instinto unánime de mostrar a quienes no la habían conocido la calidad de su inocencia, el horror de un crimen que se parecía al de los martirios antiguos de niños, a las historias de hombres del saco y de ladrones de vísceras o de sangre infantil. La recordaban, en algunas tiendas tenían clavada en la pared la foto en color que publicó una revista, y la cara de Fátima cobraba enseguida un aire de martirio religioso y abstracto, de lejanía en la muerte, con ese punto de desfallecimiento en la mirada y en la sonrisa que adquieren los muertos de las fotografías. Contaban cosas, se corregían entre sí, detallando exactitudes, maldecían, vindicaban la pena de muerte, la ejecución inmediata del asesino, echaban el cierre a las tiendas en las noches de frío y lluvia que llegaron con el invierno y miraban hacia la oscuridad del fondo de la calle con aprensión de vigilancia, recelando de los desconocidos, de cualquier sombra solitaria que surgiera entre los coches aparcados, al amparo de los aleros y de los portales. Pero no había nadie que declarase haberla visto justo después de salir de la papelería, nadie vio a ningún merodeador ni se fijó en ningún coche de aspecto poco familiar que rondara despacio por la calle, perturbando el tráfico tal vez, nadie vio a Fátima inclinada sobre la ventanilla de un coche en marcha, como quien se acerca para explicar una dirección, nadie la vio subir a un asiento delantero. Se volvió invisible, de pronto, salió de la papelería, caminó un trecho por la acera, con su cartulina azul marino enrollada bajo el brazo y su caja de ceras en el bolsillo del pantalón, quizás se detuvo y miró a un lado y a otro antes de cruzar hacia su portal, como hacía siempre, y simplemente desapareció, aunque era o parecía imposible, en una calle estrecha, muy frecuentada, con las tiendas abiertas, iluminadas ya, en el anochecer temprano de octubre, y hubo un momento en que su padre, sentado frente al televisor junto a los hijos pequeños, advirtió que tardaba un poco, sin alarmarse todavía, podía haberse distraído en la calle charlando con alguna amiga del colegio, o con la tendera de la pastelería o de los ultramarinos. Luego dijeron que daba gusto conversar con ella, que hablaba como una persona mayor, aunque no tenía la suficiencia antipática de esos niños que se fingen adultos, era un cierto don que poseía, dijo después Susana Grey, su maestra de los últimos cursos, con el que algunas personas nacen, el don de prestar atención a lo que les dicen los demás, de alentarlos a contar sus vidas y de explicarse cuidadosamente con ellos. Para escuchar lo que le contaban abría mucho los ojos, le aparecía una sonrisa tenue de complacencia en los labios, como cuando atendía en clase a la explicación de algo que le gustara mucho. Quién sabe si la atraparon por eso, si quien la arrebató de la vida en el trayecto cotidiano entre la papelería y su casa no la hechizó contándole algo, no solicitó su atención de un modo que ella, por cortesía, no habría sabido rechazar.

Indagaron en todos los portales, en cada uno de los pisos con balcones a la calle, preguntaron a cada uno de los niños y de las niñas de su clase, a todos los que la conocían, tal vez quien se la llevó había hablado con ella al salir del colegio, tal vez había ocurrido algún incidente, la posibilidad de una venganza, incluso de un malentendido, algún hombre desconocido podría haber sido visto hablando con ella, o esperándola a la salida, pero era inútil, y parecía mentira, nadie sabía ni recordaba ni se había fijado en nada, justo a esa hora, entre las seis y media y las siete menos cuarto de la tarde, en aquel espacio mínimo donde sin remedio habría sucedido el encuentro, donde no era posible que nadie hubiera presenciado el hecho extraño y tal vez violento que debió de ocurrir, el golpe de la puerta de un coche al cerrarse con excesiva brusquedad, el gesto de alguien que tira de una niña, o que se inclina sobre ella con una actitud turbia. En las mañanas de lluvia, en las tardes abreviadas por los bajos cielos grises y los anocheceres tempranos, veían a los policías regresar a las mismas tiendas donde ya habían hecho otras veces las mismas preguntas, los guardias de uniforme y los inspectores de paisano, algunos de ellos enviados como refuerzos desde la capital, mojados y tenaces, dirigidos por un hombre de pelo escaso y gris y acento forastero al que veían a veces parado y absorto en medio de la calle, o en la acera, junto al portal de Fátima, con un anorak abierto y las manos en los bolsillos, indiferente a la lluvia y al tráfico, mirándolo todo, las caras y las cosas, con una expresión de perplejidad ensimismada y de vigilancia obsesiva, como si no viera nada de lo que tenía alrededor y al mismo tiempo lo espiara todo sin mostrar señales de su indagación. Llamaban uno por uno a todos los porteros automáticos, subían a todos los pisos, limpiándose los zapatos mojados en las esterillas de los vestíbulos, pidiendo disculpas y detalles, urdiendo con sus anotaciones el edificio abrumador e inútil de todas las cosas que todo el mundo había hecho o presenciado aquella tarde de octubre, reconstruyendo la historia ínfima y universal del vecindario, el mapa infinitesimal de cada minuto y de cada acto, de lo que había sucedido con certeza o lo que sólo era figuración y frágil conjetura, puro espejismo inducido por la voluntad retrospectiva de precisar pormenores. Pero había una fisura, una burbuja o una niebla de invisibilidad en el tiempo en la que se había sumergido Fátima al salir de la papelería con su chándal rosa, su rollo de cartulina azul y su caja de ceras, y ya parecía que esos minutos precisos eran los únicos en los que nadie había visto nada y que justo en ese tramo de la calle no había cruzado nadie en ese momento, ni había mirado nadie desde ningún balcón.

Entonces, una tarde de principios de noviembre, tan cerrada de lluvia que estaban encendidas las luces de las oficinas y las tiendas aunque no eran ni las cuatro, aquella mujer enlutada, de unos sesenta años, no muy bien vestida, con cierto aire de infortunio y de iglesia, de trabajo rudo en el campo, con las manos ásperas y rojas que sujetaban el bolso sobre su regazo, llegó a la comisaría y dijo que quería ver al inspector jefe, o a quien mandara allí, y cuando el guardia de la entrada le pidió que le contara a él el motivo de su visita se negó con suavidad y determinación a decírselo, y se sentó en un banco de espaldar rígido, donde más de una vez se sentaban prisioneros esposados, debajo de un cartel con fotografías en color de terroristas, y cuando el inspector entró, dos horas más tarde, ya muy de noche, lo reconoció y fue hacia él aunque no lo había visto hasta entonces, y de un codazo se desprendió del guardia grande y pesado que quería retenerla: quiero hablar con usted, dijo, obstinada y nerviosa, y abrió el bolso y sacó de él una hoja doblada, el recorte de una revista que traía en color una foto de Fátima. Suba conmigo, dijo el inspector, y la mujer miró de soslayo y con desprecio al guardia de la entrada, pensó que al hombre que acababa de llegar se le notaba enseguida que era

74

él quien mandaba, y lo siguió escaleras arriba, y luego por un pasillo muy feo, con azulejos marrones, como los de la entrada, el inspector abrió una puerta y encendió la luz sin entrar, para cederle el paso a ella, en esos detalles se notaba cuando un hombre era un caballero, la invitó a sentarse, tenía el pelo mojado y bajo la luz eléctrica relucía el anorak que no se había quitado aún. La mujer desdobló la hoja cortada de la revista y la alisó encima de la mesa, señalando la cara de Fátima con un índice torcido y fuerte, con la uña ancha, rota y un poco oscurecida en el filo: «Yo vi a esa niña —dijo—, mi hermana me enseñó la revista y a mí me dio un vuelco el corazón, me acordé de pronto de todo.» Se le humedecieron los ojos y pareció que el luto que llevaba era por Fátima, vivía casi todo el año en una cortijada en la orilla del río, pero de vez en cuando subía a la ciudad, a visitar a una hermana suya, y aquella tarde salía de casa de su hermana y vio a la niña, «se lo juro a usted —dijo—, como estoy viéndolo a usted ahora mismo, iba con un hombre joven, moreno, sí señor, parecía su padre o su tío, la llevaba pasándole una mano por el hombro, se cruzaron conmigo en la acera.» El inspector, muy excitado, conteniéndose con dificultad, desconfiando todavía, le preguntó por qué se había fijado, qué fue lo que le llamó la atención, y la mujer dijo, de nuevo al filo de las lágrimas, los ojos húmedos brillando en su cara castigada, «me fijé porque el hombre tenía sangre en la otra mano y se la iba chupando, y yo pensé, como no tenga cuidado va a manchar de sangre la ropa de la niña».

8

Fumaba frente a la ventana de la sala de profesores, mirando con indiferencia la lluvia, el tráfico, los edificios del otro lado de la calle, bloques de pisos sin orden que ahora rodeaban la escuela, balcones y cocinas con cierres de aluminio y terrazas con ropa tendida, todo surgido en no mucho más de una década, más o menos en los últimos quince años, pues cuando ella llegó a la ciudad la escuela era un edificio solitario en un descampado, un poco más allá de las últimas casas, que ahora habían desaparecido sin dejar rastro, casas blancas, rurales, próximas a la carretera del cementerio, cuyas tapias y cipreses veía ella contra el azul de la lejanía y de los olivares desde las ventanas de la primera aula en la que dio clase, en otro septiembre lejano que recordaba muy distinto a los septiembres tórridos de ahora, un septiembre de lloviznas, de amarillos intensos en los campos donde todavía quedaban los tallos cortados del trigo y de la cebada. Cerca de la escuela había existido un arcaico molino de aceite que ella no recordaba cuándo desapareció, y desde el que llegaba en invierno un olor muy fuerte a aceitunas machacadas. En ese tiempo, por septiembre, aún se veían mulos y burros cargados con cestas rebosantes de uvas negras y rubias, aunque no habían pasado tantos años como la memoria sugería, y los cambios no habían sido tan súbitos, tan de la noche al día como ella ahora pensaba, esperando la llegada de aquel policía a quien ya creía habérselo dicho todo, firme y aburrida frente a la ventana desde la que ya no podía ver las tapias ni los cipreses del cementerio, ni las bajas casas blancas en las que se había fijado con una anticipación de desaliento la primera vez que llegó a la ciudad, en el coche de línea de Madrid, al final del verano en que había ganado las oposiciones. Con veintidós años, le parecía mentira, empezándolo todo, su vida como maestra su matrimonio, su embarazo, en el principio de casi todas las cosas y sin ninguna costumbre, todo era novedad, incertidumbre y sorpresa, el piso adonde se mudaron olía a pintura y a yeso fresco, cada salida a la ciudad era una exploración, cada uno de los niños que se sentaron delante de ella en los pupitres el primer día de su primer curso era un enigma que la conmovía y la desconcertaba.

Se había casado un par de semanas antes de viajar a la ciudad y aún le extrañaba, al frotarse las manos, encontrar la alianza en su dedo anular, decir «mi marido» cuando hablaba con alguien, verse a sí misma de pronto, sin haberlo pensado mucho, como una mujer definitiva, ya hecha, con toda una vida por delante, como se decía, pero una vida regulada, con ciertas seguridades que su imaginación todavía no había aprendido a calibrar, en parte porque la asustaban, la seguridad de un empleo que le duraría hasta que se jubilara, el término formulario pero también abrumador que el juez había señalado para su matrimonio, hasta que la muerte os separe, era demasiado joven para haber adquirido una idea tan desproporcionada de duración. Aún contaba el tiempo por veranos y cursos, por vacaciones y períodos de exámenes, y aquel mismo año, mientras se sometía al tormento de las oposiciones, había sentido que vivía igual que siempre, un mes de junio de calor y de noches en blanco estudiando apuntes, y mientras estudiaba no se le ocurría pensar que aquellos exámenes no eran iguales a los que había preparado desde que tuvo uso de razón, que si aprobaba obtendría un beneficio más práctico que las buenas notas, un documento en toda regla de entrada en la vida adulta, en la vida práctica de la gente que trabajaba para ganarse la vida y se casaba y tenía hijos.

Apagó con cuidado el cigarrillo en el cenicero que sostenía en la mano izquierda, sin apartarse todavía del ventanal, aunque había creído escuchar unos pasos que podían ser los del inspector, fuertes pasos masculinos en el pasillo ancho y vacío del colegio, desalojado ya por los niños y sin embargo de algún modo ocupado todavía como por un rescoldo de tumulto, de gritos y pasos y pisotones veloces en las escaleras, por un residuo de olores infantiles y adolescentes en el aire, que a ella le parecía, al respirarlo, un aire gastado o cansado, tan gastado como el mobiliario o los libros o las instalaciones sanitarias, tan cansado como todos ellos, los maestros, más exhaustos al final del día por comparación con la incontrolable energía física de los alumnos. Todas las tardes, a esa hora, cuando se disponía a salir de la escuela cruzando corredores a oscuras y bajando escaleras desiertas, notaba en sí misma un cansancio gradual que no era exactamente físico, ni tampoco por completo moral, una mezcla de extenuación antigua y desaliento íntimo que solía durarle hasta que llegaba a casa, al lugar donde ahora, desde unos meses atrás, no vivía con nadie. Muy sensible a la calidad de las cosas materiales que la rodeaban, le parecía que su cansancio era más bien un deterioro semejante al de los objetos que veía en la escuela y que tocaba con sus manos, todos ellos sometidos a un desgaste lento como el de la erosión del mar, a una especie de involuntaria y aceptada postergación de la que sólo ella parecía darse cuenta. Se había vuelto hacia la puerta de la sala de profesores, suponiendo que quien apareciera en ella iba a ser el inspector, pero los pasos continuaron, alejándose ahora, y la leve decepción que sintió, la irritación todavía en ciernes de seguir esperando, le hizo ver con mayor agudeza el lugar donde llevaba pasadas tantas horas muertas de su vida, donde había asistido a tantas reuniones, claustros, conspiraciones, murmullos, tragedias vulgares y secretas, donde había llegado con una mezcla de expectación, pavor e ilusión más de quince años antes, cuando era una mujer muy joven y llevaba en su vientre sin saberlo aún el embrión de una vida humana. Vio la vulgaridad aplastante que ni siquiera ella era capaz de advertir siempre con tanta precisión, los cuadros horrendos de payasos o de jarrones de flores pintados muchos años atrás por alumnos de lo que ahora se llamaba Expresión Plástica y no descolgados nunca, la fotografía enmarcada y descolorida de los reyes que ya estaba allí la primera vez que ella llegó, los calendarios de propaganda de una papelería, los estantes con libros de texto viejos o haces de exámenes o de expedientes, la máquina de escribir que aún no había sido desplazada por la aparición reciente de un ordenador, igual que la fotocopiadora no había logrado desplazar del todo al papel carbón. Ceniceros de plástico amarillo con la insignia de Ricard o Cinzano, carteles atrasados de Semana Santa: cada cosa un agravio personal, un testimonio del paso traicionero del tiempo, igual que el dolor en la espalda, que las arrugas lineales a los lados de los ojos y la grasa bajo la piel de las caderas y de los muslos, un agravio y en el fondo una claudicación de la voluntad, un rendirse al fatalismo del tedio y el envejecimiento.

En el espejo de la polvera examinó el brillo de sus ojos y el estado de la línea oscura que le subrayaba los párpados, y mientras se pasaba la barra de carmín por los labios encontró en sus pupilas una expresión de desafío hacia sí misma: qué estás haciendo aquí, dijo, y al principio esa pregunta tenía el mismo sentido general que otras veces, qué estaba haciendo en la ciudad a la que ya nadie ni nada la ataba, pero bruscamente, cuando de nuevo unos pasos se acercaban hacia la sala de profesores, la pregunta adquirió una precisión inesperada, urgente, contra la que ella misma no acertó a defenderse, qué hacía a esa hora y en ese lugar, esperando a alguien que tardaba mucho y en quien no había pensado ni una sola vez como en una persona real, sino como en una figura abstracta o en la encarnación de una tarea, la policía, el inspector que investigaba el asesinato de Fátima: había hablado una sola vez con él, o más bien había contestado a sus preguntas y lo había mirado escucharla, había advertido su condición indudable de forastero, que en aquella ciudad tan cerrada era enseguida evidente, y con la que ella de manera automática se identificaba, se había fijado en su forma de vestir, también ajena a la ciudad, porque llevaba una ropa y un calzado propios de otras tierras más acostumbradas al confort del invierno, a la asiduidad de la lluvia, un anorak fuerte, forrado, de tela impermeable, como de trato habitual con la intemperie, con el viento marítimo, unos zapatos recios y austeros de caminar por bosques. Y ahora revisaba en el espejo la línea de sus ojos y se pintaba otra vez los labios porque estaba esperando a ese desconocido, tal vez no porque le pareciera atractivo, sino porque era forastero y no tenía aspecto de acomodarse con facilidad a la ciudad, y eso la hacía imaginarlo vagamente parecido a ella.

Había oído en una de las conversaciones de la sala de profesores que el inspector prácticamente acababa de llegar, y alguien bajó el tono de voz y dijo saber, de buena tinta, que lo habían trasladado con urgencia desde el País Vasco, y que su destino en una ciudad tan pequeña era tal vez un castigo por algo. Pero ella se resistía a participar en aquellas conversaciones, en parte porque el horror y el sufrimiento por el asesinato de la niña eran demasiado íntimos como para aceptar la degradación morbosa de los rumores y los chismes, en parte también porque sentía un impulso muy fuerte de desprenderse de todos los lazos cotidianos con la escuela y con la ciudad, una urgencia de ir preparando la partida, de solicitar un traslado y concederse a sí misma el privilegio de huir antes de marcharse, aquel estado de espíritu que en otros tiempos se apoderaba jovialmente de ella en vísperas de los viajes, en el principio de aquella vida que había comenzado a los veintidós años, con su título de maestra y su anillo de recién casada, con su hijo todavía embrionario y secreto creciendo como un organismo primitivo en su vientre.

Se había dado a sí misma un plazo inapelable, una tregua que ya no renovaría más, como había hecho otras veces, tantos años, a principios de curso, en los días todavía muy calurosos de mediados de septiembre, cuando llegaba a la escuela y encontraba esperándola el mismo olor peculiar que había dejado allí a finales de junio, el olor de tiza y de sudores infantiles, y con él los mismos pasillos y aulas un poco más envejecidos y abandonados, los mismos patios en los que pasaría tantas mañanas más vigilando el recreo de los pequeños, los alumnos más grandes, más altos ya que ella, los de los últimos cursos, desconocidos, aunque años antes ella les hubiera enseñado a leer y limpiado los mocos, adiestrándose ahora en la brutalidad, bajando las escaleras como caballos a galope y apartando a empujones a los pequeños, quienes también, unos años más tarde, se convertirían en lo mismo que ellos, adolescentes con bozo y entrecejo, con granos en la cara, con pantalones abolsados, camisetas anchas y flojas y botas deportivas negras, idénticos a los adolescentes de las series americanas de la televisión, oscilando al caminar como ellos, algunos, los más audaces, con gorras de béisbol vueltas del revés, mascando chicle en clase, con las piernas abiertas y el cuerpo desmadejado en el pupitre, igual que habían visto en la televisión.

Se había prometido o exigido a sí misma que aquél sería su último curso en la ciudad, que intentaría mover influencias antiguas para conseguir el traslado a Madrid, pero el primer día del curso, en la sala de profesores, mientras conversaba otra vez con las mismas palabras con los mismos compañeros del año anterior, un poco más viejos, todavía bronceados, pensó que no iba a aguantar otros nueve meses de su vida en aquella escuela y en aquella ciudad, en la que tenía la sensación de haber vivido en vano tantos años, sin obtener nada a cambio de tanto tiempo, casi la mitad de su vida, su vida adulta íntegra, porque había terminado enseguida la carrera y al año siguiente de conseguir el título de Magisterio había aprobado las oposiciones. En lugar de solicitar una plaza cerca de Madrid secundó con más docilidad que entusiasmo el propósito de su novio, que quería que se establecieran en la misma ciudad donde él había nacido, donde había tantas cosas que hacer, aseguraba él, iluminado y ambicioso, cargado de proyectos y de principios, de ideas inapelables sobre lo injusto y lo justo, sobre la pareja y la familia y la paternidad y los negocios, sobre cada aspecto de la vida humana, de la historia, de la política, de la moral, tenía él una opinión firme y taxativa, y también, desde luego, sobre el oficio de ella, que se había hecho maestra un poco por casualidad y tenía un alma demasiado práctica como para alimentarse con el tipo de abstracciones y de proselitismos pedagógicos que tanto le gustaban a él, y que deseaba aplicar igual de fogosamente en la escuela y en la educación de los hijos, cuando los tuvieran, cuando lo hubieran visto claro los dos, pues no era partidario de fiar nada a la casualidad o a la improvisación, al espontaneísmo, decía, y ese carácter concienzudo y meticuloso a ella le hacía sentirse frívola por comparación, le inspiraba algo parecido a un sentimiento de culpa, una sospecha de no estar a la altura de las convicciones tan sólidas de él, igual que no se consideraba a la altura de su inteligencia.

Hubiera querido casarse, si no de largo, al menos sí de blanco, con falda corta, tacones altos y medias de seda, y en el fondo de sí misma no le habría importado casarse por la iglesia, pero desde luego no le dijo nada de eso a él, que también tenía ideas claras y estrictas sobre la ceremonia nupcial, y cuando su madre o su padre formularon un principio de queja se indignó con ellos y se puso de parte de quien iba a ser su marido con una convicción agresiva, como si al defenderlo a él tan celosamente estuviera defendiendo su propia independencia personal y disipando sus incertidumbres más inconfesadas. De modo que se casaron en un juzgado, delante de un juez que ostensiblemente no creía en el valor de aquella ceremonia impía y que les dio una imitación fogosa de sermón eclesiástico, y a continuación, aturdidos y descorazonados por la rapidez del trámite, salieron a la calle prácticamente empujados por un funcionario judicial, pues había muchas parejas y grupos de invitados esperando, mujeres gordas con pamelas que se reían a carcajadas tirando puñados de arroz, todo con un desasosiego de ambulatorio de la Seguridad Social, con una prisa y una desgana de trámites que a ella le depararon una congoja invencible en el pecho, un violento deseo de encerrarse a llorar allí mismo, en los lavabos del juzgado, donde los carteles de hombres y mujeres estaban escritos a bolígrafo sobre una hoja de papel y pegados a las puertas con cinta adhesiva.

Ahora, a los treinta y siete años, descubría cosas de sí misma que habían afectado mucho su vida sin que ella las hubiera comprendido o aceptado, y muchas veces ni siquiera percibido, por ejemplo el modo en que influían sobre ella los detalles menores, la fealdad o la belleza de los lugares o de los objetos que la rodeaban, la pena horrenda que le dieron aquellos carteles escritos a bolígrafo y pegados de cualquier modo sobre las puertas de los lavabos, lo que había de aceptación incondicional e inadvertida de los peores horrores y claudicaciones en el abandono de ciertos detalles, en la negligencia de las cosas diarias: en invierno, en una de las mesas camilla de la sala de profesores, algunas maestras, durante el recreo, se tomaban un vaso de colacao con galletas que habían traído de casa envueltas en papel de aluminio, se abrigaban con las faldillas para recibir el calor del brasero eléctrico y mojaban las galletas en los vasos, y eso a ella le producía una desolación desde luego ridícula, pero muy intensa, como la que había sentido después de su boda al experimentar ciertos pormenores de la intimidad conyugal, al

84

descubrir que su marido no solía vaciar la cisterna después de orinar, por ejemplo, una desolación que difícilmente podría confiar a nadie y la hacía sentirse un poco culpable, sospechosa de frivolidad ante sí misma, ante la rectitud austera de su marido.

Él la había traído a su ciudad, donde pensaba ejercer el oficio de alfarero en el taller que había heredado de su padre: al cabo de no mucho tiempo él la había dejado sola en ella, sola con el niño que había nacido justo al final de su primer curso como maestra, y que no había cumplido tres años cuando él se marchó, recto y torturado siempre, explicándolo todo, con aquella temible determinación de sinceridad que excusaba toda delicadeza. La nueva vida de pronto era otra vida, una ofuscación de soledad y trabajo, de escarnio de haber sido dejada y sobresalto de posibles regresos, angustia de noches a solas con el niño enfermo, de minutos aguardando por la mañana a que llegara la chica que iba a quedarse con él, de salir a toda prisa de una reunión en la escuela para recogerlo de la guardería, para llevarlo a urgencias a las cuatro de la madrugada, porque parecía que se asfixiaba en la cuna y la fiebre no le bajaba.

Y ahora, si tenía nostalgia de algo, no era de su juventud ni de las ilusiones de entonces, de lo que se había roto para siempre al acabar su vida conyugal —una candidez en gran medida inaceptable para alguien adulto, una predisposición de credulidad y confianza que ya no recobraría nunca más—, sino de la pura sensación de novedad, de vida abierta y recién comenzada, lo mismo en la ternura que en el dolor, en la alegría que en el miedo: cuando ella llegó a la ciudad el mundo no estaba usado, como ahora, ni era previsible, ni podía ser tolerablemente manejado a base de desengaño y astucia. Las cosas surgían y cambiaban de un día para otro, la llegada del primer invierno en aquella ciudad y en las habitaciones del primer piso que tuvieron alquilado era el principio excitante de una estación nueva, de una vida que olía a cosas recién hechas, a habitaciones recién pintadas, a madera fresca de muebles, el olor que empezó a notar entonces cuando volvía de la escuela y que enseguida identificó como un rasgo y a la vez un símbolo de la nueva vida.

Nada pesaba sobre ellos, nada era del todo seguro ni definitivo, habían montado una estantería a base de tablones alzados sobre ladrillos, usaban como mesas de noche dos sillas viejas que ella había traído de la escuela, aprendían a cocinar con el libro de Simone Ortega, aunque él nunca tuvo paciencia ni paladar para las comidas laboriosas que a ella le gustaban, y lo mismo las habitaciones del piso que las horas del día tenían para ellos utilidades en gran medida intercambiables, y podían quedarse hasta el amanecer charlando y fumando con algunos amigos (Ferreras y su novia de entonces, sobre todo, la mosca muerta del pelo sucio y el pecho plano, pensaría luego con rencor tardío y del todo inútil), y levantarse a las tres un domingo, y hacer el amor en la cocina con un arrebato de urgencia o pasar una tarde entera defendiéndose del frío muy abrigados en la cama, leyendo a la luz nublada de invierno.

Con su primer sueldo pagó el primer plazo de un gran equipo de música, casi el único mueble sólido o valioso que había en la casa, brillante de botones plateados y de agujas indicadoras que oscilaban como las de los sismógrafos, en aquellos tiempos anteriores a las tecnologías digitales. Tenían unos pocos discos, un *Carmina Burana* que a él le gustaba mucho, hasta el punto que se entusiasmaba y hacía ademanes como de cantar en el coro o dirigir la orquesta, un doble de los Beatles, algo de música sudamericana, que aún no había caído en el descrédito. Pero había un disco que a ella le gustaba por encima de todos, y que aún se sabe de memoria, aunque hace tiempo que no lo escucha, una selección de canciones de Joan Manuel Serrat que procuraba oír cuando él no estaba, no porque la criticase abiertamente, sino porque sonreía con cierta condescendencia, una sonrisa que era de esos gestos singulares que resumen un carácter y alertan sobre él, de desdén y de paciencia, de incansable vocación pedagógica. De ese disco a ella le gustaba sobre todo una canción, *Tiempo de lluvia*: le parecía que hablaba justo de aquel otoño de su vida, el de los veintidós años y el comienzo de todo, un otoño lento, de cielos limpios por las mañanas y atardeceres nublados y con viento, cuando lo más dulce de todo era entrar de noche en la cama y notar el roce ya cálido y agradecido de las sábanas sobre la piel, libre ahora del sudor del verano, más sensitiva, renacida, con un exceso de sensibilidad que ella aún no atribuía al embarazo, a la brizna de vida que crecía en su vientre. Tardes de lluvia en las que el sol volvía cuando ya se esperaba el anochecer, después de la oscuridad engañosa del nublado: miraba desde la ventana, aún sin cortinas, la lluvia resplandeciendo al sol oblicuo del atardecer, y al volverse hacia el interior de la habitación casi vacía estaba viendo el mismo lugar que retrataba la canción:

Es tiempo de lluvia,
de vivir de beso en beso
entre paredes de yeso
y dejar los días correr...

La canción estaba hecha para ella, para aquel septiembre y aquella tarde exacta en la que aún ignoraba que iba a tener un hijo a finales de la siguiente primavera, que sería así la estación inaugural de su maternidad, igual que el otoño estaba siendo la de su ingreso en el trabajo y en la vida conyugal. *Es tiempo de lluvia*, seguía escuchando, cantaba ella también, muy quedo, *tiempo de amarse a media voz.*

Tampoco tenía, después de separarse, mucha nostalgia sexual: guardaba en su corazón como yacimientos de confusa ternura que prefería no recordar con detalle, y desde luego no echaba de menos a quien fue su marido, incluso le resultaba desagradable pensar en la posibilidad real de acostarse alguna vez con él, o la aparición fugaz en su conciencia de alguna escena sexual de hacía diez o quince años. Gradualmente, según fue venciendo el horror y la humillación del abandono, fue comprendiendo que en realidad él no había sido nunca un amante memorable, ni siquiera en los primeros tiempos, en el primer otoño de la nueva vida, en la ciudad nueva para ella. De algo sí tenía nostalgia: la sensación cálida, incrédula, secreta al principio, de estar embarazada, era la novedad máxima que resumía y exaltaba a las otras, que las envolvía en una dulzura también nueva, jamás sentida por ella hasta entonces, y desde luego absolutamente personal, porque ni siquiera tenía la sensación de compartirla del todo con su marido. Era una dulzura en cuya naturaleza estaba el no poder ser compartida sino con quien aún tardaría siete meses en nacer, una felicidad que nada amortiguaba y que ni siquiera disminuía ni se desgastaba con el paso del tiempo, ni cuando se convertía en una noticia familiar.

—Pero de pronto él no quería que tuviéramos al niño

—le dijo una tarde al inspector, unos dos meses después de que se encontraran en la sala de profesores de la escuela, cuando ya se había acostumbrado a hablarle sin que él le hiciera preguntas ni le contara muchas cosas, tan sólo le ofrecía una atención silenciosa y concentrada—. Dijo que era demasiado pronto, que rompía todos nuestros planes. Que ninguno de los dos estábamos emocionalmente maduros para asumir la paternidad. Las palabras de entonces. Las palabras parece que son verdaderas y exactas y luego resulta que llegan y se van como las canciones del verano.

Ni siquiera tenía nostalgia de su hijo, que había dejado de vivir con ella al final del curso anterior, el que Fátima terminó con las mejores notas de toda la clase, seria y sonriente al recogerlas, feliz, avergonzada de su propia excelencia, por un escrúpulo de timidez o pudor. Su hijo tenía catorce años, medía uno noventa, se afeitaba todos los días y dejaba la cuchilla sucia y el frasco de espuma de afeitar abierto en el lavabo. No limpiaba el váter después de orinar, y solía olvidarse de tirar de la cadena. Que ahora ya no viviese con ella era un alivio inconfesable, que también tenía, como de costumbre, su parte de culpabilidad. No echaba de menos al adolescente que se había ido a vivir temporalmente con su padre dejándola sola por segunda vez en aquella ciudad que no era la suya. Pero tenía una nostalgia muy intensa del niño que había sido desde que lo sintió por primera vez latir y moverse en su vientre hasta que tuvo nueve o diez años, y ahora se daba cuenta de que en su nostalgia había una parte de luto porque esa edad que ella añoraba en su hijo era la misma en la que la muerte había detenido para siempre a Fátima. No había diferencia, no contaba para nada el vínculo de la sangre. Muerta la niña, miraba sus trabajos escolares y su pupitre vacío con un hondo luto de orfandad, como si también a ella le hubiesen arrancado de la vida a su hija.

Estaba tan ensimismada que cuando sonó el timbre del teléfono le provocó un sobresalto de angustia y urgencia idéntico al de la alarma de un despertador. Con torpeza, como quien ha sido despertado bruscamente, descolgó y preguntó quién llamaba y al principio no reconoció la voz del inspector. Había ocurrido algo, le dijo, le iba a ser imposible visitarla en la escuela, tal vez a ella no le importaría ir a su despacho, a cualquier hora de la tarde, estaría esperándola.

9

Apuraba el café, escaso y demasiado fuerte, que le dejaba un regusto amargo en el paladar, movía la cucharilla en el fondo de la taza y la sacaba untada en azúcar líquido, oscuro, como caramelo fundido, y lo saboreaba con una cierta fruición pueril, en la mesa en la que se había sentado desde el primer día, y que de un modo tácito le era reservada por el camarero, una mesa pequeña, junto al ventanal que daba sobre los soportales y la plaza, y en la que él se sentaba de manera que podía mirar cómodamente hacia afuera y al mismo tiempo vigilar la entrada al comedor. Le habían enseñado que no se debe dar la espalda a las puertas y que en un sitio público es preferible ver cuanto antes a los recién llegados. Uno podía estar en un bar, en un restaurante como el Monterrey, comiendo a solas el menú en su mesa de todos los días y mirando el telediario, y de pronto alguien con un aspecto normal empujaba la puerta de cristales, vestido con vaqueros, con zapatillas de deporte, con un chaquetón o un chubasquero de plástico, se llevaba la mano al costado, adelantaba el brazo y en un instante apoyaba el cañón de la pistola en la nuca y hacía fuego, y el mantel barato a cuadros o de recio papel blanco quedaba manchado de sangre y de materia cerebral. Unos segundos más tarde el recién llegado ya se había ido, con determinación, con calma, esgrimiendo todavía la pistola, como una advertencia, y las voces del telediario seguían escuchándose igual, y nadie se acercaba aún a la mesa donde la cabeza destrozada de un hombre yacía sobre un plato a medio terminar.

A lo que más le costaba acostumbrarse al inspector era a la ausencia del miedo. Había vivido y respirado el miedo durante demasiado tiempo, se lo había administrado a sí mismo como una vacuna, una dosis de veneno necesaria para lograr una cierta inmunidad, y ahora, cuando ya no lo necesitaba, el miedo seguía con él, siempre, una costumbre demasiado antigua para librarse de ella en días o semanas, en los pocos meses que llevaba lejos de Bilbao. Repetía precauciones ahora inútiles, mirar a la calle nada más levantarse, desde la ventana del dormitorio, buscando una presencia inusual, un coche o una persona no familiares en el vecindario, memorizar matrículas, cambiar sus itinerarios entre la comisaría y la casa, volverse cada pocos pasos para comprobar que no era seguido, mirar debajo del coche antes de subir a él. Y aunque ahora lo usaba muy poco, cada vez que iba a girar la llave de contacto lo hacía con un impulso de expectación, con una fracción instantánea de pánico. A otros ese gesto mínimo los había matado, y él se preguntaba siempre si llegaron a saberlo, si tuvieron tiempo de comprender que estaban muriéndose, que en décimas de segundo estarían reventados y despedazados en medio de la chatarra, jirones de tejido humano y de ropa, plástico quemado, humo denso y sofocante, ventanas con cristales rotos a las que al principio no se asomaba nadie, preferían no mirar, no saber.

Puede que no, pensaba, era posible que uno no llegara a enterarse, que estuviera distraído con cualquier cosa y fuera aniquilado sin más por la muerte, un gesto breve y una fracción de segundo eran la única distancia entre vivir y estar muerto, entre subir al coche pensando hace frío o voy a llegar tarde o el partido de fútbol de anoche fue un desastre y de pronto no ser ya nada, nada vivo y ni siquiera reconociblemente humano, trozos de carne o guiñapos de ropa y vísceras, sangre y materia cerebral sobre la tapicería, en el salpicadero de un coche destrozado por una explosión, en una calle donde tras el estrépito de los cristales todo se ha vuelto silencioso, un silencio como de antes del amanecer y alguna cara pálida y desconfiada sin asomarse del todo a una ventana alta.

Cada una de las pocas cartas que le llegaban la abría acordándose de quienes pierden las manos o los ojos al desgarrar un sobre, al levantar el envoltorio de un paquete sin nada sospechoso. Preferible la muerte instantánea, no el horror de la ceguera, de las manos amputadas, de las sillas de ruedas y los siniestros aparatos ortopédicos: pero no, tampoco quería esa clase de muerte, si iban por él y no le era posible escapar prefería que lo mataran rápido, pero no tanto como para que él no llegara a saberlo, sin que de algún modo comprendiera y aceptara que se iba a morir. Fátima había tenido varias horas de lento suplicio para comprender lo que iba a sucederle, pero quizás el pavor la había hipnotizado hasta cegarle la conciencia: no sufrió al final, había dicho Ferreras, la asfixia actuó sobre ella como un anestésico.

Lo estaba esperando. Se había citado con él en su despacho, pero le daba pereza levantarse y salir a la lluvia y al viento, y se concedió unos pocos minutos de tregua: no habían dado aún las cuatro en el reloj de la torre. Apurando el último resto frío de café se acordó sin nostalgia, aunque con remordimiento, de las sobremesas de otro tiempo, los cigarrillos y los vasos de whisky, el simulacro de vehemencia, lucidez y coraje que le deparaba el alcohol. Pensaba en la bebida como en el otro lugar ahora lejano que había abandonado, aunque no siempre estaba seguro de si al marcharse huía o era simplemente que lo expulsaban.

A las cuatro en punto vio desde la ventana que Ferreras llegaba a la plaza en su moto y la estacionaba en la acera frente a la comisaría, envuelto en el casco y en la ancha cazadora de cuero como en una armadura, llevando enérgicamente su cartera grande, rozada, prolija de pliegues y de hebillas. Se quitó el casco al acercarse al guardia de la puerta, y el inspector lo vio gesticular y adivinó un segundo antes de que sucediera la negativa del guardia, que señalaba hacia el otro lado de la plaza, hacia los soportales del Monterrey. Al inspector le gustaba ver a la gente a esa distancia, desde un sitio elevado y protegido, como cuando había tenido que vigilar durante mucho tiempo a alguien y había acabado adquiriendo una especie de familiaridad muy íntima con los andares y las costumbres de aquel desconocido, a quien después, si lo veía de cerca, ya no identificaba del todo con el objeto de su vigilancia. De lejos se diluía la identidad, no era difícil ver a las personas como figuras de una representación a escala, moviéndose por calles reducidas a las proporciones de un pequeño teatro, entrando en casas que en realidad tenían fachadas de cartón en las que se recortaban las ventanas, iluminadas desde detrás del escenario por una linterna o una vela.

Así veía ahora la plaza, en la quietud adormecida de

la sobremesa, la estatua en el centro como una de esas figuras militares de plomo, los aligustres de copas demasiado redondas, la torre del reloj y los tejados con un color de cartón viejo, ahora empapado de lluvia, recortado contra el cielo oscuro donde las nubes se movían a una velocidad acelerada, como en un diorama defectuoso. Ferreras dejó la moto delante de la comisaría y el inspector lo vio cruzar ahora en dirección a los soportales del Monterrey y pudo calcular, igual que en una jugada de ajedrez, cada uno de sus pasos inmediatos, el momento justo en que lo vería aparecer en la puerta del comedor, con el casco de la moto en una mano y la cartera en la otra, respirando fuerte por la excitación o la prisa con que había cruzado la plaza y subido las escaleras del restaurante.

Ferreras tardó un poco en verlo, aunque a esa hora ya no quedaba casi nadie en el comedor: quien espera alerta siempre tiene ventaja sobre el que acaba de llegar, las décimas de segundo que éste tarda en acomodar su mirada a la disposición de los objetos y de las presencias. Ferreras parecía cualquier cosa menos un forense, y no sólo por la cazadora, las botas y el casco: parecía más bien un fotógrafo de sucesos, un enviado especial a alguna parte, a alguna región peligrosa o abrupta. Tenía la cara muy morena, como si acabara de llegar de una guerra tropical, trayendo consigo algo muy valioso, un mensaje o un trofeo, el contenido de su cartera, de un cuero tan maltratado como el de su cazadora, con hebillas y pliegues, como el equipaje de un explorador. Su presencia sugería intemperies embarradas, temeridades y peligros. Pero cuando se quitaba la cazadora, o cuando estaba en el depósito, vestido con su bata blanca, parecía de pronto un médico, un médico muy serio y abstraído, que daba cuidadosas explicaciones técnicas y se ocupaba enseguida de hacerlas comprensibles a su interlocutor, a veces con un punto excesivo de pedagogía e indulgencia. Él fue quien tomó las fotografías del cadáver de Fátima. Abrió laboriosamente las muchas hebillas de su cartera y dejó sobre la mesa, de la que aún no habían retirado el mantel, un sobre grande y blanco. De más cerca se le veía que la piel atezada de la cara tenía un matiz terroso, y que sus ojos estaban enrojecidos y muy dilatados. Llamó al camarero y le pidió una copa de coñac.

—¿Usted no quiere?

El inspector movió la cabeza, señalando su taza de café. Ferreras se fijó en las tres botellas vacías de cocacola que había sobre la mesa.

—¿Sólo bebe café y cocacola? Así tiene esa cara de no dormir nunca.

—Usted tampoco parece haber dormido mucho.

—Pero yo es que estoy volado, voy siempre espídico, como si me hubiera puesto algo. —En el habla de Ferreras, como en su indumentaria, había un exceso irónico, una dosis de parodia aceptada de sí mismo, del aire de juventud o eficacia que sus palabras y su ropa o su moto atestiguaban—. Terminé de escribir esto a las ocho de la mañana, ya no atinaba ni a ver las teclas del ordenador.

El camarero trajo la copa de coñac y Ferreras bebió la mitad de un trago. En el aire quedó un olor crudo a alcohol. El inspector pidió una cocacola. Ferreras se pasó una mano por la cara, hundiendo luego los dedos en el pelo, que era gris y muy abundante, en un gesto involuntario de extenuación.

—Quería entregarle hoy mismo al juez el informe de la autopsia —dijo—. Esta copia la he traído para usted.

Iba a beber otro trago de coñac, pero aguardó a que el camarero trajese la cocacola, y cuando el inspector se la sirvió en el vaso con hielo hizo un ademán burlesco de brindis. Las personas muy reservadas lo ponían nervioso, le daban un sentimiento desagradable de desventaja. A él le costaba mucho permanecer callado, y suponía con resignación que su locuacidad lo dejaba siempre en inferioridad de condiciones. Ahora mismo, por ejemplo, el inspector lo miraba en silencio, bebiendo a sorbos cortos su cocacola, y aunque era indudable que le urgía conocer las novedades de la autopsia no mostraba impaciencia: era él mismo, Ferreras, que lo sabía ya todo, el que estaba nervioso, el que no podía seguir conteniéndose. Después pensó, según fue tratándolo más, que la atención del inspector no era menos intensa que la suya, pero procedía de una conciencia mucho más retirada hacia adentro, como de un lugar donde el inspector siempre estuviera solo, una casa en la que no recibía jamás visitas de nadie.

—No la violó —dijo de golpe Ferreras, apurando el coñac—. En ningún momento se corrió, el malnacido. Ni rastro de semen, fuera o dentro de ella. Le desgarró la vagina, eso sí. Con los dedos, seguramente. Había un pelo púbico en su garganta.

—¿Y la sangre?

—Casi toda de él, menos la de la hemorragia vaginal, que a ella no le manchó la ropa, porque ya estaba desnuda.

—¿Es la misma sangre que había en el ascensor?

—Idéntica. Grupo cero. Se debió de cortar profundamente con algo.

—¿Le mordería la niña?

—No creo. No hay señales de resistencia. Ni escamas de la piel del individuo en sus uñas, ni pelos arrancados. Si le hubiera mordido habríamos encontrado algún residuo en los dientes de Fátima, y desde luego algo de sangre.

Pero la sangre estaba en el ascensor, una huella roja junto al panel de mandos, y también en la baranda de la escalera, y en la pared, casi la huella completa de una mano, como esas manos azules que se ven en las fachadas de algunas casas en las aldeas de Marruecos, dijo Ferreras, a quien su espléndida disposición de explorador sólo había llevado en su vida al norte de África, en los tiempos de los viajes en busca de hachís. De modo que su asesino no la había asaltado en la calle, sino probablemente en el ascensor, cuando Fátima volvió de la papelería. Debió de verla cuando rondaba el portal y entró al mismo tiempo que ella, y cuando el ascensor empezó a subir y la niña permanecía callada junto a aquel hombre en el espacio tan estrecho, con su caja de ceras y su cartulina bajo el brazo, él hizo un gesto que ella no entendió, que no la alarmó todavía, extendió la mano y pulsó el botón de parada y ya estaba sangrando. Con qué se habría cortado, dijo el inspector, cómo, y vio la mancha de esa misma mano en el hombro del chándal de Fátima, las manchas exactas de los cinco dedos, como en una impresión de huellas dactilares, la mano ensangrentada que se hincaría en la clavícula y en el hombro delicado de la niña, apretando los huesos tan frágiles, desgarrando luego, hendiendo.

—Intentaría penetrarla y no pudo —dijo Ferreras, en el tono más neutro que pudo obtener, pero no lograba controlar sus nervios, se pasaba la mano por el pelo rizado y gris y observaba de soslayo la manera metódica en que el inspector bebía su cuarta cocacola—. Les pasa algunas veces. Entonces la obligaría a que le hiciera una felación. Usó la navaja. La niña tiene una incisión muy clara en el cuello. Pero se controlaba: le clavó la punta menos de un milímetro.

Ninguno de los dos quería pensar de verdad en lo que estaba diciendo. Contrastaban pormenores, pero eludían imaginar las circunstancias que revelaban, el espanto cifrado en cada uno de ellos. La mano ensangrentada, los dos dedos que habían dejado sus señales indelebles en la parte posterior del cuello, la desgarradura en el sexo infantil, el pelo púbico, negro y rizado, adherido en el interior de su garganta. El inspector no quería detenerse a saber lo que habían visto los ojos claros y acerados de Ferreras en la mesa de autopsia, lo que habían tocado sus manos grandes y morenas, manos de reportero o de explorador y no de médico. Pensó conjeturalmente en una extraña cofradía de la que él y Ferreras eran miembros, pero a la que no le gustaba nada pertenecer: compartían un secreto y un recuerdo con el hombre que había asesinado a Fátima. Igual que los ojos de Ferreras, ahora enrojecidos y dilatados por la falta de sueño, por el espanto de lo que habían presenciado, los de ese hombre tendrían una expresión insondable, llevarían infinitesimalmente en el fondo de la pupila como un fogonazo la misma cara que no podía olvidar el inspector y que estaba inmovilizada en las fotografías, la cara que ni siquiera los padres de Fátima habían llegado a ver.

—Y por ahí anda —dijo el inspector, señalando a la gente que pasaba por la plaza, figuras con abrigos, tapadas por paraguas, inclinadas bajo la lluvia, empleados que regresaban a las oficinas o a los comercios después de comer y de adormecerse un rato en el sofá, una mujer con un carrito de niño forrado de plástico, un viejo con sombrero y bufanda que esparcía granos de trigo o migas de pan en el enlosado del centro de la plaza, atrayendo en un estrépito de aleteos a las palomas que abandonaban las copas de los aligustres y los hombros manchados de herrumbre de la estatua del general—. Por ahí anda el muy cabrón, en medio de nosotros, tan tranquilo, perfectamente seguro de que no tenemos nada para atraparlo.

—Tenemos sus huellas —dijo Ferreras, nervioso, alentado por la ira, echado hacia delante, apartando las botellas vacías de cocacola para dejar espacio a las hojas mecanografiadas de su informe—. Tenemos su sangre y su saliva, su pelo y su piel, la forma de las suelas de sus zapatos, y estoy esperando que me manden de Madrid el informe de su ADN. Ya no es posible ir por ahí sin dejar ningún rastro, usted lo sabe, inspector, tan sólo con ese pelo que había en la garganta de Fátima podemos identificarlo. Es fantástico, ¿no se da cuenta? En un pelo, en una limadura de uñas, en una gota de saliva, ahí está nuestra vida entera, más información de la que cabe en la biblioteca más grande del mundo, todo lo que uno es, lo que sabe y lo que no sabe de sí mismo, su origen y su destino, la enfermedad de la que va a morirse.

Pero nada de eso me sirve ahora, pensaba el inspector, asintiendo a las palabras de Ferreras desde la distancia clausurada en la que el otro lo veía, acordándose de las palabras del padre Orduña, busca sus ojos, su cara entre la gente, no su código genético ni su grupo sanguíneo y ni siquiera sus huellas dactilares, que ahora no sirven de nada porque lo más probable es que no esté fichado, busca sus ojos, su cara, el espejo de su alma, el espejo más turbio en el que puede mirarse nadie en la ciudad, ahora mismo, mientras el cadáver helado y recosido de Fátima yace no bajo tierra, sino en un frigorífico de aluminio, mientras vuelve a caer la lluvia como una restitución de los inviernos del pasado y las nubes son tan bajas y oscuras que ya se han iluminado algunas ventanas en la plaza, los neones de las oficinas y de los comercios, de los despachos de la comisaría.

Alguien sale ahora, clandestino y vulgar, alguien joven, de veintitantos años, con el pelo negro y rizado, fuerte, con una sangre de tipo cero fluyendo por sus venas, con manos anchas, de dedos cortos y fornidos, con huellas dactilares nítidamente dibujadas en los informes de la policía, con la misma exactitud con que está registrado el dibujo de las suelas de los zapatos del número cuarenta que tal vez sigue llevando ahora, y que confirman que no puede ser muy alto, uno sesenta y tantos, asegura Ferreras, haciendo un gesto excesivo con las manos, como para moldear en el aire una figura de yeso, alguien que fuma Fortuna, que debe de tener los dedos manchados de nicotina, por el número de colillas que dejó en el terraplén, filtros marcados por sus dientes, manchados y reblandecidos por su saliva, en la que hay trazas de alcohol, alguien que se parece a cualquiera pero que no puede ser del todo idéntico a los demás, habrá en su presencia un rasgo que lo delate, uno solo, tan indudable como los detalles de su código genético, la expresión de su cara, el brillo de sus ojos, pero la cara es un espacio vacío, una cara borrada o tachada, alguien camina ahora mismo por la ciudad y tal vez cruza con andares furtivos y lentos la misma plaza en la que el inspector y Ferreras miran la llegada prematura del atardecer y tiene manos y zapatos y pelo y huellas dactilares y guarda un paquete de cigarrillos rubios y tal vez una navaja pero no puede ser identificado ni reconocido porque aún no tiene cara, ni siquiera las facciones rudimentarias y amenazadoras de un retrato robot.

—Mire quién va por ahí. —Ferreras, al hablarle, le distrajo de sus cavilaciones sombrías, como si le obligara a abrir los ojos, a despertar de un sueño; le señalaba a una mujer que estaba cruzando la plaza a la altura de la estatua, el inspector no la distinguía porque en ese momento el paraguas le tapaba la cara—. Susana, Susanita Grey. Tenía que haberla conocido cuando llegó a esta ciudad, hace no sé cuántos años.

10

El cura le pidió que lo acompañara, con un gesto de la cabeza, el mismo con el que daba en otro tiempo sus órdenes más inapelables, aquellas que no necesitaban la energía intimidatoria de la voz ni de las bofetadas. Hizo ese gesto, con la cabeza ladeada, y lo precedió arrastrando los pies sobre las baldosas de los pasillos con una especie de pueril agilidad, de rapidez trémula de hombre muy viejo.

Él no se acordaba de nada, asombrosamente, no tenía la menor intuición con respecto a los lugares por los que pasaba, ninguna de las cosas sobre las que le llamaba la atención el padre Orduña despertaba en él recuerdos o reconocimientos instintivos. Los pasillos si acaso le recordaban a la clínica por la que tal vez en esos momentos caminaba monótonamente su mujer. Los dormitorios vacíos, las grandes aulas donde aún quedaban tarimas llenas de polvo y grandes encerados, pertenecían a otro mundo, a un pasado lejano que no le parecía el suyo. En ese espacio negro de la memoria resaltaba la cara del padre Orduña y la de algún otro cura o instructor como en esos retratos que tienen un fondo neutro o abstracto, una pura sugerencia de vacío o penumbra. Tampoco recordaba caras o nombres de sus compañeros de internado: sólo las filas de cabezas peladas y abatidas en la formación o en la misa, la mancha al sol de los mandiles azules, jugando al fútbol en mañanas de domingo.

—Aquí estaba el aula de Química. ¿Te acuerdas?

—No me acuerdo de nada.

El padre Orduña no prestaba mucha atención a su falta de reacciones emocionales ante lo que veía, sin duda porque él tampoco era muy sentimental. Quería enseñarle exactamente algo, y en eso era en lo que se concentraba, con la determinación obsesiva de los viejos. Cuarenta años atrás, poblado por varios cientos de niños con mandiles azules, el colegio de los jesuitas había sido una construcción imponente, un laberinto de vastas aulas y pasillos a oscuras rodeado por terrenos baldíos en los que poco a poco fueron levantándose los edificios bajos de los talleres, de la granja y los patios de juego. Ahora una gran parte de aquella propiedad había sido vendida a una inmobiliaria, y los talleres y la granja habían desaparecido, igual que los mandiles azules y las cabezas pálidas y peladas de los internos. Ahora, dijo el padre Orduña, el colegio se había trasladado a otra parte, muy en las afueras de la ciudad, a unos terrenos mucho menos valiosos: lo único que quedaba del antiguo colegio era la iglesia y el edificio donde estuvieron las aulas y los dormitorios de los internos, y donde sólo él y el portero y algunos empleados muy antiguos y tan viejos como él mismo seguían viviendo, un jardinero al que ya casi no le quedaban plantas que cuidar, la cocinera que les preparaba la comida, las mujeres que mantenían limpios unos pocos dormitorios en los que de vez en cuando se quedaba algún jesuita de paso por la ciudad, algún invitado que venía a participar en un encuentro o a dar una conferencia.

—Todo tan grande, tan desmedido —dijo, con una monotonía de anciano quejoso—. Las huertas, los talleres, los campos de fútbol, la granja. Nos matábamos a trabajar en los primeros años, en la ciudad nos criticaban que nos remangáramos las sotanas y nos pusiéramos a revolver cemento y a cargar ladrillos al mismo tiempo que los albañiles. Desconfiaban de nosotros, pero todavía no mucho. Entonces a nadie se le ocurría pensar que un cura fuera rojo. Imaginábamos una sociedad perfecta, como la Sagrada Familia, como las primeras comunidades de cristianos: el trabajo, la religión, los buenos alimentos, el aire libre, los dormitorios ventilados. Todo en aquellos años horrendos, los peores, cuando la gente se caía muerta de hambre por las calles y todavía escuchábamos de noche las descargas en el cementerio. Pero íbamos a construir aquí una Ciudadela de Dios, una isla de caridad y trabajo. Por eso el padre rector aceptó la idea de traer como internos a huérfanos del otro bando o a hijos de los que estuvieran en la cárcel. Queríamos enseñarles oficios dignos a los hijos de los pobres, y durante años lo hicimos, en la medida de nuestras fuerzas, todavía me emociono al acordarme del olor a madera del taller de carpintería, y de los chicos con sus monos azules y sus herramientas en el de mecánica. Y ya ves: ahora todo vacío, inútil de puro grande, hasta la iglesia. Pero algo hicimos, creo yo, con toda nuestra ignorancia y nuestra cerrazón ideológica, aún no se nos habían abierto los ojos a la justicia pero ya nos dábamos cuenta de que el verdadero reino de Dios era el de los pobres. Ahora miro todo esto y no sé de dónde sacamos el dinero y la energía para levantar esta casa tan grande. Yendo de un sitio a otro se me van las fuerzas y tengo que sentarme a descansar en alguna escalera. ¿No ves este pasillo, que no se acaba nunca? ¿Te acuerdas de que cuando llovía no os dejábamos salir a los patios, y os quedabais durante todo el recreo en los pasillos? El edificio entero lo atronabais con vuestras voces, tocábamos la campana y los silbatos para que formarais y era inútil, no escuchabais nada.

El silencio en el que sonaba la voz del padre Orduña volvía aún más lejanos aquellos recuerdos: los pasos del inspector sobre las baldosas, el roce de las suelas de goma del cura, su respiración sorda y agitada, el ruido de llaves en un bolsillo. Según se iba cansando la cabeza se inclinaba más sobre el pecho, pero tenía la barbilla muy adelantada, la mandíbula inferior avanzando como si fuese ella la que tiraba de todo el cuerpo. Resonaban en su imaginación las voces y las caras de los niños que lo habían rodeado en esos mismos lugares, pero apenas podía pensar en quiénes serían ahora, los que sobrevivieran, en sus vidas y sus caras de hombres que ya habían dejado muy atrás la juventud. De algún modo los niños de entonces seguían perteneciéndole, eran sus contemporáneos. Pero los hombres en que se habían convertido le parecían hombres de otro tiempo, de ahora mismo, carnosos y maduros, amnésicos, con los rasgos endurecidos o embotados por los años, con una sugestión de crueldad en las caras sin rastro de inocencia, en las papadas que ceñían los cuellos de las camisas y los nudos de las corbatas. Cuando los veía de niños pensaba con aprensión en cómo serían de mayores, los imaginaba idénticos a sus padres, rurales y pobres, mal alimentados, con ojos de miedo, de obediencia y rencor. Algunos de ellos, por supuesto, fueron así, se perdieron de vuelta en la miseria de la que los había rescatado transitoriamente la caridad, quedaron anulados, desaparecieron, sin dejar otro rastro que las fichas, los cuadernos de notas y las fotografías que el padre Orduña llevaba años clasificando y ordenando, sin que nadie se lo pidiera, cada vez más torpe y más cegato, acercándose mucho los papeles a la cara para ver los nombres y las facciones de toda aquella gente olvidada: las caras alineadas en los pasillos del colegio, sobre los pupitres de madera basta con tinteros y los reclinatorios de la iglesia, solitarias y en penumbra tras la celosía del confesonario, caras y voces infantiles murmurando pecados con una gramática amedrentada de catecismo.

Otros, muchos más de los que él pudo imaginar, se fortalecieron y prosperaron, se volvieron arrogantes, se convirtieron en hombres que no se parecían en nada a quienes fueron de niños. Pero quién se parece, cavilaba el padre Orduña en silencio, mirando de soslayo al inspector, que caminaba a su lado esforzándose por no dejarlo atrás, quién conserva un rasgo, una expresión casual, un rescoldo de brillo infantil en los ojos. A veces alguien que decía ser un antiguo alumno lo saludaba por la calle y él no se acordaba, aunque intentara descubrir tras la máscara del adulto alguna persistencia de las facciones o la mirada de un niño. Pero sonreía y asentía, daba las gracias, se interesaba con vaguedad cautelosa por familias y trabajos. A principios del verano, cuando él aún no sabía que el inspector estaba en la ciudad, se presentó a visitarlo en la residencia un hombre maduro, pudiente, con un principio de brutalidad contenida en su apostura, el cuello demasiado rojo y ancho, el pecho demasiado abombado bajo la camisa, que tenía desabrochado uno de los botones del vientre. Volvía al colegio, al internado, por un impulso tal vez no de nostalgia, sino de cruda vindicación de sí mismo, se paseaba por los patios aún más perdido en el presente que en el pasado, endulzando en voz alta recuerdos inexactos que seguirían siendo demasiado crueles si el tiempo no llega a gastarlos. Le hablaba del comienzo, de los duros orígenes, a una mujer con gafas oscuras, pelo rubio teñido y pulseras, y a un hijo adolescente que miraba al suelo y no lo escuchaba.

Cuando pasaban junto a alguna ventana oían muy fuerte el sonido de la lluvia. «Bendita agua —dijo el padre Orduña—, con la falta que hacía.» Al inspector le sobrevino de improviso no un recuerdo, sino una sensación física muy precisa contra la que no tuvo tiempo de ponerse en guardia, una efusión a la vez de rabia antigua y de ternura, de felicidad y desamparo: el olor del cáñamo y de la lona de las alpargatas mojadas, el vaho recalentado de las respiraciones y de los mandiles húmedos en una mañana lluviosa y oscura de invierno. El padre Orduña se detuvo y se apoyó en su brazo para recobrar el aliento.

—Ya hemos llegado.

Sacó el manojo de llaves que le abultaba el bolsillo del pantalón y estuvo un rato probándolas una tras otra con creciente impaciencia hasta que por fin pudo abrir la puerta frente a la que se habían detenido. Le hizo pasar a una habitación muy pequeña, sin ventanas, en la que no se escuchaba la lluvia, ningún sonido que viniera del exterior. Buscó la luz a tientas, no la encontró y le pidió al inspector un mechero o cerillas, pero éste no tenía, y él murmuró en una parodia de viejo cascarrabias, «eso es lo que nos pasa por dejar de fumar». Como a lo largo de toda su vida, enseguida lo dominaba la impaciencia ante los pequeños contratiempos domésticos, las manos romas y blancas se le enredaban torpemente en cualquier cosa, lo mismo en una máquina de escribir a la que quería cambiarle la cinta que en un envoltorio de plástico que no acertara a abrir. Su falta de atención hacia el funcionamiento o la naturaleza de los objetos más usuales era tal vez parte de su indiferencia por los bienes y las comodidades del mundo. La vejez, la mala vista y el temblor de las manos acentuaban su descuido. Él aún tanteaba la pared cuando el inspector encendió la luz: un tubo fluorescente en el techo, muy alto, que alumbraba una habitación estrecha, con una mesa en el centro, con las paredes llenas de legajos, de libros de contabilidad y archivadores de cartón que llevaban escritas fechas de años lejanos.

—Aquí lo tienes —dijo el padre Orduña—: La historia entera del Colegio, desde que lo abrimos, en el año 47. Esto antes era un desastre, pero poquito a poco yo lo he organizado todo, cada cosa en su sitio, año por año, todos los curas y maestros y todos los alumnos que han pasado por aquí. Pensaba escribir alguna vez una historia de nuestra comunidad, pero me parece que se me ha hecho tarde. Se me iban los días sin sentir, este cuarto es más silencioso que la cripta de la iglesia, aunque por fortuna menos frío, me ponía a revisar papeles y fotos y hasta me olvidaba de bajar a comer, más de una vez me estuvieron buscando y temieron que me hubiera dado un ataque al corazón. Pero estaba tan bien aquí, con mis papeles, mi estufa y mis cigarritos. ¿Quieres ver dónde estás tú?

El inspector no quería, pero no dijo nada. Su ternura hacia el viejo fácilmente se le podría convertir en fastidio. Por lo común no se acordaba mucho de su infancia ni de su primera juventud, le faltaba el hábito de la memoria desinteresada, y desde luego era del todo inmune a cualquier forma de nostalgia. Como había pasado una parte de la vida callando sus orígenes o inventando mentiras sobre ellos acabó efectivamente por olvidar en gran parte lo que se había esforzado tanto en ocultar. Le desagradaba mucho el placer con que casi todo el mundo cuenta cosas de la niñez, como si hubieran vivido experiencias únicas, probables novelas. Él carecía de la vanidad de los recuerdos, y si conservaba alguno con especial detalle no lo debía a la agudeza de la memoria, sino al remordimiento. Tal vez si hubiese tenido hijos se le habrían despertado las imágenes y las sensaciones de su propia infancia. Pero, igual que muchas personas que no tienen nunca trato con niños, vivía como si no hubiera conocido más que la edad adulta, y la vida de los niños le parecía un estado tan ajeno a su experiencia personal como la de los perros o los chimpancés. Sólo ahora, después del crimen, había empezado a reparar con detalle en la presencia de los niños: los veía salir de la escuela donde estuvo Fátima, había interrogado a algunos, a algunas amigas suyas, sobre todo, niñas huidizas y todavía aterradas que lo miraban como sospechando de él y retrocedían instintivamente si se acercaba un poco más a ellas.

Le sorprendía como un mundo desconocido el olor a tiza y a sudor infantil de las aulas, el tumulto en las escaleras a la hora del recreo, la discordancia de tantas voces agudas. La maestra de Fátima, a la que todos llamaban la señorita Susana, le había parecido una mujer como fatigada o exiliada en un país de seres más ruidosos, de pequeña estatura, inexplicables y pugnaces, envolviéndola con sus gritos, sus llantos, sus solicitudes urgentes y tirones de ropa igual que los liliputienses a Gulliver con sus maromas de tela de araña. La última vez que la había visto, en la comisaría, se fijó en que llevaba los labios pintados de un rojo más fuerte que el que usaba en la escuela. Su mujer tenía los labios hinchados y secos, ahora apenas los movía para hablar, cuando hablaba, y era muy difícil enterarse de lo que decía.

—En qué estarás pensando. —El padre Orduña lo miró muy de cerca con sus ojos diminutos, siempre inquisitivos y como acusadores, y dejó sobre la mesa una caja de cartón, soltándola con tanta brusquedad que levantó un poco de polvo—. Aquí están los documentos del año en que tú viniste. Aquí estará tu expediente de entonces.

—Pero por qué se molesta, padre —dijo el inspector, notando un principio injusto de irritación hacia el viejo, deseando no estar allí, en la habitación tan pequeña y sofocada de polvo, blindada de silencio como el interior de una cámara subterránea, no escuchar la respiración demasiado laboriosa del padre Orduña ni oler su aliento de enfermedad y medicina, su ropa no muy limpia, la colonia barata que usaba.

—No es molestia. —El padre Orduña ahora lo miró muy serio, irguiéndose, como cuando iba a reprender a alguien y adoptaba un aire no de amenaza, sino de gravedad—. Es que quiero que sepas quién eras. Tienes cara de no acordarte bien. Ahora a la gente se le olvidan todas las cosas, de modo que nadie sabe quién es de verdad. ¿Te acuerdas de lo que dice don Quijote? «Yo sé quién soy.» Qué palabras tremendas. Y lo que les pregunta Jesús a los discípulos: «Y vosotros, ¿quién creéis que soy?» Y el caso es que no lo sabían, no podían estar seguros, y lo que es peor, no se atrevían a saberlo. Yo sé quién fuiste tú, pero eso era hace tanto tiempo que tú ya no te acuerdas o no quieres acordarte, y a lo mejor no sabes quién eres ahora.

—Lo que yo quiero saber es quién es otro.

—¿El que mató a Fátima?

—Quién si no. Eso es lo único que me importa ahora.

—¿Y no te importa saber quién eres de verdad?

—No entiendo por qué me dice eso. —El inspector apartó los ojos de la mirada del padre Orduña, ahora irritado consigo mismo, cobarde en el fondo, inseguro, como un adolescente reclamado a un despacho para recibir un sermón, a sus años—. Claro que sé quién soy. Puede que quien no lo sepa sea usted. Aquel que usted conoció no existe. Por suerte, desde luego. No tenía una vida envidiable. Si ustedes no me hubiesen recogido aquí habría acabado en un hospicio, o tirado en la calle, yendo a comer el rancho de los cuarteles.

Pero se estaba explicando, casi se confesaba ante un hombre a quien no había visto en más de cuarenta años y sin embargo le hablaba en el mismo tono que si hubiera permanecido siempre cerca de él, vigilándolo, adivinando policialmente sus pensamientos o sus debilidades, censurando sus actos como un padre fastidioso y asiduo, con una agobiante voluntad de protección, de advertencia.

—Mira quién eras. —El padre Orduña había volcado y desordenado sobre la mesa todo el contenido de la caja de cartón, buscando entre fajos de papeles y entre carpetas de un azul polvoriento con sus manos impacientes y torpes, inclinándose mucho para ver de cerca las caras de las fotografías, las listas mecanografiadas de nombres: le mostró una hoja que tenía una foto grapada en un ángulo superior, junto al membrete con el yugo y las flechas—. ¿Te acordabas?

Pero no podía acordarse, y no por falta de memoria, sino porque jamás había visto una foto suya de niño. La gente no se hacía tantas fotos entonces, no tenían cámaras, ni álbumes donde guardarlas, ni dinero para pagar a un fotógrafo. En casa de Fátima había visto docenas de fotos de la niña muerta, tomadas casi desde el mismo momento en que nació, una cara roja, el pelo tieso y aplastado, los ojos cerrados, una mueca de llanto en la boca. En la penumbra agobiante del piso donde ahora el televisor permanecía funerariamente apagado el padre y la madre de Fátima le mostraron como un copioso tesoro los vídeos y las fotos en color de la niña, fotos de cumpleaños, de bailes de disfraces, de fiestas de fin de curso, de comunión, grandes fotos enmarcadas en el salón, colgadas en la pared o dispuestas en las estanterías, sobre el televisor, como en una capilla, un catálogo inagotable que no restituía la presencia ni aliviaba el dolor, que lo poblaba todo de fantasmas patéticos y sucesivos, ahora alineados en dirección al final, episodios necesarios hacia el cumplimiento de_ destino: hacia las últimas fotos en blanco y negro, las que tomó Ferreras y no había visto nadie más que ellos dos.

Pero la cara de su foto infantil no le pareció del todo la de alguien dotado de una exacta identidad. No veía la cara de un niño con nombre y apellidos, con rasgos distintos a los de cualquier otro, sino una efigie más bien abstracta, como la de una moneda, una cara de época, de un cierto tiempo y de una condición social, el pelo cortado al cero, la expresión asustada, las orejas grandes, la camisa sin cuello, con los bordes gastados, abrochada hasta el último botón. Ni siquiera en el miedo que agrandaba los ojos había nada personal: era el miedo infantil a los procedimientos y a la autoridad de los extraños, el susto y la sorpresa del flash. Las manos invasoras de los adultos apretaban, hacían torcer la barbilla, palpaban dolorosamente el vientre o las rodillas o el cuello sobre las sábanas frías de un consultorio médico, introducían los dedos en la garganta, los dedos del asesino en la boca y en la garganta sofocada de Fátima, en su vagina, había dicho Ferreras, desgarrándolo todo. Las manos pálidas de los curas se levantaban verticalmente en el aire o se adelantaban para ser besadas en el dorso, o descendían cruelmente hacia la cara en una bofetada.

—Os pegábamos —dijo el padre Orduña, ahora sin mirar las fotos que tenía delante, retraído en sí mismo—. Con la mano abierta en la cara, con los nudillos en la nuca. Os amenazábamos con las palmetas o con los castigos del Infierno, os contábamos los martirios sádicos de los apóstoles y las muertes horrendas de los herejes y de los grandes pecadores. Por si no había ya bastante miedo y desgracia en vuestras vidas os administrábamos más, qué vergüenza. Todos los días, ¿te acuerdas? De la mañana a la noche, en la misa y en el rosario, en los sermones de la iglesia, en los ejercicios espirituales. Luego he pensado mucho en eso, todos estos años, sobre todo los últimos, cuando me he quedado más solo. Venía aquí, miraba vuestras caras en las fotos y me daban ganas de pediros perdón a todos, uno por uno.

—Eran otros tiempos, padre —dijo el inspector—. Ustedes hablaban y actuaban como todo el mundo.

—Eso no es una disculpa. —El padre Orduña se miraba las manos enlazadas con una expresión triste que acentuaba su cara de vejez, y parecía que al mirárselas veía en ellas todo el dolor que en años muy lejanos habían infligido, aquellas mismas manos ahora blandas, temblorosas, con el dorso manchado—. Os castigábamos a quedaros de rodillas con los brazos abiertos, os amenazábamos, os espiábamos siempre, os envenenábamos el alma con la obsesión del pecado. Eso era lo que hacíamos.

—Cualquier padre castigaba entonces a correazos a sus hijos. Usted no tiene la culpa de que los tiempos fueran así.

—Pero mírate bien, que ni siquiera te has fijado —dijo el padre Orduña, devolviéndole la hoja de papel con la foto que el inspector había dejado sobre la mesa sin apenas mirarla—. Eras exactamente así cuando viniste. Miro esa foto y estoy viéndote. Os puse en fila cuando os trajeron de la estación y pensé: «Ése es el más débil.» No te atrevías ni a probar el tazón de cacao que os dimos para desayunar.

El padre Orduña podía haberle mostrado cualquiera de las demás fotos del archivo y él también habría creído que era la suya: si estaba seguro no era por la cara en blanco y negro de un niño de otra época, sino por el nombre y los dos apellidos mecanografiados en el papel con letras mayúsculas. Leyó por encima la fecha y el encabezamiento, *Madrid*, la prosa cruenta y oficial que resumía en unas cuantas líneas su origen y la mancha con la que había nacido y el porvenir que se le asignaba, *hallándose su madre falta de medios e incapacitada por enfermedad y su padre cumpliendo la arriba señalada condena*, al leer eso sintió que enrojecía y que el padre Orduña iba a darse cuenta. El niño de la foto no era él y la noche en la que lo hicieron viajar en el vagón de tercera de un tren helado y lentísimo sin decirle adónde había sucedido en otra época del mundo, pero la vergüenza, y el remordimiento de sentirla, sí eran plenamente suyos, los atributos íntimos de su identidad personal.

—Teníamos que enderezaros, que cristianizaros —dijo el padre Orduña—. Nos decían que os enviaban aquí para que os arrancáramos la mala simiente que vuestros padres os habrían inculcado en el alma. Éramos como misioneros, como evangelizadores.

—¿Usted creía entonces en eso?

—Por supuesto que lo creía. —Ahora fue el padre Orduña quien bajó la cabeza: cada cual lleva consigo su propio remordimiento, su variedad personal de vergüenza—. Yo tenía mis ideas sobre la caridad y los pobres, pero era un cura integrista. Había estado en la guerra en el lado de los que ganaron.

—¿Como capellán?

—No, hombre, ojalá. —El padre Orduña fingía ordenar sobre la mesa las cartulinas de un fichero de alumnos—. Pegando tiros, de alférez provisional. Lo de hacerme cura vino luego. Una vocación tardía. Como la tuya por las fuerzas del orden.

El tono de impertinencia afectuosa no llegaba a velar un filo persistente de reprobación, algo que estaba en sus ojos, la clase de censura que es más eficaz porque no llega a formularse en palabras y se fortalece así en la culpa del otro.

—De algún modo tenía que ganarme la vida.

—¿Llegó a saberlo tu padre?

—Creo que no. —El inspector se encogió de hombros y dejó sobre la mesa el papel con la foto: quería dar por terminada la visita, salir cuanto antes de la habitación—. Murió antes de que yo terminara Derecho. Pero bastante desgracia le parecía ya que un hijo suyo quisiera ser abogado y apolítico.

—Nadie puede ser apolítico.

—Eso es lo mismo que decía él.

—¿Discutíais mucho?

—Apenas lo veía. Le dio una trombosis y cuando llegué al hospital yo creo que ya no me reconoció. Seguramente pensaba de mí lo mismo que usted, pero a él no le daba reparo decírmelo en la cara.

—¿Lo mismo que yo? —Muy cerca del inspector, más bajo y ancho que él, el padre Orduña se erguía para mirarlo a los ojos—. Qué sabes tú lo que yo pienso.

—Que comet una especie de traición a los míos, quienesquiera que fuesen. Ustedes siempre andaban buscando traidores y apóstatas, gente a la que excomulgar.

—«¿Ustedes?»

—Los dos lados, quiero decir. —Al inspector, que no tenía costumbre de mantener verdaderas conversaciones con nadie, le costaba mucho explicarse—. Los curas y los del partido de mi padre. Mi padre consideraba a Stalin o a Fidel Castro o a Ho Chi Minh tan infalibles como ustedes al Papa. Por eso acabaron luego entendiéndose tan bien, tenían la misma afición a dividir el mundo entre leales y traidores.

—Algo tenemos tú y yo en común, y es que a mí también me llamaron traidor. —En la voz del padre Orduña volvía a haber una entonación de ternura—. Todavía queda gente en esta ciudad que me lo sigue llamando, no te imaginas cómo son. Decían que leía en misa panfletos comunistas, y sólo eran fragmentos de los evangelios y de las epístolas o los profetas. ¿Te acuerdas de la epístola de Santiago?

El inspector dijo que no. Cuando se casó alguien le había regalado una Biblia grande, forrada de piel sintética, con las letras y los cantos dorados, pero él no la había leído nunca. Aquellas biblias formaban parte entonces del mobiliario de los recién casados, como el mueble bar o el crucifijo del dormitorio. El padre Orduña cerró los ojos y recitó de memoria y sin vacilación, con la voz ronca y fuerte:

—«Ea, ya ahora, ricos, llorad aullando por vuestras miserias que os vendrán. Vuestras riquezas están podridas, vuestras ropas están comidas de polilla, vuestro oro y plata está corrompido de orín, y su orín os será en testimonio y comerá del todo vuestras carnes como fuego...»

Tus predecesores en la comisaría me abrieron un expediente por propaganda ilegal. Claro que tuvieron que archivarlo cuando supieron que sólo había leído unos versículos del Nuevo Testamento. El párroco que había en la iglesia de la Trinidad pedía públicamente en sus sermones que se me expulsara del sacerdocio. Pobre hombre, Dios tuvo misericordia de él y se lo llevó muy poco después de la muerte de Franco.

Al padre Orduña, en su vejez, se le humedecían enseguida los ojos, y aquella propensión a las lágrimas le desagradaba mucho, le parecía casi un pecado de impudor. Con un pañuelo se limpió aturdidamente los ojos y los cristales de las gafas, y antes de doblarlo de cualquier modo y de guardárselo otra vez se sonó la nariz.

—Tengo que irme, padre —dijo el inspector—. Hay mucho trabajo en la comisaría.

Lo había dicho tan bajo, después de pensarlo tanto y de no atreverse, que el padre Orduña no lo oyó. Estaba ordenando de nuevo carpetas y expedientes, cartillas de notas, fichas de cartón con fotos, nombres y fechas en las que estaban resumidas otras vidas infantiles muy parecidas a la del inspector, tan semejantes a ella como las caras de los otros niños, vidas olvidadas de desamparo y pobreza, de miedo a las palmetas y a las sotanas y a los castigos del Infierno. Más de cuarenta años atrás, cuando aquel chico aterrado y anémico empezó a crecer saludablemente y rompió a escribir y a leer con una agudeza inesperada, el padre Orduña lo miraba jugar en el patio o atender en el aula y se le venían en secreto a la imaginación unas palabras del Evangelio que hasta entonces posiblemente no había entendido: *Éste es mi hijo amado, en quien tengo complacencia.*

—Padre —repitió el inspector, más alto, pero el padre

Orduña no levantó los ojos, que para vergüenza suya habían vuelto a humedecerse—. Tengo que irme ya.

El padre Orduña fingió otra vez que se limpiaba los cristales de las gafas y recogió de cualquier manera el desorden de la mesa, guardando luego la gran caja de cartón en su lugar de la estantería. Esperó a que saliera el inspector para apagar la luz, y cuando iba a hacerlo se quedó quieto un instante, como perdido en algo, mirando los lomos de cartón alineados en las estanterías metálicas.

—No sé cómo no se me ha ocurrido antes —dijo—. Él también puede estar aquí.

—¿Qué dice? —El inspector ya perdía de verdad la paciencia, se le estaba haciendo muy tarde, y si había una urgencia nadie sabía dónde encontrarlo.

—Ese hombre al que tú buscas —dijo sombríamente el padre Orduña—. El que mató a esa niña. Quizás fue alumno nuestro y su foto está en el archivo.

11

Su vida entera, su conciencia, su voluntad, se resumían ya en una sola interrogación, inmóvil y fanática, repetida siempre, desde que abría los ojos al amanecer en la cama donde llevaba meses durmiendo solo, cuando se despertaba en mitad de la noche y sabía que ya no iba a recobrar el sueño, ya sin cigarrillos ni alcohol para distraer las horas, sin nadie cerca, sin una mujer vuelta hacia el otro lado y fingiendo dormir, solo con su propia conciencia, con su sistema nervioso agudizado hasta el límite por el insomnio y por el exceso de lucidez que provocaba la ausencia de la nicotina y el alcohol en su sangre. Uno bebía creyendo que el alcohol le despertaba la fuerza y le excitaba la inteligencia, y de pronto dejaba de beber y descubría justo lo contrario, que había vivido bajo el efecto no de un estimulante, sino de un narcótico, y que sin el peso tremendo y en gran parte no advertido del alcohol el sistema nervioso y la capacidad de razonar adquirían una velocidad y una limpidez casi intolerables, sin espejismos ni reposo, aunque también sin consuelo, una claridad fría de intemperie que era el nuevo país en el que ahora habitaba el inspector, su identidad no sabía si recién surgida o recobrada, si tan falsa como las otras, las que durante años le había venido suministrando el hábito doble de la simulación y el alcohol. Vivía en otra ciudad, buscaba a alguien, comía y cenaba en una de las mesas individuales de la cafetería Monterrey, llamaba todas las tardes, entre las seis y las siete, al sanatorio donde aún no daban de alta a su mujer, se dormía tarde y con la ayuda de un valium, se despertaba automáticamente con la luz del día en un dormitorio muy parecido a la habitación de un hotel, sólo utilizaba el coche los domingos por la mañana, para ir al sanatorio. Prefería no saber mucho más de sí mismo. Sentía el alivio de haber desaparecido, de ser ahora sobre todo una ausencia en los lugares donde antes vivía, en las calles donde sin duda lo habían seguido y donde podían haberlo matado y en la casa donde tantas veces había sonado el timbre del teléfono y él o su mujer habían escuchado una voz más bruta que amenazadora, «sabemos quién eres, vamos a ir por ti, chacurra cabrón».

Yo sé quién soy, le había recitado el padre Orduña, con su profunda voz arcaica de predicador, *Y vosotros quién creéis que soy*. Pero él no quería descender tan hondo, ni perderse en lo que tal vez sólo era una confusión de palabras, levantadas y urdidas, como decía Ferreras, para ocultar una evidencia fisiológica inaceptable, el reconocimiento de lo que un ser humano es de verdad, por dentro, insistía Ferreras, es decir, en el sentido más literal, debajo de la piel y de los huesos del cráneo, del armazón poderoso de las costillas: un espectáculo semejante, incluso en los olores que desprendía, al mostrador de un puesto de vísceras en el mercado. Se puede dar un nombre a una cara, al brillo de unos ojos, a la superficie más frágil de un cuerpo humano, a una voz, pero cómo dárselo a un kilo y medio de masa cerebral recién extraído del cráneo, a unos pulmones o a un hígado, a una masa de intestinos que el ayudante de Ferreras, el mozo de autopsia, depositaba en un gran cubo de plástico, con la misma rudeza que un matarife.

«El alma —había dicho Ferreras en el Monterrey, con menos desapego científico que melancolía, tal vez embravecido por el espanto de la autopsia de Fátima, por el puro efecto de su segunda copa de coñac—, el inconsciente, los recuerdos, el yo. Literatura o nada más que miedo, incapacidad de mirar lo que somos con los ojos abiertos. ¿Se acuerda de aquel ruso que salió al espacio y dijo al volver que no había visto a Dios por ninguna parte? Yo miro dentro de alguien y sólo veo tejidos y órganos, desde que levanto la piel de la cara y el cuero cabelludo y abro la caja torácica, la identidad humana de lo que tengo delante de mí es un acto de fe, o más exactamente, y no se extrañe de que use la palabra, de misericordia. Con los adultos es distinto, quiero decir, con los muertos adultos. Uno ve los efectos de la edad, de las enfermedades o de los vicios, los pulmones negros, chorreando alquitrán, el hígado hinchado, uno se da cuenta y acepta que el destino de nuestra materia es la decadencia y la muerte. "El mecanismo ingenioso, pero los materiales muy mediocres." No sé dónde he leído eso. Pero con un niño simplemente no se puede aceptar. Todo está intacto, dispuesto para la vida, los pulmones tienen un rosa muy limpio, los huesos son flexibles aún, no se quiebran como los de un hombre mayor, con ese ruido seco que hacen. No importa el número de autopsias que uno haga. Anoche, contra todas las normas de mi ética profesional, le tuve que aceptar al ayudante una copa horrible de anís seco. A él ya le da todo lo mismo, dice que lleva abiertos mil quinientos cadáveres. Yo creo que en el fondo me tiene desprecio, como un sargento chusquero a un tenientillo de academia. Serré el cráneo de la niña y extraje el cerebro, lo notaba tan húmedo y blando a pesar de los guantes de goma. Y entonces pensé que en aquella materia estaban o habían estado de algún modo todas las sensaciones y los recuerdos de la niña, el mundo entero contenido, si se para a pensarlo...»

Pero el inspector no quería pensar en nada más que en su primera y única interrogación, y el *quién* que le importaba carecía de las oscuridades de un alma católica o de los pormenores orgánicos que hechizaban y repugnaban a Ferreras: se resumía en un nombre y dos apellidos, en una cara que sería fotografiada de frente y en los dos perfiles. Él simplemente buscaba a un hombre de veintitantos años que había raptado y asesinado a una niña de nueve, y en ese enigma podía haber oscuridad, pero no incertidumbre, alguien lleva en las manos las huellas dactilares que Ferreras identificó en la piel y en la ropa de la niña, alguien tiene ese grupo sanguíneo y calza los zapatos cuyas suelas ahora están dibujadas en el archivo de la policía, y traga la misma saliva de la que dejó un resto en los filtros de cinco cigarrillos rubios.

Él puede decir, en el secreto de su impunidad, *Yo sé quién soy*, él sabe que ha raptado y ha matado, y tal vez piensa o sabe también que esa íntima confesión no contiene ningún peligro, sabe que no hay testigos, salvo una mujer que no es capaz de recordar su cara, tan sólo la sangre que le brotaba de la mano izquierda y que él se chupaba. Pero luego, cuando el inspector le mostró el álbum con las fotos de los delincuentes sexuales, la mujer las fue mirando una por una y negando mecánicamente con la cabeza, estaba segura, ninguno de esos hombres era el que ella había visto. Entonces llamaron a la puerta y un guardia le dijo al inspector que la maestra lo estaba esperando, y él al principio no supo a quién se refería, tan aturdido estaba del trabajo y de la falta de sueño, la maestra de Fátima, dijo el guardia, dice que usted le había pedido que viniera.

No se vaya, le dijo a la mujer enlutada, que miraba las torvas caras de frente y de perfil de las fichas policiales con la misma actitud de pesadumbre que si repasara en un álbum familiar las caras de parientes muertos, moviendo siempre la cabeza, «no, señor, no es ninguno de éstos, si lo viera tenga usted por seguro que lo conocería, por el Señor y por la Virgen que sí». Salió del despacho y la maestra estaba esperándolo de pie en una pequeña antesala alicatada hasta la mitad de la pared con espantosos azulejos marrones que la mirada de ella no dejó de anotar, con aquel don suyo para percibir los agravios de la fealdad cotidiana de las cosas. Llevaba una trenca grande, con los hombros mojados, y fumaba un cigarrillo sosteniendo el cenicero en la mano izquierda. Sin mucha habilidad el inspector pidió disculpas por haberla hecho esperar tanto, primero en la escuela y ahora en la comisaría: la maestra, Susana Grey, suavizando el sarcasmo con una sonrisa, dijo que no importaba, que ya había empezado a acostumbrarse, y fue entonces cuando el inspector se fijó en el carmín de los labios, que de algún modo contrastaba con el aire práctico y laboral de su peinado y su ropa, de su misma presencia, pues iba vestida para el trabajo y el invierno y llevaba en la cara toda la fatiga de un día entero con los niños. Tenía el pelo negro, peinado con cierto descuido en una melena muy corta, y las cejas nítidas y oscuras. Cuando se quitó los guantes, el inspector observó a la luz de la lámpara de su mesa de trabajo que tenía las manos grandes, pero no masculinas, y que no llevaba anillos ni se pintaba las uñas. Le extrañó la falta de alianza: Susana Grey tenía un aire muy definido de mujer casada y con hijos.

—Esta señora vio a Fátima y a su asesino, justo cuando salían del portal —dijo el inspector, señalando a la mujer enlutada, que hizo ademán de levantarse e inclinó medrosamente la cabeza, como acatando la autoridad suplementaria de la maestra—. Me gustaría que usted escuchara con cuidado su descripción, por si tiene alguna sospecha de haber visto a ese individuo cerca de la escuela. Mirando tras la verja del patio, por ejemplo, o esperando a la hora de salida, entre los padres y las madres.

Pues verá usted, dijo la mujer, y empezó a repetirle a Susana palabra por palabra lo mismo que le había contado al inspector, minuciosa, exasperante, monótona, haciéndose rápidamente la señal de la cruz cuando nombraba a Fátima, ese angelico, decía, y se le saltaban las lágrimas, añadía detalles ya inciertos o del todo imaginarios, se culpaba a sí misma, cómo había estado ella para no entrar en sospechas, para no darse cuenta de que había algo raro en aquel hombre que parecía que se tapaba la boca con la mano y era que estaba chupándose la sangre.

La mujer le hablaba a Susana Grey atribuyéndole una benévola superioridad, como le hablaría sin duda a una doctora en el ambulatorio de su pueblo. De pie, la espalda contra el cristal frío del balcón, el inspector la escuchaba con desaliento y cansancio y pensaba que cualquier tentativa de descripción era inútil, porque esa mujer había visto al asesino durante unos segundos hacía varias semanas, y también porque era muy posible que en él no hubiera ningún rasgo que permitiera ser descrito con precisión, nada que no fuese vulgar, tan romo y tan común que no quedara fijado en la memoria de nadie. Salvo el detalle de la sangre, que era como una mancha violenta de color en la grisura de una fotocopia, la mujer no recordaba en realidad nada, sólo estaba segura de lo que aquel hombre no era, de a quién no se parecía, no era alto, pero tampoco muy bajo, no tenía barba, no iba vestido de una manera especial, era joven, desde luego, pero no muy joven, no era gordo, corpulento quizás, aunque tampoco mucho, no se parecía a ninguno de los violadores de asalto con navaja ni a los hombres envejecidos y oscuros que se acercaban a las niñas en los parques públicos o que les tocaban los muslos a los chicos en las butacas de los cines, a ningún miembro de aquella cofradía sórdida de miradas y perfiles que estaba catalogada en un álbum exactamente igual a los que usa la gente para sus fotos de familia, con hojas adhesivas y recubiertas de una lámina de plástico.

—Qué raro —dijo luego la maestra, cuando la otra mujer ya se había marchado y el inspector le pidió a ella que se quedara un poco más, que mirase con atención las fotos—. No me imaginaba que fuera así el archivo de la policía. ¿No tienen ordenadores, grandes ficheros informáticos?

—Aquí no, todavía, pero aunque los tuviésemos. —El inspector estaba sentado detrás de su mesa, separado de Susana por la luz de la lámpara y el álbum abierto. En su trato con los demás, sobre todo con las mujeres, prefería siempre la seguridad de la distancia física, el alivio de la corrección profesional—. Lo más probable es que ese sujeto no haya sido detenido nunca. A todos los efectos, ahora mismo es igual que si fuera invisible. ¿No le suena ninguna de esas caras? Fíjese bien. Muchos de ellos rondan cerca de los colegios. Alguno puede incluso haberla molestado a usted.

Le preguntó al inspector si podía fumar, y él dijo que sí con la cabeza y le ofreció un cenicero. Ella sacó del bolso, no sin dificultad, un paquete de cigarrillos y una caja más bien incongruente de fósforos de cocina, y a continuación, en vez de encender el cigarrillo, sacó también un estuche de gafas, y cuando se las puso su cara cambió, se volvió más seria, más perfilada, dándole un aire de mujer más joven y a la vez más dueña de sus actos, sin el punto engañoso de vaguedad que había en sus ojos miopes cuando no las llevaba. Podía tener treinta y siete o treinta y ocho años, calculó el inspector, cuarenta como máximo. Que no fuera mucho más joven en el fondo lo tranquilizaba. No sabía tratar con personas muy jóvenes, hombres o mujeres, a no ser que pertenecieran al mundo familiar y previsible de la delincuencia, y ni siquiera a ésos, muchas veces, no a los más jóvenes de todos, a los adolescentes a quienes había visto destrozar escaparates e incendiar autobuses en Bilbao, amenazar de muerte y a cara descubierta a los policías que los miraban inmóviles, pasivos tras los escudos y los cascos.

—¿Le suena alguna de esas caras?

—Me dan miedo todas.

Se estremecía al mirar las facciones de aquellos hombres, algunos muy jóvenes y otros septuagenarios, despeinados, sin afeitar, hoscos frente a la cámara de la policía, nunca con caras de arrepentimiento ni de miedo, sino de rencor, de furia callada y desafío: unánimes en las frontalidades y en los perfiles, en las mejillas mal afeitadas, en la fijeza de las pupilas, le parecían las máscaras de una masculinidad brutal, no de trastorno mental ni de lujuria, sino de soberbia y de odio, de fría determinación y crueldad ocultas bajo unos rasgos casi siempre normales. Alguno de ellos podía actuar esa misma noche en algún callejón: ella misma, al entrar en el portal oscuro de su casa, podía sentir de pronto la mordaza de una mano en la boca y el filo de una navaja en el cuello. Le desagradaba mirar las fotos, le costaba mucho detener su atención en cada una de ellas. Había tenido una sensación semejante alguna vez que se vio obligada, en una reunión de amigos, a ver un vídeo pornográfico.

—Fíjese sobre todo en los más jóvenes —dijo el inspector—. El que buscamos no debe de tener más de veinticinco años.

—Hijo de mala madre. —Susana Grey apartó los ojos del álbum y miró la foto de Fátima que el inspector seguía teniendo clavada en la pared—. Cómo hay que ser para hacerle eso a una niña.

—Probablemente no es capaz de hacerlo con una mujer adulta.

—No me diga que están enfermos —dijo la maestra, con un acceso de dignidad y de rabia—. Que no pueden evitarlo. Es como decir que esos militares serbios de Bosnia no pueden vencer el impulso de matar y violar mujeres.

—No pensaba decirlo.

«No se corrió —había dicho Ferreras—, el muy cabrón ni siquiera tuvo una erección completa.» Pero usó los dedos, que eran muy fuertes y tenían las uñas mal cortadas, o con el filo muy áspero, por las señales que habían dejado en la piel de Fátima. Así que seguramente se dedica a un trabajo manual: al inspector le extrañó no haber pensado antes en eso, las uñas de filos rotos de quien trabaja con sus manos, miró las uñas sin pintar en las manos de Susana, deslizándose sobre las hojas plastificadas del álbum, a la luz de una lámpara cercada por la penumbra, porque ya era noche cerrada, y tuvo la sensación de haber despertado de un sueño inadvertido y brevísimo, un sueño del que volvía con un fragmento mínimo pero valioso de recuerdo, casi de adivinación, las uñas rotas de alguien, más capaces de desgarrar que de arañar, posiblemente con los filos oscuros, conteniendo en su mugre residuos infinitesimales de la sangre y de la piel de Fátima.

12

Oye el despertador en la habitación iluminada por la luna, la voz de la radio, la voz silbante y cálida de una mujer que hace un programa de llamadas nocturnas, puta, piensa, lo dice en alto, con cuidado, para que no lo oigan, es muy tarde pero nunca se sabe, las paredes oyen, la tía tiene toda la voz de una puta, de cuando se acercan a la barra en la whiskería y dicen, hola, me invitas a una copa, y adelantan el cigarrillo pidiendo fuego, y la copa es siempre de champán, o peor todavía, de sidra champán, de las marcas más tiradas, igual que ellas, las que trabajan en esas whiskerías de la carretera, a las salidas de la ciudad, después de los últimos bloques, de los concesionarios de coches y de las últimas gasolineras, las luces rojas parpadeando, llamando desde lejos, la claridad rojiza o azulada detrás de los cristales opacos, pura miseria luego, estafa, colchones sin sábanas, copas de sidra champán con olor a vómito y servilletas de papel tiradas sobre el suelo de cemento. Lo despierta la voz todas las madrugadas, a las cuatro exactamente, a las tres las madrugadas de los sábados, aunque hay muchas veces en que cuando empieza a sonar la radio él ya está despierto, mirando en la oscuridad los números rojos del reloj y esperando la voz, o simplemente no ha llegado a dormirse, tendido, como esta noche, fumando boca arriba, con la luz de la luna llena en la ventana, en toda la habitación, después de la lluvia, la luna llena estática y a la vez huyendo entre las grandes nubes que dispersa el viento, dejando el cielo limpio, con una gasa de luz que rodea la luna y entra en la habitación y se posa encima de los objetos, destacando sus formas, como si todas las cosas estuvieran hechas de la misma materia, de luz y sombra y ceniza lunar, el perchero y la cama, el armario, el espejo, que también se llama luna, y en el que podría verse ahora mismo si se levantara, sin necesidad de encender la luz eléctrica, tan clara se ha vuelto la noche.

En el fondo le gusta el insomnio, la potestad de permanecer despierto y alerta mientras los demás duermen, el privilegio, algunas veces, de ir caminando por las calles vacías, a las tres o a las cuatro de la madrugada, sobre todo ahora, este invierno en que la lluvia y el frío mantienen a la gente aún más encerrada en sus casas, la lluvia y el frío y además el miedo, no hay que olvidarlo, el gusto de conducir la furgoneta sin peligro de toparse con nadie, dando vueltas sin ningún propósito, acelerando en las avenidas de la parte nueva, camino de los límites despoblados de la ciudad, del parpadeo de las luces rojas, o haciendo sonar los frenos y los neumáticos por las esquinas de los callejones, iluminando de pronto con los faros los ojos de un gato, de uno de esos gatos salvajes que rondan por las casas y los corrales en ruinas del barrio de San Lorenzo, de donde sus padres se empeñan en no querer marcharse. «Cuando nosotros nos hayamos muerto vendes la casa —dice la madre—, pero mientras tanto no.» «Tampoco falta mucho», dice el padre, con sorna maca-

bra, con su silbido de bronquitis crónica entre las palabras, y puede que también de cáncer de pulmón, ojalá,
piensa, lo dice en voz alta, solo en su habitación, frente
al espejo del armario, donde se examina y se mide, de
pie, desnudo y pálido ahora a la luz de la luna, no avergonzado, arrogante, donde vuelve a mirarse cada vez que
entra, las pupilas, la piel de la cara, por miedo a alguna
enfermedad, los dientes, abre mucho la boca y se acerca
una linterna y tuerce la cabeza y desvía los ojos para ins-
peccionar empastes y caries, se pone las manos juntas en
la boca para olerse el aliento, y entonces tiene que volver
a lavárselas.

Ese olor siempre en ellas, el olor que le extraña que
nadie parezca percibir, aunque tal vez disimulan por asco
y no dicen nada, igual que disimula él mismo tantas veces, sonriendo por fuera y muerto de asco y de rabia por
dentro, sí señora, al momento señora, qué va a ser hoy
señora, faltaría más, ojalá te pudras y revientes. De día,
cuando los viejos están levantados, sale del dormitorio
con precauciones de huésped furtivo y se encierra en el
cuarto de baño, asegurando el cerrojo, como antiguamente, hace diez o doce años, cuando se encerraba para
hacerse las primeras pajas, para mirarse aquello como
si fuera algo prodigioso y amenazador, alzándose por sí
solo, enrojeciendo, con aquella hendidura como un ojo
vacío, y luego el olor que también lo llenaba todo, tan delator y clandestino como el humo nauseabundo de los
primeros cigarrillos. Tenía que lavarse las manos con un
jabón muy áspero, se las restregaba tanto que quedaban
rojas, pero al menos entonces eran unas manos más finas,
aunque no ya de niño, manos de estudiante, de señorito
sin callos, sin las uñas rotas y sucias, como ahora, siempre
con una línea negra que ya no parece que haya manera de

quitar. Él, por las mañanas, cuando toma el primer café con un chorro de coñac, tiene el hábito de limpiarse las uñas con un palillo de dientes, igual que otros se limpian las encías, pero esa mugre es demasiado áspera y la punta del palillo se quiebra, tendría que dejarlas horas sumergidas en agua hirviendo, y ni siquiera así. Se ducha con el agua a la máxima temperatura que su piel puede soportar, como salía en las duchas de la mili, hirviendo o helada, no había término medio, estaba uno quemándose y de pronto se quedaba azul de frío, se le encogía a uno todo, y los soldados se hacían bromas brutales, a ver ése, que no tiene polla, que le hagan un trasplante. Con el ruido del agua no oye los golpes en la puerta del baño, que él tiene la precaución de asegurar con su cerrojo, es el viejo que quiere entrar, porque siempre está meándose, pues mea en la pila, cabrón, piensa, lo dice en voz alta, porque el chorro de agua y la puerta cerrada se lo permiten, y el padre se marcha renegando, dice que gasta demasiado gas, que con él no hay bastante ni comprando una bombona todos los días. Se toca despacio, empieza a imaginar cosas y la nota que va creciendo, violácea y obstinada bajo el agua, pero no como en las películas o en las revistas, eso no hay modo de negarlo, aunque esos tíos están todos operados, y muchos son maricones y además no pueden ni usarla por su mismo tamaño, no entra, eso contaban de aquel asturiano del cuartel, que se iba de putas y no lo admitían al verle el mandado, y que había dejado preñada a su novia porque le reventó el condón cuando iba a correrse. A ver, que venga el asturiano, que le haga a éste de donante de órganos, o por lo menos de unos centímetros, que a él no le hacen ninguna falta, dijo otro, el que lo había visto al salir de la ducha, antes de que a él le diera tiempo a taparse con la toalla. Estaba tiritando y se le había encogido, en cuanto entrara en calor iban a enterarse, que le dejaran un rato a cualquiera de sus novias o de sus hermanas y se lo demostraría. Pero no hay modo de estar tranquilo durante el día, cuando los dos están despiertos, hay que cerrar siempre por dentro el cuarto de baño y el dormitorio, por eso es preferible la noche, el insomnio, aunque luego ande toda la mañana como sonámbulo, a base de carajillos, y de puro nervio también, de la fuerza que tiene en los músculos, en los dedos de las manos, aunque no esté hinchado de hormonas, como esos mariquitas del culturismo, con los bíceps venosos y brillantes de aceite. La vieja, cuando le vio atornillar ´el cerrojo, lo miró con cara de luto, la que tenía siempre, parecía amortajada en vida. Hay que ver, hijo mío, ni que tuvieras que esconderte de nosotros. Siempre encerrándose, como a los doce años, en la oscuridad y debajo de las mantas y procurando no hacer ruido con los muelles del somier, en el retrete del corral y luego, cuando lo hubo, en el cuarto de baño, las revistas escondidas bajo la camisa, y más tarde los vídeos envueltos en bolsas de la compra, aunque si no fuese por las fotos de las tapas daría igual, ya que ellos no saben conectar el aparato ni poner una película, son tan lerdos que hasta les costó acostumbrarse al mando a distancia, aunque ahora ya no lo dejan, la madre pulsa los botones con la misma rapidez con que pasaba antes las cuentas del rosario, qué tía, la maña que se da para saltar de una telenovela a otra, y para subir mucho el volumen, se le va la mano y retumba la casa entera, sólo que a ellos dos les da igual, podía haber un terremoto o un incendio y ellos seguirían mirando la televisión, muy fijos, pero sin enterarse de nada, ni de las películas ni de las noticias, ni de la misa que ven los domingos por la mañana, sobre todo si la dice el Papa, la vieja se pone a llorar y le tira besos, y el padre la mira de soslayo con odio y no dice nada, sólo respira con los bronquios o los pulmones encenagados, con un enfisema o un cáncer, que no hubiera fumado tanto esos tabacos pestilentes, aquellas picaduras que lo sofocaban a uno, los cigarrillos liados y babosos que se guardaba apagados en los bolsillos del pantalón.

Cerrojo en el cuarto de baño y en la habitación, llave en los cajones del armario, y la vieja siempre tanteando como si estuviera ciega, y diciendo, hay que ver, ni que te fuera una a robar. Pero ni siquiera de noche se puede estar del todo tranquilo, ni cuando empieza la voz femenina a susurrar en la radio, igual que una puta, así de falsa, riéndose cuando un tío le dice por teléfono una guarrada, haciendo como que se escandaliza, que le va a cortar, si yo te llamara una de estas noches, piensa, si yo te contara. Pero ni siquiera entonces hay calma verdadera, se les oye roncar, tosen en su cuarto, incluso hablan o se pelean en voz baja, con las voces tan raras que tiene la gente a las horas del sueño, los dos tapados con el embozo hasta las barbillas, las cabezas juntas, las caras de muertos, alguna vez se asoma sin motivo al dormitorio de ellos y así los ve a la claridad del pasillo, las dos caras sumidas, sin las dentaduras postizas, el olor de la vejez, gases rancios bajo las sábanas y orines en la escupidera que ellos siguen usando, ahora que nadie las usa, aunque por lo menos es una escupidera de plástico, no uno de aquellos bacines de barro vidriado que siguieron teniendo hasta hace no mucho, fósiles incorregibles, los dos juntos como momias debajo del cabezal de su cama y del crucifijo, que es el mismo que les regalaron al casarse, igual que el despertador viejo de la mesa de noche, con un brillo gastado de azufre en los números y en las agujas, que hace treinta años debía de ser una novedad, era un reloj tan moderno que no hacía falta dar la luz para ver la hora. En cada mesa de noche hay un vaso de plástico con una dentadura postiza y una pequeña Virgen del Gavellar de plástico pintado como si fuera plata. La vieja le encendía cada noche a la suya una mariposa de aceite, hasta que una vez estuvo a punto de quemar la casa, fue a buscar el vaso de los dientes y la llama de la mariposa le prendió la manga del camisón, y a él lo despertaron sus gritos, apenas llevaba media hora durmiendo y ya no pudo cerrar otra vez los ojos, estaba visto que ni siquiera tenía derecho a dormir por las noches después de matarse trabajando. Podían haber ardido allí mismo los dos como arde la yesca, entre aquellos gases y ropas de lana y mantas y sábanas viejas que daban ese olor en la oscuridad, y con ellos podía haberse quemado toda la casa, con sus techos de cañizo sobre los que se oían de noche los pasos de las ratas y sus vigas de madera donde se afanaba la carcoma. Nunca hay silencio, no hay modo de estar seguro, de sentarse a ver tranquilamente una película a la una de la madrugada, qué menos, se mata uno trabajando más horas que el reloj y luego tiene derecho a tomarse unas copas y a ver un vídeo, pero no hay modo, siempre están molestando, levantándose a las dos de la mañana para beber agua o para mear, o porque se les ha olvidado poner en remojo los dientes, qué asco, así que acabó por comprar otro televisor y lo instaló en su cuarto, conectándole el vídeo, con su dinero podía hacer lo que le diera la gana, que le preguntara algo el viejo, que se atreviera. Desde entonces se encierra para mirar las películas tan perfectamente protegido como se encerraba en el váter con una revista, pero tiene la precaución suplementaria de bajar el volumen, lo cual le impide oír los gritos y los jadeos y chapoteos tan fuerte como le gustaría, como los escucharía si una de esas mujeres estuviera de verdad con él diciéndole en el oído esas cosas que dicen, extendiendo su lengua tan larga para humedecerle el tímpano con la punta mojada. Así se escuchaban las películas en el cine Principal, antes de que lo cerraran, dos películas distintas cada noche por el precio de una y sesión continua, pero era un corte que el cine estuviera tan cerca de su casa, seguro que el portero lo conocía, pero se armaba de valor y le daba igual, de valor y de razón, no estaba haciendo nada malo, para eso trabajaba más horas que un reloj, se partía el espinazo, se dejaba la vida, compraba la entrada con su dinero y podía ver la película que le diera la gana, era mayor de edad, lo venía siendo desde mucho antes de cumplir los dieciocho años y marcharse a la mili. Nada de eso disminuía la congoja de acercarse a la taquilla mirando de soslayo, por si aparecía alguien conocido, y de entregarle la entrada al portero, sobre todo las primeras veces, pero cuando ingresaba en la penumbra de los pasillos que olían a ambientador barato y a humedad de paredes viejas ya no importaba nada, parecía que el suelo se inclinaba un poco hacia delante con el único fin de agregar más suavidad y determinación a los pasos, iba por un túnel caliente de calefacción e iluminado a trechos por bombillas rojas de emergencia y antes de empujar la pesada cortina roja o granate de un palco ya oía los gemidos, las palabras, los gritos, los chasquidos de succión o de embate, y al sentarse lo aturdía al principio el tamaño inconcebible de las cosas que se movían en la pantalla, las contorsiones, los pormenores ginecológicos de los cuerpos abiertos, los cuerpos tan fragmentados en primeros planos o retorcidos y amontonados en tales posturas que se tardaba un poco en distinguir, en identificar. Y alrededor suyo, en las butacas de la sala, en la penumbra donde quedaban todavía brillos de un lujo falso y arruinado muchos años atrás, veía algunas cabezas solitarias e inmóviles, no muchas, y nunca agrupadas, cabezas de viejos sobre todo, gente que permanecía en el cine sin quitarse el abrigo y salía tan velozmente como había entrado, por miedo tal vez a que los alumbraran a traición las luces de la sala, que en realidad no llegaban a encenderse nunca. Se oía a veces, en el silencio expectante de la sala casi vacía, alguna queja o un suspiro, una tos, se agitaba alguien en una butaca provocando un crujido de maderas viejas o se levantaba de pronto para salir, así que tampoco había modo de concentrarse en la película. Le pasaba lo mismo en su habitación, cuando estaba encerrado y oía en el pasillo los pasos y la tos del viejo, de pronto se le ocurría que no estaba echado el cerrojo y todo se estropeaba, en el momento buscado y elegido, en el instante más dulce, cuando su espasmo iba a coincidir con el del gañán que manchaba en la película la cara y la boca de una mujer que luego se relamía con la lengua larga y roja, seguro que a ellas les medían las lenguas antes de contratarlas. «De otra cosa no sé, pero de artista porno no te ganas tú la vida, chaval», le dijo el tipo en las duchas del cuartel, mirándole abiertamente la entrepierna con su cara de risa, sin taparse, desnudo todavía, a él no le daba vergüenza, la suya le oscilaba pesadamente mientras se frotaba con la toalla, seguro que en su ducha no había salido tan helada la cabrona del agua. Oye la voz de la tía en la radio y nada más que de oírla se pone caliente, las tres y cuarto, dice la voz, susurrando, hablando en segunda persona como si le hablara nada más que a él en su dormitorio, «estés donde estés quiero que sepas que yo te hago compañía», dice, y él piensa, ya levantado, sin encender la luz eléctrica, pálido ante el espejo, a la luz de la luna, si tú supieras dónde estoy, si supieras quién soy. Se viste rápido, en silencio, mirando el reloj, moviéndose como un gato, imagina, en la penumbra, entre las cosas alumbradas por la luna, presta atención, inmóvil, asomado al pasillo, escucha los ronquidos de los dos viejos, los de ella más suaves, los de él como si tuviera piedras o cieno en los pulmones, se pone la cazadora, se ajusta los cordones de las zapatillas de deporte, abre con llave el cajón del armario, comprueba la navaja antes de guardársela en el bolsillo trasero del pantalón, la hoja saltando elásticamente herida por la claridad lunar, luego el mechero y el tabaco, las llaves de la furgoneta, las de la casa, un día se hartará y los dejará encerrados y amortajados en su cama de muertos y no volverá nunca. Pero aún es pronto cuando sale a la calle, al callejón empedrado de donde ellos no quieren marcharse, el aire es muy suave y quieto, como la claridad de la luna, queda más de media hora hasta las cuatro, y sin pensarlo se deja llevar, por las plazuelas y los callejones vacíos, por las esquinas de casas abandonadas o habitadas sólo por viejos. El corazón, sin motivo, empieza a latirle más fuerte según camina hacia ya sabe dónde, enciende un cigarrillo, aspira hondo y el humo, acre en el aire de la noche, brilla en el callejón, alrededor de su cabeza baja, camina con el pecho temblándole como si se aproximara a la entrada del cine Principal, como si hubiera aparcado el coche en el arcén de la carretera desierta, una noche muy oscura, y se acercara al parpadeo rojo y azulado de un letrero, a una casa con los cristales de las ventanas teñidos de una sucia claridad rojiza.

13

Esperaban los cuatro, en el salón donde ahora el gran televisor siempre estaba apagado, en señal de luto, de un luto arcaico y tan irrevocable como el que muchos años atrás llevaba a cubrir con lienzos morados las imágenes en las iglesias, después del viernes santo. Habían estado hablando hasta unos minutos antes, en un tono de voz muy semejante al de los velatorios o al de las antesalas de los enfermos, diciendo cosas comunes, ya ni siquiera vinculadas a Fátima, comentarios usuales sobre el tiempo que hacía o sobre la escuela, al final de los cuales quedaba siempre como un exceso de silencio que era preciso remontar hasta que alguien, la mujer o Susana, decía algo más, unas cuantas palabras triviales y difíciles que recibían la aprobación muda de un movimiento de cabeza, o ni siquiera eso, porque el hombre, el padre, no parecía escuchar, no quería saber nada de ellos ni del mundo, sólo esperaba, se retorcía las manos esperando que sonara el teléfono y que alguna vez estuviese frente a él el asesino de su hija.

Poco a poco, según se acercaba la hora, fueron quedándose en silencio, el padre y la madre sentados en el sofá, el inspector en el sillón junto al teléfono, que iba a sonar, esperaban y temían, justo a las siete menos cuarto, y Susana Grey, la señorita Susana, enfrente de todos, al otro lado de la mesa baja de cristal donde estaban su vaso de cerveza sin espuma, su cenicero y sus cigarrillos, recta en la silla, sin gafas, la espalda incómoda, las rodillas juntas bajo el pantalón de pana, el pantalón gastado de ir a la escuela, de trabajar en invierno. Fue ella quien llamó al inspector, urgida por la madre, que al principio no quería que su marido supiera que estaba solicitando ayuda: «Él dice que no sirve de nada, que la policía no va a ayudarnos, pero si usted viene también no se negará.»

Ahora, a las siete menos veinte, escuchando el pesado mecanismo de un reloj de pared, eludían mirarse, ya sin palabras que justificaran un cruce de pupilas, sin frases neutras que hiciesen tolerable para el inspector o para Susana los ojos del hombre y de la mujer trastornados por la desgracia, sus caras desfiguradas y arrasadas por el color, por el odio, por el llanto y la falta de sueño. Sentados los dos en el sofá demasiado pequeño, involuntariamente juntos, el uno contra el otro, obsesionados sin alivio posible por la magnitud y la sinrazón del infortunio, tenían algo de intocables, de separados para siempre de los otros, como leprosos antiguos, ya indiferentes a la repulsión y a la piedad. El padre se retorcía las manos entre las rodillas, suspiraba y apretaba las mandíbulas, tensando la piel mal afeitada de las mejillas, hundiendo en el pelo negro y áspero una mano con los dedos extendidos a la vez que se inclinaba un poco más, absorto en algo que tal vez no veía, una figurilla de cristal o las puntas de sus zapatos. Sólo pensaba en una cosa, decía, vivía nada más que para eso, para coger a ése y matarlo como él hizo con mi hija, así de despacio, ése y yo solos, y se retorcía de nuevo las

141

manos, con una desesperación y una fuerza doblemente inútiles, porque hacía meses o años que las manos no le servían para trabajar y era muy probable que tampoco le sirvieran para estrangular al asesino de Fátima, de quien hablaba como si lo conociera, «ése», decía, nunca «él», y la esterilidad de su propia rabia lo enardecía y lo envenenaba más aún, de modo que ya no era capaz de sentir nada más que odio. El odio era la sustancia de su trato con los demás, el único vínculo que le quedaba con ellos: odiaba al asesino, pero también a los policías que no habían sido capaces de atraparlo, y a los periodistas que habían rondado tan morbosamente los primeros días por la calle y se habían colado sin respeto en el portal y en el ascensor y luego se habían marchado, con la misma indiferencia frívola con la que llegaron, como si la muerte de la niña fuese un acontecimiento social cualquiera, un chisme que se olvida en dos días; odiaba más que a los policías y a los periodistas a los jueces, que soltaban a los criminales, y a la gente a la que ya no se atrevía a mirar por la calle, para no encontrar expresiones de sucia curiosidad o de lástima, odiaba a la maestra que le encargó el trabajo manual a la niña y también a su mujer, que se la podía haber llevado a la compra y no se la llevó, pero sobre todo se odiaba a sí mismo por haberla visto marcharse y no prohibírselo en el último instante, por haber tardado tanto en alarmarse y sospechar, por no haber hecho nada desde entonces, nada más que segregar odio y alimentarlo y retorcerse las manos sentado en el sofá, delante del televisor apagado, en el salón donde siempre tenían echadas las cortinas para no ver a los vecinos que se asomaban a los balcones de enfrente, muy cercanos, en la calle tan estrecha, las dos manos bastas e inútiles de parado de cuarenta y tantos años que todavía conserva en ellas y en la cara señales de la intemperie en los andamios y en los tajos de las obras, pero que seguramente ya no encontrará un trabajo digno y duradero nunca más en su vida.

—Las siete menos cuarto —dijo Susana en voz baja.

—Ya va a llamar. —El padre habló sin mirar a nadie, fijo en sus manos, unidas sobre las rodillas—. Ya se estará acercando al teléfono.

Al hablar tampoco miraba nunca a su mujer. Tenía una expresión invariable de resentimiento y hostilidad difícilmente contenida, porque contra todo el mundo alimentaba el agravio de que a nadie más que a él le hubiera ocurrido esa desgracia. Podían mostrarle condolencias, enviarle telegramas, ofrecerle ayuda, pero eso no eran nada más que palabras. Porque las hijas de los demás no habían sido raptadas y asesinadas, nadie podía entender ni compartir su sufrimiento, que lo aislaba en una cápsula hermética de desesperación a la que no llegaba el consuelo de nadie: bocas moviéndose en silencio, manos y caras aplastadas contra un cristal intraspasable. A nadie que no hubiera sufrido una desgracia idéntica a la suya podía reconocer como su semejante; pero también de su mujer se apartaba, y de los otros hijos menores, a quienes ya no toleraba con la paciencia indiferente con que había asistido sin inmutarse durante tardes enteras a sus peleas, a sus llantos feroces, a sus juegos y desastres domésticos en el salón donde había tan poco espacio y tantas cosas frágiles para romper y manchar: vasos de colacao volcados sobre la tapicería del sofá, figurillas de cristal hechas añicos, amenazando con hincarse en los pies siempre descalzos, y él mirando la televisión mientras tanto, partidos de fútbol o interminables retransmisiones de motociclismo o de golf que a su mujer le mareaban la cabeza aún más que los gritos de los niños.

Los habían mandado a un pueblo cercano, dijo ella, a casa de una hermana suya, por ahora, unos meses al menos, y al contar eso servía unos botellines de cerveza tibia y una cocacola para el inspector, con melancolía y delicadeza, apocada y servicial ante los visitantes, que la impresionaban, sobre todo la maestra, más que el inspector, porque hacia Susana sentía una devoción incondicional, compartida durante años con su hija y ahora heredada de ella, la devoción agradecida de una mujer que conoce y sufre su propia ignorancia hacia la maestra que ayudará a su hija a salvarse del mismo destino del que ella, la madre, no pudo escapar. Casi eran de la misma edad, pero ella la veía resuelta, más joven, con una soberanía de mujer trabajadora y libre que había tenido el coraje de no deberle nada a nadie y de sacar ella sola adelante a su hijo. Le hablaba de usted, por supuesto, le servía las cosas a ella antes que a los demás, le preguntaba sin sosiego, las manos en el regazo, si la cerveza estaba a su gusto, si quería un poco más de maní o de queso, de pie junto a ella, sin atreverse a sentarse, atenta y a la vez ausente, también extraviada en el dolor, aunque en un dolor que no se parecía mucho al de su marido, pues carecía de la lenta segregación tóxica del odio.

—¿Le pongo otra cerveza, señorita Susana? ¿Le traigo más aceitunas?

Cerveza y cocacola tibias, platos pequeños con cortezas ligeramente rancias, con maní, con quesitos, cosas que casi ninguno de ellos tocaba, para que no se oyeran en el silencio los crujidos de la masticación, y porque según avanzaban los minutos hasta las siete menos cuarto sólo podían esperar, inmóviles, escuchando el reloj de pared, los ruidos confusos que venían de la calle, como de otro mundo, el que había existido hasta el día y la hora en que Fátima no regresó de la papelería con su caja de ceras y su rollo de cartulina. Con las cabezas bajas, nerviosos, con un deseo insoportable de que pasaran los minutos y de poder marcharse, Susana y el inspector distraían sigilosamente la mirada en los objetos. El mango del abridor de la cerveza tenía forma de concha de peregrino y servía a la vez de cenicero: *Recuerdo de Compostela*. La foto de comunión de Fátima estaba colgada encima del sofá, más llamativa por el ampuloso marco dorado y por los colores crudos sobre el papel que imitaba la trama y las irregularidades de un lienzo pintado al óleo. El vestido blanco de la niña, con sus encajes y gasas nupciales, la cara infantil con los ojos risueños y los dientes separados, vuelta a medias sobre un fondo que viraba del negro al azul eléctrico.

—Venga, señorita, pruebe las aceitunas, que son caseras, de las que a usted le gustan.

Pero apenas probaban nada, y la cerveza se calentaba en los vasos y perdía la espuma igual que se apagaba la conversación mientras pasaban los minutos, los últimos de la espera, tal vez, porque varias semanas después de la muerte de la niña la llamada de teléfono que sonó los primeros días exactamente a las siete menos cuarto había vuelto a repetirse, pero no cada día, sino cada miércoles, el mismo día de la desaparición, a la misma hora. Sonaba el timbre del teléfono en el piso angosto donde ya no se oían gritos de niño ni músicas ni voces de la televisión y el hombre y la mujer se quedaban paralizados al oírlo, porque para ellos ése sería ya siempre el sonido de las noticias atroces. Aguardaban, con un sobresalto en el corazón, hipnotizados por el sonido, sin levantar el teléfono, quizás con la esperanza de que los timbrazos se extinguieran, pero seguían sonando con una estridencia gradual y entonces el hombre levantaba con brusquedad el auricular y decía «diga» sin acercárselo mucho a la cara, con aquella voz áspera y quebrada que se le había quedado después del entierro, y en el teléfono al principio no se escuchaba nada, tal vez una respiración, o los rumores estáticos de la línea, pero antes de que él colgara o rompiera en maldiciones una voz masculina decía, en un tono muy bajo, pero con perfecta claridad, formando cuidadosamente cada sílaba muy cerca del micrófono:

«Fátima.»

Colgaba entonces, y ya no volvía a llamar hasta el miércoles siguiente. El hombre seguía sujetando el teléfono aun cuando ya estaba cortada la comunicación, maldecía, quemaba su furia estéril gritándole a un auricular desconectado los peores insultos que le suministraba el idioma, y luego, rojo de pronto, en pie, se quedaba quieto y mudo y la boca se le descomponía en una mueca rígida de llanto infantil.

Pero se negaba a pedir ayuda, a llamar otra vez a la policía, para qué, qué habían hecho, de qué habían servido el funeral y la muchedumbre con pancartas y fotos de Fátima y velas encendidas bajo los paraguas, qué iban a hacer además de repetirle siempre las mismas preguntas, de pedirle que firmara impresos y declaraciones y anotara su número de carnet de identidad y decirle que sí, que paciencia, se avanzaba, se estaban recogiendo pistas, interrogando sospechosos, mentira, gritaba, dando vueltas en el comedor demasiado lleno de muebles, de cosas, de cuadros y fotos enmarcadas, de pañitos de ganchillo, de platos decorativos, de figuritas de cristal o de porcelana, inútil para el trabajo y para hacer justicia por la muerte de su hija, un parásito, un impotente, decía, rompiendo a llorar con la boca abierta y la cara tapada con las manos, como si me hubieran capado.

Una tarde, la mujer se presentó en la escuela quince o veinte minutos después de la hora de salida, porque no quería ver a los niños, y cuando se encontró con la señorita Susana se abrazó a ella y las dos se echaron a llorar, acordándose de tantas visitas anteriores para preguntar cómo iba la niña, para que la madre recibiera el halago íntimo de las palabras que la maestra iba a decirle. «Es un primor su hija, no he tenido en la escuela ni tres alumnos como ella, en todos estos años.» «Usted apriétele, señorita, que es un poco vaga, y la pena es que yo no puedo ayudarle, me pregunta algo de los deberes y yo le digo, hija mía, a quién has ido a preguntarle.» Quería que su hija aprendiera, había establecido con Susana un pacto implícito que tenía algo de secreta conspiración de mujeres para lograr que la niña tuviese una vida menos dolorosa y sometida que la suya. Los chicos le importaban menos, porque los hombres siempre tienen ventajas, aunque sean más brutos, pero la niña tenía que prepararse, sin perder un curso, ni un día, sin fallar en un examen, le hacía falta todo el saber y toda la inteligencia que los varones esgrimían y dilapidaban sin fruto, y también toda la fuerza de voluntad, la perseverancia y la astucia de las mujeres, para hacerse fuerte, para vivir de adulta una vida en la que no estuviera a merced de un hombre, de su benevolencia o de su crueldad, atrapada por hijos y marido y monótonos deberes domésticos que extenuaban hasta la aniquilación y no dejaban nada, ni resultados ni agradecimientos. Una vez, el último día del curso anterior, al darle las notas de Fátima, Susana le había preguntado qué le gustaría que fuese su hija de mayor, y ella le respondió sin dudarlo, con una entregada certeza: «Yo quiero que sea como usted.»

En el reloj de pared dieron premiosamente las campanadas de los cuartos, y todos, instintivamente, volvieron la cara hacia el teléfono, que aún permanecía mudo, al alcance de la mano del hombre.

—Acuérdese —le dijo el inspector—. Tiene que intentar retenerlo, por lo menos un minuto, para que nos dé tiempo a localizar la línea.

—Con qué va a hacerlo —dijo el hombre, mirándolo de lado, con un gesto de fatiga o sarcasmo en la boca—. Ni siquiera ha traído un magnetofón.

—Qué cosas dices, bien sabrá él mejor que tú lo que tiene que hacer. —A quien miró la mujer con expresión de disculpa no fue al inspector, sino a Susana.

—La conversación la graban en la central telefónica —dijo el inspector: en ese instante, sobresaltándolos a todos, como si no llevaran tanto tiempo dedicados únicamente a esperarlo, sonó como un agudo trallazo el timbre del teléfono.

—Espere a que suene unas cuantas veces. —El inspector sujetaba la mano del padre de Fátima—. Ahora. Háblele, aguante al menos un minuto.

Había hablado muy bajo, como adoptando la precaución de no ser escuchado por quien estaba en el teléfono. Susana había encendido un cigarrillo, muy recta frente a él, sin verlo, la cara grave y los ojos serenos tras el humo. Escuchaban el reloj, los segundos lentos y los golpes que avanzaban tan despacio hacia una duración que les parecía eterna, un minuto. Pero el hombre no decía nada, tragaba saliva, apretaba muy fuerte el auricular en su mano derecha, que tendría la palma húmeda de sudor contra la superficie de plástico. Trataban de agudizar el oído, pero en el teléfono no se escuchaba nada, ni siquiera la respiración de otras veces, sólo un silencio que volvía más oscura y turbia la presencia del otro lado, la decisión de burla y de crueldad que en ese mismo instante alentaba en alguien, quizás no el asesino, eso lo habría jurado el inspector. Le hizo al hombre una señal con la mano, urgiéndolo a que hablara, pero él permanecía ausente, ensimismado en el silencio del otro, movía los labios y sólo se escuchaba el chasquido de la lengua en la saliva escasa. Se apartó un poco el auricular del oído, y entonces los cuatro oyeron una respiración que se hacía más fuerte y luego la voz, débil y oscura, remota y a la vez muy próxima, con una proximidad de acecho y de repulsión física, diciendo el nombre, separando con cuidado las sílabas, interrumpiéndose enseguida, cuando no habían pasado ni siquiera cuarenta segundos.

«Fátima.»

14

«Se levanta todas las mañanas a las ocho. Lo primero que hace es asomarse en pijama a la calle. Aparta unos segundos la cortina y mira primero a las ventanas de enfrente y luego a la calle. Se fija en los coches aparcados, para comprobar las matrículas. Sale hacia las ocho y media. Traje, corbata, anorak verde oscuro. Piso 3.º izquierda, calle Granados, 14, finca con cinco plantas y dos ascensores. Barrio de clase media baja, apartado del centro histórico. Mujer de la limpieza en el portal miércoles y viernes. La calle va a salir a una avenida de mucho tráfico que termina en la circunvalación, a unos 2 km del cruce para Madrid. Salida más fácil a pie hasta la avenida, y de allí 90 km de carretera mala hasta la autovía en Bailén.»

Pero quién puede averiguar de verdad algo, mediante la inteligencia o la adivinación, si nadie sospecha ni descubre nada, a no ser gracias a una confesión o a una delación, cualquier rostro es una máscara perfecta y no hay ojos que no brillen emboscados tras la negrura de un antifaz. Los muertos hablan, decía Ferreras, a diferencia de los vivos ellos no esconden ningún secreto, están tan del otro lado del pudor como de la vida, muestran sin palabras todo lo que fueron, lo más íntimo y lo más miserable, lo más despojado, lo más vil, la papilla amarillenta y medio digerida de lo que comieron unas horas antes de morir, la traza de los vicios, el alquitrán en los pulmones, el hígado hinchado por el alcohol, las caries, la cera en el interior de los oídos, la irritación en los esfínteres por la falta de higiene, los efectos del trabajo en las manos, las huellas de nicotina, las quemaduras ácidas del yeso, los rastros de tinta —Fátima tenía una mancha de tinta de rotulador en la yema del dedo índice de la mano derecha, y un pequeño callo en el dedo corazón, de los que les salen a los niños de escribir apretando mucho el lápiz.

«... Tiene un Renault 18 viejo con matrícula de Bilbao, color gris metalizado, el mismo controlado otras veces. Nunca lo deja aparcado en la calle. Plaza de cochera alquilada en un garaje con vigilancia 24 h. El coche no lo usa casi nunca. Lo saca los domingos, a las diez de la mañana, sale en dirección desconocida. Vuelve a última hora de la tarde. Cambia a diario el trayecto a la comisaría. Llega siempre un poco antes de las nueve.»

Pero hacia los vivos Ferreras no estaba muy seguro de sentir verdadera piedad, porque lo que sentía cada vez más, a medida que se le iban pasando los últimos años de la juventud, era incomprensión, desconcierto, ira, recelo, pavor, un deseo cada vez más definido de apartarse del mundo y de observarlo desde lejos, y de intervenir en él únicamente mediante la práctica rigurosa de su trabajo, que constituía para él como un reducto de la claridad y la razón, de la modesta esperanza humana de que algunas cosas hechas con todo el talento y toda la destreza de que alguien puede ser capaz mejoran de algún modo el orden de las circunstancias, ayudan en una escala tal vez ínfima pero también irreductible y preciosa a que la sinrazón y el desorden no prevalezcan incondicionalmente. Con los años había vuelto a leer a Albert Camus: no entendía casi nada de lo que pasaba a su alrededor, no le interesaban las páginas de política de los periódicos, y de vivir tanto tiempo en su ciudad aislada había perdido el hábito de mantenerse al tanto de las novedades en el cine y en los libros, a las que había dedicado en su primera juventud una parte que ahora suponía excesiva de sus energías intelectuales. Pero ese desinterés hacia las cosas exteriores lo compensaba una voluntad cada vez más reflexiva y acuciante de hacer su trabajo de la mejor forma posible, de mantenerse al día en las innovaciones de la ciencia y de la medicina legal y de cuidar sus análisis y sus informes con un afán de precisión, claridad y rigor que no se mitigaba nunca, y en el que no se concedía ni la disculpa del cansancio ni la de una rendición inevitable a la tendencia cada vez más universal a hacer las cosas de cualquier modo, pues si se hacían con negligencia o torpeza o simplemente mal no importaba o nadie se daba cuenta, y si se hacían bien nadie lo agradecía, en un sistema meticulosamente regido por la incompetencia y la corrupción. Compraba el periódico y se le pasaba el día sin leerlo, pero miraba cada mañana con avidez el buzón aguardando la llegada de las revistas internacionales a las que estaba suscrito, y se quedaba leyendo hasta muy tarde, tomando notas y apuntes, consultando manuales y diccionarios, con un aspecto de severa concentración y de calma que tal vez nadie veía, porque no solía mostrarlo en la vida diaria y en el trato con los demás, igual que sólo se ponía las gafas cuando estaba solo, por una coquetería juvenil de cuarentón.

Dentro de su trabajo, de su estricta especialidad, que era sin embargo tan inagotable, porque abarcaba prácticamente todas las posibilidades de la vida y de la muerte humanas, los enigmas podían ser explicados y resueltos con grados diversos de aproximación o de certidumbre, pero siempre había hechos indudables en los que sostenerse, evidencias anatómicas y procesos químicos que era posible determinar sin ambigüedad: por las manchas violáceas y por el grado de rigidez de los miembros había sabido calcular las horas que llevaba muerta Fátima, y gracias a un análisis relativamente sencillo estaba seguro de que la mayor parte de la sangre que había en su ropa no era suya, sino de su asesino, pero más allá, después de las palabras técnicas de su informe, del punto final y de la rúbrica, comenzaba una zona de oscuridad hacia la que Ferreras sentía cada vez más miedo. Con cuidado infinito, con una delicadeza que nunca podría ser suficiente, examinaba de vez en cuando, en alguna noche de guardia, a una mujer violada, extraía residuos de semen y de flujo vaginal y cepillaba muy suavemente el vello del pubis en busca de pelos del violador: podía determinar luego la evidencia de la injuria y el grupo sanguíneo de quien la había cometido, y esos datos tal vez serían útiles para obtener una condena, pero no para saber nada de lo que había sucedido de verdad en el alma de la mujer violada, lo que se había roto para siempre y lo que aún era posible restituir y curar, lo que latía tan turbiamente en la conciencia del violador, la sucia lujuria o la arrogancia o el odio que lo habían empujado a actuar.

—Me entiendo mucho mejor con los muertos —le dijo al inspector, riéndose—, por ejemplo, con Albert Camus, o con Quevedo, que es todavía un muerto más antiguo. Yo digo como él, que vivo en conversación con los difuntos...

—«Y escucho con mis ojos a los muertos» —continuó la cita el inspector, y Ferreras se lo quedó mirando, desconcertado, aunque procurando, por cortesía, disimular su sorpresa.

—Me lo enseñó un cura, hace mil años. —El inspector sonreía como disculpando su inesperada erudición—. Me obligaba a aprenderme versículos de la Biblia y sonetos de Quevedo.

«De diez a diez y media sale a tomar un café con leche y un croissant a la cafetería Monterrey, a unos 100 m de la comisaría, al otro lado de la plaza. Tiene salida posterior a callejón. Muchos policías desayunan allí o toman cañas al salir del servicio. Desayuna de pie en la barra de cara a la puerta de entrada. Se encuentra con otros inspectores que no lo saludan con mucha confianza, se ve que aquí tampoco se hace muy simpático. Con el que desayuna más veces es con un médico forense. Por ahora no tiene más relaciones que se le puedan comprobar, aparte de las profesionales.»

Pero quién puede averiguar nada de los vivos, quién descubrirá lo que hay en el fondo de los ojos, detrás del antifaz y la máscara de las facciones de un rostro, quién puede saber lo que hay dentro de un alma y lo que está más adentro o más abajo aún, más sepultado, más hondo, lo que alguien lleva oculto y no lo sabe ni él mismo, el virus que ha empezado a envenenarle la sangre o la célula cancerosa que se multiplica todavía infinitesimalmente en un tejido, el instinto de crueldad o de homicidio que se despertará en él como un violento mecanismo automático, como una ceguera de resplandores rojos de la que despertará un instante más tarde para descubrir un mundo que se le ha vuelto irreconocible, una intoxicación de adrenalina o de alcohol que lo transformará en una criatura hacia la que él mismo sentiría horror si pudiera verla en un espejo.

Alguien ha asesinado a una niña y quizás ve la noticia del crimen en la televisión, durante la cena familiar, y no acaba de reconocer la cara de su víctima en las fotografías que publica el periódico, en las imágenes de un rudimentario vídeo tomado el día de su comunión; alguien alza indignadamente la voz entre un grupo de mujeres que comentan rumores en el mercado, exige venganza, pena de muerte, castigo ejemplar. Alguien va por la acera apoyando una mano en el hombro de la niña que camina a su lado y nadie se da cuenta de que esa mano no está simplemente posada, que en realidad apresa, que se está clavando con toda la fuerza de sus dedos cortos y nervudos en la piel, bajo la tela del chándal, que dejará luego en el hombro y en la nuca un hematoma parecido a las señales de sangre que tampoco ha advertido nadie en un ascensor. «Tienen ojos y no ven», murmura el padre Orduña en su cuarto monástico, «tienen oídos y no oyen», dice en voz alta para casi nadie en la iglesia, a las siete y media de la mañana. Alguien recuerda los años lejanos en que fue un espía entre los otros, un estudiante con aspecto de becario pobre y voluntarioso, reservado pero atento y sin duda leal, una máscara moldeada con las líneas de la cara y la materia misma de la piel, una voz falsa hecha con el metal de la voz verdadera, adiestrada para repetir nombres, conversaciones, números de teléfono, letras de escalera y de piso cuya puerta era reventada a las cuatro de la mañana por policías con gabardinas o con uniformes grises: quién iba a sospechar, a saber, quién podía descubrir lo que había detrás de esa cara basta y como a medio hacer, todavía con rastros de la adolescencia, con un mal color en el que permanecía una palidez de internado y de penumbra de confesonario. Alguien ve por casualidad esa misma cara treinta años después, sólo unos segundos, las imágenes desequilibradas de una cámara de televisión sostenida con rudeza entre un tumulto de gente, entre las cámaras, focos y micrófonos que asedian la puerta de una comisaría: aparece un hombre, de frente, con el pelo gris y escaso, despeinado, con un sólido anorak verde oscuro, descubre que lo están filmando, y al mismo tiempo que adelanta la mano para desviar la cámara o para empujar al que la sostiene vuelve hacia un lado la cara, pero ya es tarde, las cosas definitivas con mucha frecuencia no tardan ni una décima de segundo en suceder, un minuto antes o más tarde y la vida de Fátima no se habría cruzado irreparablemente con la de su asesino, un instante o un gesto y alguien no habría visto y reconocido en el telediario esa cara, y decidido algo que lentamente empieza a cumplirse, inexorable y secreto, lo mismo que el progreso de una enfermedad o la caída gradual en la locura.

Alguien decide, anota, llama por teléfono, dice palabras significativas que no pueden comprometer, que no darían lugar a sospecha, porque las palabras también saben ser tan encubridoras como los rostros, alguien abre un atlas enciclopédico y busca el pequeño círculo y el nombre de una ciudad en un mapa, alguien solicita folletos turísticos y consulta guías de hoteles y nada de eso resulta sospechoso, no es delito anotar nombres, mirar folletos en color en una oficina turística, deliberar con el empleado de una agencia sobre la forma más conveniente de viajar, sobre horarios de autocares y trenes y tarifas de alquiler de coches. La cara es el espejo del alma, dijo el padre Orduña con su fe inconmovible, no tanto en la misericordia de Dios como en la simple lástima o piedad que merecen cada uno de los seres humanos: pero la cara no es el espejo de nada, si acaso uno de esos espejos de las películas de miedo en los que no se reflejan los vampiros. Alguien se hace una foto de carnet de identidad con gafas y bigote postizo, elige otro nombre y su cara ya es otra, alguien viaja en tren y en los andenes de la estación de Chamartín de Madrid se confunde con los otros viajeros y su cara dice tan poco sobre quién es de verdad como el nombre que ahora figura en su carnet y en su permiso de conducir. Alguien alquila un coche con toda naturalidad en un despacho con muebles blancos y empleadas jóvenes vestidas como azafatas, con uniformes y gorros de color burdeos, rellena datos escribiendo cada letra mayúscula en la casilla correspondiente, anota números de carnet de identidad, de tarjeta de crédito, traza al pie del formulario una rúbrica sencilla, que sin embargo tardó muchas horas en ensayar, llenando folios y folios que luego rompió en trozos muy pequeños, con pulcritud meticulosa, la misma con la que guardó en una bolsa de viaje varias mudas de ropa, algunos libros, un walkman, cintas de música, cuadernos, lápices, unos binoculares, una cámara Polaroid, el modelo más rápido y manejable, cabía en el hueco de una mano y se la podía disparar sin que se diera cuenta nadie.

Alguien llega al atardecer a una ciudad donde no ha estado nunca, pero de la que ya posee un plano muy detallado y varias guías turísticas, baja la ventanilla en un cruce para preguntar la dirección del hotel donde tiene hecha una reserva con el mismo nombre que hay en su carnet de conducir y en sus tarjetas de crédito, da las gracias con una sonrisa de perfecta simpatía, logrando borrar del todo su acento verdadero, que aquí sería más llamativo por lo inusual, se instala en el hotel, donde repite, al rellenar la ficha de ingreso, la misma rúbrica que hay en el carnet, en el reverso de la tarjeta de crédito y en el permiso de conducir, lo cual no es nada fácil, da una propina razonable al botones que le lleva el equipaje, no muy pequeña, pero tampoco desmedida, para evitar en lo posible que luego recuerde, pero en realidad no hay peligro, nadie recuerda, nadie se fija ni quiere enterarse, por precaución o desgana, por simple aturdimiento, tienen ojos y no ven, oídos y no oyen.

Alguien hace una llamada telefónica, avisando que ha llegado, pero sin decir ningún nombre, alguien se da una ducha larga y se tiende luego en la cama aletargado por el cansancio del viaje y decide que no hay prisa, que hasta la mañana siguiente no será necesario empezar su tarea, que según las muestras que lleva en una cartera negra con resortes dorados es la de representante de una fábrica de pinturas radicada en Villaverde Alto, provincia de Madrid. Elige un restaurante en la guía, decide dar una vuelta esa noche por la parte antigua de la ciudad, donde según ha leído hay edificios muy notables, iglesias y palacios del renacimiento. Cinco días más tarde se instala en un piso alquilado, con unos cuantos muebles viejos. Cada noche, después de cenar un bocadillo y una lata de cerveza, conecta un pequeño ordenador portátil y escribe con dos dedos, muy rápido, equivocándose y borrando con la misma impaciencia, inclinándose mucho sobre la pantalla, tanto que cuando apaga el ordenador le duelen la espalda y la nuca.

«... La tarde del 10 de octubre y la del 23 de octubre, en vez de volver al domicilio después del trabajo tomó una dirección nueva y fue a un edificio religioso casi a las afueras de la ciudad, de acceso y retirada muy fáciles en coche, con calles laterales anchas. Visita de tres horas, no se sabe si en relación con las investigaciones que se trae entre manos. Cambia de acera con frecuencia. Se para en los escaparates y se vuelve muy rápido. Come todos los días entre dos y media y tres y media en la cafetería Monterrey, siempre en la misma mesa individual: controla por la ventana la plaza y está de frente a la única puerta de entrada al comedor, al final de una escalera que sube desde la planta baja de la cafetería. Ya no toma alcohol y no fuma. En cada comida se toma varias cocacolas. Luz del salón del domicilio encendida hasta las doce de la noche. No sale a cenar. Compra los viernes en un supermercado del barrio, SuperDani-4, con barras de control a la entrada y salida y parte trasera con acceso a almacén y muelle de carga y descarga. A la una apaga la luz del dormitorio. Algunas noches se vuelve a encender horas más tarde. No sale por las noches, a no ser por cosas del trabajo. El 15 de octubre lo recogió un coche de la policía sin señales de identificación a las 12.45 de la noche. El número de su teléfono no viene en la guía. Cuando no está trabajando pasa solo la mayor parte del tiempo. No recibe visitas. Hace todos los días lo mismo, pero nunca lo hace de la misma manera. En la cafetería del Monterrey, el 4 de noviembre a las 10.15 de la mañana se le acercan mientras desayuna un periodista y un fotógrafo de los pocos que todavía esperan alguna novedad en el caso de la niña. Los saluda muy serio, mira con desconfianza a la cámara. No deja que le hagan fotos. El fotógrafo y el periodista le quieren pagar el café, pero él se niega, les dice adiós y se va. A los otros les falta tiempo para hablar mal de él, no hace falta acercarse mucho para oír lo que dicen. Si me llega a tirar aquella vez la cámara le pongo una denuncia, dice el fotógrafo. Comentario del periodista, a comprobar bien, por si interesa dar salida a la historia: "Me han contado que este cabrón empezó de social en la universidad, cuando Franco, denunciando gente."»

15

Lo siente ahora, ha empezado a sentirlo y no se daba cuenta aún, ha sentido, con el primer trago, el dulce fuego en la garganta y en el estómago, el primer golpe de aturdimiento, el sabor luego en el paladar, mezclado con la saliva, diluido en ella, pero eso, el primer efecto del anís, su dulzura ahora expandiéndose por todo el cuerpo como la sangre por las venas, no es lo que más le importa, ni lo que siente con más fuerza. Es una sensación de vértigo, de peligro, pero también de seguridad, una cosa cálida que crece en su estómago y le sube hacia la garganta mientras mira alrededor suyo el espectáculo turbulento y monótono de todos los días, los vendedores en los puestos, detrás de las pilas de verduras o de fruta, de la abundancia obscena de los pescados y las carnes, el ruido de las voces de las mujeres, los gritos de los descargadores, los alaridos tremendos de las pescaderas. Es un poder, una potestad, la conciencia exacta y secreta de lo que lleva escondido en el bolsillo derecho del pantalón vaquero, oculto pero abultando un poco, porque el pantalón era muy ceñido. Le basta, acodado en la barra del bar, frente a la copa de anís seco que acaba de pedir, y que deberá beberse en dos tragos, en menos de un minuto, antes de que noten su falta, con deslizar su mano derecha por el costado y tocar la dureza, la intuición fulgurante del metal saltando con una velocidad y un sigilo de resortes de acero, un relámpago en la mano derecha, en los dedos sucios, húmedos, tan impregnados de olor que ya huele también como ellos el cristal de la copa, todo se contamina, se contagia enseguida, se pudre, sólo el aroma del anís es lo bastante fuerte como para borrar la pestilencia, aunque sea unos segundos, durante el gesto de ebriedad y delicia de apurar la copa echando hacia atrás la cabeza. Con el dedo índice reconoce la forma de la navaja cerrada en el bolsillo, y ahora nota que el corazón le ha empezado a latir más fuerte, que se le queda seca la boca, saliva y anís diluido en ella, el sabor del alcohol parecido en su crudeza al sabor de la sangre, la herida del filo en la palma de la mano, muy leve, invisible al principio, luego convirtiéndose en una línea rojo claro de la que brotaba la sangre con una fluidez inesperada, sin que él hubiera sentido el dolor ni la profundidad del corte: había sido el mismo temblor, la misma urgencia, la navaja abierta en la mano y la palma cerrándose en torno a ella con una fuerza a la que era muy fácil abandonarse, como al efecto del primer trago crudo de anís o de whisky o al impulso de salir a la calle a mirar y a buscar y la tentación y el vértigo impune de detenerse junto a un portal, al lado de un panel de porteros automáticos, detenerse y elegir al azar un timbre y pulsarlo con el dedo índice, el corazón palpitando, la espalda apoyada en la puerta de cristales, con un aire perfectamente casual, el dedo índice de una mano tocando en los llamadores de los pisos y las yemas de los dedos de la otra rozando el bulto escondido en el bolsillo, conteniendo las ganas de deslizarse hacia la bragueta tensa de los vaqueros, un deseo urgente, irremediable, tan fuerte que se convertía en una presión en las sienes y en un principio de sudor, como cuando se ha bebido a una temperatura calurosa, al salir del trabajo, en el mediodía incandescente del verano. Los ojos espiando, a la derecha y a la izquierda, mientras se vuelve a llamar y se espera a que alguien conteste, pero no hay peligro, siempre hay gente que llama a los porteros automáticos, mensajeros, empleados de tiendas, vecinos que han olvidado las llaves. Y sin embargo el peligro forma parte de la tentación, es el peligro lo que ha sentido nada más beber el primer trago de anís, a media mañana, en el bar del mercado. El camarero tiene la cara vuelta hacia el televisor, y el ruido del programa matinal que lo tiene tan absorto se mezcla con el rumor de pasos y de gritos de la gente amplificado por las grandes bóvedas con vigas de metal. Un trago, un pelotazo, menos de un minuto, nadie se entera, y si se enteran qué, bastante trabaja uno para que se forren otros. Ahora, siempre que mira un televisor encendido, se acuerda de cuando vio en las noticias la cara de la niña, y aunque sabe que es imposible imagina que cualquier día puede ver su propia cara, y al pasar junto a las tiendas de electrodomésticos de la calle Nueva siempre mira con recelo los televisores encendidos de los escaparates, uno tras otro, las imágenes moviéndose en silencio, idénticas o multiplicadas, la locutora de un telediario, un paisaje africano con animales salvajes, una de esas telenovelas de después de comer que están viendo siempre su padre y su madre. Y de pronto la niña, desconocida, con otro peinado, con una cara sonriente, no estaba seguro de haber sabido quién era si no hubiesen dicho su nombre, si no hubiesen mostrado después las imágenes del terraplén, la zanja, las agujas de los pinos, la cartulina azul atada con una goma que la niña no había soltado a lo largo de todo el camino, a través de toda la ciudad, la mano derecha apretándole el hombro y sintiendo la forma frágil de los huesos debajo de las yemas de los dedos, el temblor en las sienes, el fuego en el estómago, como un primer trago de whisky o de anís después de muchas horas de ayuno, esa tarde había tomado un par de ellos. Había tomado un primer whisky, Doble W con hielo, sentado en el taburete, el bulto presionándole sobre el muslo, en el bolsillo derecho del pantalón demasiado apretado, pero nadie podía saber lo que guardaba allí, y aunque se supiera, qué importaba, uno tiene derecho a llevar una navaja, el mismo derecho exactamente que a tomarse un whisky con hielo y pedir otro más o a caminar por la calle buscando lo que nadie más sabe, nadie va a decirle a uno nada por llamar a un portero automático o por entrar a un portal y mirar los nombres de los buzones, nadie puede notar el temblor en las manos, la presión en las sienes, el fuego en el estómago, la presión violenta en la entrepierna, bajo la tela tan basta y apretada de los vaqueros, el instante de vértigo en que una mujer o una niña va a entrar en el ascensor y él sostiene la puerta y entra también, rápido, sonriente, callado, con el aire de ausencia y disculpa que suele ponerse en los ascensores, tan cerca de los otros, de los desconocidos, en la caja cerrada, en la celda sin salida que asciende, que puede ser detenida con un simple gesto del dedo índice, un segundo antes de que la otra persona salga de su ensimismamiento y mire de otro modo, sin alarma todavía, sin miedo, tan sólo con extrañeza, durante unas décimas de segundo, antes de ver la mancha de sangre en la palma de la mano, antes de oír el chasquido de la navaja al salir del bolsillo derecho del pantalón, tan ajustado que hay que hundir en él los dedos con cierta dificultad para atraparla. Traga saliva, ha apretado demasiado los dientes y ahora al sabor de la saliva y del anís desleído en ella se mezcla el de la sangre, igual que se le mezcla la intensidad del recuerdo y la del vaticinio, el impulso que no quiere o no sabe contener, la tentación de llegar al filo, de no traspasarlo, de seguir a una chica joven o a una niña hasta el ascensor y en el último momento hacer como que echa a andar hacia la escalera, la voluptuosidad de detener las cosas en el punto justo de máxima tensión, de ir aproximándose a ellas y no llegar nunca, un perdón secreto, la suspensión en el último instante de una condena inapelable que sin embargo era desconocida por quien casi había llegado a sufrirla.

Pero nadie lo sabe, parece mentira, da risa, todos buscando, los periodistas y los policías, todos esos gilipollas venidos de Madrid y de Sevilla y dicen que hasta del extranjero, acampados en la plaza, debajo de la estatua, con sus cámaras y sus trípodes y sus antenas parabólicas, corriendo hacia la puerta de la comisaría cuando va a salir alguien, el comisario o inspector del pelo gris que apareció luego un momento en el telediario, enseguida apartó la cara y le dio un empujón al tío de la cámara, se oyeron gritos y las imágenes oscilaban. De modo que era ése el detective, pero en España no se llaman detectives, aunque se ve que son igual de imbéciles, pues no va el tío y dice en el periódico que tiene una pista, no, un perfil, eso dijo, él se acerca a la plaza tan tranquilo, rozando con disimulo el bulto de la navaja en el pantalón, y cuando pasa entre los periodistas piensa, cabrones, si supierais, si yo os contara lo que no sabe nadie más que yo, nadie en el mundo, tan listos que sois todos, tan decididos, se nota que vienen de la capital, arrasando, con malos modos, las mujeres sobre todo, hasta la rubia que presenta un programa por las noches, lo hizo en directo desde la plaza, hablando al pie de la torre del reloj, media ciudad estaba viéndolo en la televisión y la otra media había acudido a ver en persona a la rubia tan multitudinariamente como en las procesiones del viernes santo, aplastándose los unos contra los otros detrás de las vallas custodiadas por la policía. Era muy de noche, había empezado a lloviznar y los focos echaban humo y provocaban una claridad blanca intolerable, y la presentadora rubia, más pintada que una puta, la cara blanca de polvos y cremas, hablaba debajo de un paraguas. «En esta ciudad histórica —dijo—, en esta joya del renacimiento», y a la mañana siguiente las mujeres en el mercado charloteaban como locas, excitadas, más gritonas todavía que en los días normales. Ya hasta se les había olvidado la muerta, de la que hablaban era de la otra, la presentadora rubia, rubia teñida, desde luego, teñida y operada, que se había saltado luego los precintos de la policía y había estado transmitiendo desde el mismo sitio en el que apareció la muerta. Se veía todo, decían las mujeres, contándose las unas a las otras lo mismo que todas habían visto, los jardines de la Cava, la pared del cine abandonado, los pinos y la zanja. También lo había visto él, junto a los dos viejos, qué remedio, los tres sentados a la mesa camilla, la vieja llorando y el padre murmurando por lo bajo como si masticara o mordiera, «ése no paga ni con la muerte —decía—, a ése hay que cortarle los cojones y que se desangre, muerto y matado, y que lo entierren en un muladar, que yo no quiero tenerlo cerca cuando me lleven al cementerio».

Masticaba o mordía, se quitaba la dentadura postiza y la dejaba en la mesa, las encías rosas y los dientes sucios de pizcas de comida, encima del hule viejo que él llevaba viendo desde que tenía memoria, el muy puerco, no le ajustaba bien la dentadura y se la iba dejando siempre por ahí, en cualquier sitio, y también el vaso de plástico donde la ponía en remojo, que ni siquiera era un vaso, sino una botella de agua mineral cortada por la mitad, el muy rata, se había entretenido él mismo en cortarla con las tijeras, haciendo ese ruido que hacía con los bronquios o los pulmones. No quiere gastar nada, no se fía de nadie, está siempre mirando y repasando la cartilla de ahorros y las cuentas de la luz, del agua y del teléfono, y qué manera de comer, el ruido de la boca y el de la laringe o los bronquios o lo que quiera que tenga ahí adentro, un cáncer, quién sabe, como aquel vecino que había antes en el callejón, hace muchos años. Lo operaron y le sacaron algo, el guajerro, decían los muy bestias, hablaban de la gente como de los animales, le sacaron algo de la garganta y ya no podía hablar normal, y le quedó un agujero encima del último botón de la camisa. Hablaba llevándose un micrófono a aquel agujero, movía los labios pero las palabras no le salían por la boca, y la voz metálica daba todavía más miedo que el agujero negro en la garganta, daba mucho asco y era imposible apartar los ojos de él, de ese hueco moviéndose entre la piel arrugada. Ya no se acuerda de cómo se llamaba aquel vecino, que murió hace muchos años, no como éstos, que van a durar siempre, porque ahora los viejos no se mueren ni a los cien años, pueden durar veinte o treinta años cagándose y meándose encima, y cualquiera los mete a éstos en una residencia. El viejo lo está diciendo siempre, que él se muere en su casa y en su cama, pues nada, que se muera como le dé la gana, pero que no dé más por culo. Por ahora todavía se valen, pero dentro de cuatro o cinco años cualquiera sabe, aunque tampoco sean tan viejos ninguno de los dos. Pero es que siempre fueron viejos, al menos él no los recuerda jóvenes, ella siempre de negro y con el pelo gris y sucio y él con la boina y la chaqueta de pana, y las camisas abotonadas hasta la nuez con el cerco negro en el cuello, porque sólo se ducha cuando Dios quiere, así que cuando se sienta a la mesa no sólo hay que verlo y que oír su dentadura, sus pulmones o sus bronquios podridos, sino además oler su olor, el olor retestinado de tantos años de trabajo inmundo y el otro, el más reciente, el olor a viejo que no se lava, como si hoy en día no hubiera duchas y cuartos de baño y agua caliente, como si tuviera que lavarse todavía a manotadas en el corral. Pero tampoco quiere gastar butano, hay un escándalo cada vez que él enciende el calentador, parece que la llama azul del gas le estuviera quemando las manos al viejo, prendiéndole fuego a su cartilla de ahorros. Venga, dice, masticando, otra ducha, y además se tirará dos horas metido en el váter. Dice váter siempre, nunca cuarto de baño, los dineros en vez del dinero, y los huesos de la boca en vez de los dientes, y dice hacer de cuerpo y regoldar y paéres en vez de paredes, qué bestia, parece que se hubiera criado en un cortijo, en una cueva de la sierra. Estaba mirando a la presentadora rubia y repetía lo mismo, «ése muerto y matao, al garrote, en medio de la plaza, como antiguamente». Él callaba, si supieran, la cara sobre el plato, mirando de soslayo el televisor, no queriendo mirar hacia la dentadura que tenía tan cerca, sobre el hule agrietado, y la madre lloraba, cuándo no es jueves, lloraba viendo la foto de la niña igual que lloraba en los seriales sudamericanos de después de comer, no había manera de ver la tele con ellos, no entendían nada, protestaban de todo, pero eso sí, no apagaban nunca, desde por la mañana hasta medianoche con el mando a distancia sobre la mesa camilla o en el regazo, como tenían antes las mujeres el rosario. Cuando querían cambiar de canal se equivocaban y lo que hacían era subir mucho el volumen o quitarle del todo el color a las imágenes, un desastre tras otro. Para encender el calentador dejan salir mucho rato el gas, porque no aciertan a prender la cerilla, y la estufa de butano algunas veces la habían apagado soplando la llama, como si fuera lo mismo que apagar un candil en aquellas cortijadas donde se criaron, tan bastos y tan oscuros como los cerdos en las pocilgas y los mulos en las cuadras. Ésa es otra palabra que el padre no dice, cerdo, dice siempre marrano, dice es menester en vez de hace falta y botica en lugar de farmacia, y al coñac le llama la coñá, el muy bestia, podían cualquier noche soplar la llama de la estufa en vez de apagarla como las personas y se envenenarían los dos, se atufarían, como dicen ellos, los dos dormidos y luego muertos en el sofá, frente a la tele encendida, los dos con las bocas abiertas y las cabezas echadas hacia atrás. Muertos y matados, si algo sobra en el mundo es gente vieja, uno se parte el espinazo trabajando más horas que el reloj y todo se lo lleva luego el gobierno para pagarles pensiones a los viejos que no se mueren nunca, a los inválidos, a los estudiantes, para que los hijos de papá vayan a las universidades y coman con las manos limpias, sin tener que olérselas con repugnancia y lavárselas veinte veces al día, sin estropeárselas, en vez de ganarse la vida diciendo a todo sí señor y sí señora y levantándose antes que nadie. Pues no decía el viejo, el muy bestia, «ahora más vale un buen oficio que una carrera, tíos con sus carreras de médicos y de ingenieros los he visto yo echando solicitudes para barrer las calles». Y una mierda, ahora lo que más vale es lo que más ha valido siempre, una colocación, fichar a las ocho y a las tres si te he visto no me acuerdo, a tomar cañas con las manos limpias, y hasta mañana, y vacaciones cada dos por tres, como los maestros, y pagas extraordinarias, sin madrugar nunca, sin sufrir el frío del invierno a las tres o a las cuatro de la madrugada, cuando las manos se hielan con el agua fría y se desuellan con cualquier roce, parece que no es nada y de pronto surge en la piel reblandecida una línea roja que es enseguida un borbotón de sangre. A él le da ya lo mismo, claro, al viejo, bien listo que fue, aunque parezca idiota, jubilación anticipada por invalidez, el enfisema o la bronquitis o el cáncer, o eso que tienen los mineros, silicosis, se jubiló antes de tiempo pero es que ya parecía un viejo total, una ruina, como ella, han sido viejos siempre, como la casa y el barrio entero en el que viven, casas viejas y escombros, tienen las mismas caras que sus padres o sus abuelos en una foto que hay colgada sobre el aparador de su dormitorio, pero lo mismo que son viejos desde siempre también van a durar hasta no se sabe cuándo, más que un traje de pana colgado en una percha, dice el viejo, son indestructibles, a no ser que les estalle el calentador o que los asfixie una noche el gas de la bombona, atontándolos poco a poco mientras ven una película sin enterarse de nada y haciendo comentarios enojados o preguntas ineptas, pero entonces quién es el que la ha matado, no era el del bigote el padre de la niña, por qué sale de joven si antes era viejo.

Y no queda más remedio, nada más que aguantarse, irse uno a ver la otra televisión a su cuarto, a repasar vídeos, con el cerrojo bien echado, con el volumen bajo, aunque sea muy tarde, estos dos o no se duermen nunca o están siempre medio adormilados.

Aquella noche abrió con mucho cuidado la puerta al llegar y ni siquiera encendió la luz del portal ni la de la escalera, avanzó muy despacio, tanteando las paredes, el pasamanos de la baranda insegura, al llegar arriba oyó la respiración cancerosa o bronquítica o silicosa del viejo, y cuando ya había cogido ropa limpia y una bolsa de basura donde guardar la que traía sucia y manchada y empujaba la puerta del cuarto de baño escuchó la voz de la madre y casi le da un síncope, pero no de miedo, sino de pura rabia, qué iba a hacer si ella salía y lo miraba. Lo llamó con la voz rara y blanda de cuando no tenía los dientes postizos, como si no estuviera segura de que era él quien había entrado, tan miedosos siempre los dos de los ladrones, dijo, «hay que ver lo tarde que vienes, nos tenías ya muy preocupados». Así que ninguno de los dos estaba durmiendo porque el padre dijo, como masticando las palabras muy ensalivadas, «viene a estas horas y luego a ver quién lo despierta para que llegue a tiempo a su trabajo»: como si tuvieran que llamarlo, como si él no se levantara a su hora en punto cada día y cumpliera con su obligación sin faltar nunca. Les contestó cualquier cosa, sin disimular el fastidio, el simple desprecio que le provocaban los dos, entró en el cuarto de baño y aseguró el cerrojo que él mismo había instalado, se desnudó examinando con mucho cuidado cada prenda y las fue guardando en la bolsa de plástico, la escondería bajo llave en su armario hasta que a la tarde siguiente pudiera poner la lavadora. La colada, por supuesto, la hace él, se pasa uno la vida trabajando más horas que un reloj y luego tiene que llegar a su casa y poner la lavadora, porque la vieja no sabe hacerlo, y si lo intenta es peor, la mitad de las veces provoca un desastre. Habría debido tirar la ropa manchada, pero cualquiera lo hacía, la vieja la echaría enseguida de menos, empezaría a hacer preguntas machaconas, como por casualidad, fingiéndose muy sutil, dejando caer indirectas, hay que ver cuánto hace que no te pones el jersey que te eché para tu santo. Así que mejor lavarlo todo, se lava y se estrena, como decía el anuncio, se lava uno las manos debajo de un chorro de agua hirviendo y con un jabón bien fuerte y luego no queda ningún olor, entra uno en la ducha a las dos de la madrugada, aturdido todavía, asustado, un poco borracho, recordando cosas que le parecen soñadas, y cuando sale enrojecido y desnudo frente al espejo turbio de vapor ya es como si fuera otro, como si no hubiera hecho nada ni estuviera cansado hasta el límite del desvanecimiento, y luego, sin dormir, baja a la calle y encuentra la vida de todos los días, más bien de todas las noches y madrugadas, los callejones deshabitados, los basureros en la plazuela próxima, afanándose en su oficio repugnante a la luz rojiza que gira sobre la cabina del camión, entre el ruido de la maquinaria que aplasta y moltura los desperdicios. Seguro que ninguno de esos basureros tiene carrera, por mucho que diga el viejo, pero eso sí, su buen sueldo fijo sí que tienen, pagas extra y vacaciones, y el olor no es más nauseabundo, y sindicatos que los defiendan y que los lleven a la huelga, a ver si un día se pone él en huelga qué pasa, qué consigue, que lo despidan como a un perro, ésa es la verdad de la vida, por culpa del viejo que a las cuatro de la madrugada, en la noche de lluvia fría y de viento, se queda tan gustosamente en la cama, con su jubilación anticipada, cociéndose en sus gases calientes y podridos mientras uno se levanta mucho antes de que se retiren las putas y los borrachos. Recién duchado, con una especie de presión muy fuerte en la nuca, con algo de mareo, con lucidez y vértigo al mismo tiempo, la ropa limpia, la cara recién afeitada, oliendo a loción, las manos limpias, que se ensuciarán enseguida, con esa mugre y ese olor que sólo borra fugazmente el anís pero que mancha el cristal de la copa, el pelo todavía húmedo, el motor de la furgoneta trepidando en el callejón, los faros que alumbran el empedrado y la cal de las paredes, los ojos fosforescentes de un gato. Pero esa noche no era igual que todas, y no sólo por lo que él sabía y no sabe nadie más en el mundo: cuántas horas, cuántos días tardarán en saber, en encontrar lo que nadie más que él sabe dónde está. Sube en la furgoneta hasta la plaza del general, que a esas horas siempre está casi a oscuras y vacía, y comprende que algo ha empezado ya a ocurrir, tan pronto, tan enseguida, le da un vuelco el corazón, ve de soslayo que están encendidas las luces de la comisaría, que hay guardias y hombres de paisano en la puerta y varios coches patrulla con los motores en marcha, con las luces azules de las sirenas destellando en silencio, en la calma fría de la noche de luna.

16

Ahora se arrepentía vagamente de haber aceptado, pero ya no quedaba remedio, el coche de la maestra circulaba por una calle fea y confusa del norte de la ciudad, desconocida para él, y enseguida desembocó en un cruce iluminado por las luces blancas y rojas de una gasolinera. De pronto parecía que era muy tarde y que se encontraban muy lejos. Había muchos signos e indicadores de tráfico, y Susana adelantaba la cara sobre el volante para orientarse entre ellos, buscando mientras tanto una emisora en la radio, y luego una cinta de música en la guantera, donde había un desorden de documentos, cintas sueltas, cassettes vacías y gamuzas usadas de limpiar los cristales. Sonriente, nerviosa, se volvía unos segundos para mirar al inspector con gesto de disculpa, era un desastre, le dijo, para orientarse en el tráfico y para poner orden en sus cosas, más ahora, que llevaba meses sin compartir el coche con nadie, se cayeron unas cintas mezcladas con cajas vacías y al ir a recobrar una apoyó accidentalmente la mano derecha que tanteaba en la rodilla del inspector, notando enseguida la contracción muscular, la rigidez automática bajo la tela del pantalón, en la nuca del hombre que no se apoyaba del todo en el respaldo y mantenía la misma actitud de visita formal que un rato antes, en la casa de los padres de Fátima. Encajó por fin una cinta en el radiocassette, y en ese momento cambió al verde el semáforo donde estaban parados, de modo que la música empezó a sonar al mismo tiempo que el coche avanzaba más rápido, ahora por una carretera entre descampados, desde la que se veían a lo lejos, resaltando contra el cielo azul marino, algunas de las torres iluminadas de la ciudad. No se le había ocurrido preguntarle al inspector qué clase de música le gustaba, imaginando tal vez que no tenía mucho aspecto de que le gustara ninguna. Aceleró con alivio por la carretera despejada mientras agradecía, en la dificultad del silencio, la voz sedosa de Ella Fitzgerald en una balada que a ella le gustaba mucho, y que parecía singularmente apropiada para la quietud lunar de la noche, *Moonlight in Vermont*. Aún no había perdido aquella disposición de su primera juventud a encontrar una correspondencia entre los instantes de su vida y las canciones que más le gustaban: la música tan lenta, en la velocidad del coche, le traía lo mismo que estaba viendo con sus ojos, la luna alta y blanca y rodeada por un cerco de gasa en el aire limpio después de la lluvia, el brillo de laca del aire azul oscuro.

—No puedo entender que siga llamando —dijo—. Que no le baste con haber matado a la niña.

—No creo que sea él —dijo el inspector, mirando al frente, a la claridad de los faros.

—¿Cómo puede haber alguien tan cruel? ¿Cómo puede uno marcar fríamente un teléfono sabiendo que va a torturar a unas personas que ya están deshechas?

—Les gusta el teléfono. No corren ningún peligro y pueden disfrutar del miedo que provocan en otros.

Se acordaba de otro comedor, de otras llamadas repetidas cada día, a cualquier hora, en mitad del sueño de la madrugada. En los últimos tiempos, en Bilbao, cada vez que sonaba el teléfono su mujer empezaba a temblar. Un día la sorprendieron los timbrazos llevando en las manos una bandeja con tazas y vasos, y el cristal, la porcelana y las cucharillas tintineaban como sacudidos por un terremoto, durante el tiempo eterno en que se repetían los timbrazos y él cruzaba la habitación y extendía las manos hacia la bandeja justo cuando caía al suelo entre los pies de los dos y se rompían con estallidos secos los vasos y las tazas, mientras ella seguía temblando y miraba hacia el suelo tapándose la boca, sin darse cuenta de que ya no oía el teléfono.

Acordarse de ella acentuaba el desasosiego íntimo del arrepentimiento, la incomodidad de encontrarse en una situación inusual que lo desconcertaba mucho, y de la que ya no iba a salir al menos en dos o tres horas. Le había faltado entereza para decir que no a la invitación de la maestra, aunque estaba muy cansado y le apetecía irse a la cama con un valium y dormir toda la noche. Ahora, muy hondo dentro de él, aparte de su inhabilidad absoluta para mantener una conversación fluida que no tuviera que ver con su trabajo, notaba la irritación egoísta de quien se ha acostumbrado a los horarios rígidos y a no tratar con nadie y no tiene ya paciencia para las ficciones de la sociabilidad ni acepta con agrado el menor trastorno de su monotonía.

—Pensaba que no iba a aceptar —dijo Susana.

—¿Cómo dice? —Se quedaba absorto, mirando las luces de los coches que venían de frente, volvía a oír la voz que nombraba a Fátima en el teléfono, las otras voces que murmuraban amenazas de muerte a las cuatro de la madrugada.

—Que me iba a decir que no cuando le invitara a cenar.

El inspector la miró un instante y apartó enseguida los ojos, fijos de nuevo en la carretera. Habría podido decir que no si ella le hubiera dado tiempo, pero actuó muy rápido y lo tomó por sorpresa, sabiendo perfectamente que hasta un cierto punto lo forzaba a aceptar. Habían bajado callados en el ascensor, y al inspector se le hizo raro pensar que una parte de los hechos sobre los que se venía interrogando tan obsesivamente a sí mismo en los últimos tiempos había tenido su arranque y su escenario justo allí, en esa misma cabina de paredes metálicas a la que Fátima había subido tantas veces. En el mismo lugar donde él apoyaba ahora la mano, junto al panel con los números de los pisos, habían estado las manchas de sangre de los dedos del asesino; allí mismo le habría mostrado a Fátima una navaja, le habría tapado la boca con la mano, sofocándole la respiración. «Las cosas en las que piensa mucho uno le acaban pareciendo inventadas», le dijo luego a Susana, y ella le contestó: «Las cosas y las personas. Cuando yo me enamoraba de alguien me acordaba tanto de él y le daba tantas vueltas a la imaginación que lo veía otra vez y me costaba reconocerlo.»

Pero aún no eran capaces de hablar de sí mismos con un poco de desenvoltura. En el ascensor a los dos los entorpecían la proximidad y el silencio, y casi no tenían nada más en común que el alivio de haber salido de la casa de Fátima, el piso angosto de trabajadores pobres, con demasiados muebles y cosas, enrarecido por el luto, por la falta de aire tras los balcones cerrados, el sufrimiento sin consuelo, la destilación lenta del rencor. Salieron al portal y estaba a oscuras, con una sugestión de abandono y peligro que ya parecía haber estado allí antes de que Fátima lo cruzara empujada o conducida por su asesino, que le pasaba una mano por encima del hombro y le apretaba la nuca.

Tardaron un poco en dar con la luz del portal, y al encenderla se encontró cada uno con los ojos del otro, con un exceso involuntario de intensidad que a los dos les resultó embarazoso. Nada es más difícil que aprender a mirar a alguien, a ser mirado de cerca por otro. Antes de salir a la calle Susana se abrochó hasta el cuello la trenca, se puso unos guantes de lana y hundió las manos en los grandes bolsillos, habituada al invierno, al frío de aquella ciudad alta e interior, preparada para resistirlo. En la acera, el inspector trataba de pensar con rapidez en una fórmula correcta de despedida cuando Susana le dijo que por qué no tomaban algo juntos, con cierta brusquedad, como quien llevaba un rato pensando en lo que acaba de decir.

«Podíamos ir a algún bar cerca de aquí», dijo un poco aturdidamente el inspector. Conocía palmo a palmo la calle, incluso en la oscuridad, se sabía de memoria el aspecto de cada uno de los portales y las tiendas, ahora con los cierres echados, hostiles a la noche invernal, asegurados con alarmas y cerrojos contra el miedo. Frente a ellos, con las luces del escaparate apagadas, estaba la papelería donde Fátima había comprado la cartulina y la caja de ceras, un comercio muy modesto y nada próspero, sin mucho lustre, como casi todos los del barrio, portales de pequeños talleres y de negocios ínfimos. Lo ponía enfermo la calle, le acentuaba físicamente la desesperación contra sí mismo por no haber hecho nada útil todavía ni haberse aproximado tal vez ni un solo paso a la verdad.

—Los bares de aquí son muy deprimentes —dijo Susana, señalando el pequeño bar de la esquina, que tenía una luz insalubre, y del que procedía, a través del tubo de la ventilación, una pestilencia densa de frituras; luego añadió, muy rápido, igual que antes, para no conceder el tiempo de una negativa—: Tengo el coche aquí cerca, si quiere le invito a cenar en un sitio que descubrí hace poco. Le va a gustar, es un antiguo cortijo en la orilla del río.

Echó a andar, abrigada y enérgica, entre los coches aparcados. Sin convicción, aunque no del todo sin halago, el inspector la siguió, después de mirar furtivamente su reloj. No era demasiado tarde, sólo las ocho, pero habían pasado tantas horas en la casa de Fátima y anochecía tan pronto que tenía la sensación desoladora de que era de noche desde hacía mucho tiempo, como en un país boreal. Algunas noches, hacia las ocho y media, después de la cena en el comedor del sanatorio, su mujer obtenía permiso para llamarlo por teléfono desde su habitación.

—Qué barrios —dijo Susana—. Cuando yo llegué no existía ninguno de estos bloques. Todo esto eran descampados y huertas, yo los veía desde la ventana de mi clase. Es prodigioso cómo consiguieron hacer que todo fuera horrible.

Era verdad, aunque el inspector no lo había pensado hasta ese momento. Podrían encontrarse en un barrio periférico de Bilbao, o de cualquier otra ciudad, con muros de ladrillo sucio y ropa tendida en pequeñas terrazas, garajes y aceras rotas, bares de claridad grasienta, garabatos de spray. Pero ése había sido el espacio de la vida de Fátima, el posible paraíso de sus caminatas hacia la escuela, de sus juegos con otras niñas en las escaleras de los portales y sus visitas a la papelería y a las tiendas, apretando muy fuerte una moneda en la mano, llevando una lista de cosas escrita prolijamente por ella misma. Allí estuvieron, desbaratados ahora por la muerte, los itinerarios misteriosos que dibuja la mirada infantil en los mismos lugares donde los adultos sólo ven la monotonía y la fealdad de sus vidas.

—Un verdadero restaurante —dijo Susana, mientras buscaba en el bolso las llaves del coche—. Con manteles de hilo y carta de vinos, ¿no puede imaginárselo?

En sus tiempos de peor aflicción había aprendido algo sobre sí misma: que su capacidad de revivir y de salvarse del dolor dependía mucho de sensaciones físicas y de experiencias materiales, no tanto de ideas o propósitos, demasiado abstractos siempre para inspirarle confianza. No podía cuidar su alma si no cuidaba sus manos o su piel, y lo que a veces le devolvía las ganas de vivir era el tacto de un tejido gustoso o de una copa de cristal, la adquisición, en un anticuario, de una mecedora de madera bruñida. Dependía, para sus estados de ánimo, de la porcelana de las tazas del desayuno, de la calidad del pan y del aceite con que se hacía una tostada y del sabor del zumo de naranja. La desolación moral siempre tenía para ella una evidencia física. Igual que cuando estaba embarazada y su organismo le exigía con toda urgencia que tomara algo dulce para no desvanecerse, un pastel o unos bombones, esa noche sentía la necesidad de cenar bien para salvarse del recuerdo agobiante del piso y de los padres de Fátima, para curarse de la repugnancia que le había dejado la voz oscura que repetía en el teléfono el nombre de la niña.

Dijo que siempre se le extraviaban las llaves del coche: sacaba cosas del bolso y las dejaba sobre el techo del Opel Corsa blanco, racimos de llaves de su casa y de la escuela, paquetes de kleenex y de tabaco, cajas de cerillas de cocina, una cartilla de ahorros, una tarjeta de crédito, el estuche de las gafas, recibos viejos de cajero automático. Las encontró por fin, abrió el coche, volvió a guardarlo todo en el bolso, se quitó la trenca antes de sentarse, y de pronto pareció menos fornida y más joven, con su jersey de lana gruesa, sus pantalones de pana y sus botas de invierno. Para conducir se puso las gafas, y adquirió enseguida, de perfil, la fuerte barbilla sobresaliendo justo del cuello alto del jersey, una inmediata severidad práctica, confirmada por la eficacia terminante con que sus manos desbloquearon el dispositivo de seguridad del volante y empezaron a manejarlo.

—Ese anorak suyo —dijo, mientras maniobraba el coche marcha atrás para salir a la calzada—. Enseguida me fijé en él.

—No me diga. —El inspector se sentía algo inseguro, como si le rondara el ridículo o la fragilidad de lo furtivo, sentado en un coche que él no conducía junto a una mujer que no era la suya ni tampoco una de aquellas conquistas de erotismo alcohólico que le habían deparado algunas noches no tan lejanas ni tan fáciles de borrar como él hubiera querido. Su asiento estaba además muy cerca del salpicadero, y él llevaba las piernas encogidas y no acertaba a tantear el mecanismo que lo haría retroceder. «La palanca está a su derecha, debajo del asiento», dijo Susana, mirándolo un instante: que hubiera adivinado su pensamiento le hacía sentirse un poco más ridículo. Encontró la palanca y con intenso alivio supo manejarla. Respiró profundamente, aunque con sigilo, extendió las piernas pero no llegó a apoyar la nuca en el respaldo.

—Ese anorak es la clase de ropa que nadie lleva aquí —continuó Susana—. Tan recia, tan de invierno, de un clima menos africano y con un nivel de vida más alto. Así que nada más verlo a usted en el patio de la escuela pensé: viene del norte, del País Vasco o de Santander.

—He vivido bastantes años en Bilbao. Me dieron el traslado a principios del verano.

—¿Le gustaba?

—Qué pregunta —dijo el inspector. A un policía destinado allí no era muy frecuente que se la hicieran, tal vez porque nadie la consideraba necesaria. Pero él mismo quedó un tanto asombrado de la convicción de su respuesta—: Sí que me gustaba, aunque le parezca mentira.

Ahora que ya no estaba en el norte comprendía que se había acostumbrado muy hondamente a algunas cosas, a las monotonías y a los matices de los paisajes y del clima, a la proximidad del Cantábrico y a los colores suavizados por la niebla, lavados por la humedad, mucho menos rotundos que en el sur, donde todo, cuando llegó, había sido de una nitidez hiriente, cegadora, sin gradaciones de tonalidad ni de sombra: el color pardo o calizo de la tierra desnuda, los azules y blancos tan excesivos en el cielo del mediodía como en la cal de las paredes, la crudeza con que de pronto aparecían las cosas en aquellos paisajes nunca del todo ajenos al desierto, un árbol, una casa de campo, una roca, incluso un río, no los ríos brumosos del norte, con las orillas difuminadas por la vegetación, sino corrientes menguadas por años de sequía y discurriendo entre laderas de una desnudez mineral.

—¿Pasaba mucho miedo? —Era una mujer que no se detenía ante ninguna pregunta. Mostraba una mezcla desconcertante de cortesía extrema y de curiosidad, una deferencia innata hacia las experiencias y las vidas de quienes trataban con ella. Se daba cuenta de que casi todas las personas desconfían si alguien da señales de curiosidad hacia ellas, y de que muy pocas tienen la generosidad necesaria como para prestar atención a las vidas de los otros.

—Mucho. Siempre estaba esperando que me ocurriera algo. Salía de casa por la mañana y pensaba que quizás ya no volvería esa noche.

—¿No se llegaba a acostumbrar?

—Claro que sí. La gente se acostumbra a lo peor. A vivir con una enfermedad o con las piernas cortadas, a estar siempre temiendo morir. Hasta los padres de Fátima se acostumbrarán.

—¿Y su mujer?

—¿Cómo dice?

—Su mujer. —Susana indicó el anillo de casado en la mano izquierda del inspector—. ¿Se acostumbró ella?

El inspector enrojeció, aunque no creía que Susana hubiera podido advertirlo: conducía muy atenta a la carretera, pero volvía constantemente la cara hacia él, en rápidas indagaciones sobre su expresión o sus gestos, que le parecían a la vez neutros y muy reveladores, sometidos a un exceso de tensión que se quebraría sin remedio más de lo que él deseara, incluso de lo que percibiera él mismo.

—Tuvo una crisis nerviosa muy fuerte casi cuando ya nos veníamos. —Al inspector le desagradaba mucho hablar de su mujer, en gran parte porque no sabía cómo hacerlo, cuál era el tono adecuado para explicarse ante una casi desconocida que lo llevaba en su coche, que lo había invitado a cenar: al mismo tiempo se sentía torpe con una y desleal hacia otra, se arrepentía amargamente de haber aceptado, añoraba la tranquila seguridad, la soledad y el tedio de su casa—. Ahora está ingresada en un sanatorio. Me dicen que saldrá pronto. En realidad me lo vienen diciendo desde que ingresó.

—La echa mucho de menos.

No había preguntado: afirmaba. Pero el inspector, si se hubiera atrevido a decir la verdad, no habría contestado que sí. Quería que volviera, y no sólo del sanatorio, sino del túnel de desolación y mutismo en el que llevaba tanto tiempo sumida, pero no podía decir que añorara su presencia junto a él, que sintiera su falta en la casa al volver del trabajo. A nadie le podía decir que muchas veces había pensado dejarla, no porque deseara a otra mujer, a otras, sino simplemente porque no la quería, porque hubiera preferido estar solo, sin el continuo agobio de pensar que ella estaba esperándolo cuando tardaba, que estaba sufriendo cada gesto suyo de despego y frialdad: no era verdad que uno pudiera acostumbrarse a todo, ella no lo había logrado, después de tantos años.

—Mire la luna —dijo Susana: se habían quedado los dos en silencio. Frente a ellos, por encima del valle ondulado de olivares y de la silueta negra de la sierra, la media luna blanca permanecía inclinada e inmóvil como un globo, cercada por una incandescencia fría que apagaba a su alrededor el brillo de las constelaciones—. Qué alta está. ¿Conoce esa canción? *Qué alta está la luna.* Creo que va a sonar de un momento a otro. Marcel Proust creía de pequeño que todos los libros trataban de la luna. A mí me pasa eso con las canciones. Casi todas las que más me gustan tienen que ver con ella.

—Está en cuarto creciente.

—Yo eso nunca lo sé. ¿Cómo puede estar seguro?

—Un cura me lo explicó hace muchos años y no se me ha olvidado. La luna es embustera, me decía. Cuando tiene forma de C, no está en cuarto creciente. Lo está cuando parece una D mayúscula. Cada vez que la miro me acuerdo de eso.

A Susana le estaba pareciendo que la voz de Ella Fitzgerald era demasiado triste y buscó otra música que le avivara el ánimo, una cinta de Paul Simon, *Graceland*, que siempre había tenido sobre ella un efecto infalible. No hablaban ahora, hipnotizados los dos por las claridades y las sombras del paisaje nocturno, la tierra pálida, recién empapada por las lluvias, y las copas de los olivos repitiéndose con la misma exactitud de metrónomo de los postes telefónicos. La claridad de la luna exageraba y volvía más próximos los volúmenes azulados de la sierra, resaltando las manchas blancas de los pueblos en sus estribaciones, con su parpadeo de luces amarillas. No hablaban, cada uno atento al otro y receloso de él, buscando palabras, dejándose llevar por el impulso del coche y por el magnetismo de la música en el espacio sellado. Susana observó que el inspector había apoyado por fin la nuca en el respaldo. Con la mano izquierda se daba golpes callados en la rodilla, llevando el ritmo, no sin cierta habilidad que ella también anotó.

—¿Le gusta esta música?

—Me gusta mucho oírla así, de noche, en una carretera vacía.

—Yo me escapo con ella. Cuando estoy muy quemada de la ciudad y ya no me consuela leer libros ni oír discos arranco el coche al anochecer y me voy a cualquier parte, huyo, me imagino que estoy viajando muy lejos. Veo las luces de uno de esos pueblos y conduzco hacia ellas, con la música bien alta, y cuando llego la cinta se ha acabado, veo el pueblo, se me cae el alma a los pies y vuelvo por donde había venido, pensando que mi vida aún podía haber sido peor si me hubieran destinado a ese lugar. Pero así descubro algunos sitios que me gustan mucho: el restaurante del cortijo lo encontré el verano pasado. Me invité a mí misma a cenar y no me bebí entera la botella de vino porque me dio corte salir luego sola y dando algún traspié.

Habían llegado a un puente sobre el río, que bajaba ancho y lento, crecido por la lluvia reciente, con relumbres de fósforo bajo la claridad lunar. Venía un coche de frente y Susana tuvo que esperar a que pasara. «Ya llegamos», dijo, indicando un edificio justo al otro lado, con tejados desiguales y muros altos que caían a pico sobre las barrancas. Río abajo discurría una línea de ferrocarril. A esa distancia, en mitad de la noche, arriba, sobre la ladera densa de cañaverales y retamas, el lugar tenía para la imaginación de Susana una sugerencia de castillo cerrado al que se llega después de un largo viaje, en otro país, a una distancia que no medían los kilómetros. Era restaurante y también hospedería, le dijo al inspector mientras estacionaba el coche, al filo de un bosquecillo de almendros, en el espacio empedrado que había frente al portalón de entrada. Había unos cuantos coches más, y en cuanto caminaron hacia la casa les llegó del interior una sonoridad amortiguada y alentadora de voces y cubiertos.

—Mire qué nombre tiene —dijo Susana, deteniéndose frente al arco de la puerta, ya excitada por la inminencia de la cena, de las copas de cristal sonoro y los cubiertos de plata, de la delicia del primer sorbo de vino tinto—. «La Isla de Cuba.» Yo creo que es lo que más me gustó la primera vez que estuve aquí. Les pregunté a los camareros, pero ninguno sabía el motivo del nombre. Mire la ciudad, cómo se ve desde aquí. Ella sí que parece una isla.

Antes de entrar al restaurante el inspector siguió la dirección que le indicaba la mano extendida de Susana, y compartió entonces con ella, sin saberlo, la sensación de haber huido muy lejos en no más de media hora, en el tiempo de unas cuantas canciones. Vio la colina oscura, la línea de la muralla, las luces remotas de los miradores, y le pareció por un instante que estaba viendo una ciudad a la que no había ido nunca, o a la que nunca había llegado a regresar. Pero no olvidaba, ni siquiera en ese momento, como no se olvida un enfermo crónico del dolor que lo lacera, o un obsesivo de su monomanía, no se olvidaba de que en ese lugar tan abstracto como el dibujo sin nombre de una ciudad nocturna, en alguna parte, caminando por una calle o escondido en una habitación, iluminado por la misma luna, mirando el fútbol en la barra de un bar, estaba esperándolo alguien a quien aún no había visto, a quien reconocería en cuanto lo tuviera delante de sus ojos.

17

La excitación nada más que de pensarlo, como un pelotazo de algo en las venas y en la cabeza, el golpe del café muy cargado y con un chorro de coñac en el centro del pecho, el primer trago de anís seco o de ron, o el mareo de la primera calada de un cigarrillo, de uno de aquellos rubios mentolados de las primeras veces, las noches de verano en que se iba a fumar con los amigos del barrio a los jardines de la Cava, a un paso, ahí mismo, tal vez en uno de los bancos que hay al borde del terraplén, tan cerca de los pinos, con su olor a resina en el aire caliente de las noches de julio, con ese ruido que hacían las pisadas sobre las agujas secas, que crujían por mucho cuidado que pusiera uno, así que había que acechar con mucho cuidado, en la oscuridad, reptando casi como en las películas para acercarse lo más posible sin ser descubierto, los codos hincados en la tierra, en las agujas secas de los pinos, para espiar a las parejas que entonces bajaban todavía a darse el lote en los bancos del parque. Era una excitación parecida, el corazón en la garganta, los golpes tan dolorosos y rápidos en el pecho, como un puño que golpea muchas veces una puerta, el puño de alguien que llama desesperadamente a una casa cerrada. Él y sus amigos, o mejor él solo, tendido en el terraplén, en la oscuridad del parque donde siempre estaban rotas o averiadas las farolas, tal vez al amparo del tronco de un pino, o echado en una zanja, quién sabe si la misma, piensa de pronto, tendido y el corazón resonando contra la tierra, queriendo ver y oír, distinguir algo entre las sombras, el abrazo de las parejas de novios que no tenían otro lugar adonde ir, los quejidos, las palabras, el roce de las ropas, los breves gritos como de dolor, la mancha pálida de un pañuelo que recoge o limpia algo, pero nunca podía escuchar bien y menos aún ver con claridad, imaginaba que veía cosas, que distinguía palabras sucias y precisas, pero tan sólo alcanzaba a ver sombras convulsas, y a veces una cara alumbrada un segundo por el resplandor de una cerilla, por una brasa de cigarro. Se movía sin querer, temía haber hecho un ruido delator y se aplastaba más fuerte contra el suelo, el corazón resonando como si estuviera debajo de la tierra, el miedo a ser sorprendido, a que lo cegara la luz de una linterna: es la misma excitación, un mareo muy fuerte, un subidón, casi vértigo, le daba una calada al rubio mentolado y notaba al mismo tiempo el dulzor y la náusea, igual que con el ron o el anís, a palo seco, sin hielo ni mariconadas de cola o de tónica, un trago y la garganta arde y la cabeza se pone a cien, da vueltas, como si el cuello tuviera un dispositivo giratorio, pero nadie lo sabe y eso es lo más fuerte, lo increíble, se pega un trago de ron, vuelve a guardar la botella bajo llave en su armario, se echa en la boca una pastilla de menta o un grano de café y nadie lo puede descubrir, sale de su habitación, cruza el comedor donde dormitan los viejos alumbrados por la claridad del televisor, porque no encienden la luz eléctrica hasta que no se hace bien de noche, y sin mirarlos ni decirles adiós baja al portal oscuro y gana la puerta de la calle, escapando rápido, la fuerza del ron en la nuca y en los talones, para que a la vieja no le dé tiempo a repetir su letanía, adónde vas, ten cuidado, no vuelvas tarde, sale a la calle empedrada dando un portazo y luego un traspié, maldice al ayuntamiento, que no asfalta las calles porque dicen que éste es un barrio antiguo y de mucho mérito, de casas caídas y de iglesias en ruinas más bien, pero tampoco arreglan el empedrado, así que no hay más que socavones, si no anda uno con cuidado se le revienta una rueda del coche, o vuelves algo cargado de noche y como además no hay nada de luz tropiezas y te caes y te partes la cabeza o un brazo, y entonces a ver quién trabaja, quién empieza el día antes del amanecer y lo termina de noche, siempre deprisa, de un lado para otro, entre el estrépito de los camiones de los mayoristas y los charloteos de gallinas de las mujeres, siempre mirando ojos y bocas de mujeres que gritan y ojos y bocas abiertos de pescados, ojos redondos con mirada de muertos y bocas descoyuntadas con filas diminutas de dientes que desgarran la piel de las manos, siempre sonriendo, aunque por dentro tenga ganas de vomitar o de hincar un garfio en esa boca abierta y pintada que pide algo como se hinca en las agallas de una merluza, aunque tenga uno fiebre o no haya dormido en varias noches y sienta que va a caerse al suelo, sobre el charco pegajoso y el cieno de escamas y vísceras. No señor, él no puede ponerse malo, no le van a dar una baja por enfermedad ni tiene un sindicato que lo defienda, se puede estar muriendo por dentro y da lo mismo, nadie nota nada y a nadie le importa una mierda. Eso es también lo increíble, lo fantástico, que nadie sabe nada, nadie puede ver detrás de la cara ni de los ojos, uno sale a la calle con las piernas temblando todavía con el pelotazo crudo del ron y nadie se da cuenta. Una vecina vieja que barre la acera delante de su casa lo saluda llamándole por el diminutivo asqueroso de cuando era niño, no se convencen nunca, no ven crecer a los hijos, siempre la misma murga, «para mí tú sigues siendo un chiquillo, no ves que te traje al mundo». Dice adiós a la vecina, sonriendo, empieza a sonreír justo cuando sale de su casa, qué buen hijo, oyó una vez que la vecina le decía a la vieja, qué trabajador y qué prudente, lo orgullosa que estarás de él, tan bueno, con lo que son hoy los jóvenes, cómo se puso a trabajar cuando a su padre le vino la desgracia, con qué sangre, y no era más que un chiquillo. Hay que joderse: un chiquillo. Miran a un tío que ha hecho la mili voluntario en Regulares, capaz de trabajar más horas que un reloj y de tirarse a una tía y de beberse tres copas de anís seco sin que le fallen luego las fuerzas ni le tiemble la mano, y lo que ven es un chiquillo, todos ellos, madres y vecinas, tías, abuelas, parroquianas. Estaba espiándolas detrás de la persiana de la planta baja, y no podía creer lo que decía la vieja, era de partirse de risa: «Desde luego que sí, lo que le pasa al pobrecillo mío es que es muy callado, parece que le cuesta echarse una novia.» La vecina se echó a reír, con su moño de pelo sucio, su toquilla, sus alpargatas viejas de paño, la escoba, enteramente una bruja: «Será callado aquí, pero a las parroquianas bien que les dice picardías cuando les despacha el pescado. Con mucha educación, eso sí, él siempre en su sitio.» «A ver, lo que se le ha enseñado. Carrera no se le pudo dar, pero por lo menos sí que un buen oficio para ganarse la vida en lo mismo que su padre. Mejor que con las carreras, que hay médicos y maestros por ahí echando solicitudes para barrenderos.»

Las mismas idioteces siempre, palabra por palabra,

como si se les acabaran de ocurrir, cuándo habrían visto ellos a un médico que trabajara de barrendero, qué sabrían lo que es una carrera, lo que es nada, si no saben manejar una lavadora ni un vídeo ni encender un calentador. Pero hay que joderse, hay que tirar adelante y decir buenas tardes a la vecina que lleva toda la vida barriendo ese mismo trozo de acera y de empedrado, empedrado imposible, acera con las baldosas rotas, con la misma toquilla sobre los hombros y las mismas alpargatas negras, y hasta la misma escoba, barriendo como si la mitad de las casas no estuvieran en ruinas y la mayor parte de los vecinos muertos. Por lo menos barre con un cepillo moderno, con las cerdas de plástico, no como los escobones de ramas que hasta hace poco compraba el viejo, hasta que dejaron de hacerlos, escobones de barrer cuadras y pocilgas, qué bestia, decía que eran los mejores, mucho mejores que los cepillos modernos, porque para él todo lo antiguo es mejor, el brasero de candela es mejor que la estufa de gas, la corriente eléctrica a 125 tiene más fuerza que a 220, el jamón está más bueno cuando se corta con cuchillo y no con máquina, la tierra se labra mejor con azadas que con cavadoras mecánicas, las neveras antiguas con barras de hielo conservaban mejor el pescado que los frigoríficos de ahora, es la leche, dale que dale, sin cansarse nunca, masticando palabras y respirando con los pulmones envenenados de alquitrán o de cáncer, los mismos refranes, las mismas advertencias y opiniones cerriles e inamovibles, los mismos recuerdos, hasta las mismas enfermedades y blasfemias, y él callado, diciendo a todo que sí, callado encima del plato de sopa o del potaje grasiento, no alzando los ojos ni apartándolos de la comida o de la televisión para no ver la dentadura del viejo sobre el hule, dócil, frenético por dentro, mientras en el televisor vuelve a aparecer la foto de una cara infantil que no es idéntica a la que él recuerda, ni en el peinado ni en la ropa, en la foto lleva coletas, una falda tableada, calcetines blancos, zapatos de charol. «Angelico —dice la vieja—, que el Señor la tenga en su gloria», y él siente que es imposible, que no puede ser que nadie más sepa, nadie en el mundo, ni el policía tan listo del pelo gris que apartó la cara delante de la cámara como si fuera un delincuente, ni el juez de instrucción, ni el forense, nadie, ninguno de los periodistas junto a los que pasa como si tal cosa cuando él llega a la plaza, cada tarde, después de pegarse una ducha y un pelotazo de ron en la botella del armario, sin mucho propósito de nada, rozando el bulto de la navaja en el pantalón, nada más que por echar un vistazo, por saludar a alguien y contar o escuchar un rumor nuevo, por acercarse y sentir la excitación del peligro imaginado, de la impunidad perfecta, como cuando espiaba de niño en el terraplén, moviéndose cerca de los cámaras y de los fotógrafos o casi junto a la puerta misma de la comisaría, sin riesgo ninguno, sin levantar sospechas, como cuando sale a la calle y la vecina deja de barrer, lo llama por su diminutivo repugnante y le dice, «qué, ¿a dar una vuelta?», con una sonrisa de picardía inepta, de blanda maternidad delegada, la misma que pondrá cuando le diga a la madre, «muy arreglado sale ahora, y todas las tardes, seguro que ya le tiene echado el ojo a alguna».

Se aleja deprisa, taconeando enérgicamente sobre el empedrado mientras la vecina deja de barrer para verlo de espaldas, la cazadora, los vaqueros ceñidos, el bulto en el bolsillo, el tintineo de las llaves de la furgoneta. Escapa del barrio cada tarde hacia el norte, la plaza del general y más allá, donde están el ambiente y las luces, las tiendas prósperas de modas y de electrodomésticos con sus escaparates relucientes, los bloques de pisos con porteros automáticos y calefacción central, las calles anchas y bien asfaltadas, las cafeterías, los talleres de coches, los video-clubs, los bares de top-less, la vida de verdad, los super-mercados que según el viejo arruinarán muy pronto al mercado de abastos, cada vez más viejo y más sucio, con menos público y olores más desagradables. Sube excitado por la anticipación, libre de la pesadumbre de los callejones, de las plazuelas con tapias de conventos y torres de iglesias, ojalá ardiera todo o viniera un terremoto y tuvieran que levantar de nuevo esa parte de la ciudad de la que tanto mérito dicen que tiene, pero en la que no quiere vivir nadie, a todos esos turistas tan finos que se emocionan delante de un bardal comido de malas hierbas habría que verlos pasando aquí un invierno.

Ya está anocheciendo cuando llega a la plaza, y al mirar hacia el único balcón que hay iluminado en el primer piso de la comisaría, donde cuelga la bandera, le da como un pellizco de excitación en el estómago, más fuerte todavía, un calambrazo, el corazón que late tan fuerte y nadie lo escucha, aunque pase muy cerca, latiendo y resonando en el pecho como en la hondura de la tierra y de la oscuridad mientras espiaba a los novios imaginándose que veía en la realidad lo que había visto en las películas y en las revistas, que oía las palabras claras y puercas que dicen en ella las mujeres y los hombres, sobre todo las mujeres, que siempre son las más guarras, disimulan y eso es lo único en lo que están pensando. En el balcón iluminado hay una silueta que se mueve muy cerca del cristal: él no alza los ojos, aunque no pasaría nada, un grado más de atrevimiento y lo único que crece es la excitación, pero no el peligro: se acerca al guardia de la puerta, le dice buenas tardes, con una cortesía vagamente servil que es un recuerdo de la mili. El guardia se lleva la mano a la gorra, está viejo y gordo y lo más seguro es que no sirva para nada más. Él le pregunta si se sabe algo, si hay alguna novedad, muy consciente del sonido tan suave de su propia voz, más suave de lo habitual, como siempre que está muy excitado o enfurecido, cuanta más rabia tiene dentro más suave y dócil se le pone la voz, y mientras la escucha siente los golpes de la sangre en las sienes. «Circule —dice el guardia, con brusquedad y fastidio, sin mirarlo apenas, sin considerar siquiera su pregunta, su cortesía, su interés—, que aquí no estamos para dar ruedas de prensa.» Tú no, pero yo sí, piensa, sonriéndole al guardia, yo sí que podría darla, y os ibais a enterar, «perdone usted, yo no quería molestarle», dice, la voz tan suave que a él mismo se le antoja de pronto un poco afeminada, y para más humillación y rabia nota que va a enrojecer, se controla, respira fuerte y no enrojece, las yemas de los dedos tocan el bulto de la navaja en el pantalón. Hay que respirar muy hondo, muy despacio, aconsejan en la revista de los horóscopos, para no enrojecer y para no correrse antes de tiempo. Ahora imagina que es un terrorista, que saca una pistola del bolsillo de la cazadora y se la pone al guardia delante de la cara y le revienta el cerebro contra la pared. Si él quiere, si le da la gana, si le sale de la punta de la polla, cualquier cosa que se le ocurra puede hacerla y no pasa nada, parecerá luego que ha soñado y sin embargo será real, saldrá en los periódicos y en el telediario de las tres. Si él quiere, si le da la gana, ahora puede cruzar a la zona ajardinada del centro de la plaza y entrar en la cabina que hay junto a la estatua, y marcar el número de la comisaría, preguntando por el inspector jefe, con la voz suave, pero no tanto, está visto que si se habla con educación no le hacen caso a uno, la voz suave pero mandando, tengo una cosa muy importante que decirle: desde la misma cabina vería la sombra alejarse de los cristales del balcón para contestar la llamada. Puede llamar y colgar cuando alguien se ponga, puede decirlo y colgar enseguida, o mantener una conversación con el inspector, como el asesino de *El silencio de los corderos*, que ha visto muchas veces, aunque le parece demasiado adornada y fantástica. Puede decirle al inspector jefe quién es él y qué ha hecho y qué puede hacer cuando y donde le dé la gana y colgar luego y salir de la cabina y no va a pasarle nada, puede llamar al programa de la madrugada donde tanta gente se pone misteriosa para contar majaderías y contarle a la puta de la locutora algo que le corte de verdad la respiración.

Pero hay algo más, algo todavía más excitante, tan tentador que no sabe si puede o si quiere resistirse. Lo piensa al ver a un cura viejo que camina delante de él hacia la calle Mesones y la calle Nueva, pasados los soportales del Monterrey. No lleva sotana, pero él sabe que es un cura, lo conoce de siempre, un cura viejo, de toda la vida, que camina muy despacio, con una pequeña cruz de madera colgada sobre la pechera del basto jersey azul marino, con zapatillas negras de suela de goma, adelantando mucho la barbilla como para dejarse llevar por un impulso de voluntad más eficaz que la fuerza de sus pulmones o el vigor de sus piernas. Ha empezado a seguirlo, sin darse mucha cuenta ha hecho más lento su paso para acomodarlo al del cura, que debe de vivir más allá del final de la calle Nueva, donde estaba antes el colegio de los jesuitas. Qué lento va el muy cabrón, debe de tener más de ochenta años, pero estos viejos de ahora no se mueren ni a tiros, ni las bombas los matan. Lo sigue muy despacio por la calle Nueva, llena de gente a esas horas, con aceras

anchas, con portales forrados de mármol y anchos escaparates cuyas luces bastarían para iluminarlo todo, tiendas de lujo, negocios de verdad, incluso joyerías y pelete-
rías con cristales blindados, con maniquíes desnudas de
plástico blanco que no llevan encima otra cosa que una
estola de visón. Qué precios, qué movimiento, las cochi-
nas bragas de una tía más caras que un kilo de merluza, y
los cabrones de los dueños a vivir, a llevarse el dinero con
las manos limpias, sin madrugar ni mojarse ni morirse de
frío en invierno, sin marearse con la pestilencia de los
olores en verano. Tiendas de zapatos, de bolsos, de electrodomésticos, de equipos de sonido, todo nuevo y reluciente y carísimo detrás de los escaparates, sin más olores
que los del cuero de los zapatos y los perfumes de las mujeres, porque aquí el dinero no tiene la misma textura
pringosa que en el mercado, no se ve, no lo manchan los
dedos sucios, no hay que guardarlo y contarlo en cajones
inmundos, en cajas registradoras con las teclas tan pegajosas como todo lo demás: aquí el dinero es invisible y no
se oyen las monedas, sólo ese ruido que hacen al pasarlas
por la máquina las tarjetas de crédito, dinero limpio, má-
gico, instantáneo, no monedas calentadas en la mano de
una vieja temblona ni billetes sudados, dinero electróni-
co. El viejo dice que todo eso es un engaño, a él que le den
un fajo de billetes atados con una goma, como los fajos
que llevaban antes los mayoristas de frutas y los tratan-
tes de ganado en carteras hinchadas, sujetas con gomas
elásticas que resonaban con un chasquido de opulencia.
Como no se fía de los papeles ni de las tarjetas ni de las
notificaciones que le manda el banco, y además no entiende nada, el muy bestia, lo primero que hace el día uno
de cada mes es ponerse en cola a las siete de la mañana en
la puerta de la Caja de Ahorros, como los otros viejos,

serán viejos lo que falta en el mundo, todos en la cola, nerviosos, en las mañanas de invierno tapados con boinas y bufandas, con las cartillas de ahorros en la mano, con el carnet de identidad y la tarjeta de pensionista preparados para enseñarlos en la ventanilla, temiendo que les roben, que les engañen los empleados o que la Caja se declare en quiebra, que los atraquen al salir. Retira todo el dinero de la pensión y se lo lleva en billetes tangibles a la casa, y lo guarda en una caja de lata que esconde a su vez debajo de una baldosa en la alacena de su dormitorio, creerá que uno es idiota.

El cura viejo debe de ser igual, va por la calle sin fijarse en nada, sin mirar a las tías que entran y salen de las tiendas con sus bocas pintadas, sus tacones altos y sus bolsas de compra, dejando un rastro de colonia y de tabaco rubio. Pasa alumbrado por los escaparates y sin fijarse ni una sola vez ni en las ropas de las mujeres ni en los televisores y cámaras de vídeo y los vestidos de lujo y los abrigos de pieles, irá rezando el rosario, pero seguro que no, es un cura ateo, decían, va sin sotana el tío, sin alzacuellos siquiera, pero es tan cura como cualquier otro, como el obispo o cardenal o lo que fuera que vino a decir la misa en el funeral por la niña. Había cinco o seis curas en el altar, uno con esos gorros altos que llevan los obispos, y no se cabía en la iglesia de la Trinidad, estaban llenas de gente las escalinatas y la muchedumbre ocupaba toda la plaza, era impresionante verlo esa noche en el último telediario. Habían instalado altavoces en las columnas de los soportales, en la torre del reloj y en el balcón de la comisaría, y grandes plataformas o andamios para las cámaras y los focos de la televisión, que daban una luz más fuerte que la del mediodía del verano. Fue como cuando él era pequeño y transmitieron en directo las procesiones de Semana Santa, todo el mundo en la ciudad reventaba de orgullo, lo grababan en vídeo, hacían gestos y movían las manos delante de las cámaras, mientras pasaban los penitentes y los tronos. Empezó a llover y toda la plaza y las escalinatas de la iglesia se llenaron de paraguas negros, los focos despedían un vapor denso y hacían brillar los hilos de la lluvia, que justo entonces estaba empezando a volver después de años y años de sequía.

Y él allí, entre todo, un paraguas entre el mar de paraguas negros, brillantes como charol bajo la lluvia y los focos, en la plaza resonante de cánticos de iglesia y letanías de curas. Sólo él sabiendo, aunque no recordando, conmovido, casi inocente, igual que todos, atrapado por la misma ondulación universal de congoja, de luto y de rabia vengativa que atravesaba la multitud como una racha violenta de lluvia encima del mar, él desconocido y solo entre los paraguas y la gente, anónimo, cobijado, repitiendo con dificultad las palabras de la misa, la cabeza baja, aprisionado entre los otros, idéntico a ellos, singular en su secreto, en su arrogancia íntima, estrechando la mano de una mujer que lloraba a su lado cuando el cura dijo, «daos fraternalmente la paz». La mujer llevaba en la solapa una de las fotos de la niña que se habían repartido por la ciudad, como estampas piadosas, pero la cara no le traía culpa, ni siquiera recuerdos, no parecía la cara de alguien a quien él hubiera conocido. Él solo y nadie más sabía, nadie en el mundo, en aquella lenta multitud que subió despacio camino del cementerio cuando ya era de noche. Muchos, mujeres sobre todo, sostenían velas de llamas frágiles, sacudidas o apagadas por el viento, como en las procesiones. Sólo él sabía, apacible y lento bajo su paraguas, al paso de los otros, y también impune, invulnerable, igual que ahora, cuando sigue al cura por la calle

Nueva, pasado ya el hospital de Santiago, en dirección a la iglesia y a la residencia de los jesuitas, que estaba aislada en el límite de la ciudad hacia el oeste hasta que los curas vendieron la mayor parte de los terrenos a una constructora, bien que se habrán forrado los cabrones, con tanto rezo y penitencia.

Lo sigue ahora desde un poco más lejos, porque en estas aceras hay menos escaparates y casi no circula gente, aquí está más oscuro, como si la noche hubiera llegado antes que a la calle Nueva. Se queda unos metros más atrás aunque sabe que la precaución es innecesaria, más que nada por novelería, por halagarse con su propia astucia, porque el cura no va a verlo, no va a saber ni a imaginar que alguien lo sigue, bastante trabajo tiene con seguir caminando con la barbilla adelantada y la cruz de madera colgándole delante del jersey. Y aunque se volviera y le viera la cara no pensaría nada malo de él, si es que no está tan ciego que ya no puede distinguir los rasgos ni la mirada de una cara. «En la cara se le ve la nobleza», dijo la vecina, él la oyó detrás de la persiana echada. El cura se ha detenido junto a un semáforo, está rojo para él y sin embargo va a cruzar, quizás no distingue la luz o no entiende las señales o anda tan distraído que no se da cuenta de todo el tráfico que hay. Dan ganas de pronto de acercarse a él, tomarlo del brazo y ayudarle a cruzar, permítame, padre, con la voz tan suave, a los viejos se les pone enseguida una sonrisa idiota, siempre quieren un chico bondadoso y servicial que les preste la ayuda de su juventud, el hijo modelo que tuvieron o perdieron o no llegaron a tener nunca, papás o abuelitos o tíos por delegación, por chochez. Pero se queda atrás, y el cura pasa al otro lado de la calle atolondrado y suicida, provocando los bocinazos de un camión, con la prisa que tiene uno y, sin embargo, los viejos..., parece que no existe el tiempo para ellos, hay que temerles cuando se ponen a cruzar, y te descuidas y le das a uno y ya te has buscado una ruina, como si no hubiera bastantes viejos en el mundo, agonizando al sol de los parques o entre las humaredas de tabaco del Hogar del Pensionista, cobrando pagas hasta los cien años, cagándose y meándose sin ninguna vergüenza, comiendo como leones y sin pillar ni un catarro.

Cruza él también, y otro bocinazo muy violento lo estremece, como si lo despertara de un sueño en el que no sabía que hubiera caído, sonámbulo sin darse cuenta, por tantas noches de dormir poco o no dormir nada, por el pelotazo del ron y la excitación nunca mitigada del secreto inviolable. La conductora de un coche lo increpa por la ventanilla abierta, agitando una mano con pulseras y uñas rojas, «pasmado —le dice—, ¿no tienes ojos en la cara?», y él enrojece hasta las raíces del pelo, esta vez sí, colorado como un idiota, le pica el cuerpo entero, la espalda, las ingles, las palmas de las manos, se hinca las uñas en ellas con los dos puños cerrados, una tía tenía que ser, piensa, dice en voz baja mientras alcanza la otra acera, se vuelve para maldecirla y el coche ya ha pasado, pero él ve desde atrás a la mujer todavía furiosa que mueve las manos, y a dos niños de seis o siete años que lo miran con un aire idéntico de indiferencia y de burla, las caras aplastadas contra el cristal trasero, niño y niña con uniforme de colegio de monjas, cómo no, niños pijos, hijos de papá, de médico, seguro, de director de Caja de Ahorros, el coche es un Volvo, seguro que el cabrón que lo compró no tiene que levantarse a las cuatro y trabajar más horas que el reloj para pagar las letras: qué sentiría la tía, tan soberbia, con sus pulseras y sus uñas rojas, si el niño o la niña bajaran a la calle y tardaran en volver, si no volvieran nunca.

Pero ya no ve al cura, se irrita, lo distingue de lejos, oscuro y encorvado bajo las últimas farolas de la ciudad, junto a la verja de la iglesia. Aviva el paso, todavía rojo, con el picor en la cara, las señales de las uñas en las palmas de las manos, otro vuelco del corazón, el cura ha entrado a la iglesia por una puerta lateral, y si continúa siguiéndolo, qué pasa, cualquiera puede entrar en una iglesia, un joven cristiano, cruza el pasillo central y se inclina ante el altar mayor, y mientras tanto el cura se ha sentado en el interior de un confesonario, a quién esperará en la iglesia vacía. No puede verlo, hay una cortina y una celosía, un olor a velas, a terciopelo y a incienso: y si se acerca ahora, si se arrodilla a un costado del confesonario, junto a la celosía, si dice ave maría purísima con la voz tan suave y a continuación se lo cuenta todo, palabra por palabra, con todos los detalles, los que no sabe nadie porque la policía no los ha divulgado, no para pedir perdón, sino para que alguien más lo sepa y no pueda decir nada ni hacer nada, los curas tienen prohibido divulgar lo que oyen en la confesión. Y además éste, cuando apartara la cortina o saliera del otro lado de la celosía, no iba a encontrar a nadie en toda la iglesia, la voz que había escuchado sería la de un fantasma o la de un sueño. Entra en la iglesia, poco iluminada, desierta, su imaginación lo precede y lo aturde y le parece que los pasos que aún no ha dado ya está recordándolos y son irreparables, cruza el pasillo central, se arrodilla un instante, se lleva la mano a la frente y a los labios, aunque no se acuerda bien de la señal de la cruz, luego recorre uno por uno los confesonarios vacíos. El cura está en el último, lo ha oído toser, como cuando iba a confesarse de niño, quizás lo ha visto entrar en la iglesia y escucha ahora sus pasos, pero no puede oír los golpes del corazón, las oleadas de la sangre en las sienes. Va a acercarse, un gesto más, una palabra, y algo que no existía empezará incontiblemente a suceder, pero se detiene, justo en el filo, como a punto de tocar un cable de alta tensión, de hundir un milímetro más en la piel el filo o la punta de la navaja, las uñas, retrocede, sale de nuevo a la calle y otra vez ha empezado la cabrona de la lluvia, el viento del oeste empuja contra sus piernas un remolino de hojas pardas y empapadas que esa misma tarde han empezado a caerse de todos los plátanos de la ciudad.

18

Después no podía creerlo, hasta se avergonzaba, aunque en el fondo no mucho, no podía creer lo que su memoria le daba por seguro, que hubiera hablado tanto, alentada por el vino, sin duda, pero también por la cena, suavemente embriagada por las cosas que veía y tocaba en torno suyo, las altas copas de cristal y las velas en las mesas, el sonido del río al otro lado de la pequeña ventana enrejada junto a la que cenaron, la amabilidad sigilosa de los camareros, que aparecían y desaparecían según los deseos aún no expresados de ella, para cambiar un plato o un cubierto o servir un poco más de vino. El vino tuvo la culpa, desde luego, se decía más tarde para justificarse ante sí misma, o para conjurar la sospecha de que él la considerase una de esas mujeres presuntuosas que no se callan nunca. Con un rasgo de mundanidad que a ella le extrañó, el inspector le indicó al camarero que él se ocuparía de volver a llenar las copas de vino: atento a ella, concentrado en mirarla, hablaba muy poco, y aunque parecía que no se fijaba vertía un poco más de vino cuando su copa estaba a punto de quedar vacía. También él bebió vino, por primera vez en muchos meses, sorbos cautelosos que le producían un efecto inmediato y casi alarmante de dulzura, despertándole una parte anestesiada de su alma, un principio de dicha que él equilibraba enseguida tomando mucha agua, concediéndose, mientras escuchaba a Susana, secretas capitulaciones a la culpa, al desasosiego de pensar que sus subordinados no podrían encontrarlo si lo necesitaban para algo urgente, si sucedía una novedad o lo llamaban del sanatorio.

Años sin hablar así, recapitulaba más tarde Susana, al día siguiente, en la escuela, notando todavía un rastro del mareo del vino, aturdida y ausente entre las voces de los niños, en la recobrada fealdad de la sala de profesores, pero sin verdadera convicción, satisfecha en el fondo, o al menos infinitamente aliviada, lamentando tan sólo las lágrimas finales, la innecesaria confesión de despecho. Había hablado como casi nunca más en su vida adulta, como conversaba con sus amigas de la adolescencia o de la primera juventud, entregándose entera en las palabras, explicándose ante sí misma en igual medida que ante el hombre respetuoso y callado que la escuchaba comiendo muy poco, bebiendo agua, atento a servirle vino. Había pasado una gran parte de los últimos diez años dedicada monacalmente a criar en solitario a su hijo, a leer novelas y libros de poesía y de historia, sobre todo, a estudiar sin la ayuda de nadie los dos idiomas extranjeros que más le gustaban, venciendo cada día el cansancio de volver de la escuela, la inercia de dejarse llevar por la fatalidad monótona y no muy desapacible de una vida que ya parecía haber alcanzado su forma definitiva. Volcada hacia sí misma y hacia el niño, indiferente a la ciudad, pero sin ánimos para intentar irse de ella, apenas había tenido con quién compartir los episodios de su aprendizaje personal, que se le había vuelto así más inútil y mucho más querido. Ni de los libros que leía, encargados por correo la mayor parte, ni de las canciones que escuchaba o los poemas que se aprendía de memoria daba cuentas a nadie. De ese modo, Vladimir Nabokov, Antonio Machado, Paul Simon, Ella Fitzgerald, Pérez Galdós, Saul Bellow o Marcel Proust, que eran algunas de sus compañías más asiduas, le resultaban tan absolutamente suyos como la presencia de su hijo o las reflexiones más secretas de su intimidad. Cuando el niño dejó atrás la infancia para convertirse a toda prisa y con abrumadora convicción en un adolescente, también había dejado de hablar fluidamente con él, en parte porque muchas veces no sabía qué decirle, y sobre todo porque el chico, más alto que ella a los catorce años, desordenado en sus movimientos, con bozo de muchacho, la intimidaba, la sumía con su silencio entre agraviado y hostil en un estado de confusa torpeza, de irritación y remordimiento, a partes iguales, le explicó luego al inspector, el sentimiento común de los padres modernos. Había hablado mucho con el chico hasta que tuvo once o doce años, pero conversar con un niño, dijo, es siempre internarse en otro idioma, casi en otro país, y la conversación o no es de verdad recíproca o está cruzada de malentendidos que ninguno de los dos advierte. Le hablaba mucho cuando era muy pequeño, iba a buscarlo a la guardería y regresaba hablándole, el niño de dos o tres años tomado de su mano y levantando mucho la cabeza hacia ella mientras caminaba, gordito y lento, como una caricatura de reflexiva atención. Pero había empezado a hablarle mucho antes, en el cuarto o el quinto mes de su embarazo, la primera vez que lo sintió moverse dentro de ella, con pavor y ternura, cuando estaba acostada boca arriba en la oscuridad y se ponía las dos manos sobre el vientre para sentir sus rápidos movimientos de criatura humana y submarina, sumergida en ese mar primitivo que incomprensiblemente estaba dentro de ella y formaba parte de su cuerpo igual que el flujo de su sangre. Le hablaba en voz baja mientras le daba el pecho, le cantaba canciones que a ella le habían cantado de niña y que tenían una capacidad instantánea de serenarlo y dormirlo, le fue enseñando una por una las palabras, nombrándole las cosas que él señalaba con el dedo, y con la misma devoción y paciencia le enseñó más tarde las palabras escritas, que el niño aprendió muy pronto, sin ningún esfuerzo, silabeando inclinado sobre las anchas hojas de los cuentos o deteniéndose por la calle a leer premiosamente cada uno de los letreros con que se encontraba.

Pero esa noche, alentada por el vino, de quien más habló no fue de su hijo, salvo al final, cuando sintió que se le acercaba el llanto y que no iba a poder contenerlo. Habló del otro, el padre, el ex marido, con quien no vivía desde casi doce años atrás, contra el que no sabía que guardara un rencor tan minucioso, tan exacto de recuerdos no borrados e injurias que el tiempo no llegaba a borrar, tal vez por culpa de su propio silencio, de la tenacidad de su orgullo, que la había empujado a esconder la gravedad de las heridas para no someterse al agravio suplementario de la compasión. Sólo a un casi desconocido podía contarle la verdad: sólo en aquel lugar como suspendido en una tierra de nadie, fuera de la ciudad, de la vida diaria, a la orilla de un río que ella veía iluminado por la luna mientras hablaba, en un tiempo sin consecuencias ni orígenes, sin vínculos de sucesión con el tiempo al que despertaría la mañana siguiente.

«Era del modelo comprometido-atormentado —dijo—, ¿no se ha dado cuenta de que las personas, creyéndonos tan originales, somos siempre la repetición de un modelo, o de un prototipo más bien, que aparece en cada época y cambia o se pierde del todo al cabo de unos años? Yo, por ejemplo. Casi todo lo que soy se puede deducir sin mucha dificultad de un prototipo: maestra progresista, separada con un hijo, gastada por el trabajo con los niños, desalentada de la educación, tan cerca de los cuarenta años que casi me vale más la pena decir que los tengo ya. Hasta mi coche y el piso donde vivo se deben corresponder con alguna estadística. Pues mi marido, ex, pertenecía a otro modelo, o más bien era una mezcla de dos, para ser más exactos, un cruce. Modelo comprometido y modelo atormentado. Los comprometidos entonces no se atormentaban, porque les parecía frívola y pequeñoburguesa la obsesión por las penas personales, frente a la magnitud de la historia y de la lucha de clases. Los atormentados no se comprometían, se daban al alcohol, a las drogas o al psicoanálisis de Wilhelm Reich, o a las tres cosas a la vez, sobre todo si eran artistas, con lo cual ya puede imaginarse el estado en que les quedaba la cabeza. Para mi ex no había distinciones burguesas entre lo privado y lo público, todo formaba parte de nuestro compromiso, que sobre todo era el suyo: mi trabajo en la escuela, su taller de alfarería, la asociación de vecinos, nuestros amigos, que resultaron siendo suyos y no míos, salvo el pobre Ferreras, porque desaparecieron al mismo tiempo que él. El niño era a la vez compromiso y tormento: compromiso de darle una educación no represiva, tormento de que se pusiera enfermo, de que nuestras actitudes como padres no fueran correctas y le provocaran algún trauma. Primero, en nombre del compromiso, o del tormento, no quería que naciera el niño. Yo me empeñé en llevar adelante el embarazo, pero en cuanto el niño vino al mundo él se convirtió inmediatamente en el padre más neurótico. Por cualquier cosa lo llevaba a Urgencias, se levantaba de noche para escucharle la respiración, por miedo a que se hubiera asfixiado, discutía a voces con los médicos, porque no se fiaba de nadie, ni se fía, supongo, y además tiene una idea inconmovible sobre cada cosa, lo mismo la caída del muro de Berlín que el uso de los antibióticos. Está en contra de los dos. Quiero decir, de los antibióticos y de la caída del Muro. Antes de casarnos estaba empeñado en que nuestro modelo de pareja debían ser Jean-Paul Sartre y Simone de Beauvoir: sinceridad, camaradería, vidas separadas, etcétera. Yo no decía nada, porque era muy joven y estaba convencida de que él llevaba siempre razón, así que si uno de sus juicios o de sus actos me desagradaba, eso se convertía precisamente en la prueba de mi error.

»Yo tenía dieciocho años cuando lo conocí, no sabía apenas nada, estudié Magisterio por comodidad o pereza, porque era una carrera corta y no parecía difícil. Y cada tarde, cuando iba a buscarme, él plantaba la bandera del compromiso y del tormento en lo que para mí era sobre todo una rutina agradable de apuntes y clases, la perspectiva de un trabajo. ¿Cómo podía yo llevarle la contraria a un hombre que se comprometía y se atormentaba tanto? ¿Cómo le iba a decir que dejaba sin leer los libros sobre pedagogía revolucionaria que él se ocupaba de buscarme, o que la célebre pareja Sartre-Beauvoir me daba repugnancia, repugnancia física para mayor vergüenza mía, ella con aquel turbante de no lavarse nunca el pelo, y él con aquella pinta de viejo rijoso, con el labio caído y húmedo y los dientes podridos?

«Todo eran normas —dijo, saboreando el vino con un deleite casi vengativo—, habíamos roto con la vida de nuestros padres y con las convicciones burguesas y el resultado práctico era que teníamos muchas más normas que antes, más detalladas y más dogmáticas, una norma para cada gesto y cada instante del día, como los judíos ultraortodoxos. Los hijos no debían llamar papá y mamá a sus padres, por ejemplo: había que enseñarles a que les llamaran por sus nombres, para habituarlos a la camaradería y liberarlos del autoritarismo. Parece mentira, en lo que ha quedado todo aquello, es como hablarle del paleolítico. Todos estábamos llenos de normas, unos más y otros menos, los comprometidos unas normas distintas de los atormentados, pero él las reunía todas, era como el Código Civil y el Código Penal, un monstruo de la jurisprudencia, el juez, el fiscal y el testigo de cargo al mismo tiempo, el comprometido y el atormentado, el que no se dejaba engañar, como todos, por las trampas de la democracia formal, o por las críticas contra Cuba o Vietnam del Norte. Yo cada día más insegura, y él más firme, más tranquilo, con esa sonrisa que da tanto miedo del que no se ha equivocado nunca y ya tenía previstos los errores de los demás, sobre todo los míos, que eran los errores que a él personalmente le había correspondido deshacer, la cruz que le había tocado, como se decía antes. Yo tiendo por instinto a darle la razón a quien habla conmigo. Él no era capaz de conversar sin discutir. Y si discutía con alguien no tenía piedad. Con esa voz tan suave y persuasiva que tiene, con su barba de comprometido y su palidez de atormentado, desdeñando primero y luego desarmando y humillando a alguien que hubiera dicho en la conversación alguna ligereza, que hubiera frivolizado sobre cualquiera de los principios de su ortodoxia. Cómo llevarle la contraria o dudar de sus axiomas si hablaba tan suave, sin levantar nunca la voz, más tranquilo y seguro a medida que su adversario perdía los estribos, porque él sólo manifestaba su irritación por una rigidez particular de la sonrisa, por un tono todavía un poco más suave, como de haber sido herido y sin embargo no perder la ecuanimidad, la calma de los justos. Yo creo que no convencía a la gente, que la hipnotizaba, o por lo menos que me hipnotizó a mí y me tuvo sonámbula gran parte de mi juventud, hasta mucho tiempo después de que nos divorciáramos. Sin darme cuenta yo me veía a mí misma a través de sus ojos, me juzgaba en virtud de sus principios, sin necesidad de que él me señalara un error o un defecto o dictara un veredicto. Me pintaba los labios de un rojo fuerte o me ponía una blusa escotada y en el mismo espejo donde estaba mirándome aparecía él para reprenderme en silencio.»

«Yo era una burguesa, pobre de mí, porque mi padre trabajaba de apoderado en un banco.» Sonreía, apiadada retrospectivamente de sí misma, con un brillo de suave y lenta embriaguez en los ojos, recordando quién fue, con ironía e incredulidad, sin lástima, tan sólo con un deseo de restitución que ya no cumpliría. «Él, en cambio, tenía un pasado tan limpio como el de un cristiano viejo: su padre y sus abuelos alfareros, trabajadores con las manos, lo cual era la garantía de que estaba a salvo de las debilidades o las frivolidades de casi todos los demás, sobre todo los universitarios. Cuando le preguntaba alguien a qué se dedicaba respondía declarando su oficio como una acusación potencial contra cualquiera, o como un argumento que nadie le podía rebatir: alfarero. Él no era un parásito, ni un teórico, trabajaba con las manos. Para que él se ocupara del taller de su padre yo pedí plaza aquí cuando saqué las oposiciones. Así que dejé Madrid y mi vida de antes sin pararme mucho a pensarlo, o pensando a través de él, por comodidad o porque estaba hipnotizada, o porque lo quería más de lo que ahora me gusta reconocer o recordar. Llegamos aquí no como recién casados, sino un poco como de pioneros, como esos pioneros puritanos y rústicos de las películas del Oeste, yo pionera de la escuela antiautoritaria y autogestionaria, y él pionero de la alfarería popular de su tierra, de sus señas de identidad culturales, ya se conoce el cuento, me imagino. Yo creo que en realidad me trajo aquí para reeducarme, como a aquellos profesores o científicos chinos a los que castigaban a irse a las provincias rurales a trabajar de peones. Ahora comprendo que no tenía escapatoria: era burguesa y era de Madrid, y él de pueblo y proletario, alfarero, nada menos, que era ya el colmo del trabajo manual y la cultura vernácula.»

«Pero cuando el compromiso y el tormento y las normas para todo llegaron al máximo fue cuando nació el niño.» No podía hablar del nacimiento o de la primera infancia de su hijo sin que una especie de sonrisa interior le iluminara los ojos. «El termómetro siempre, la angustia de que tuviera una enfermedad horrible, de que hubiera nacido ciego. Y las normas: no debía dormir boca arriba en la cuna porque si vomitaba podía ahogarse; si lloraba mucho cuando no era la hora de su toma no había que mecerlo ni que cogerlo en brazos para que no se acostumbrara; antes de meterlo en el baño había que comprobar que el agua tuviera la temperatura justa. Antes de que naciera el niño nadie estaba más atormentado que él por la inoportunidad de su llegada. Pero fue nacer y resultó que él era el padre más atento y más obsesivo, como si hubiera un campeonato de amor por el niño y de desvelo por sus enfermedades y él obtuviera siempre la máxima puntuación. A mí me hacía sentirme culpable de negligencia con mucha facilidad: yo dormía perfectamente, no me desvelaba pensando que el niño podía haber tenido un colapso cardíaco, no llamaba a urgencias con la voz entrecortada si la fiebre le había subido a treinta y nueve. Si me preocupaba mucho algo yo hacía lo posible por disimular. Él era insuperable en la exhibición y el despliegue de sus sufrimientos paternales y, como no se fiaba de nadie y era incapaz de darle la razón a quien le llevara la contraria, discutía con el pediatra que le había dicho que al niño no le pasaba nada, o pedía enseguida el libro de reclamaciones, siempre muy suave, desde luego, sin levantar la voz, con su cara pálida de padre desencajado, de ciudadano que reclama escrupulosamente sus derechos. Se sabía todos los reglamentos, se estudiaba los conservantes de las latas, leía de arriba abajo los prospectos y las instrucciones de los aparatos, porque no se fiaba ni de los médicos ni de los operarios. Y nunca dejaba de estar comprometido y de estar atormentado, era al mismo tiempo el héroe y el mártir, Lenin y Juana de Arco, el puño levantado y la corona de espinas. Yo salía por las tardes de la escuela y me iba a ayudarle al taller. Empezaron a venir también dos amigos suyos que llevaban poco tiempo viviendo juntos, Ferreras y Paca, cenaban con nosotros, venían a casa a escuchar discos, porque ellos no tenían equipo. Ferreras y él se conocían del instituto. Discutían mucho, porque Ferreras era entonces un libertario más bien randa, viéndolo ahora no se lo puede imaginar, tan serio como se ha vuelto, llevaba el pelo largo y andaba siempre fumado de canutos. Si me hubieran dicho entonces que iba a acabar de forense me habría parecido imposible. Pero casi todas las cosas que pasaron después me parecían imposibles. Paca era lo contrario de él, una chica muy prudente y como asustada, que trabajaba de administrativa en la Seguridad Social, lo cual le permitía sostener la holganza libertaria de su novio, que no acababa nunca la carrera de Medicina. Me había ayudado a resolver los papeles para el parto de mi hijo, y cuando nació venía mucho a verme, se ofrecía a quedarse con él para que mi marido y yo pudiéramos salir alguna noche. Yo le fui tomando mucho afecto, no puedo dejar de hacerlo con cualquiera que sea amable conmigo, y además, aparte de ella, no conocía casi a ninguna otra mujer en la ciudad, descontando a mis compañeras de la escuela, que eran todas bastante mayores que yo. Cuando hablaba mi marido ella era la única que no le llevaba nunca la contraria, incluso se ponía de su parte en las discusiones con Ferreras, que siempre eran pesadísimas, como esos partidos de tenis que dan en televisión. Yo no sospechaba nada. Si hubiera desconfiado de ellos en algún momento me habría avergonzado horriblemente de mí misma. Llegaba por la tarde al taller y veía que ella había llegado antes que yo, y que no iba con Ferreras, y no se me ocurría pensar nada malo.»

«¿Sabe lo peor de todo, lo que menos se borra con el paso de los años? La sensación del ridículo, la humillación de haber sido estafada tan fácilmente, por culpa de mi propia idiotez, ni siquiera inocencia, como el paleto al que le estafan al llegar a la capital. Yo lo notaba a él cada vez más raro, pero creía que todo era a causa del tormento y del compromiso, como de costumbre, el agobio del niño y los problemas del taller, que no iba nada bien, siempre por culpa de otros, de los clientes o de los proveedores. Su lista de desleales, de enemigos y de ineptos no paraba de crecer. Es de esas personas que siempre están quejándose de este país, como dicen ellos, este país es una mierda, en este país no hay seriedad, este país no tiene remedio: estaba él solo contra el país entero, contra este país, y también contra las mafias de la distribución, contra los mayoristas, contra los proveedores de arcilla y las tiendas de artesanía, o más bien estaban todos aliados contra él, toda la máquina del capitalismo mundial. Con el niño tan pequeño yo ya no iba todas las tardes al taller, y no reparé en que él ya no me pedía igual que antes que fuera a ayudarle. Llegaba tarde, muy cansado, desmoralizado, dormía mal, se quedaba en la cama despierto, atormentado, tan visiblemente atormentado que habría sido una frivolidad aproximarse a él con intenciones sexuales, no fuera a sentirse herido o acosado en su masculinidad, o atormentado con el tormento suplementario de no cumplir como marido. Más pálido cada día, la cara de cera, hasta la voz de cera, callado en la mesa mientras yo le servía la cena, más puntilloso que nunca para comer, más estricto, también lleno de normas, de astucias para ahorrar, basadas siempre en el principio de que a él no le engañaba nadie: había que comprar vaca en vez de ternera, carne de vaca y filetes de hígado, yo me moría de asco, y él decía, sonriéndome, que en eso se notaba mi educación burguesa, mi propensión al consumismo, porque el hígado, siendo muy barato, alimenta mucho más que un solomillo, y la vaca es mucho mejor que la ternera, lo que pasa es que en este país no se sabe comer. Es la leche, la de defectos que esas personas le encuentran a este país, qué raro que no se vayan a Groenlandia o a California o a Corea del Norte y no vuelvan. Hígado a la plancha, gallo en vez de lenguado, cazón en vez de rape, jamón york barato: era un número ir de compras con él, siempre comparando precios y fijándose en las fechas de caducidad y en los colorantes y conservantes, no fuese a engañarlo el tendero, si pedía cien gramos de algo y le ponían ciento diez decía con esa voz tan suave que se los quitaran, que él sabía perfectamente lo que había pedido, y lo decía con una sonrisa insultante, como haciéndole saber al tendero que con él no valían esas trampas. No sólo era el padre perfecto y el alfarero perfecto, era también el perfecto consumidor, el comprador de jamón york concienciado, así que no le costó nada convertirse un poco después en el adúltero problematizado, en el mártir perfecto de sus propios conflictos personales. Después de pasarse un año poniéndonos los cuernos a su amigo y a mí con aquella tía a la que yo le había abierto mi casa, apareció un día con más cara de tormento y de compromiso que nunca, más pálido, con la voz más suave, con la cara más de cera, y me notificó que por coherencia consigo mismo tenía que dejarnos al niño y a mí.»

Les habían servido los postres, pero aún quedaba un poco de vino en la botella. El inspector lo repartió entre las dos copas, y cuando Susana sacó un cigarrillo se apresuró a darle fuego. Por primera vez en los últimos meses sintió la tentación verdadera de fumar. Pero la venció enseguida, prefería mirar cómo fumaba ella, disfrutando de su cigarrillo tan a conciencia como de los últimos sorbos de vino.

«Pero en cuanto pasaron los primeros meses de humillación y de soledad lo que hice, sin proponérmelo, fue empezar a disfrutar la vida que me había dejado secuestrar por él, no ya en mis convicciones, que al fin y al cabo son demasiado abstractas para que a mí me importen de verdad, sino en mis costumbres, en mis gustos y en mis aficiones personales. Volví a pintarme los labios, a dejarme largas las uñas y a pintármelas de rojo, me hice un corte chocante de pelo y me lo teñí de un negro muy fuerte, volví a comprarme blusas de seda, faldas cortas, sandalias de tacón y vestidos ajustados, no para conquistar a nadie, y menos todavía para seducirlo a él, que en esas cosas tiene o tenía el gusto tan insípido como en la comida, sino para rescatarme a mí misma, que me había olvidado, para verme en el espejo igual que cuando me probaba ropa nueva a los diecisiete años y empezaba a usar lápiz de labios. Sobreviví así, reconstruyéndome yo sola, es decir, con mi hijo, los dos en esta ciudad que no era la nuestra. Yo lo dejaba con una chica y luego en una guardería y salía corriendo de la escuela para llegar a tiempo de recogerlo, no pensaba más que en él, no quería pensar en nada ni en nadie más. Ahora que lo pienso habría sido una vida perfecta, pero quedaba él, el padre de mi hijo, con su compromiso y su tormento, que se había ido con mi gran amiga pero a veces volvía, con cara de martirio, o llamaba por teléfono para hablar con el niño, para preguntarle si quería que papá y mamá volvieran a estar juntos, a que sí, los tres igual que antes. Volvía y se marchaba otra vez, con su cruz a cuestas de adúltero coherente, de bígamo de izquierdas, me decía con esa brutalidad que entonces se llamaba sinceridad que ya no me quería, porque había encontrado en Paca las satisfacciones que su relación conmigo no le daba, y después de humillarme con la voz tan suave y de hacerme comprender que yo era más o menos una mierda y que por culpa mía habíamos fallado como pareja —esa palabra la usaban mucho, la pareja, yo pensaba siempre en parejas de bueyes o de guardias civiles—, volvía a llamarme al cabo de una semana y me decía más atormentado que nunca que lo estaba pasando muy mal, mucho peor que yo, desde luego, que ahora se daba cuenta de que su vida éramos nosotros, el niño y yo. Yo ya estaba algo cansada, y si no le contestaba o le daba a entender que no me fiaba mucho, vista la experiencia, se irritaba enseguida conmigo, con esa capacidad que tiene para volverse insultante en un segundo: "¿Qué pasa, que no confías en mí, que crees que estoy jugando contigo o que esto es menos doloroso para mí que para ti?" Eso sí que no lo perdonaba, que alguien pretendiera quitarle el privilegio de ser quien más sufría, el palmarés de la corona de espinas. Y yo, como una idiota, hipnotizada otra vez, sin dignidad, porque no hay quien sea digno cuando lo han engañado, le permitía que volviera, porque se me partía el corazón cuando el niño, que iba a cumplir tres años, se echaba a llorar preguntando por su padre, todas las noches, a la hora de dormir.»

«Volvía y enseguida lo inspeccionaba y lo organizaba todo, mi vestuario y mi trabajo en la escuela, la alimentación del niño, su salud, los juguetes pedagógicos que le convenían para desarrollar su psicomotricidad o su inteligencia y los inaceptables. Incluso tenía en la cama, una o dos noches, cierta vehemencia, nada habitual en él, por otra parte. Pero la racha se ve que le duraba poco, y en lugar de sufrir por la ausencia de su hijo y de su mujer empezaba a sufrir por la de su novia, o su pareja, y algunas noches bajaba a la calle con un pretexto ridículo —era demasiado soberbio para mentir bien— y supongo que aprovechaba para llamarla a ella desde una cabina, igual que otras noches había hecho lo mismo conmigo. Angustiado siempre, atormentado, pálido, comprometido con su coherencia, mintiendo siempre y volviéndose agresivo cuando no eran aceptadas sus mentiras, mintiéndole a la vez a su mujer, a su amante y a su hijo, cargando sobre los tres el fardo de su sufrimiento, disfrutando a la vez de las ventajas del matrimonio y del adulterio, de la sinceridad progresista y del engaño de toda la vida, de la paternidad y de la soltería. Llegaron los papeles del divorcio, que él se había esforzado mucho en acelerar, y cuando vino a casa para que yo los firmara estaba más pálido que de costumbre y tenía aún más suave la voz, la mirada como de más tormento mientras veía al niño jugar en el suelo. "A ver —le dije, deseando que se fuera cuanto antes—, dime dónde firmo", y él entonces se me quedó mirando con su mejor cara de víctima, de víctima acusadora, por supuesto: "No imaginaba que fueras capaz de tanta frialdad." No había remedio, no sabía defenderme de él, siempre se las arreglaba para dejarme hecha polvo de remordimientos.»

«Si se hubiera ido de verdad, o si se hubiera muerto entonces, si por lo menos hubiera desaparecido de nuestras vidas.» No fue sólo el vino, ni la sensación instantánea de huida y libertad que se había apoderado de ella nada más arrancar el coche y conducir hacia las afueras escuchando a Paul Simon: era también la actitud de él lo que la había empujado a hablar, el silencio paciente y respetuoso con que la escuchaba, quieto frente a ella, vagamente paternal, aunque debía de ser sólo diez o doce años mayor que ella, con el pelo gris y la cara como castigada por la intemperie o por una experiencia demasiado larga de aislamiento y dolor, paternal y al mismo tiempo desamparado, mirándola con sus ojos grises y atentos, que sólo de vez en cuando cobraban una expresión ausente, de inquietud repentina, de desasosiego por algo.

«Porque a pesar de todo, se lo juro, no creo que haya habido muchas mujeres más felices de lo que yo lo fui con mi hijo aquellos años. No tenía casi dinero, porque la mayor parte de mi sueldo se me iba en pagar la hipoteca del piso en el que mi marido había tenido a bien embarcarnos un poco antes de decidir que no podíamos seguir viviendo juntos. No sólo me engañó: también me estafó, con su voz suave de militante ortodoxo y su cara de sufrimiento, se quedó con el coche, porque según él lo necesitaba más que yo, pero las letras siguieron llegando a mi cuenta, y yo las seguí pagando como una idiota, para evitarme el aburrimiento de otra discusión agotadora con él, para no acabar sintiéndome culpable, como de costumbre, una ex mujer vengativa que acosa al cónyuge agobiado por sus dificultades económicas. Estaba atormentado por su hijo, y comprometido con su educación, pero se le olvidaba siempre ingresarme la mensualidad, y yo no tenía ánimos para reclamársela. Pero yo no quería su dinero. Yo lo que quería era que nos dejara en paz, que no volviera a trastornar a mi hijo haciéndole promesas mentirosas, que no siguiera usándonos a los dos como testigos de su vida atormentada. A pesar de él, y de la falta de dinero, yo fui feliz de pronto, como por sorpresa, me sentía fuerte y joven con mi hijo, alimentada por él, fortalecida por su existencia, descubriendo las cosas al mismo tiempo que él las descubría a mi lado, con aquellos ojos tan grandes y tan profundos que tenía, lo miraba todo tan fijo de pequeño que no parpadeaba. Iba conmigo de la mano, con su chupete en la boca, se lo quitaba para señalar las cosas y preguntarme: "¿Qué es?" Iba a buscarlo a la guardería y al verme venía hacia mí corriendo sobre la alfombra, tropezando con las botitas que yo le compraba. Si me gusta tanto comprarme ropa para mí, imagine lo que me gustaba comprársela a él. Se me abrazaba respirando muy fuerte por la nariz, con sus mofletes calientes y redondos pegados a mi cara. Todas las noches tenía que leerle o contarle un cuento, y me quedaba con él hasta que se dormía, me hacía prometérselo. Sin que yo me diera cuenta, muchas veces, después de apagar la luz, se levantaba mientras yo leía o veía una película en el cuarto de estar, y cuando iba a acostarme me lo encontraba dormido en mi cama.»

Conducía de vuelta a la ciudad, de nuevo con el aire práctico y un poco severo que le daban las gafas, sin música ahora, menos absorta en las líneas blancas de la carretera y en la luz de los faros que en una rememoración que gradualmente había dejado de ser feliz, ganada por un principio de abatimiento que tal vez tenía que ver con la atenuación de los efectos del vino y con el simple desaliento de volver. A su lado, el inspector advertía que algo le estaba sucediendo, un tránsito rápido y sombrío en su estado de ánimo, pero carecía de la perspicacia necesaria para averiguar qué era y en cualquier caso se sabía muy torpe para cualquier clase de consuelo. Sólo la miraba, la oía respirar, y ahora no tenía que apartar los ojos porque ella no se volvía hacia él, mantenía los suyos fijos en la carretera, que ya ascendía hacia las primeras casas de la ciudad. A la salida de una curva los deslumbró un coche que venía de frente, y Susana, que en ese instante tanteaba el salpicadero en busca de un kleenex, tuvo que dar un giro rápido al volante, y frenó en seco sobre la grava del arcén, al borde de una ladera plantada de olivos. El motor se paró, y ella, que iba a encenderlo de nuevo, dejó caer las dos manos y se echó hacia atrás respirando más fuerte, en una actitud súbita de capitulación. «Y ahora que tiene catorce años ha decidido que yo no le comprendo y que no le gusta la vida que le doy, que soy autoritaria, que le exijo demasiado, que de ahora en adelante quiere vivir con su padre. Debe de ser su héroe, su gran colega, me imagino, el muy cabrón, que nunca ha tenido que darle una orden ni que repetirle diez veces que haga los deberes, el padre amigo, el comprometido, el atormentado, ha esperado diez años para quitarme también a mi hijo.»

19

Se levantó pronto, animado por un presentimiento de mañana fría y despejada que confirmó nada más descorrer parcialmente la cortina del dormitorio, mirando por instinto a la otra acera de la calle, donde no había nadie y estaban cerrados los portales y echadas las cortinas metálicas de las tiendas. Una mañana limpia de noviembre, más limpia aún a esa hora, las nueve del domingo, sin tráfico, sin premura, sin urgencia de nada, porque tenía tiempo de sobra, bastaría que saliera de la ciudad a las diez para estar a las once en la entrada del sanatorio, o de la residencia, como lo llamaran ahora, aunque era el mismo lugar que según él recordaba llamaban en otro tiempo manicomio. Daban miedo las palabras, y para eludirlo se buscaban otras, pero enseguida el miedo volvía a inocularse en ellas, y había que abandonarlas otra vez, sustituyéndolas por otras, por palabras no usadas con las que pudieran comerciar más fácilmente la cobardía o la mentira, la coacción, el disimulo. En el norte, a las matanzas de los pistoleros personas dignas de todo respeto las llamaban lucha armada, y al terrorismo, abstractamente, violencia, y un disparo en la cabeza de alguien era una acción. De un modo parecido, su mujer no estaba internada en un manicomio, y ni siquiera en un sanatorio, sino en una residencia, pero la residencia estaba en el mismo lugar y llevaba el mismo nombre que el antiguo manicomio, aquel donde según el padre Orduña acabarían los internos del colegio si no frenaban sus malos instintos:

—En Nuestra Señora de los Prados vais a acabar vosotros, con camisa de fuerza.

Y él imaginaba entonces, animado tan sólo por el nombre del lugar, un edificio blanco, entre sanitario y eclesiástico, rodeado por un césped muy verde y por grandes árboles bajo los cuales paseaban los locos anudándose a sí mismos en el abrazo demente de las camisas de fuerza. A un cura se lo llevaron así del colegio: era un cura grande y hercúleo, pero de piel blanda y ojos saltones, le pusieron la camisa de fuerza encima de la sotana y gemía como un becerro por los pasillos mientras lo arrastraban maniatado, los faldones negros sobresaliendo de modo incongruente bajo la lona de la camisa de fuerza, mientras todos los internos permanecían encerrados en los dormitorios por orden expresa del rector. No querían que nadie viera a aquel cura que se había vuelto loco, pero alguien llegó a verlo, uno de los mayores, de los audaces, los que desobedecían y se insolentaban arriesgándose a ser azotados, uno de aquellos alumnos vulneró la prohibición absoluta y miró por el resquicio de una puerta entornada, o desde una ventana alta vio en el patio las figuras de luto clerical y las batas y los gorros blancos de los loqueros agrupándose junto a la furgoneta con barrotes hacia la que empujaban al cura que era más grande y más fuerte que cualquiera de ellos, dócil de pronto, mugiendo como un animal, golpeándose la cabeza contra las puertas metálicas tan sordamente como un toro contra las tablas de un burladero o de un corral.

—El padre Alonso —recordó sin dificultad el padre Orduña, incómodo aún, después de tanto tiempo, porque habría preferido que el inspector no se acordara—. Su trastorno se mantuvo en secreto, hasta nosotros teníamos prohibido hablar de él. Murió en los Prados sin recobrar nunca la razón. Ojalá Dios tuviera misericordia. Nadie necesitaba más la misericordia de Dios que el padre Alonso.

—Pero qué había hecho, por qué se lo llevaron.

El padre Orduña tardó un poco en contestar: tantos años después aún le costaba romper un silencio que ya sólo protegía a unos cuantos muertos.

—Raptó y violó a un niño, uno de los externos pobres de las catequesis —hablaba con la cabeza baja, rehuyendo, contra su costumbre, la mirada del inspector—. Le aplastó la cabeza. Su familia tenía influencias muy poderosas, títulos. Aceptaron ingresarlo de por vida para evitar el escándalo de un juicio. Aquel niño tendría ahora tu edad, más o menos. A su padre me lo cruzo todavía alguna vez por la calle. Tendrá setenta y tantos años, pero está más senil que yo, que ya es decir. Lo miro y pienso que a lo mejor se está acordando de su hijo.

Se preparó un desayuno rápido en la cocina casi intacta, porque no la usaba casi nunca, a no ser para hacer café algunas veces o calentar en el microondas un plato precocinado, que cenaba luego distraídamente delante de la televisión, acompañándolo con una cocacola o un vaso de agua. Mientras desayunaba, en pie, recién duchado, ya afeitado y vestido, sin corbata, con un pantalón recio y un jersey grande de lana, estuvo escuchando la radio con la intención exclusiva de enterarse de la predicción del tiempo. A la caída de la tarde volvería a llover. Al salir, viéndose en el espejo del recibidor, recordó con cierto halago lo que le había dicho Susana Grey: que la ropa le daba un aire del norte. Una pregunta de ella le había desconcertado, y se la hizo ahora a sí mismo: le había preguntado cómo era su casa, y él no había sabido contestar. Normal, dijo, como todas, pero la verdad es que nunca se había fijado mucho en ella, en los muebles y cortinas y cuadros elegidos años atrás por su mujer y trasladados ahora desde Bilbao. Con un acceso de rechazo y pudor pensó fugazmente en la posibilidad de que Susana viera y juzgara su casa. Vio lo que ella habría visto, una especie de neutra vulgaridad en la que no había reparado hasta entonces, una casa en la que ni siquiera las fotos enmarcadas en las mesas de noche o sobre un aparador sugerían un solo rasgo personal, como esas fotos ficticiamente familiares de las tiendas de muebles. La mantenía muy limpia, siempre que entraba en ella por la noche le parecía entrar en una casa donde aún no había vivido nadie.

En el garaje, con la ayuda de una linterna, estuvo revisando la parte inferior del coche, y luego los cables del sistema de encendido, las cerraduras, el espacio bajo el asiento del conductor. En la esquina de la calle había un coche montado sobre la acera que no recordaba haber visto antes: tomó nota de la marca y de la matrícula, e inmediatamente se olvidó de él. Compró en un quiosco el ramo de flores de todos los domingos, sin fijarse mucho en ellas. Las calles periféricas de la ciudad tenían a esa hora un aire fantasmal, una penumbra húmeda de edificios demasiado altos y próximos que no dejaban entrar la luz fragante de la mañana de domingo. Había grandes cubos de basura sobre las aceras, casi todos vacíos, algunos caídos, con bolsas de plástico e inmundicias esparcidas alrededor, residuos habituales de la juerga de la noche del sábado, como los charcos de vómitos y las papeleras arrancadas y quemadas. Veía el mismo espectáculo todas las mañanas de domingo, a la misma hora, cuando salía en el coche, y se acordaba de una de las declaraciones atribuladas de Ferreras: «No entiendo a mis contemporáneos. No entiendo a mis semejantes.»

Pero no entender le afectaba menos que a Ferreras o al padre Orduña, incluso que a Susana Grey. Al padre Orduña, su fe religiosa, en vez de deshacerle las incertidumbres, se las oscurecía más aún: no sólo no entendía el horror, la explotación y la crueldad, además no aceptaba en el fondo de su corazón que Dios los permitiera. Para Ferreras, izquierdista y ateo, educado en la convicción de una bondad originaria en los seres humanos, el mal era una excrecencia del alma tan horrorosa y tan ajena a la deliberación y a la voluntad como la proliferación del cáncer en un organismo saludable. Buscaba al mismo tiempo explicaciones ambientales y genéticas, pero cada enigma parcialmente explicado tan sólo conducía hacia otro enigma anterior, o hacia la pura sinrazón del azar: dado un grupo no muy amplio de hombres, en el curso del tiempo alguno contraerá un cáncer o una cirrosis, alguno cometerá un crimen, asesinará a su mujer en un arrebato alcohólico, abusará de un niño, asfixiará a una niña de nueve años hundiéndole sus propias bragas desgarradas en la garganta.

A Susana Grey le obsesionaba entender por qué su hijo, a quien había criado y educado ella sola durante tantos años, elegía ahora marcharse a vivir con su padre. Qué errores había cometido, qué culpa inadvertida expiaba con ese abandono, que le parecía, tanto tiempo después, la culminación sarcástica de la deslealtad del otro, el ex marido, padre ejemplar ahora, de nuevo, dialogante, comprometido con la adolescencia de su hijo, adecuadamente atormentado por ella.

Sin pararse a pensarlo mucho, el inspector intuía que todos ellos iban en busca de fantasmas. Tal vez no era tan necesario entender, y ni siquiera muy posible, o en realidad no había mucho que pudiera ser comprendido, más allá de la cruda evidencia de lo que sucedía, no en la imaginación ni en el subconsciente de nadie, sino en el exterior visible de las cosas y los actos, bajo la claridad del sol, de un foco poderoso o de un microscopio. Un niño no necesita entender para aceptar: él no entendió por qué su padre había desaparecido de pronto, por qué su madre se pasaba las noches cosiendo con los ojos enrojecidos a la luz de una bujía o por qué una noche de invierno le pusieron un mandil y le raparon la cabeza y le hicieron subir a un tren que despedía columnas de vapor en la estación de Atocha.

Y era posible que su mujer, en el largo período en el que fue claudicando al estupor y al silencio, antes de la crisis final, del traslado a la residencia, hubiera decidido en secreto que ya no iba a entender más, ni a intentarlo, ni a hacer más preguntas, ni a desear otra cosa que permanecer quieta en su habitación con cortinas de flores que disimulaban las rejas, extendiendo el brazo cuando llegaba la hora de que la inyectaran, tragando dócilmente las pastillas que le traía una monja, los labios luego apretados y la cabeza baja, como después de comulgar.

Salió de la ciudad por la carretera del oeste, más allá de las tapias y de los campos de juego del internado de los jesuitas, que ahora se habían convertido en una densa urbanización. Cuando él era niño, por la carretera casi no pasaban coches, y estaba flanqueada por una doble fila de olmos que se prolongaba hasta perderse en la distancia de los primeros cerros de olivares. Las paralelas son dos líneas que por mucho que se prolonguen nunca se encuentran: el padre Orduña, con el puntero en la mano, marcaba el compás de la repetición colectiva, y luego él, en las tardes de paseo, caminando en fila de a dos bajo las sombras de los olmos, veía sus copas alejarse y unirse en un punto lejano y pensaba con vago disgusto en la antipatía de las dos líneas de tiza sobre la pizarra, y en las vías del ferrocarril y en las hileras de olivos que también se juntaban a lo lejos.

La carretera descendía hacia el valle y al cruzar el río se iba elevando poco a poco hacia las colinas del sudoeste y las primeras estribaciones de la sierra. De día, en el aire tan nítido, bajo una claridad que resaltaba y acercaba la exactitud de todo, el paisaje no le parecía el mismo que había atravesado no muchas horas antes con Susana Grey, a la luz de una luna en cuarto creciente, en vísperas del plenilunio. Ahora todo, la tierra, los olivos, los turbiones del río, el azul del cielo sobre los roquedales de la sierra, el blanco de cal de las cortijadas, tenía un resplandor de mundo recién surgido de las aguas, una pujanza de arcillas rojizas oscurecidas por la lluvia y de vegetación reverdeciendo en laderas y barrancos que hasta unas semanas antes parecieron haberse vuelto tan áridos como las torrenteras de un desierto.

Contra su costumbre, el inspector conectó la radio en busca de música, pero no encontró ninguna que se pareciera a la que Susana Grey había puesto la noche anterior. Recordó una voz masculina que cantaba como murmurando cosas en inglés, contra un fondo de tambores y voces africanas. Como no había escuchado hasta entonces esa música, ahora la asociaba exclusivamente a la maestra, a su acento de Madrid y al olor de su colonia, que tenía un matiz de tabaco rubio y de tiza.

Pero ya eran las once menos cuarto, e igual que todos los domingos a esa misma hora estaba aproximándose a la desviación hacia la residencia, ex manicomio, antiguo sanatorio. Notaba, más fuerte que otras veces, una sorda resistencia interior a llegar. Al cabo de unos minutos no le quedarían más preludios ni dilaciones posibles, ni siquiera, como en otro tiempo, la tregua mínima de fumar un cigarrillo antes de hacer por fin algo a lo que se resistía. Ya nunca más habría esa clase de dilaciones, de treguas privadas, los paréntesis de usura temporal que se concedía en el pasado al pedir una copa última o penúltima, una dosis más de niebla y remordimiento antes de volver a casa: un cigarrillo sentado en el coche, frente al portal a oscuras, unos minutos más de tregua mientras veía arriba la única ventana iluminada en todo el edificio, a las dos o las tres de la madrugada, cualquier madrugada lluviosa del norte. En cuanto ella oía la llave en la cerradura apagaba la luz, se encogía en la cama, fingiendo dormir, sin acceder ya nunca a la monotonía del llanto o de las recriminaciones.

No habría ya zonas de niebla, paréntesis de nicotina y alcohol tras los que retirarse con una astucia de clandestinidad, respirando como un buzo una pesada atmósfera de disgusto y de culpa, más densa que la respirada por los otros. Dentro del coche, el motor apagado, en el aparcamiento de la residencia, un claro asfaltado entre eucaliptos y cipreses, el inspector se quedó un rato inmóvil, sin más gesto de nerviosismo que un tamborileo rápido y suave de los dedos de la mano derecha sobre el volante, esperando a que fueran las once en el reloj del salpicadero para subir los peldaños hacia la puerta metálica de la residencia, que se le abriría desde dentro con un sonido de resortes muy rudimentarios, con una lentitud de puerta de iglesia mientras la empujaba.

Esperando ante ella, tuvo conciencia un instante del ligero ridículo de su aspecto, una mano sosteniendo el ramo barato de flores con su envoltorio de papel de plata y la otra pasándose mecánicamente sobre el pelo, o buscando con un gesto reflejo el nudo de la corbata que no se ponía los domingos: durante un segundo se vio a sí mismo desde fuera, con algo de galán envejecido, con una aguda sensación de incongruencia, el pretendiente falso que no llama a la puerta de la señorita también madura a la que corteja, sino a la de un sanatorio mental, el marido devoto, aún no reincidente en el adulterio, por ahora, llevando flores de cónyuge culpable, acordándose sin demasiada contrición de la mujer a la que había abrazado la noche anterior sin atreverse de verdad a estrecharla, más por torpeza que por timidez, porque había perdido por completo lo que nunca llegó a adquirir de verdad en su juventud, la costumbre y la sagacidad de la ternura, el atrevimiento del deseo.

La había rodeado con sus brazos mientras ella lloraba, incómodos los dos en el coche parado junto a la cuneta, frente al valle sumergido en una niebla de claridad lunar. No sabía cuánto tiempo estuvo Susana llorando, la cara cobijada en su pecho, el aliento y las lágrimas humedeciendo la camisa del inspector. De vez en cuando unos faros alumbraban un instante el interior del coche, dejándolo enseguida en una oscuridad más profunda, que volvía poco a poco a ser esclarecida por la luna, cuando las pupilas se habituaban otra vez a ella. La oyó moquear, y le ofreció un pañuelo de papel. Susana se apartó de él y se limpió la nariz y las lágrimas, buscando a tientas las gafas, que se le habían deslizado de la cara. Le pidió perdón, dijo que no debía haber bebido tanto vino, que se avergonzaba de importunarlo.

Pero era otra clase de llanto, no el mismo que él conocía de tantos años, ni el que tal vez presenciaría ahora, cuando llegara al pasillo y a la habitación donde su mujer lo esperaba. Era un llanto convulso que se rebelaba y que afirmaba algo, que había impulsado a Susana a buscar el amparo urgente de sus brazos, el simple alivio de un pañuelo de papel y de un retoque en los labios y en los ojos, un regreso inmediato a la actividad, a tareas menores y precisas que rompieran la inercia del dolor, la tentación de despertar lástima: limpiar las gafas, arrancar el coche, poner de nuevo la música. «Tú no te puedes imaginar cuánta compañía me ha hecho a mí Paul Simon», dijo. En algún momento de la cena habían empezado a tutearse.

Él conocía otro llanto: el que casi no se escucha, sofocado por una almohada o al otro lado de la puerta cerrada de un cuarto de baño con los grifos abiertos, el que duraba con la monotonía de la lluvia del norte y no parecía que aguardara consuelo ni final, el llanto seco en la oscuridad, como una queja por un dolor físico que no iba a recibir alivio ni ayuda y ya ni siquiera los solicitaba.

En el pequeño jardín, delante de la puerta de entrada, había una estatua de la Inmaculada Concepción, blanca, sin duda de escayola. La familia de ella había elegido el psiquiatra y la residencia y pagaba los dos. Nada más cruzar la puerta se ingresaba en un espacio de sugestiones eclesiásticas: al fondo, tras la mesa del recibidor, una enfermera examinaba de arriba abajo a los recién llegados, y su uniforme blanco y su toca tenían, como su cara grande y sin maquillar, un aspecto entre medicinal y monjil, un punto de severidad penitenciaria. En todas partes, incluso en las habitaciones de las pacientes y en los lavabos, sonaba un fondo débil de música coral o de órgano, como un hilo musical especialmente concebido para fines eclesiásticos. El psiquiatra jefe, al que no le faltaban ademanes y suavidades de cura, le había dicho al inspector que esa música relajaba mucho a las pacientes, igual que la pintura ligeramente rosada de las paredes y que los cuadros de valles alpinos o de escenas religiosas colgados de los muros a distancias iguales.

No había un lugar reservado para las visitas. Las internas deambulaban con las suyas por los corredores o por los senderos del jardín posterior, si hacía buen tiempo, o se sentaban en los sillones de plástico marrón de la sala llamada de actividades recreativas, donde había una máquina de cafés, varias mesas con tapetes verdes, tableros de ajedrez y barajas de cartas y un televisor que las mujeres más viejas miraban en silencio durante horas, despeinadas, en bata y zapatillas, fumando algunas con chupadas veloces y húmedas y usando como ceniceros los vasos de plástico del café con leche.

Otras veces su mujer lo había esperado allí. La buscó entre las caras viejas y el humo del tabaco y comprobó no sin alivio que no estaba. Subió entonces a su habitación, llamó a la puerta con los nudillos, diciendo el nombre de ella, pero tampoco la encontró. Mujeres solas pasaban a su lado y se quedaban mirándolo. Era un cuarto pequeño, con algo de pueril en la decoración y en los muebles, como el cuarto de soltera de una chica dejado intacto por los padres después de su marcha. Uno esperaba encontrar

233

sobre la colcha el infantilismo rancio de un oso de peluche, de una muñeca vestida a la última moda de quince o veinte años atrás. Sobre la cabecera de la cama había un crucifijo del que pendía un rosario. Las únicas huellas de la presencia de su mujer, o de alguien, eran unas zapatillas de paño al pie de la cama y una revista del corazón atrasada sobre la mesa de noche.

Salió enseguida de la habitación, con desagrado de intruso, y la vio venir desde el fondo del pasillo, entre las otras mujeres que caminaban a un paso semejante al suyo, como por una calle en la que sólo anduviera gente sonámbula, cruzándose sin verse, sin hacer ruido al pisar, todas con zapatillas deportivas o de paño, con babuchas de borlas, con batas de casa o chándals, despeinadas algunas, como si acabaran de levantarse en la pereza y el desorden de un domingo doméstico, otras con el pelo muy tirante en la frente y en las sienes, o muy corto, como igualado de cualquier modo a tijeretazos. Iban y venían a lo largo del pasillo, solas, casi todas fumando, con caras idiotas o trágicas o aterradas o sin ninguna expresión. Entre ellas, dolorosamente reconocida y también del todo ajena, con un grado horrible de extrañeza, como alguien a quien le han dejado el mismo cuerpo y le han cambiado el alma, le han trasplantado el cerebro de otro, estaba su mujer, más semejante a las otras que a quien había sido antes de ingresar allí, aunque todavía identificable, con los pasos cortos, los brazos cruzados, el puño derecho bajo la barbilla, en una actitud de concentración desesperada y vana, un poco despeinada, aunque no mucho, lo suficiente para sugerir una irregularidad en aquella mujer de aspecto tan formal, que llevaba, a diferencia de casi todas las demás, una falda y una blusa conjuntadas, un collar de perlas artificiales, unos zapatos de tacón bajo. Él los había oído antes de verla, sus tacones resonando en el pasillo entre el rumor de suelas de paño y de goma. Venía despacio, con la cabeza inclinada, aunque no tanto como para mirar únicamente al suelo, tan sólo eludiendo por instinto el peligro de ver de frente algo inesperado o desagradable, cualquier cara o presencia que la amenazase.

Uno descubre en las caras de los otros los avances de la edad que no sabe o no quiere ver en sí mismo. Viendo a su mujer cada siete días, el inspector tenía la sensación al encontrarse con ella de que no había pasado una semana desde la última vez, sino al menos un año. Cuando se miraba en el espejo enumeraba para sí los progresos de la vejez, las arrugas nuevas, la caída algo más pronunciada de la piel del mentón o de las bolsas debajo de los ojos, los cabellos más grises los que se quedaban prendidos entre las púas del peine o desaparecían en la espuma sucia del sumidero de la ducha. (El padre Orduña, en la tarima del aula o en el púlpito, alzando el dedo índice: «Ni una hoja cae de un árbol ni un pelo de vuestras cabezas sin que lo sepa vuestro Padre que está en los Cielos.»)

Pero era al ver a su mujer cuando adquiría de verdad una noción exacta y devastadora del efecto del tiempo. Lo que a él lo iba gastando despacio a ella la destruía. A la enfermedad del miedo, a la intoxicación del rencor y de la muerte, él había sobrevivido como al alcohol, estragado y no roto, firme todavía. Pero ella no. Ni el tiempo ni la soledad ni el temor los había podido soportar indemne durante tantos años. Ahora vivía en un limbo de psicoterapias católicas y de inyecciones que la dejaban coja durante días y le borraban la memoria hasta de su nombre y rosarios y novenas en los que recobraba sonámbulamente una antigua y temerosa religiosidad cerril. Con la misma unción con que la narcotizaban de transiliums las monjas o enfermeras le dejaban encima de la mesa de noche estampas con jaculatorias y con dibujos de una piedad rancia y pueril, de cuando ella era niña, la Virgen rodeada de cabezas de ángeles y pisando descalza la cabeza de una serpiente, el alma cruzando un puente frágil sobre un precipicio y el Ángel de la Guarda flotando sobre ella para protegerla.

Tardó en verle, porque no alzaba del todo los ojos, pero sabía que estaba buscándola, había escuchado la llamada de la enfermera por los altavoces. Se acercaba como con miedo a descubrirlo, y cuando alzó un instante los ojos y lo vio tan cerca volvió a apartarlos, se quedó quieta, los ojos hondos y un poco vidriosos, rendida, como un animal que ya sólo confía en la exhibición incondicional de su vulnerabilidad para no ser agredido por el dueño furioso. Estaba inmóvil, en medio del pasillo, mientras las otras mujeres iban y venían rozándose con ella, con un aire de prisa vana y agitada claustrofobia, la prisa sin destino con que caminan los presos por el patio de una cárcel. Fue a abrazarla y notó que los músculos se le contraían al tacto de sus manos, pero la estrechó contra sí, aunque sin ternura, con una mezcla innoble de frialdad y de lástima. Ella no hizo nada, sólo dejó caer los brazos a lo largo del cuerpo, y al mirarla tan cerca él vio en la hondura vacía y turbia de sus ojos el efecto de las pastillas y de las inyecciones, una calma cenagosa que no podía ser sacudida por nada, pero que se quebraría en temblores de pavor y alucinaciones de persecución en cuanto disminuyera el efecto de las medicinas.

—¿Cómo te encuentras?

—Bien, como siempre.

—¿Te han puesto esta mañana la inyección?

—Vinieron a las seis, pero ya estaba despierta.

—¿Te dolió mucho?

—Me eché en la cama y no me acordaba de nada. La enfermera decía un nombre y yo no sabía que era el mío.

Lo más difícil de todo no era mirar aquellos ojos en los que parecía que ella no estaba, sino mantener un simulacro aceptable de conversación, una secuencia fluida de preguntas y respuestas. Había que repetirle las mismas cosas que otras veces, porque las olvidaba nada más oírlas, y no mostraba mucho interés en conversar, tal vez porque carecía de la retentiva suficiente como para enlazar una frase con otra, una contestación y una pregunta. La medicación le atenuaba la angustia borrándole temporalmente la memoria, amputándole una gran parte de su conciencia y de su identidad.

—¿Han venido tu madre y tu hermano a verte?

—Creo que no. —Bajó la cabeza, se pasó la mano por la cara—. Espera. Me parece que sí, ayer o anteayer.

Le dio las flores, ella las miró un segundo, le sonrió para darle las gracias, con un frunce de labios casi infantil en su cara envejecida e hinchada, y enseguida se olvidó de ellas, parecía no saber qué finalidad atribuirles, intrigada por el manejo de un artefacto desconocido. Él la tomó del brazo y la condujo despacio a su habitación, y sin poderlo evitar saludaba con una inclinación de cabeza a las mujeres que lo miraban más fijamente, falso y paródico otra vez, como cuando eran una pareja de novios y daban un paseo los domingos por la mañana, después de misa de doce, antes del vermú y de la bandejita de pasteles comprada en una confitería, treinta años atrás, en la capital de provincias de donde ella tal vez no habría salido nunca si no se hubiera encontrado con él, un estudiante pobre y disciplinado de Derecho del que su familia no se fiaba, aunque contara con la protección de los jesuitas locales y tuviera él mismo un cierto aspecto de seminarista. La visitaban ahora y se lo decían, la madre viuda de registrador y el hermano notario y con algo de viudo él también, venían vestidos de negro de su lejana provincia, le recordaban agravios guardados durante décadas como tesoros de avaricia, viejas advertencias que ella no había querido escuchar y a las que ahora asentía muy dócilmente, sin oírlas siquiera. «Hay que ver, hija, con tan buenos pretendientes que tenías, y mira al que fuiste a escoger, mira la vida que te ha dado.»

20

Las manos limpias, las manos blandas de tanta humedad, las manos rojas del trabajo y del frío, las manos con dedos grandes, con uñas cuarteadas, de filos ásperos y córneos, las uñas siempre con un borde negro, a pesar del jabón y del agua caliente, de los chorros de agua hirviente o helada bajo los cuales se ahuecan y frotan las manos tan rojas, con una humedad de carne cruda, con una palidez de manos enfermas que no se corresponde con su tamaño ni con la fuerza de acero de los dedos, acostumbrados a apretar, a arrancar cosas, a clavarse como garfios en los escamosos vientres abiertos para extraer en un solo movimiento rápido las vísceras: manos rápidas, expertas, eficaces y crueles, manos que alzan cajas resbaladizas de humedad y de grasa y mugre de pescado, que se retuercen la una enredada a la otra en los momentos de inactividad, ocultas bajo el mandil sucio, nerviosas, deformadas, envejecidas por tanto trabajo, por el roce con superficies ásperas, con cosas húmedas y frías, dotadas de espinas, endurecidas por el frío de los congeladores, manos mucho más viejas y cuarteadas que la cara, como injertadas en otro cuerpo más joven y de apariencia más débil, que no pueden ocultar el castigo diario del trabajo ni tampoco el olor, sobre todo el olor, que se queda en todo, en el cristal de una copa, en las monedas y en los billetes de un cambio, en el botón de un ascensor, en la hoja de una navaja automática, que infecta el aire, que nunca puede ser desprendido por completo de la ropa, de la piel, del pelo, a pesar del jabón, de la colonia, de los hábitos maniáticos de la limpieza, las manos sumergidas en el agua, rojas y reblandecidas en el lavabo, surgiendo del vapor, del humo, chorreando al ascender como animales emergidos e idénticos, carnosas criaturas marinas, como los calamares, los pulpos, las rayas, las potas, los rapes, manos arracimadas en cajas de pescado, cortadas y expuestas, amputadas, con un lado todavía sangriento, como el lomo de un gran pez recién cortado por la mitad de un hachazo, manos que se mueven solas, que buscan, que arrastran a quien se siente quirúrgicamente cosido a ellas, quietas y alerta, pálidas en la oscuridad del insomnio, posadas en la cama, reclamando algo, tirando, curvándose sobre la cara delante del espejo, los dedos abiertos entre los cuales se asoman los ojos como a una celosía, manos de apariencia vulgar, semejantes a tantas otras manos maltratadas y endurecidas por el trabajo, manos anónimas, como encapuchadas en el interior de los bolsillos, replegándose sobre sí mismas como se cierran las patas articuladas y afiladas de un cangrejo, con huellas dactilares que van quedando en todas partes, como queda el olor, y también imborrables, así que sería preciso protegerlas bajo guantes de goma, para que sólo dejen las señales rojas de los dedos, el negativo de los dedos abiertos en una piel tan fácil de hundir como arcilla, de rasgar con las uñas, con sus filos córneos, siempre rotos y ásperos, con ese olor que sigue notándose si se acercan mucho las uñas a la nariz a pesar del jabón y el roce frenético: manos que apresan, que arrancan, que hienden y buscan en la oscuridad, que emergen mojadas, pegajosas, como de un pescado abierto, que separan labios y dientes apretados, que sellan una boca cuando va a surgir de ella un grito y luego se queda abierta y nada se escucha, igual que ya no ven los ojos tan abiertos, con un brillo de vidrio en la claridad de la luna llena; manos que luego no conservan ninguna señal de lo que hicieron, manos tranquilas, inmóviles en barras de bares, apretadas por otras manos ignorantes, manos comunes, que pueden pertenecer a cualquiera, que no dejan casi huellas dactilares, manos invisibles, las manos automáticas que repiten gestos y destrezas y que sin duda guardan una memoria más poderosa que la de la mirada, probablemente inmune al remordimiento, una sensación particular de blandura, de carne frágil, inmediatamente vulnerable, de saliva, de sangre, de materia viva hendida y desgarrada, como la hendidura de unas agallas en la que clavan las manos los garfios de las uñas y se hunden y horadan y agarran, manos desconocidas, peligrosas, delatoras, manchadas, ocultas en bolsillos, impacientes por llegar al refugio de la impunidad, por encorvarse juntas bajo el agua del grifo, muy caliente, para que lo desprenda todo, tan caliente que ningunas otras manos la podrían soportar, manos que frotan y usan el jabón y extienden la espuma y son aclaradas y luego vuelven a restregarse de jabón y a someterse al chorro de agua del que brota un vapor espeso y cuando ya están hinchadas y rojas, de un color de caparazón de crustáceo cocido, se frotan con más energía y más rabia aún en la tela grumosa de una toalla, y ya parece que no van a conservar el rastro de ningún olor, pero aún queda algo, indeleble, no el olor de la sangre, ni el de la piel sudada ni la saliva ni la ropa infantil, sino el otro olor, perpetuo, el olor del pescado, perceptible en las uñas, en el cerco negro que siempre queda bajo su curvatura, en los intersticios de la piel cuarteada.

Mira las dos manos posadas en la barra, encima del paquete de Fortuna y del mechero, desconocidas, ajenas a él, dotadas de una movilidad interior y autónoma, como la de las langostas o los cangrejos en los cajones de la pescadería, muy temprano, mucho antes de que se abra al público el mercado, de noche todavía, cuando resuenan en las bóvedas con vigas de hierro los gritos de los descargadores y los cláxones de las furgonetas, tantas patas enredándose entre sí, queriendo clavarse en las corazas pinchudas y ásperas, que pueden desgarrar la piel si se las roza sin cuidado, moviéndose igual que antenas de insectos, que los pelos de los infusorios bajo la lente del microscopio, hace tantos años, en el Instituto, cuando las manos no eran todavía así, más suaves entonces, sin cicatrices ni callos, pero ya clandestinas, ya furiosas y vengativas, las uñas clavándose en la palma bajo la madera del pupitre, tanteando en la bragueta, en la oscuridad del cine, bajo la gabardina doblada en el regazo. Mira las dos manos, ajeno a ellas, con desagrado, igual que mira al camarero y a la gente del bar, desagrado y recelo, algo parecido al asco, aunque también al orgullo, son manos más fuertes que las de cualquiera de esos afeminados que tienen sueldos fijos y no madrugan y pueden permitirse el lujo de ponerse malos o de ir a la huelga, entre el pulgar y el índice puede aplastar sin la menor dificultad la chapa de un refresco o partir la cáscara de una nuez, con las dos manos y apretando los dientes es capaz de doblar una barra de hierro, quién iba a decirlo, con esa cara, diría la vecina, un día que estaba más irritado de lo común con los viejos dio un puñetazo en una de esas puertas de contrachapado y la atravesó entera. Lleva la fuerza en las manos igual que lleva la navaja en el bolsillo y el pelotazo de ron en la nuca, duplicado ahora, no en la clandestinidad de su armario, sino en la barra del bar, donde ha entrado sin pensarlo mucho, sin acordarse de que ya había estado aquí otra vez, pero entonces no había en la pared, entre los anaqueles de las botellas y los pósters de equipos de fútbol, esa foto en color recortada de una revista, rodeada por un marco barato, con un pequeño lazo negro de luto en un ángulo, todo ya sucio, enturbiado por el humo y la grasa de la cocina, la sonrisa de la niña debilitada o desvanecida por el paso del tiempo, aunque no hace tanto, ni se acuerda, dos meses, dos meses enteros sin subir por estas calles con las manos bien ocultas en los bolsillos de la cazadora, que esta vez es de invierno, porque en este tiempo no ha dejado de llover. Ha subido a este barrio tan lejano sin proponérselo, como podría haber caminado hacia otra parte, distraído, excitado, con esa rápida embriaguez que le provoca la gente, las luces de las tiendas, el ruido del tráfico en las calles, hablando él solo, aunque sin mover casi nunca los labios, apretando las llaves o la navaja en el bolsillo de la cazadora. Ha dejado atrás la plaza de la estatua, sin mirar siquiera hacia los balcones de la comisaría, ha subido por la calle de la Trinidad y al pasar junto a las escalinatas de la iglesia se ha acordado de aquella vez, de la multitud bajo los paraguas, los reflectores de la televisión humeando bajo la lluvia, los ecos de los rezos y de los cantos en los altavoces, pero se le olvida pronto, todo pasa muy rápido, como la gente a su lado, como las fachadas de los callejones o los signos del tráfico cuando conduce de madrugada y acelera para imaginarse que no va en la furgoneta de reparto de una pescadería, sino en un coche deportivo, un Ferrari Testa Rossa, o uno de esos todoterrenos tremendos que van por la calle como amenazando con aplastarlo todo. Todo pasa muy velozmente, dentro y fuera de él, en la conciencia, en la calle, donde ya es de noche y están encendidas las luces de los comercios, y más arriba las farolas de la parte nueva, las avenidas modernas que le dan tanta envidia, con sus bloques de pisos con portero automático y calefacción central, con las cocinas como las que salen en los anuncios, y no esa cocina horrenda y oscura donde la vieja hace la comida, sus potajes brutales, como para alimentar no a personas normales, sino a cortijeros, a cavernícolas, que es lo que son ellos dos, encerrados en su casa como alimañas en una cueva, en las ruinas del barrio cada vez más deshabitado, el barrio histórico, nada menos, se podían meter la historia y las piedras y las iglesias en el culo. Ha subido a lo que llaman la Torre Nueva, donde hay edificios de ocho o diez pisos que da vértigo mirar, y donde está la estatua de aquel torero que le gustaba tanto al viejo, Carnicerito, que trabajaba también en el mercado, y mira cómo prosperó, repite, de carnicero a estrella de la fiesta, se compró un coche como los que llevaban antes los señores, seguro que a él no le daba vergüenza haber tenido el mismo oficio que su padre, como si carnicero fuese lo mismo que pescadero, los carniceros no apestan, no van por ahí dejando su hedor en todo lo que tocan, como un molusco va dejando su baba. La estatua se ha quedado enana y perdida entre los edificios, al principio de una avenida recta que sube hacia el norte, recta y ancha, con bloques de pisos a los dos lados, con grúas y excavadoras en los solares, no ruinas, no bardales comidos por los jaramagos, iglesias viejas y ventanas con los postigos arrancados. Vida, movimiento, negocios, concesionarios de coches, bares de bronca, ferreterías, escaparates inmensos de maquinaria agrícola, de cosechadoras y tractores, tiendas de cocinas y de cuartos de baño, extensiones de loza brillante, de azulejos, de espejos y griferías doradas, hasta bañeras redondas, no el asco de cuarto de baño donde él debe ducharse, con la cortina de plástico sucia de hongos, no infectada por los microbios del viejo porque lo que es ducharse el viejo no se ducha nunca, grifos de los que caerá un chorro fuerte y cernido de agua hirviendo que no empezará a salir helada de pronto porque se haya acabado la bombona de butano. Se queda como un idiota mirando los escaparates, iluminado por ellos en la noche prematura del final de noviembre, las manos en los bolsillos de la cazadora, el cuello subido, porque ha empezado a hacer frío, el viento viene ahora del norte, contra él, avenida abajo, y al final de la calle, lejos, en la distancia recta, la luna inmóvil sobre los aleros parece moverse a toda velocidad, entre las nubes empujadas por el viento, se mueve y está quieta, ingrávida, como un globo, grande, amarilla, una gran cara hinchada de facciones borrosas, asomada sobre los tejados, viéndolo todo, a él también, a nadie más que a él, que camina en dirección a ella por la avenida recta, y que la pierde de vista al doblar una esquina, sin saber todavía hacia dónde va, sin pensarlo, ahora por una calle en cuesta, más a oscuras, donde sólo están iluminados uno o dos talleres de coches, talleres pequeños y sórdidos, con mucha grasa y herrumbre, con carteles de tías desnudas en las paredes, todo grasiento también, tiznado, manchado, también en ese oficio las manos están siempre pegajosas y sucias. No conoce bien esta parte de la ciudad, así que tarda en orientarse, calles iguales con bloques de pisos y ropa tendida en las terrazas, tiendas y talleres pequeños, bares con azulejos y barra de cinc, todo confuso, hecho de cualquier modo, aceras estrechas y rotas invadidas por coches y por cubos de basura, persianas metálicas echadas, más bares, todos idénticos, todos despiden un tufo igual de tabaco y frituras, frituras de pescado.

Él no piensa o no quiere pensar adónde está acercándose, adónde no ha vuelto desde hace justo ocho semanas, puede que no sepa, que no haya calculado el tiempo, tampoco reconoce al principio la calle, el portal de mármol falso y barato con el número siete, el panel de los llamadores del portero automático, al fin y al cabo todos son iguales, uno puede pulsar cualquiera de esos botones como el bombo de la lotería expulsa una bola cualquiera, uno puede no doblar esa esquina, sino la siguiente, porque ha sentido de pronto una conmoción, un vértigo, casi un principio de náusea, no el remordimiento, sino la atracción del peligro, la ebriedad del secreto, más fuerte aquí que nunca, ahora podría acercarse al portal y llamar al piso donde la niña vivía, pero no lo sabe, tampoco supo cómo se llamaba hasta un día después. Da la vuelta en la acera, cuando ya iba a entrar en la calle, podría cruzarse ahora mismo con el padre o con la madre de la niña, aprieta las uñas contra las palmas de las manos en el interior de los bolsillos de la cazadora, seguras y calientes, revolviéndose en su estrecho refugio, como las patas de las langostas y de los cangrejos y los tentáculos de los pulpos en las cajas. Se hinca las uñas, un poco más y sangrará, busca el mango de la navaja, le tranquiliza rozarla con las yemas de los dedos, pero lo que le está haciendo falta es un pelotazo, urgente, le falta la saliva en la boca, se aparta de esa calle mirando de pasada el escaparate de una papelería y empuja la puerta del primer bar que encuentra, sin que le importe el aire denso y cerrado, el olor a pescado frito y a tabaco: por eso le gustan las whiskerías, porque no huelen a aceite rancio ni a tabaco negro, sino a ambientador y a perfumes y a maquillajes de mujeres, a rubio de contrabando, a carne desvergonzada y ofrecida, que ni siquiera al atreverse a tocarla con avidez y cobardía parece por completo real, siempre es como estar mirando una película o una revista, todo tan detallado y tan visible, hasta las estrías de la piel y los empastes de las bocas abiertas para recibir el semen, o los orines, o las dos cosas a la vez, y sin embargo no hay nada, nada más que la lisura brillante del papel o la de la pantalla del televisor.

Entra mirando al suelo, pisando serrín mojado, peladuras de gambas, sobres rasgados y vacíos de azúcar, se acomoda en un taburete, y sólo al darse cuenta de que este bar donde ha entrado a tomarse un ron con cola es el mismo de la otra vez empieza a comprender la repetición de las cosas, la duplicación de todo, idéntico pero ligeramente distinto, las dos manos iguales, la cara doble delante del lavabo y al otro lado del espejo, la cuchilla de afeitar moviéndose con sincronía perfecta a este lado y al otro, los dos ojos alargados, demasiado juntos, él mismo en el bar, detrás de la barra y en el espejo que hay frente a él, viéndose entre las hileras de botellas, el espejo turbio de grasa donde está colgada la foto de la niña, con un marco barato que ya empieza a desprenderse: enciende un cigarro, mira la gruesa mano derecha con sus uñas negras y de filos quebrados alargarse hacia el paquete, las uñas del pulgar y el índice pinzan el filtro del cigarrillo, lo sacan despacio, lo llevan a la boca, y luego los dedos ciñen la forma del mechero y lo encienden y lo acercan, en dos lugares al mismo tiempo, aquí y en el otro lado del espejo, ahora y hace dos meses, porque cada cosa se le va revelando idéntica, como si comprendiera de pronto la forma de un dibujo geométrico, cada detalle se ajusta a la casilla correspondiente de la duplicación: la tarde es la misma, sólo que está más oscuro, y la calle que se ve detrás de las cristaleras, el camarero está viendo un programa de algo en la televisión, tan absorto que ha tardado en atenderle, aunque casi no hay nadie más en el bar, igual que la otra vez, ha entrado por un impulso repentino y ahora está seguro de que ha ido a sentarse en el mismo taburete, ha hecho una señal y el camarero ni mirarlo, la televisión está demasiado alta y él tiene la voz muy suave, nadie diría que la voz y las manos pertenecen a la misma persona, ha vuelto a decir *oiga*, ahora más fuerte, y ha golpeado con el mechero sobre la barra, y sólo entonces el camarero se ha vuelto con desgana para mirarlo y él lo ha reconocido, un tío joven, blanco, mal afeitado, con una camisa más bien sucia, con cara de no tener sangre en las venas, que debe de pasarse horas enteras mirando hacia el televisor en el bar donde no es probable que haya muchos clientes, a este muerto me gustaría verlo un sábado a las once de la mañana en el puesto del mercado, atendiendo a las mujeres que piden cosas a gritos y se saltan el turno, llevando la cuenta de las vueltas y no equivocándose al servir a nadie, sonriéndoles a todas, dándoles conversación, diga usted que sí, a ése cuando lo cojan que le corten el cuello, ni matándolo paga el daño que ha hecho, pero seguro que si lo pillan lo sueltan enseguida, o lo declaran loco, los ladrones y los asesinos entran por una puerta de la comisaría y salen libres por la otra, lo que yo te diga, niño, ponme cuarto y mitad de potas, bien despachado, que es para un arroz...

Así toda la vida, todos los días, de lunes a sábados, las mismas caras de las mujeres y sus bocas abiertas confundiéndose en la somnolencia y el aturdimiento de la fatiga con los hocicos, las bocas y los ojos de los pescados, las bocas con dientes finos y branquias rojas y los ojos redondos y monstruosos de los peces muertos, el ojo enorme y saltón de un pulpo, que parece mirar desde el interior de una capucha, de una máscara de carne húmeda. No están menos muertos los ojos del camarero que le sirve el ron con cola y enseguida se vuelven para seguir mirando el televisor, una serie con risas automáticas o un concurso que tal vez los viejos también estarán viendo ahora mismo, y junto al ruido del televisor el de la máquina del café, y además el de la máquina tragaperras que emite el reclamo de una musiquilla conocida y aguda, y un momento más tarde el de la máquina de cigarrillos donde la voz automática dice, le dice a él, *su tabaco, gracias.*

Todo doble, comprende ahora, enumera, apaciguando la creciente angustia con un trago largo de ron, cuando deja el vaso en la barra ya se ha bebido más de la mitad, lo ve aquí y en el otro lado, en el cristal donde también se ve encender un Fortuna, dos llamas de mechero y dos brasas ardiendo, el pelotazo en la nuca y en el estómago, en un bolsillo de la cazadora las llaves de la furgoneta y en el otro la navaja, las dos puertas del bar, que dan a cada una de las dos calles paralelas, si aquella vez hubiera salido por la puerta de la izquierda y no por la de la derecha nada habría sido igual, pero ya es tarde, él no sabía, no sabe ahora, sólo siente duplicada la excitación de entonces, el principio de atrevimiento y audacia, más fuerte que otras veces, más fuerte aún que cuando en un parque

le ha ayudado a una niña a subir a un tobogán empuján-
dole con la mano fuerte y abierta en la que casi cabía el
culito entero, sin apretar nada, notando sólo la piel suave
bajo la tela de una falda o un chándal mientras los ojos
recelosos miran a un lado y a otro en busca de una madre
vigilante.

Más fuerte, como ahora, el ron agotado de un segundo trago y el cigarro consumiéndose en unas pocas cala-
das, todo doble, otro ron-cola, pide, y tiene que pedirlo
dos veces y enrojece, porque el camarero, con la tele tan
alta, no lo ha oído bien, está pasmado, mirando ahora
con la cabeza alzada y los ojos vueltos hacia arriba, hacia
la repisa alta donde está situado el televisor, a unas tías en
bikini que les dicen algo a unos concursantes mientras el
público se muere de risa, unas tías rubias y altas, con tacones de aguja, con las bragas tan ceñidas y mínimas que
se les nota todo, lo único que les falta ya es restregarse
contra los concursantes, seguro que ahora mismo la vieja
está queriendo cambiar a otro canal y el viejo le ha escondido con disimulo el mando a distancia, en su regazo,
bajo las faldillas de la mesa, respirando como un tubercu-
loso mientras mira a las tías. Bebe otra vez, ahora más
despacio, la lengua y el paladar anegados en líquido dul-
zón, el pelotazo instantáneo en las sienes, las dos latiendo
al mismo tiempo, el corazón y el estómago se dilatan y se
encogen en espasmos idénticos, y ahora ya no tiene paciencia para quedarse más tiempo en el bar y apura de un
trago su vaso y tira al suelo y aplasta el cigarrillo que acababa de encender, golpea la barra con una moneda de
quinientas pesetas, pero el cabrón del camarero le dice
que son setecientas las dos consumiciones, se lo dice mirándolo como con algo de sorna, como riéndose de él, y a
él se le sube la sangre a la cabeza y le dan ganas de engan-

char al otro por la pechera sucia de la camisa y de empujarlo con una sola mano poderosa contra la pared, contra el espejo y las filas de botellas y la foto cagada de moscas y amarilla de humo con su marco barato, y de sacar con la otra mano la navaja del bolsillo de la cazadora y hacerla saltar delante de esos ojos de muerto, el filo a un centímetro de la cara sin afeitar, de la piel del cuello: lo ve todo en un instante, oye el ruido de las botellas rotas y la respiración cobarde del camarero mientras busca más dinero en los bolsillos y al principio no lo encuentra, de pronto teme haber salido sin nada más que la moneda de quinientas y de antemano lo pone rojo el ridículo, pero afortunadamente encuentra un billete de mil, un billete arrugado y sucio que huele a pescado, se disculpa, queriendo sonreír, pero el otro no se molesta en decir nada ni en cambiar la expresión, mira el billete y luego lo mira a él como considerando una posible falsificación y luego saca de la máquina registradora tres monedas de cien y las deja en el mostrador sin mirarlo, volviéndose enseguida hacia la televisión. Dice adiós, buenas tardes, aun sabiendo que no le van a responder, guarda el tabaco y el mechero, cada uno en un bolsillo de la cazadora, y al salir no sabe si lo está haciendo por la puerta de aquella vez o por la otra, pero le da lo mismo, las dos calles a las que podría salir son idénticas, coches montados sobre las aceras y edificios con ropa tendida y bombonas de butano en los balcones, tiendas pequeñas, con las luces encendidas, mujeres que vuelven de la compra con zapatillas de paño y abrigos echados sobre los hombros, todo igual, el portal adonde se acerca, el panel de llamadores con números y letras de pisos junto al que se detiene como interesado en algo, como un vendedor o un mensajero despistado que no acaba de encontrar una dirección, todo tan idéntico que es igual lo que sucede y lo recordado, hasta la hora es la misma, las siete menos veinte de la tarde, lo acaba de descubrir mirando el reloj, y como la hora es la misma y el portal es idéntico la niña cruza la calle desde la otra acera y pasa a su lado sin mirarlo empujando la puerta, que no estaba cerrada, y camina hacia el ascensor cantando algo, murmurando una canción con los labios cerrados, oscilando un poco, como si se imaginara que salta o baila al ritmo de la música que sólo ella escucha.

Ha entrado siguiéndola, la puerta se cierra pesadamente tras él pero la niña no se vuelve, todo tiene que hacerlo igual, cada detalle, aunque ahora no lleve chándal, sino un pantalón vaquero, pero sí lleva zapatillas de deporte, se acerca a ella y todavía no le ha visto la cara, está parada, murmurando una música, delante del ascensor, la luz del portal se apaga y es él quien vuelve a encenderla, entonces la niña se vuelve un instante, pero no mucho, casi nada, apenas le ha visto el perfil, ahora podría dar media vuelta y no ocurriría nada, en una décima de segundo se ve a sí mismo desde fuera y desde lejos, caminando de vuelta hacia el barrio del sur, de espaldas, con la cabeza baja y el cuello de la cazadora levantado, pero ése no es él, ya es demasiado tarde para que lo sea, tan sólo un segundo pero demasiado tarde y sin remedio, el ascensor ha llegado a la planta baja y la niña se ha vuelto para preguntarle si sube y él ha dicho que sí con una inclinación de cabeza, la cara no es la misma, no es del todo una cara infantil bajo la luz desagradable de la cabina del ascensor, idéntico pero no el mismo, con los mismos mandos y el mismo dibujo rudimentario de una mujer y un niño y el letrero *impida que los niños viajen solos*, y también aquí alguien ha tachado con el filo de una navaja la primera sílaba de *impida* y ahora dice *pida que los niños viajen solos.* La niña sola muy cerca de él, pero ahora ve que es más alta, no lo había advertido, callada, mirando los números que se iluminan, adónde va, le ha preguntado, y él ha dicho, al último, todo igual, no ha tenido que pensarlo, no ha tenido que decidir ni elegir nada, sólo dejar que las cosas sean exactamente iguales, detalle por detalle, segundo a segundo, y como todo es idéntico ahora la mano que estaba apretada en torno a la navaja ya abierta en el bolsillo de la cazadora se levanta por encima de la cabeza de la niña y avanza hasta tocar el panel de mandos, y se convierte de pronto en un puño cerrado y da un golpe violento en el botón rojo de STOP.

21

Esperaba sentada en la cama, en la habitación que había visto por primera vez veinte minutos antes y ya empezaba a volvérsele usual, aún vestida del todo, descalza, mirándose los pies juntos, los delgados empeines bajo las medias oscuras y translúcidas, con un vacío o una inquietud en el estómago que los cigarrillos empeoraban, que sólo obtenía un cierto alivio gracias al gin-tonic que se había servido nada más llegar, después de quedarse sola y cerrar la puerta con una urgencia de soledad y refugio, al cabo de tantos preliminares que no acababan nunca, que no dejaban de ser humillantes o al menos mezquinos, en parte porque no estaba acostumbrada, porque nunca se había citado con un hombre en un hotel.

Cada paso una prueba, una tentación de arrepentirse, desde que a las cinco salieron los niños y ella volvió a la sala de profesores donde había dejado su bolsa negra de viaje, aun sabiendo que no pasaría inadvertida, que alguien iba a preguntarle con incierta entonación de broma o de chisme que adónde iba con aquella bolsa: había preparado una respuesta para eso, a la lavandería, era ropa sucia, dijo, y cuando salía hacia el coche con ella en la mano el abatimiento de las horas de trabajo se sumó a la incertidumbre para sugerirle que tal vez no debería seguir adelante, que aún estaba a tiempo de hacer un par de llamadas y cancelar la cita y la reserva de la habitación en La Isla de Cuba. Pero al mismo tiempo le excitaba tanto la sensación recobrada de expectativa y preludio, la había alimentado como una savia secreta a lo largo del día, fortaleciéndola cuando los niños la mareaban o cuando le dolía la garganta amenazándola con el regreso de la faringitis, cuando miraba las tristes paredes con azulejos, las bancas rotas, los cuadros y los pósters desvaídos de la sala de profesores. Contaba las horas como había contado de joven los días que faltaban para que le sucediera algo muy deseado, con una ilusión no del todo sentimental ni sexual, más bien como se aguarda en la infancia, con una incondicionalidad casi colmada por la misma espera, con mucho miedo también, insegura de no arrepentirse, temiendo una llamada y a la vez dejándose tentar por el posible alivio de que fuese él quien no viniera, y no sólo porque a él también le diese miedo e inventara un pretexto, sino por algún motivo real, porque se descubriera de pronto algo sobre el asesinato de Fátima, porque a la mujer de él le hubiera sobrevenido una crisis en ese sanatorio donde estaba.

Dejó la bolsa en el asiento de atrás, se quedó un rato quieta, sentada al volante, como repasando una serie de decisiones necesarias y prácticas, se vio pálida en el espejo, con las ojeras más pronunciadas, con esa tonalidad marchita de cansancio en la piel, qué menos, después de tantas horas con los niños, con treinta niños y niñas de nueve y diez años, turbulentos, más nerviosos según avanzaba el día, encerrados en un aula demasiado pequeña. donde el pupitre de Fátima había vuelto a ser ocupado, aunque su foto seguía colgada en la pared, entre los dibujos de sus compañeros, cerca de las cartulinas azules en las que los demás habían hecho sus trabajos manuales. Miraba siempre la foto, encontraba los ojos rasgados y la sonrisa de la niña como pidiéndole serenamente que siguiera acordándose, que no se olvidara de ella, y esa tarde, a las cinco, cuando el aula se quedó vacía, tardó un poco más de lo habitual en recoger sus cosas, y al no haber nadie más la presencia de Fátima se le hizo más intensa en la fotografía, despertándole, sin que se diera mucha cuenta, como un instinto de complicidad y gratitud.

De lo que le sucedía ahora mismo había algo que estaba vinculado a Fátima, y no sólo el azar espantoso sin el cual ella, Susana Grey, no habría ni conocido la existencia del hombre con quien se había citado hora y media más tarde. Fátima, su devoción hacia ella, su talento infantil para la laboriosidad y la dicha, la habían rescatado más de una vez del desengaño y la desgana hacia su trabajo, le habían ofrecido una preciosa compensación íntima de otras deslealtades. Después de muerta la niña comprendía de verdad cuánto le había importado su predilección, cómo la había alimentado su deseo de saber, la prontitud con que Fátima le mostraba que la paciencia de su trabajo no estaba siendo por completo estéril: velozmente lo aprendía todo, y lo que había aprendido enseguida fructificaba en su inteligencia, como un alimento de resultados inmediatos en el vigor físico de un niño.

En el espejo donde se miraba para pintarse los labios vio que los ojos, desenfocados sin las gafas, adquirían un brillo de lágrimas, pero ahora no podía permitirse a sí misma el desfallecimiento ni el consuelo del llanto, que la asaltaba tan sin aviso en los últimos tiempos, incluso al leer o al escuchar música, cuando leía un poema de Antonio Machado o de César Vallejo o escuchaba ciertas canciones no especialmente sentimentales. Se puso las gafas, eligió una cinta entre el desorden de la guantera, que se había extendido también al suelo, no Paul Simon esta vez, sino algo más enérgico, más adecuado para fortalecerle la audacia, The Pretenders, y enseguida pensó que si él fuera en el coche no se atrevería a ponerle esa música. Lo miraba a los ojos grises y atentos y no podía imaginar qué pensaba, cómo estaría viéndola a ella. La aterraba de pronto la convicción de estar enamorándose de un desconocido. Aceleró fuerte nada más salir a la carretera, subió el volumen, repitiendo en voz baja la letra de una canción, y sólo al dejar atrás los últimos edificios se sintió resuelta y despejada, contagiada por la fuerza de la música y la vibración del coche, libre del empeño agotador y minucioso de las decisiones por la velocidad que la llevaba inexorablemente hacia el valle mientras empezaba a atardecer y la luna llena y amarilla aparecía en el espejo retrovisor, sobre el perfil de las torres y los tejados que iban quedándose atrás según transcurrían con una rapidez idéntica los kilómetros y los minutos.

Él le había dicho que llegaría entre las seis y media y las siete: prefería esperarlo con tiempo, llegar antes a la habitación, examinarlo todo, incluso había pensado darse una ducha y cambiarse de ropa, para no tener consigo el olor a cansancio y a tiza y a sudor infantil de la escuela, pero decidió que no, que no quería dar una impresión excesiva de evidencia, así que tan sólo se cepilló el pelo y subrayó la sombra de los ojos y el carmín de los labios, no era una amante preparándose para recibir a su cómplice apresurado y adúltero.

Venció como pudo la ligera vergüenza, la palpitación de ignominia, mientras firmaba la ficha de ingreso en recepción y mostraba su carnet de conducir y su tarjeta de crédito, temiendo encontrar alguna cara conocida en el personal, la cara de un vecino o la del padre de un alumno: todo de pronto difícil, embarazoso, lento, imposible, los detalles del formulario, el botones que tardaba en recoger su bolsa, la puerta de la habitación que tardaba en abrirse, las monedas para la propina que no aparecían en el bolso, volcado sobre la cama, la profusión de todo, salvo de monedas de cien, los kleenex, la polvera, el lápiz de labios, los cigarrillos, la caja grande de cerillas, reunió al fin trescientas pesetas y se las dio al botones con una aprensión irracional de vileza, como si lo estuviera sobornando por algo, comprando su silencio.

Al quedarse sola instantáneamente se tranquilizó. No parecía que estuviera en la habitación de un hotel, sino en una casa de campo adonde alguien la hubiera invitado. Las paredes blancas, el techo inclinado, con rudas vigas de madera barnizada, el suelo de baldosas rojas, una ventana de postigos recios que daba sobre la barranca del río: en la ciudad, a lo lejos, las luces se habían encendido de golpe, aunque todavía no era noche cerrada, quedaba una fosforescencia de claridad diurna en la ligera niebla del río, en la tierra caliza de los olivares. Tan lejos y tan cerca, pensaba, tan protegida y tan frágil, un poco extraña ante sí misma en la extrañeza general de las cosas, del lugar y la hora, las seis de la tarde de un día laborable y ella no estaba en casa, ni siquiera sabía si iba a regresar esa noche, o si volvería a la ciudad a la mañana siguiente, a las nueve menos cuarto, como cada mañana, exaltada o desengañada, o ni siquiera eso, envilecida por una sensación de fraude, por la turbia contrición sexual.

Examinó el minibar, dudando entre el whisky y la ginebra, y por fin se hizo un gin-tonic y abrió para acompañarlo una bolsa de almendras saladas. La mezcla del amargor de la tónica y del mareo dulce de la ginebra le dio un punto de ligereza matizado por el sabor a sal de las almendras, que acentuaba las ganas y el gusto de beber. Va a venir, pensaba, sentada en la cama, descalza, con las piernas rectas y los pies juntos sobre la colcha, el gin-tonic frío en el regazo, con su incitante rumor de burbujas y su aroma amargo a cáscara de limón, el cigarrillo en el cenicero, junto a la lámpara todavía no encendida de la mesa de noche, viéndose en el espejo de marco antiguo que había justo enfrente de la cama, está viniendo, va a venir porque yo lo he llamado, porque he tenido la desvergüenza, la temeridad, la valentía de decirle que lo esperaba aquí, que no tengo ya tiempo ni ganas ni paciencia para esconder lo que más deseo ni para seguir perdiéndome lo mejor de mi vida, que ya no sé fingir, ni esperar, ni resignarme, ni decirle buenas noches a un hombre que me gusta mucho y verlo marcharse como si me diera igual, como la otra noche, cuando se despidieron después de la cena, del abuso del vino y del llanto invencible. Cuánto tiempo sin abrazarse así a alguien, sin desear de ese modo a un hombre, con tanta urgencia y tanta dulzura, con una seguridad infundada pero también muy fuerte de que si daba los pasos necesarios no iba a ser abatida más tarde por el arrepentimiento.

Esa noche, después de la cena y de lo que ella misma llamó el espectáculo del llanto, habían entrado en silencio a la ciudad, cada uno inhábil para mirar al otro, en ese enfriamiento de extrañeza recobrada que sobreviene tras una efusión prematura, tras la sospecha de una equivocación, de un paso en falso, al menos. Le llevó en el coche hasta el portal de su casa, aunque él le había dicho que no era necesario, y ninguno de los dos supo despedirse, se miraron fugazmente y él le dio las gracias por la cena con una cortesía demasiado formal, se quedó quieto con la mano ya entreabriendo la puerta, dijo buenas noches, en un tono que ella repitió al contestarle, y salió cerrando mientras miraba, observó Susana, a un lado y otro de la calle. Le dijo adiós con la mano, cuando ella arrancó, y fue un adiós impersonal, una inclinación ligera de cabeza y apenas un gesto de la mano que sostenía las llaves. Por el retrovisor, mientras ya se alejaba, lo vio entrar en el portal, y le dio una impresión de soledad absoluta, como esa gente que nada más decir adiós ya está muy lejos, ya ha cancelado todo vínculo con la persona de quien se despide, ha borrado su presencia con un rápido automatismo, con un gesto y una sola palabra.

Durmió mal, por culpa del café imprudente que había bebido después de la cena, irritada consigo misma y con él, con la frialdad y la torpeza mutua de la despedida. Al día siguiente, viernes, la resaca y el dolor de garganta por haber fumado más de la cuenta se sumaron al cansancio laboral de cinco días seguidos de escuela: se quedaba ausente en las conversaciones del patio y de la sala de profesores, no tenía paciencia con los niños, le costaba mucho levantar la voz. Llegó de vuelta a casa cuando ya estaba anocheciendo, y nada más encender la luz del recibidor empezó a sonar el teléfono. Mala madre, se dijo a sí misma, al reconocer más tarde que había sufrido una cierta decepción cuando escuchó la voz de su hijo: hablándole con una ternura ya inusual en él, con aquella ruda voz de adolescente que había adquirido en los últimos tiempos, le dijo que tenía ganas de verla, que iría a pasar con ella el siguiente fin de semana.

Después de colgar sintió el remordimiento de haber

sido tal vez demasiado fría con el chico, o demasiado brusca al decirle adiós, pues había querido evitar el peligro de que se pusiera al teléfono su padre, dispuesto a comunicarle alguna nueva fase de su tormento o su compromiso, a consultar con ella el estado psicológico del hijo. Mientras ordenaba la casa y escuchaba un disco liviano y juvenil de Ella Fitzgerald que la animaba mucho, repasó palabra por palabra la conversación, como un fiscal en busca de pruebas contra ella misma, en un examen pormenorizado y solitario que la obsesionaba con cierta frecuencia. Era mucho más hábil para acusarse o para dejarse herir por las acusaciones de los otros que para defenderse, y ahora comprendía, tarde y sin duda ya sin mucho remedio, que de esa debilidad suya se había alimentado durante cerca de veinte años el parasitismo emocional de su ex marido, su talento infalible para despertarle la incertidumbre y la culpabilidad.

«Nunca más», dijo en voz alta, brindando consigo misma desde la cama, frente al espejo, nerviosa y un poco ebria, impaciente, queriendo no mirar mucho el reloj, a las siete menos cuarto, en la habitación iluminada ahora por la lámpara de la mesa de noche. Cuando él llegara no debía encontrar demasiada luz, pero tampoco un exceso de penumbra, aún tenía tiempo de vaciar el cenicero y de abrir la ventana para que se fuese el humo. Las personas que no fuman son muy sensibles al olor del tabaco, los ex fumadores sobre todo, conversos recientes, como sin duda era él. Desde la ventana no se veía el puente ni la carretera. Pero al abrirla oyó acercarse el motor de un coche que se esforzaba cuesta arriba y le dio un escalofrío, y cerró enseguida. En los minutos de la espera todo se le iba volviendo un poco irreal.

Pero no eran minutos, sino días enteros los que había pasado, primero esperando que ocurriera algo, y luego decidiéndose a actuar ella misma, cavilando a solas, imaginando palabras o astucias posibles, golpes de azar que lo resolvieran todo, un encuentro en la calle, por ejemplo, el sábado, cuando ella iba al mercado, recordaba haberle dicho que hacía la compra los sábados por la mañana: no estaría mal que fuese él quien buscara el encuentro, pero no parecía muy posible, en el coche y durante la cena Susana había pensado algo que sólo se atrevió a decirle después, que él era, como dice Nabokov de Proust, otro héroe de la combustión interna.

Para llegar al mercado tenía que pasar por la plaza donde estaba la comisaría. Vio guardias de uniforme en la puerta, y un coche patrulla que tenía encendidas las luces destellantes, aunque no sonaba la sirena. Se sintió un poco ridícula, recordando algo que él le había dicho con toda seriedad, aunque sin ningún énfasis, como dándole cuenta de un hecho natural: en lo único que pensaba, para lo único que vivía, era para encontrar al hombre que había matado a Fátima. ¿No había sido una manera sutil o simplemente cobarde de advertirle que no siguiera aproximándose a él? Pero iba al mercado con el propósito no del todo preciso en su conciencia de comprar alguna cosa excepcional para invitarlo a él, si se atrevía o se decidía a llamarlo.

En la plaza, a la luz gris de la mañana, sobre el asfalto mojado, la agitación silenciosa de las luces del coche policial imponía un presentimiento de alarma, una urgencia de algún modo irrisoria, que no se correspondía con ninguna actividad visible, con la quietud de los guardias que fumaban en la puerta o la de los taxistas que aguardaban bajo las copas redondas de los aligustres.

Si él estaba en su despacho, si se había acercado al cristal del balcón, podía verla pasar con su carro de compra, con el pantalón de pana, las botas de invierno, la trenca azul oscuro. No quiso alzar la cabeza ni dirigir la mirada hacia el edificio de la comisaría. Con decepción y alivio al mismo tiempo se alejó por los soportales de la calle que llevaba al mercado, llena de gente a esa hora, de coches y mujeres con carritos de compra iguales que el suyo, cada vez más poblada y densa de voces y de olores. A su hijo, desde los tres o cuatro años, le gustaba mucho ir con ella al mercado. Pasaba ahora sola junto a los puestos de juguetes baratos y chucherías y veía en otros niños, abrigados para el invierno, con anoraks y botas de goma, los mismos gestos y miradas del suyo, los chatos dedos índices que señalaban o elegían cosas, los ojos muy abiertos, las mejillas tan suaves enrojecidas por el viento, las caras pegadas a un cristal, hipnotizadas por un coche de plástico, por un bastón relleno de bolitas de anís o un superhéroe apócrifo.

No creía que fuese a invitarlo, pero decidió que en cualquier caso iba a prepararse una comida digna, para mitigar la soledad y el tedio del sábado nublado agasajándose a sí misma. Por si acaso, por si se decidía al final o él llamaba, o se encontraban en la calle, compró dos besugos en su pescadería de siempre, la de aquel hombre joven que le inspiraba un poco de lástima porque no tenía ninguna pinta de pescadero, el cuerpo romo y carnoso sí, y las manos grandes, pensaba, rojas y fuertes cuando manejaban un hacha o abarcaban entre las dos un puñado chorreante de calamares o de boquerones, húmedas cuando se rozaban ligeramente con las suyas al devolverle el cambio. Pero la cara no, la cara resultaba tan incongruente con el resto del cuerpo y en aquel puesto de pescado como la voz, muy educada y suave, que le hacía acordarse con lejano desagrado de la voz de su ex marido. Era una cara joven, aunque nada juvenil, como antigua, los ojos grandes, alargados y muy juntos, unidos además por el largo arco de las cejas, una cara como bizantina, absorta, siempre un poco ajena a la acción terminante de las manos.

Al volver a casa se lavó las suyas después de limpiar el pescado. En un acceso práctico de lucidez reconoció que no iba a llamar al inspector, y también que le resultaría insoportable preparar la comida nada más que para ella. Sin pararse a pensarlo llamó a Ferreras, quizás sin mucha convicción de dar con él, o de que aceptara: pero apenas había sonado la señal de llamada se puso al teléfono, y aunque se quedó un poco desconcertado al principio, porque no era habitual que él y Susana se citaran, le dijo inmediatamente que sí, con una alegría de recién rescatado de algo.

Solían encontrarse por casualidad, y entraban en el bar más próximo a tomar una caña o un café, charlando impetuosamente, recordando viejos tiempos, sobre todo Ferreras, aunque sin nombrar viejas heridas, hasta que uno de los dos miraba el reloj y descubría que se le había hecho tardísimo para algo, quedaban en verse más despacio, en comer juntos cualquier día, y sólo se encontraban otra vez al cabo de semanas o meses, de nuevo por azar.

Llegó a las dos en punto, bronceado y animoso, con su ancha cazadora de motorista, el casco en una mano y en la otra una botella de vino, aún sorprendido y agradecido por la invitación, algo intrigado también, con una gran sonrisa de dientes magníficos en su cara bronceada como por soles africanos, el pelo húmedo, oliendo ligeramente a colonia, el gesto rápido, apenas entregada la botella, de estrechar a Susana por la cintura mientras hacía ademán de besarla en los labios, aunque sólo rozándola con los suyos, con su gran bigote que ya se le había puesto canoso, igual que el pelo despeinado y abundante, siempre agitado por vientos de intemperie, como la cara, esa cara y esa presencia rotundas de fotógrafo de guerra y explorador amazónico que vivía con su madre y una tía soltera, que tenía miedo de los aviones y casi nunca viajaba más allá de los límites de su provincia natal.

—Susana Grey —le dijo luego, mirándola cocinar mientras bebía una lata de cerveza, sin vaso, tal vez por fidelidad al tremendismo de la moto y la cazadora—, Susanita, con lo que tú me gustabas entonces, mientras les éramos tan fieles a esos dos que nos la estaban pegando, teníamos que habernos enrollado tú y yo.

—Ahora que me acuerdo, te habías hecho partidario de las camas redondas...

—Yo era un libertario ardoroso, pero puramente virtual, más o menos como ahora. —Ferreras se echó a reír, y el tamaño y la blancura de los dientes en la cara tan morena amplificaban la risa—. Tu ex y mi ex nos predicaban a los dos los preceptos del ascetismo revolucionario y en cuanto les dábamos la espalda se lanzaban a practicar el amor libre, la cópula adúltera, por decirlo más fino.

—Mira qué par de idiotas, tú y yo, tantos años después y todavía acordándonos.

—Susana, Susanita. —Ferreras repetía el nombre con una ternura casi impúdica—. Si te digo la verdad me gustabas mucho más que mi novia. Me gustabas con gafas y sin ellas, con el pelo suelto o con el pelo recogido, la colonia o el champú que usabas y el olor que traías de la escuela, y ese olor que tuviste luego, después de dar a luz, el olor de los niños muy pequeños que se queda en las madres. Qué olor más gustoso, Susana, a leche un poco agria, a colonia infantil y a polvos de talco. Si tú supieras, un día llegué a buscar a tu ex, que no estaba, claro, porque se lo estaría haciendo con mi ex en el ya mítico taller de alfarería popular andaluza, los dos con las manos en la masa, nunca mejor dicho, bueno, pues llegué y estabas sola, en aquel piso tan vacío, en éste, tú sola con el niño, que tendría meses entonces, charlábamos de algo y el niño se puso a llorar, porque era la hora de su toma, me dijiste, y con mucha discreción, aunque con una naturalidad perfecta, te desabrochaste un par de botones de la camisa y te pusiste a darle de mamar, sin descubrir del todo el pecho, claro, pero sin ocultármelo tampoco, y a mí me dio una cosa muy fuerte, como de dulzura y amargura al mismo tiempo, me daba pudor hasta mirarte a la cara, no fueras a pensar que estaba queriendo verte las tetas...

—Tú también me parecías más atractivo que mi marido. —Susana había desconectado el horno y bebía una copa de vino blanco apoyada en el mostrador de la cocina. No era la primera vez que mantenían esa misma conversación, con variantes dictadas por las volubilidades del recuerdo y los estados de ánimo: su amistad consistía sobre todo en el espacio en blanco de lo que no les había sucedido y en la rememoración de un vínculo involuntario y cada vez más lejano, el de una simultánea deslealtad cometida por otros—. Pero si me fijaba mucho en ti enseguida me sentía culpable. Qué vergüenza, pensaba, él tan atormentado con su taller de alfarería, regresando cada noche más tarde, agobiado por el trabajo y las deudas, y yo comparándolo desfavorablemente con su amigo del alma... ¿De verdad me puse a darle el pecho a mi hijo delante de ti, estando tú y yo solos?

—Anda que no. Me acuerdo como si fuera ayer.

—Pero como eras libertario y fumabas canutos tú no te sentirías culpable de fijarte en quien no debías.

—La mujer de un amigo —dijo Ferreras, con melancolía y sarcasmo, tal vez con una lástima hacia quien había sido no muy distinta de la que sentía Susana hacia sí misma—. La madre de su hijo. Susana, Susanita. Qué ganas me dieron aquella tarde de besarte los pezones que estaba chupando tu hijo con tanto deleite. Teníamos que habernos enrollado tú y yo y dejarlos a ellos en vez de que ellos dos nos dejaran a nosotros. Si te digo la verdad, de vez en cuando me vuelve la esperanza, aunque no acabo de creérmela, es como un residuo de algo juvenil, como cuando empieza octubre y sigue pareciendo que va a empezar el curso en el instituto. Como dice mi madre soy un mozo viejo, se me ha pasado la edad. Pero hoy cuando me has llamado he visto de pronto el cielo abierto. Siempre que me encuentro contigo me da esa cosa suave, como de chico de instituto, como de sentir, «mira que si...». He venido con la mejor botella de mi club de vinos, me has abierto la puerta y al mismo tiempo he escuchado esa música que te gusta tanto y me ha dado el olor de eso que estás haciendo en el horno, pero la ilusión no me ha durado ni cinco minutos.

—Como que tengo doce años más que entonces.

—Qué va, mujer, no es eso. Ahora estás mucho más guapa que cuando tenías veintitantos. Más hecha, más perfilada, en tu sazón, como también dice mi madre. Soy contrario a la idolatría de la primera juventud de las mujeres, no sabes cómo me cansan esas modelos adolescentes de los anuncios de vaqueros que ponen tan calientes a mis amigos casados y padres de familia. Lo que pasa es que te he visto y me he dado cuenta de algo raro, no sé cómo, porque en general yo soy bastante burdo para darme cuenta de las cosas, he tardado un poco en comprender. Te he visto, te he mirado a los ojos, he oído esa música, he visto los platos y los cubiertos y el mantel que tienes en la mesa, y he pensado que en realidad nada de eso era para mí. Será que tú y yo nunca podemos estar solos sin que haya por medio gente invisible.

«Susana, Susanita»: le gustaba acordarse del modo en que Ferreras había repetido su nombre. Ahora esperaba a alguien a quien en realidad no se lo había oído aún. Pensaba en las injusticias de la amistad entre las mujeres y los hombres, en las asimetrías ocultas, enseguida vejatorias: tal vez más humillante que una seca negativa a las solicitudes del deseo era una actitud serena de amistad, que las descartaba de antemano, sin reparar mucho en ellas. *Just friends, lovers no more,* decía Ella Fitzgerald en una de las canciones que sonaban mientras ella y Ferreras charlaban en la cocina, los dos apoyados en el mostrador, bebiendo algo, preservando una instintiva distancia física, una cautela que en Ferreras tenía algo de capitulación hacia otro, no sabía ni sospechaba quién, una más de las presencias invisibles que ocupaban el espacio vacío entre Susana y él. Pero la había halagado mucho esa confesión de deseo y ternura a la que no iba a corresponder, y le había devuelto cuando más falta le hacía, como un espejo favorable, una imagen no desalentadora de sí misma, de su atractivo físico, del que tanto dudaba. De ese modo, pensaba después, cuando Ferreras ya se había marchado y la tarde del sábado declinaba luctuosamente hacia un anochecer de lluvia, la fuerza del deseo de un hombre no correspondido actúa automáticamente contra él, porque en lugar de acercarlo a la mujer deseada favorece en ella la voluntad íntima de volverse atractiva a los ojos de otro.

El domingo por la mañana llamó un par de veces al inspector: mientras oía la señal persistente e inútil recordó que él le había dicho que los domingos iba a visitar a su mujer en el sanatorio donde estaba internada. Pasó el día completamente sola y recluida, sin hablar con nadie, prefiriendo el silencio y la lectura a la música, sin salir nada más que para comprar el periódico, al que dedicó gran parte de una tarde breve y perezosa, con intermitencias atenuadas de melancolía. Después de cenar algo bebió una última copa del vino excelente que le había traído Ferreras viendo en la televisión *Memorias de África*, en gran parte por una antigua lealtad a Robert Redford.

A las doce de la noche sonó el teléfono y le dio un vuelco el corazón: quien había llamado colgó en cuanto ella preguntó quién era. De pronto la soledad se le volvía desagradable y hostil, la puerta de su casa frágil, la noche detrás de los cristales tan amenazadora como el teléfono que había junto a su cama. Les gustan los teléfonos, había dicho el inspector: cualquiera puede ser aterrado impunemente y sin ningún esfuerzo con una simple llamada. Contra su costumbre echó los cerrojos antes de acostarse. Apagó la lámpara y le dio miedo la oscuridad de su casa vacía, del corredor tras la puerta entornada del dormitorio. Si no tomaba enseguida un somnífero vería llegar con los ojos muy abiertos el triste amanecer laboral del lunes.

Volvía de la escuela a la tarde siguiente cuando lo vio de pronto, sin que él la viera a ella, en un lugar inesperado, un mezquino parque infantil en el que no era improbable que hubiera jugado alguna vez Fátima, porque no estaba lejos de su casa, una extensión de tierra apisonada

entre bloques de pisos, con unos pocos bancos, con papeleras rotas, con una fuente de taza sin agua, con algunos
toboganes y columpios ya herrumbrosos en los que jugaban niños recién salidos de la escuela, los más pequeños
vigilados por madres jóvenes que charlaban y fumaban
en grupo. En una esquina más apartada, unos adolescentes, sentados en el suelo, se pasaban un cartón de vino,
discutían de algo con ademanes bruscos y palabras muy
groseras, con un empeño consciente de vulgaridad. Susana calculó que tendrían más o menos la misma edad de
su hijo. A alguno de ellos le había dado clase cuando eran
de la estatura de los niños que ahora jugaban en los columpios y en los toboganes. La tarde sin sol tenía una luz
gastada de invierno, una cualidad de deterioro, como la
de las farolas con los globos de plástico rotos y el suelo de
tierra desnuda, sucio de bolsas vacías y hojas de árboles
traídas por el viento desde otros lugares, porque en el
parque no había ninguno.

Y allí estaba él, de pie, en una posición rara, un observador y un intruso que no pasaría inadvertido, con su
anorak verde oscuro y sus zapatones recios de andariego
por las breñas del norte, atento en apariencia a algo y a la
vez muy ensimismado, como si no estuviera del todo en
el lugar que ocupaba, borroso o incierto en su misma im-
probabilidad. Por la dirección de su mirada no podía saberse qué estaba observando, si observaba algo, o si tan
sólo permanecía parado en medio de las cosas, entre las
voces de las mujeres y los gritos de los niños, en la media
tarde invernal de noviembre.

Mientras dejaba que se amortiguara el efecto de la
sorpresa, Susana aprovechó a conciencia la ventaja de estar viéndolo tan cerca sin ser vista por él: observar por la
calle a alguien conocido que se cree solo le pareció un abu-

so tan censurable como leer su correspondencia, e igual de tentador. Llevaba el anorak abierto, las dos manos en los bolsillos, el cuello alzado. El frío le acentuaba en las mejillas flacas y en los pómulos una tonalidad rojiza de piel anglosajona. Tenía el ceño fruncido, los ojos entornados, miraba al suelo, alzaba la mirada hacia los toboganes y el grupo de mujeres, pero debía de haberse quedado tan ensimismado en algo que en realidad no veía, no vio a Susana cuando ella avanzó hacia él agitando una mano. Una de las mujeres lo observaba ahora a él, sin mucha atención, aunque con desconfianza. Una pelota de goma había caído a sus pies y él se inclinaba para devolvérsela a un niño de cuatro o cinco años, le acariciaba fugazmente el pelo. Qué raro que no hubiera tenido hijos.

Cuando por fin vio a Susana tardó unos segundos en reaccionar: se quedó parado, lento para sonreír o para decir algo, pero ella le dio dos besos con una desenvoltura perfectamente calculada, dispuesta a no ser vencida y petrificada esta vez por la inercia de la formalidad. Vaya sorpresa, le dijo, ni que hubieras estado buscándome, y él lo negó enseguida con la cabeza, como atrapado en un despropósito, e inmediatamente comprendió que negar con demasiada vehemencia era una descortesía, y para compensar su torpeza, o para salir del paso, se atrevió a proponerle que tomaran juntos un café. Había cerca una pastelería aceptable, dijo Susana, si él no estaba muy ocupado podían merendar a la antigua, café con pastas o tortitas de nata.

Sentada frente a él, en la pequeña mesa de la pastelería, tuvo de pronto la intuición de que el azar de encontrarlo iba a adquirir una relevancia decisiva. Por primera vez lo veía accesible en su abatimiento o en su incertidumbre, no protegido por su ficción de distancia profesional, como si al ser sorprendido por ella en aquel parque ya no pudiera o no quisiera replegarse a esa especie de observatorio interior en el que parecía vivir. La miraba de otro modo ahora, no sólo a los ojos, se quedaba mirando su boca o sus manos, el pico de su camisa entreabierta, al escucharla se le formaba en los labios un principio de sonrisa del que él no era consciente, igual que no lo era del grado distinto de intensidad que había ahora en sus pupilas. Qué hacías en el parque, le dijo, y la respuesta tuvo el mismo tono involuntariamente personal que había en la pregunta, se fue volviendo una desalentada confesión.

—Qué iba a hacer. Buscarlo. Es lo que estoy haciendo siempre. Casi dos meses buscándolo y estoy más o menos igual que al principio. Un amigo me dijo: busca sus ojos. Un hombre que ha hecho eso no puede mirar como los demás. Pero yo voy por la calle y poco a poco me parece que todos los ojos en los que me fijo pueden ser los de un asesino, o que nadie lo es, que se ha ido de la ciudad y no voy a atraparlo nunca. Me sé de memoria las caras de todos los fichados que te enseñé en la comisaría. He ido a todos los clubs de alterne y he hablado con las prostitutas que se ponen en las carreteras de salida por si recuerdan a un cliente que fuese muy raro, que tuviera algo distinto a los demás. La impotencia, por ejemplo. Eso logramos que no saliera en el periódico. Ferreras dice que no llegó a penetrar a la niña, que ni siquiera eyaculó. Pero les preguntas a las putas que si han tenido tratos con un tipo muy raro y se echan a reír, te dicen que ellas no han visto nunca a un hombre normal. Ahora lo que hago es que me voy por las cercanías de los colegios a la hora del recreo, o me pongo a observar a los hombres que miran por las verjas de los patios. Algunos de ellos son pederastas, reconozco sus caras de las fichas, aunque ellos por ahora no me conocen a mí, yo creo que piensan que soy uno de los suyos. Casi nunca hacen nada, sólo miran, si no los conociera por sus fotos no diría nunca que son sospechosos, tan correctamente vestidos como suelen ir, tan mayores, hay uno hasta de setenta y nueve años. Pero ésos no se atreven a tanto, no tienen esa fuerza en las manos. Voy a los parques infantiles, a mediodía o a la salida de la escuela por la tarde, pero en la comisaría no digo lo que estoy haciendo, me tomarían por idiota. En lugar de comer en el Monterrey me compro un sándwich y una lata de cocacola y me voy a un parque, si no llueve, tengo un plano de la ciudad con todos los parques marcados, me quedo horas mirando las caras de la gente y algunas veces veo a alguien que podría ser quien busco, un individuo joven que mira de una cierta manera, que se acerca demasiado a los niños o a las niñas, ayudándoles a subirse a los toboganes, o les ofrece algo, caramelos o pipas, también hay hombres perfectamente honrados que hacen eso y no son pederastas ni exhibicionistas. Se me pasan las horas y pienso que debería irme, se me van quedando los pies helados, algunas madres empiezan a mirarme más de la cuenta, pero no me voy, espero un poco más, hasta que se hace de noche y ya no quedan niños en la calle, y cuando me marcho sigo buscando, y llega un punto en que ya no veo nada de verdad, nada más que caras y caras repetidas, las sigo viendo de noche cuando cierro los ojos antes de dormirme y luego sueño con ellas, y algunas veces una hace que me despierte, porque he soñado que es ésa la que estoy buscando y no quiero que se me olvide, la veo perfectamente clara, me parece increíble no haber reparado en ella antes, tengo que estar seguro de que la reconoceré y no puedo esperar a la mañana siguiente para ir a la oficina, así que me despierto a las cinco de la madrugada y ya no me vuelvo a dormir. Lo estaba pensando antes, cuando has llegado tú, por eso ni te veía al principio, estaba pensando que no lo voy a encontrar nunca y que esa niña lleva ya dos meses enterrada. En una investigación el peor enemigo siempre es el tiempo, cada día que pasa es más difícil averiguar algo, se destruyen pistas, se pierden testigos, se extravían pruebas, a la gente se le olvidan las cosas, nosotros mismos nos volvemos más negligentes, nos preocupamos de otras cosas, se va borrando todo y llega un momento en que no hay remedio. Pero a mí no se me olvida, no estoy dispuesto a permitirlo, no tengo derecho. Cada mañana cuando me despierto me impongo la tarea de seguir acordándome y de sentir la misma rabia que el primer día, la primera noche, cuando encontramos a Fátima, pero tengo la sensación de que cada vez me parezco más a su padre, igual de impotente, sin hacer nada más que mirarme las manos, como se las miraba él la otra noche, ¿te acuerdas?

Tenía la mano derecha apoyada en la mesa, los dedos tamborileando ligeramente mientras hablaba, en un gesto reflejo de nerviosismo que ella había observado otras veces. Tranquilamente, con decisión y sigilo, Susana puso su mano sobre la del inspector, la presionó con suavidad hasta que el movimiento se detuvo.

—Cometer un crimen y quedar impune es relativamente fácil —dijo el inspector, la mano ahora inmóvil debajo de la de Susana, la mirada huidiza, por pudor, sobre todo—. Más todavía si no existe un móvil claro y además quien lo comete no pertenece al mundo de la delincuencia. Los policías y los delincuentes habituales nos conocemos todos, igual que os conocéis los maestros, supongo. Olvídate de todos esos adelantos científicos que le gustan a Ferreras. Nuestra forma habitual de resolver un crimen es gracias al procedimiento más primitivo de todos, el chivatazo. Pero si el criminal actúa solo, si no hay testigos y no está fichado, hay muchas posibilidades de que quede impune.

—Yo me imagino siempre a esos asesinos que lo calculan todo y que sin embargo han cometido un solo error...

—Películas. —El inspector sonrió—. Las películas le han destrozado el cerebro a la gente. Matar a una persona es bastante fácil en realidad, no tiene ningún mérito y ningún atractivo, ni siquiera morboso. Lo que me da asco del cine es el modo en que hace que el crimen parezca llamativo, cuando en realidad no es más que crueldad y chapuza, como cuando en una corrida el toro no acaba de morirse y lo siguen apuñalando de cualquier manera, porque tienen prisa para llegar a su casa o porque está oscureciendo. Salvo los terroristas o los sicarios de los narcotraficantes nadie planea nada. Y muchas veces ni siquiera importa que haya testigos, porque los testigos no hablan. La gente normal tiene miedo, es muy fácil de asustar. Con una pistola o una navaja cualquiera es omnipotente, no tiene ningún mérito aterrorizar o matar. Ni siquiera hace falta navaja: un grito, un gesto, y la víctima está rendida. La fuerza de las manos. Tú no viste las señales de los dedos en la nuca de Fátima.

—Puede que no estés buscando como deberías —dijo Susana, un poco irreflexivamente, y enseguida se arrepintió de su afirmación: qué sabía ella para juzgar el trabajo de otro. Pero en la mirada del inspector había una invitación a que continuara.

—Quizás no te fijas lo suficiente en las cosas —dijo—. Quizás crees que miras, pero en realidad no estás mirando, te encierras tanto en tu obsesión y en tu búsqueda que acabas por no ver nada de lo que hay a tu alrededor. Me contaste que ese individuo cruzó la calle sujetando a Fátima y chupándose la sangre de la mano, pero sólo lo vio aquella mujer, nadie más entre tanta gente. Las personas no se fijan mucho en lo que hacen o dicen los otros.

—«Tienen ojos y no ven. —El inspector se acordó del padre Orduña—. Oídos y no oyen.»

—Los hombres sobre todo. Los hombres se fijan en las cosas menos todavía que las mujeres.

—Yo me he fijado en ti.

—¿De veras? —Susana sonrió, halagada, incrédula—. No lo creo. Miras muy atento pero parece que siempre estás viendo o recordando otras cosas.

Sus rodillas se habían encontrado con las de él debajo de la mesa. Ninguno de los dos las apartó. Bruscamente los agobiaba la dificultad de seguir hablando, la evidencia de que el silencio lo malograría todo si se prolongaba un segundo más. El inspector dijo que tenía que volver a la oficina. Llamó al camarero con un gesto de la mano izquierda, por no mover la que aún permanecía quieta bajo la mano de Susana. Haciendo manitas, pensaba ella, con creciente pavor y ridículo, rozándonos las rodillas bajo la mesa de plástico de una pastelería, como novios tardíos, como los novios viejos de antes, parejas mustias de solteronas y viudos que llegaban al matrimonio con una pesadumbre notarial.

—Puedo llevarte en el coche —dijo Susana—. Lo tengo aparcado cerca de aquí.

—Déjalo, no son ni diez minutos. —Por fin habían separado las manos, ahora sólo quedaba que le dieran a él la vuelta—. Un paseo me vendrá bien.

—¿Cómo está tu mujer?

—Igual, me parece. —Había enrojecido un poco, pero sostuvo su mirada—. Creo que ha perdido el contacto con la realidad.

Estaban en la acera, ya de noche, a la luz del escaparate de la pastelería, otra vez incapaces de decir adiós con soltura o de negarse abiertamente a la despedida, cada uno ya resignado a su pequeño ridículo personal, al reproche solitario de unos minutos más tarde, cuando de verdad se hubieran despedido y ya no fuera posible remediar el silencio, corregir el suplicio, la vejatoria indecisión.

—Te debo una invitación a cenar —dijo el inspector.

—No tendrás tiempo ni ganas, con tanto trabajo. —En las palabras de Susana era perceptible un filo de sarcasmo.

—¿Quieres decir que no aceptas?

—Todavía no me has invitado.

—Elige tú el día y el lugar.

Susana se encogió de hombros y hundió las manos en los grandes bolsillos de la trenca con un ademán de abatimiento o renuncia, de impaciencia gastada. Sin darse mucha cuenta habían llegado casi al portal de su casa.

—Eso se dice cuando se quiere postergar las cosas —dijo—. Cuando en el fondo no se quiere que ocurran, o no importa mucho. ¿Tú nunca te sientes solo en esta ciudad? ¿Haces algo, aparte de tu trabajo, llegas a tu casa y no te dan ganas de salir enseguida y de encontrarte con alguien, de tomar una copa y quedarte charlando hasta las tantas?

De nuevo estaban parados en la acera, atrapados por la inmovilidad, como la primera noche y posiblemente como siempre, temió ella, incapaces de romper el maleficio de las despedidas, la parálisis de los adioses que concluyen sin el menor signo de ternura, de proximidad física. Pero ella no tenía ya tiempo, ni le quedaban ánimos para renunciar de antemano a lo que deseaba, ni podía permitirse el lujo o la falta de riesgo de la dignidad y la reserva, o de la cobardía que a veces recibe esos nombres. Sin rebajarse a vigilar de soslayo por si alguna vecina la estaba viendo dio un paso hacia él y lo besó en la boca, sin estrecharlo contra ella, pero sí atrayéndolo con su mano en la nuca, las yemas de los dedos en la piel áspera, entre el pelo corto y gris, más como una exigencia que como una caricia.

—¿Quieres que suba contigo? —La voz del inspector sonó más oscura cuando se apartaron el uno del otro. Había tragado saliva antes de hablar, sorprendido aún, aterrado por su propia audacia.

—Hagamos algo —dijo Susana, ahora temeraria y tranquila, lúcida, confirmada, resuelta—. Si no quieres dímelo y no pasa nada. No me apetece que veas hoy mi casa, no está muy ordenada ni muy limpia. Además yo me encuentro muy cansada, es lunes, he pasado una mala noche. Tampoco tú tienes muy buena cara, y estás muy preocupado, quién sabe si te has ofrecido a subir conmigo por cortesía, y en realidad lo que estás deseando es volver a tu oficina o encerrarte en tu casa. Hace mucho tiempo que no me gusta de verdad un hombre. Sé cuánto me gustas tú, pero no cuánto te gusto yo a ti. Si quieres, te esperaré mañana por la tarde. No aquí, porque las vecinas son muy chismosas, y además algunas son madres de alumnos. Reservaré una habitación en La Isla de Cuba y cuando tú llegues ya estaré en ella. Si no quieres dímelo ahora mismo. Lo entenderé y no pasará nada. Si me dices que no, aceptaré la explicación que me des. No creo que sufra mucho, porque todavía no estoy muy enamorada de ti. ¿Qué hora es?

—Van a dar las siete.

—Te espero mañana a esta misma hora.

—Podemos ir juntos.

—Prefiero ir yo sola. Me apetece esperarte.

Volvió a besarlo rápidamente en los labios, empujó la puerta y desapareció sin mirar ni una sola vez hacia atrás.

Ahora eran casi las siete y media y aún estaba esperando. El gin-tonic, mediado, se le había quedado tibio, los cubitos disueltos en el líquido ya sin burbujas. Tal vez, después de todo, no iba a venir. En ningún momento le prometió que lo haría. En la ventana la luna llena tenía una rotundidad de luna de cartón recortada contra un decorado de cielo azul marino. El río sonaba muy cerca, arrastrando piedras y ramas de árboles en su corriente crecida por las lluvias. Le pareció que escuchaba tras el rugido del agua el motor de un coche, el silbido lejano de un tren. Desalentada de pronto, como quien ha dormido una siesta demasiado larga y despierta ya de noche, con la boca amarga y el sentido del tiempo alterado, fue al baño a lavarse los dientes para quitarse el regusto de alcohol, y se miró en el espejo con un propósito de objetividad e ironía rápidamente frustrado por el desánimo. Pediría que le sirvieran la cena en la habitación, se marearía suavemente con vino tinto, a la mañana siguiente se despertaría tarde y llamaría a la escuela para decir que estaba enferma. Las ocho menos veinte. Al menos podía haber inventado un pretexto para no venir, una mentira verosímil, razonable. ¿Estaba en su oficina, mirando el teléfono, incapaz de llamar y a la vez temiendo una llamada de ella? Había empezado a corregir el carmín de los labios cuando oyó unos golpes quedos en la puerta. No preguntó quién era, abrió sin temer el desengaño de la cara de un botones o de una camarera. En esa forma de llamar a la puerta lo reconoció tan sin incertidumbre como si hubiera escuchado su voz.

22

Todo exacto, duplicado, idéntico, todo repetición y simultaneidad, como el despertar de cada madrugada con los números rojos en la oscuridad doble de la habitación y del espejo y con la voz susurrante en la radio, o como un sueño que se recuerda repetido mientras se lo está soñando. Igual que en el sueño, todo parece que transcurre dentro de la cabeza, sin que nada exterior interfiera, sin que nadie sepa o mire o desobedezca las instrucciones dictadas por el mismo sueño, por la voluntad o el antojo de quien lo está soñando todo. Los ojos muy abiertos, mirando hacia arriba, no hacia la cara, sino hacia la navaja automática que ha saltado igual que un relámpago en la luz del ascensor, hacia la mano que lo ha detenido de un puñetazo entre dos pisos, las dos respiraciones tan fuertes en el espacio estrecho y cerrado, metálico, de un metal pintado para imitar la madera, chapa barata que resuena a hueco con el puñetazo. Es uno de esos ascensores antiguos que no tienen puerta de seguridad, así que uno de los lados es el cemento de un muro, lo cual le confirma un sentimiento irracional pero muy poderoso de protección y refugio, como si estuviera en un pozo o en un túnel blindado, no en una casa de vecindad donde en cualquier momento podrían sorprenderlo. Nadie lo sorprendió la otra vez, nadie lo detuvo, y ahora todo es tan idéntico que mira la cara de la niña y ve la de la otra, no la que había en las fotos que aparecieron en la televisión y en los periódicos sino la verdadera, la que hasta ahora mismo él no había recordado, la que se levantó hacia él en el otro ascensor idéntico a éste y al principio no temió nada, durante unos segundos había parecido más intrigada que asustada por la navaja y la detención del ascensor, sólo empezó a asustarse de verdad cuando vio la sangre que chorreaba de la mano.

Todo lo mismo, la navaja que desciende hasta el cuello, pero ahora no tiene que bajar tanto como la otra vez, y eso de repente es una anomalía, una irregularidad que disgusta, pero que no es grave, parece más bien el resultado de un defecto de enfoque. La niña es más alta, incluso no puede decirse que sea del todo una niña, qué raro no haberlo advertido hasta ese momento, como cuando en la penumbra de la whiskería se le acerca una mujer descotada e incitante y un segundo después es una vieja con el cuello arrugado y el pelo pintado de amarillo. Es más alta que la otra, él no le saca mucho más de una cabeza, y las tetas le abultan bajo la camisa, lleva una camisa y un suéter abierto y no un chándal rosa, le abultan aunque no mucho, apenas están empezando a salirle, por algo dice él siempre que ahora a las tías les salen las tetas antes que los dientes. El pelo es negro, como el de la otra, aunque mucho más largo, muy fuerte cuando le tira de él para obligarla a arrodillarse, y la nuca es igual de suave, todo se vuelve a repetir, por encima de las anomalías, el ascensor parado entre dos pisos y la navaja y el tiempo tan detenido por su voluntad como el ascensor, y también la sangre, en su mano derecha, la sangre brotando de una fina hendidura en la palma de la mano, aunque no con tanta abundancia como la otra vez, se ha cortado con el filo de la navaja y ni siquiera se había dado cuenta, se chupa la mano y la sangre sabe exactamente igual que la otra vez, y mientras la fuerza a arrodillarse, oliendo en la palma de la mano a sangre y a pescado, también al sudor de la excitación, del encierro en esa jaula tan estrecha, rápido, le dice, ábreme la bragueta, qué poderío, le va a estallar la cremallera del pantalón vaquero, está arrodillada con la cara a la altura de sus ingles pero no hace nada, alza los ojos muy abiertos y mira la navaja, la sangre que brota de la mano, de modo que tiene que darle una hostia en la nuca, ahora, justo ahora, no puede esperar, va a reventar del calentón, como los tíos de las erecciones colosales en las revistas y en las películas, que se tiran a una tía en cualquier parte, en cualquier postura, en un ascensor o contra una pared, le aplasta la cara contra el pantalón, la oye respirar como detrás de una mordaza, pero aún no hace nada, no mueve las manos, ni siquiera ha empezado a bajar la cremallera, y entonces suenan golpes, golpes violentos en las puertas metálicas, golpes y voces que vienen de abajo, seguramente del portal, alguien ha perdido la paciencia esperando el ascensor. Sólo ahora se encuentran los ojos de los dos, y sin decir nada él le tira del pelo para obligarla a levantarse, excitado por el peligro, no asustado, tan invulnerable a todo como en el interior de un sueño, se limpia la sangre de la mano en el pelo negro y liso, la punta de la navaja en el cuello, le da al botón del último piso, los golpes suenan más fuertes abajo y ahora no sabe si también sonaban la otra vez. Recuerda y actúa al mismo tiempo, ve delante de sus ojos lo que ya vio idénticamente hace dos meses, un rellano casi a oscuras, con puertas de pisos cerradas como tumbas, con mirillas a las que nadie va a asomarse. Se marcha el ascensor, llamado al fin por el vecino que daba golpes tan furiosos, y ahora la oscuridad es completa, al principio, luego, poco a poco, van viéndose las cosas, igual que se van escuchando sonidos en lo que hasta ahora era un silencio ocupado por los jadeos, se oyen ruidos domésticos al otro lado de las puertas cerradas, gritos débiles de niños, trajín de cocinas, anuncios de la televisión, pero todo lejano, según bajan las escaleras, tan lóbregas como las de la torre o los sótanos de un castillo. Nadie sube o baja nunca las escaleras altas de una casa de pisos a no ser que se averíe el ascensor. Nadie sabe lo que ocurre en esa oscuridad, más allá de la luz brevemente encendida en los rellanos de las puertas. Avanzan casi a tientas, rozando la pared, el brazo de la niña doblado contra la espalda, los huesos de la muñeca tan frágiles como la otra vez, como los huesos livianos y huecos de un pájaro, podría apretar un poco más y el brazo se partiría como una caña seca, como el espinazo de un pescado, aprieta y sabe el punto justo en que debe suavizar la presión para que el hueso no se rompa, igual que sabe hasta dónde puede presionar con el filo de la navaja en el cuello sin que se rasgue la piel. Pero en realidad no tiene que hacer mucha fuerza, el cuerpo ya no del todo infantil parece blando y dócil, como hecho de trapo, le ha dicho al oído que si grita le cortará el cuello de un tajo y ella ha movido violentamente la cabeza, lo ha mirado con los ojos muy abiertos y vidriosos de lágrimas, y ahora la hace detenerse en el rellano intermedio, donde sólo hay una ventana de cristal escarchado que debe dar a un patio interior, y por la que entra una luz escasa, a la que las pupilas se acostumbran enseguida, una luz que le permite ver de cerca la cara rígida de miedo, hipnotizada, sometida, las facciones paralizadas, la boca abierta, respirando muy fuerte, pero incapaz de articular palabras, o de emitir gritos, el brillo de la navaja que él pasa ahora con suavidad a través de una mejilla, como eligiendo el dibujo de una herida, de una futura cicatriz. Suena cerca el ascensor, pero él no lo escucha, no le presta atención, se enciende la luz de la escalera con un tictac de cronómetro, se escuchan cerca unas voces, pasos, el ruido de unas llaves, uno o dos pisos más abajo, escuchan los dos, la navaja en la cara, los ojos de cada uno en los ojos del otro, la respiración simultánea, la presión gradual en la muñeca, el filo de acero casi hendiendo la piel mientras a unos pasos de distancia alguien ha salido del ascensor y abre la puerta de su casa y lo reciben las voces y los olores de su vida diaria, la promesa de un descanso aturdido, de la cena y luego la somnolencia frente al televisor: quién puede saber lo que ocurre un poco más allá, en la oscuridad adonde no llegan las luces, detrás de una puerta cerrada, en el hueco de una escalera por la que nunca sube ni baja nadie. La puerta se ha cerrado y él afloja ligeramente la presión de la muñeca y aparta la navaja, venga, dice de nuevo, empujándola hacia el suelo con su mano derecha grande y poderosa, bájame la cremallera, y en ese momento la luz del descansillo se vuelve a apagar, y durante unos segundos vuelven a no ver nada: la oye que solloza, no comprende o no sabe, pero cómo no va a saber, si ahora nacen putas, les enseñan las madres, más putas que ellas, una mano torpe tantea la ingle del pantalón vaquero y no encuentra la cremallera, y es él, impaciente, quien por fin la baja, quien saca con dificultad y urgencia lo que se le había hinchado tanto dentro, no va a caberte en la boca, piensa, o dice, le aprieta muy fuerte con los dedos los huesos de la nuca, le dice las mismas palabras que ha leído en las revistas y escuchado en las películas, las que no se atreve a decir en voz alta ni cuando ha ido de putas, le ordena, le exige, le abre la boca él mismo, en la penumbra, como abriría la de un pescado para extraerle las vísceras, la saliva y las lágrimas le mojan la mano, la saliva y los mocos, empuja rítmicamente ahora, pero ella no sabe bien lo que tiene que hacer, se ahoga respirando por la nariz, que está llena de mocos, la guía con la mano, pero es tan torpe que no hay modo, y la luz de la escalera vuelve a encenderse, de nuevo pasos, aunque no voces, y el ruido del ascensor, siente que se va a retraer, que la hinchazón tremenda ha empezado a encogerse, a debilitarse o enfriarse, todo idéntico, podría quedarse inmóvil y las cosas continuarían sucediendo, igual que dicen que vuelan los aviones con el piloto automático, por eso sabe que no lo van a descubrir, que la niña no va a gritar y que nadie va a subir por la escalera. La empuja de un manotazo contra la pared, la luz se apaga, se sube la cremallera y se vuelve a abrochar el cinturón, andando, dice, y cuidadito, que te corto la lengua.

Muy tranquilo, se ha guardado la navaja, ha sacado un cigarrillo y luego lo ha encendido usando una sola mano, sin soltarla a ella, se ha pasado la mano por el pelo, se ha ordenado la ropa, respira hondo, se concentra para contener los latidos del corazón, según decía aquella revista, una calada honda, la mano derecha ya no tiene sangre, no como la otra vez, que no paraba de manar, la chupaba y desaparecía, y un instante después ya se había formado de nuevo la línea roja a través de la palma de la mano. El cigarrillo en la derecha, la izquierda en el hombro de la niña, en la nuca, presionando la piel, los músculos del cuello, buscando la forma de las vértebras, un tramo de escaleras más, otro rellano con puertas cerradas de pisos, con nombres en placas sobredoradas o figuras del Sagrado Corazón sobre las mirillas, y siempre voces de niños y sonidos de televisores, han llegado al segundo, va contando los peldaños, dieciocho entre piso y piso, quedan treinta y seis para la planta baja y el portal, pero no siente miedo, sólo excitación, el vértigo de aproximarse a algo, a un límite, al punto en que la mano rompe el hueso o la navaja hiende la piel, un solo milímetro o una décima de segundo, de eso depende todo, como cuando era niño y veía en la puerta metálica de una instalación eléctrica cercana a su casa un letrero de advertencia: *No tocar, peligro de muerte.* Había sobre las letras rojas un dibujo de una silueta humana fulminada por un rayo que se le hincaba en el centro del pecho como la punta de una lanza, y él, siempre que pasaba, se detenía unos instantes y sentía la tentación de tocar la puerta metálica pintada de gris, como si un imán muy poderoso lo atrajera hacia ella, pero se resistía, acercaba la mano y la apartaba cuando sólo faltaban unos milímetros para que las yemas de los dedos tocaran el metal, provocando tal vez una descarga que lo sacudiría igual que al guiñapo del dibujo. Veintidós escalones, veinte, el rellano del primero, el llanto de un niño muy pequeño y los gritos de una mujer, una histérica, la sintonía de un programa infantil, los dos últimos tramos antes del portal, la mano izquierda que presiona un poco más fuerte, ahora no con las yemas de los dedos, sino con las uñas, aunque sin hincarlas, un milímetro más y sus filos rotos y córneos atravesarían la epidermis. Es como caminar en sueños, como ir flotando un poco por encima del suelo, sin esfuerzo ninguno, bajando por unas escaleras mecánicas, ahora la luz del portal, blanca y fría como la de las cámaras frigoríficas, la mano en la nuca, debajo del pelo, una calada honda al cigarrillo, nada, ni temblor en las piernas, ni sombra de miedo, porque no hay nadie en el portal y ahora sabe que nadie va a aparecer, lo ve todo nítido, el futuro lo mismo que el pasado, esta vez y la otra, la primera, ya no siente los efectos del ron en la cabeza ni en las piernas, se ha despejado de golpe, como después de una ducha fría, sólo la excitación, a cada paso más intensa, pero no aturdiéndolo, sino fortaleciéndolo, una sensación fantástica de poderío y peligro, de impunidad, de audacia. Cerca ya de la puerta la obliga a acercarse un poco más a él, la aprieta un instante contra su costado, se inclina hacia ella, como digas algo o intentes escapar te corto el cuello, y con el dedo índice le hace un breve ademán de degüello que estremece a la niña, se queda inmóvil, tiene que empujarla, igual que a la otra, si no la sujetara se caería al suelo, abre, le ordena, y ella obedece, hipnotizada, ya están en el escalón, en la acera estrecha, invadida de coches, iluminada por farolas y luces de tiendas, parece la misma calle pero no lo es, voces de gente y ruido de tráfico, caras que vienen en dirección contraria, como faros que surgen de la oscuridad cuando conduce de noche, la acera es tan estrecha que tienen que apartarse para dejar paso a una mujer con un cochecito de niño, a una vieja con bolsas de compra, la mira de soslayo mientras la empuja hacia delante y la niña camina con la cara recta, sonámbula, sin volverse nunca para mirarlo a él. Busca los ojos de la gente que viene hacia ellos, en busca de alguna expresión de reconocimiento, de recelo, de alarma, pero nadie mira, nadie se fija ni en él ni en la niña, si acaso miran un instante y apartan enseguida los ojos, absortos en sus cosas, en el cansancio del final del día. Una farmacia, una tienda de ultramarinos, el bar de la esquina, el de hace dos meses y hace diez minutos, el bar vacío, como siempre, con su cruda luz que resalta la mugre, el camarero mal afeitado que levanta la cabeza hacia el televisor, seguro que tampoco mira, que no se fija en nada, que luego no va a recordar. Siente al mismo tiempo que avanza sin necesidad de moverse y que sus pasos no progresan, como en los sueños, que nunca llega a dar la vuelta a la esquina, lo ve todo como detrás de un cristal, de una burbuja en cuyo interior se encuentran él y la niña, como esos exploradores submarinos de los documentales, que se mueven con sus escafandras y aletas y sus trajes de goma entre los peces y las plantas del fondo del mar y los van apartando con simples gestos de las manos, sin que los peces los miren a ellos, los grandes ojos tan abiertos y tan ciegos como los de la gente que se acerca y se cruza y no mira nunca.

Se ha vuelto invisible, soluble entre la gente de la calle, borrado ahora en una zona de sombra, sin necesidad de elegir la dirección de los pasos, porque los pies lo llevan solo, la simple duplicación de un itinerario que va recordando tan sólo a medida que lo cubre, encontrando rastros olvidados, como en los cuentos de los bosques, un videoclub, un semáforo, de nuevo el jardín con la estatua del torero, ya han salido a las avenidas más anchas del norte de la ciudad y parece que lleva horas caminando, invisible y tranquilo, la mano izquierda en la nuca, en el cuello, en el hombro, posándose, cerrándose curvada y afilada debajo del pelo como las patas de los cangrejos, jugando a acariciar, a tirar de golpe, a usar el pelo como una brida ante la luz roja de un semáforo, quieta, le dice, vuelto hacia ella, atrayéndola, tú quieta que ya sabes lo que te puede pasar, cruzan los dos la avenida por el paso de cebra, delante de una hilera de coches con los faros encendidos, de rostros de conductores que no miran ni una sola vez, y ahora, aunque había pensado seguir bajando por callejones laterales, decide que no, que bajará por el camino más corto y más iluminado, aunque también el más peligroso, la calle Trinidad. Más bien no decide, simplemente repite, no puede ir por donde no hubiese ido la otra vez, al principio de la calle en cuesta ve su sombra y la de la niña proyectadas sobre la acera por la luz de una farola, dos sombras tan precisas como las que traza la luz de la luna llena, las piernas de él tan largas como las de los gigantes de los cuentos, y a su lado, rozándose con la suya, atrapada y cubierta por ella, la otra sombra, que avanza al mismo ritmo, casi al mismo paso, como en la mili, sus zapatos alineados con las zapatillas de deporte de la niña, idénticas a las otras, blancas, un poco usadas, las dos sombras apareciendo y desapareciendo en la acera, precediéndolos, quedándose rezagadas, confundidas con las otras sombras de los que entran y salen de las tiendas, ya a punto de cerrar, una pajarería, una tienda de máquinas de coser, el escaparate grande y anticuado de El Sistema Métrico, las persianas metálicas, los dependientes que dicen adiós a las últimas clientas inclinando mucho las cabezas repeinadas y frotándose las manos blancas, como si tuvieran siempre frío, y enfrente la iglesia, la escalinata donde aquella vez se arracimaba la multitud, debajo de los paraguas, de la lluvia deslumbrada por los reflectores. Alguien le ha dicho adiós, y de tan absorto que iba no se ha dado cuenta, una parroquiana del mercado, identifica la cara unos segundos más tarde, cuando ya ha desaparecido, aprieta más fuerte las yemas de los dedos en la nuca, la piel sudada, los músculos, las vértebras cervicales, están llegando a la plaza del reloj y la estatua, ya puede ver la torre, los taxis, el edificio de la comisaría, si supieran, si alguien se fijara, más por chulería que por nerviosismo saca un cigarrillo, se lo lleva a los labios, lo enciende, usando sólo la mano derecha, guarda el mechero y fuma apretando el filtro entre los dientes, entornando los ojos, la mano en el bolsillo de la cazadora, asiendo el mango de la navaja automática. Todo es tan fácil, tan dócil a él como el cuerpo de la niña que camina a su lado, como la luz de otro semáforo que cambia al verde para que los dos crucen hacia la parte central de la plaza, entre los jardines, cerca de la fuente, donde solían ponerse los fotógrafos y los cámaras de la televisión, si quisiera podría pasar junto a la puerta misma de la comisaría, y decirle adiós al guardia que aquella tarde le tuvo un mal modo, podría entrar en la cabina de teléfono sin soltar a la niña y marcar el número del inspector jefe y decirle, cabrón, mira qué listo eres, a ver dónde están todas esas pistas que tenías, esos inventos de testigos y de matrículas de coches sospechosos: ni coche ni nada, igual que la otra vez, a pie y cruzando entera la ciudad, en el reloj de la torre han dado las campanadas de las siete pero le parece que llevan muchas horas caminando, empieza a ganarlo la impaciencia, no la prisa, no el terror, las ganas de llegar adonde no ha tenido que pensar ni un momento que iría, la calentura que vuelve al sentir en los dedos la suavidad del vello en la nuca, la fragilidad de los huesos, el olor acre del cuerpo, puede que se haya meado, piensa, como se meó la otra, lo tenía todo mojado de orines, las bragas y el pantalón del chándal, los calcetines blancos que él no le quitó. La presión en la ingle de nuevo, ahora que ya se alejan de la plaza y siguen bajando hacia los jardines de la Cava, cada vez hay menos gente y menos tráfico, menos luces de comercios o de bares, en cuanto pasen el cruce de la calle Ancha es muy posible que no se encuentren ya con nadie, nadie pasea por esos jardines junto a la muralla cuando se hace de noche, sobre todo en invierno, nadie más que algún drogadicto se aventura en el pequeño parque al final de la ciudad, en el límite del terraplén poblado de pinos que baja hacia las huertas, abandonadas también, casi todas, comidas de maleza, como los corrales de las casas hundidas del barrio. Pero ahora le gusta esa oscuridad, se siente atraído y protegido por ella, como si volviera a su tierra natal desde un país extraño, a su barrio de callejones empedrados y casas viejas y vacías, aviva el paso, tira el cigarrillo, lo escupe, se palpa la entrepierna, hinchada de verdad, empuja a la niña, abarca ahora su cuello entero entre la pinza de los dedos, no hay nadie, no va a aparecer nadie, igual que en las escaleras y que en el portal, a cada paso que dan son más invisibles, más confundidos con las sombras de una calle donde la iluminación se va volviendo más débil a medida que bajan. Y justo entonces se detiene un segundo, no ve aún lo que ocurre, pero ha notado la rigidez en el cuerpo entero de la niña, lo inmoviliza un peligro que ha advertido con un instinto ciego de animal, pero continúa caminando, los pies sin tocar el suelo, un magnetismo atrayéndolo igual que cuando la mano se le iba hacia la chapa con el letrero de peligro de muerte: a unos pasos de distancia, delante de ellos, montado en la otra acera, hay un coche blanco y azul, un coche patrulla de la policía, tan cerca que ya no es posible retroceder, y aunque lo fuera no lo haría, se da cuenta de que no puede o no quiere pararse, de que va a seguir avanzando y apretando la nuca con las yemas de los dedos, con las uñas, caminando con una perfecta simulación de tranquilidad y diciendo, con la cabeza baja y la cara vuelta hacia ella, te mato como digas algo, te degüello aquí mismo. Las luces interiores del coche están encendidas, el conductor y otro guardia conversan, o escuchan la radio, él ya puede oírla, aunque no distingue si se trata de la emisora de la policía o de la transmisión de un partido de fútbol. Oye una respiración que es la suya, percibe la doble palpitación en las sienes, traga saliva, las uñas de la mano izquierda se hunden en la parte posterior del cuello de la niña y las de la derecha en su propia palma, dentro del bolsillo de la cazadora, nota simultáneamente la herida en la otra piel y en la suya, el arañazo doble que se prolonga unos segundos eternos mientras llegan a la altura del coche policial, van pasando a su lado, no los mires o te saco los ojos, ha dicho muy suavemente, pero él sí que mira, no hacerlo sería sospechoso, sospechoso y cobarde, van por la acera de la izquierda y su cuerpo se interpone entre la niña y las posibles miradas de los policías, pero ni siquiera levantan los ojos, continúan conversando, o escuchando la radio, se oyen los pitidos y las voces metálicas de la emisora policial y al mismo tiempo la voz de un locutor de fútbol sobre un bramido lejano, se ha estado oyendo a rachas, ahora se da cuenta, desde que empezaron a bajar las escaleras hace una eternidad. No te vuelvas, dice ahora, más fuerte, aliviado, inmune, empujándola, con la presión del peligro todavía en la nuca, ya no se oye la emisora del coche policial, ya no se ve a nadie, tan sólo algunas luces en el interior de casas cerradas, resplandores azulados de televisores, el mismo ruido ahora remoto del fútbol. Continúan avanzando como si no se movieran, llevados hacia la oscuridad final y próxima del parque como por una cinta deslizante, sólo queda una anchura alumbrada y desierta y al otro lado ya están los setos devastados, las farolas rotas, la zona de sombra en la que se refugiaban hace muchos años las parejas de novios, donde se iban a fumar y a espiar los chicos más turbulentos y más audaces del barrio.

Todo ahora idéntico, más que nunca, hasta el ruido de los pasos sobre la grava, sobre los cristales rotos de los botellones de cerveza, todo imperioso, cercano, incontenible, sin necesidad de postergación ni de disimulo, hasta la misma luna en lo alto del cielo, su forma blanca ligeramente enturbiada por nubes tenues como gasa, las dos manos ya impacientes que buscan y exigen, el olor de los pinos, de la tierra y de las agujas empapadas, la misma zanja en la ladera adonde la arroja de una sola bofetada, la cara más pálida que la de la luna, alumbrada ahora tan sólo por ella, en la que ve de pronto, durante unos segundos, con perfecta claridad, la cara doble y repetida, la boca abierta, la barbilla temblando, los ojos de incredulidad y terror de la otra niña, la cara que nadie más que él ha visto en el mundo.

23

Escuchaba el río, con los ojos entornados, en la zona de penumbra de la habitación iluminada por la luna, que dibujaba contra la pared la forma exacta de la ventana, con su reja en cruz, donde había estado un segundo la silueta desnuda de ella, cuando se levantó para ir al baño. En el rectángulo de la claridad había visto la forma de sus hombros, sus caderas, el perfil de su cara y el de un pecho, al tiempo que veía deslizarse el cuerpo desnudo, con un brillo lunar en la piel, tan silencioso, los pies descalzos sobre las baldosas, como la misma sombra, con una furtiva actitud de pudor frente a los ojos masculinos. Había encendido la luz del cuarto de baño y cerrado enseguida la puerta, y entonces al sonido del río se unió el de un grifo, y luego él la oyó orinar, con un presentimiento de familiaridad y ternura que lo sorprendía. La imaginó desnuda, con los brazos cruzados sobre los pechos y los muslos juntos, aterida de pronto, a la luz fría del baño, y deseó que volviera cuanto antes y que cruzara la claridad de la luna para buscar abrigo junto a él debajo de las sábanas, de la colcha y la pesada manta antigua que de algún modo concordaba con la habitación, con las baldosas rojas del suelo, las paredes con un blanco de cal y las vigas inclinadas del techo.

Ahora no recordaba quién de los dos había apagado la luz: los inundó entonces la claridad del plenilunio y les pareció que escuchaban con más nitidez la corriente tumultuosa y monótona del río. La zona de luz y la de penumbra estaban divididas por una línea recta que pasaba justo a los pies de la cama. «No me mires», le había dicho ella, y le dio la espalda para quitarse la blusa y el sujetador. Abrió los ojos y estaba de pie junto a él, más grácil de lo que había pensado viéndola vestida, con una simultaneidad de plenitud física de mujer que ha parido y amamantado a un hijo y de fragilidad de muchacha en los hombros, en la curvatura de la nuca, despejada por el pelo muy corto, en la forma de los pechos, grávidos y a la vez perfilados y jóvenes. Era otra mujer la que estaba viendo, hasta entonces secreta, más deseable de lo que su torpeza le había permitido imaginar o advertir, tan velada por la ropa como por la expresión diaria de vida práctica y trabajo, de solitaria resistencia contra el desánimo y la adversidad.

Al estrecharla le sorprendió sobre todo la suavidad inusitada de su piel. Carecía de recuerdos y de expectativas con respecto a los cuales pudiera juzgar lúcidamente lo que le estaba sucediendo. Como quien va a dormirse y sin embargo todavía permanece asido a las urgencias angustiosas de la realidad notaba que en la penumbra de la habitación y en la tersura tibia de la piel de Susana se le iban disgregando las obsesiones y las obligaciones de su trabajo, la rigidez de su cuerpo, la ansiedad y la culpa, como si estuviera empezando a dejarse llevar por una corriente idéntica a la del gran río crecido que pasaba tan cerca. Desde que salió de la comisaría y subió al coche le había remordido el miedo a estar desertando de su responsabilidad, a que ocurriera algo en su ausencia y no pudieran encontrarlo. Una llamada del sanatorio, el timbre del teléfono sonando interminablemente en el piso vacío, tan aséptico como el expositor de una tienda de muebles. El nerviosismo, la cobardía masculina ante un probable fiasco sexual, alimentaban la angustia de la deserción, y eran a la vez exagerados por ella. Se había hecho adulto en un tiempo en que los varones todavía ingresaban en el erotismo a través de la sórdida masturbación de los internados y el trato con las prostitutas. Hasta los cincuenta y tantos años no había sabido que pudiera existir entre hombres y mujeres una camaradería íntima como la que parecía estarle ofreciendo Susana Grey. Al detener el coche delante de La Isla de Cuba, al subir hacia la habitación, lo que sentía era una mezcla algo turbia de pánico y angustia, y también, combatiendo con ellas como las defensas de un organismo todavía sano contra el virus de una enfermedad, una desusada capacidad de ilusión, casi un principio inmemorial de inocencia, que en realidad debió haber conocido entre los quince y los veinte años, pero que surgía ahora, inesperado y anacrónico, torpe y a destiempo como el amor de un viejo. A la edad que él tenía ahora su padre había sido ya un hombre abatido por la vejez, desalojado de la vida normal por tantos años de clandestinidades y cárceles, de obstinado fanatismo político. «No es justo que le llames fanático», había dicho el padre Orduña, con su cara de agravio, eludiendo mirarlo a los ojos.

Qué lejos estaba ahora de todo, de todos ellos, los muertos y los vivos, los testigos y los acreedores, los que exigían deudas e imponían obligaciones, los que estaban siempre reclamando o acusando, con la autoridad de la rectitud, del sufrimiento o de la muerte. La mujer a la que esa tarde no iba a llamar al sanatorio, los otros policías, los que ahora estaban a sus órdenes y los que habían muerto en el norte fulminados por un disparo, reventados por una explosión, el padre Orduña, que estaría sentado en su confesonario, esperando a nadie, esperándolo algunas veces a él, el hombre que se miraba y se retorcía las manos en una habitación donde ya era de noche y no estaba todavía encendida la luz, el viejo que murió desengañado y todavía indómito, avergonzado de su único hijo, negándose a verlo: todos exigiendo cosas, pidiendo cuentas incluso desde el otro lado de la muerte, todos espiando y escrutando cada uno de sus actos, inoculándole quejas y acusaciones en sus propios pensamientos.

Lejos de todos ellos ahora, refugiado, escondido, provisionalmente a salvo, aislado de todo por la luz blanca de la luna y el sonido monótono de las aguas del río, desnudo entre unas sábanas de hotel con olor de limpieza, defendido por la penumbra de la vergüenza de ser visto, aprendiendo a acomodarse de costado al abrazo de una mujer que lo trataba con delicadeza y cautela, que lo envolvía al mismo tiempo que se cobijaba y se apretaba contra él, lo rozaba con la ancha caricia de seda de sus muslos, con el vello suave del vientre, buscaba en el fondo sus pies para calentarse los suyos, fríos de pronto, como en una noche de invierno de los tiempos en que aquel lugar era todavía un cortijo.

No sentía la impaciencia sexual de otras veces, crispada siempre por el alcohol y por el vano empeño secreto de librarse de la culpabilidad del adulterio. Había empezado a besarla y a buscar debajo de su ropa con una torpe premura, muy semejante a la que en otro tiempo le empujaba a apurar la primera copa de la noche. «Espera —le había dicho ella al oído—, no tan rápido», y lo había ido serenando con la suavidad idéntica de la voz y de las yemas de los dedos, lo había aclimatado a su lentitud y a su naturalidad, con destreza y paciencia, había apagado la luz (ahora sí se acordaba de que había sido ella), lo había hecho tenderse, arrodillándose a los pies de la cama para quitarle los pesados zapatos y luego los calcetines y los pantalones, acariciándole los pies, besándole levemente los muslos. «Espera», decía, deteniéndole la ruda rapidez de la mano que buscaba en ella, y cada caricia y cada roce de sus labios o de su piel lo despojaban un poco más de su vida exterior, de la realidad y del pasado, como una hipnosis que lo fuera conduciendo gradualmente hacia el sueño, sumergiéndolo en otra existencia más apaciguadora y habitable que la vida diurna, lejanamente parecida en su dulzura sensual a la que había recordado después de algunos despertares de su adolescencia, sin haberla experimentado nunca en la realidad.

No sólo descubría casi a tientas el cuerpo de una mujer tendida a su lado: lo que le parecía estar de verdad descubriendo era su propio sentido del tacto, no recobrándolo, porque nunca lo había ejercido hasta ese grado de sutileza, igual que nunca había probado el sabor de una boca como la de ella. Y al recobrar o descubrir lo que si no se hubiera encontrado con Susana habría permanecido muerto y desconocido en él le volvían oleadas de sensaciones y recuerdos perdidos, de cuando tenía trece o catorce años, recuerdos de despertares al amanecer con una humedad fría en la piel del vientre, de fragmentos de sueños que se le repetían cada noche y en los que vislumbraba una sexualidad sin crudeza sombría ni culpabilidad ni contrición. Soñaba que una mujer desnuda estaba sentada frente a él, también desnudo, charlando en una cafetería o en el salón de una casa, tal vez echados los dos en su misma cama del dormitorio colectivo, y que poco a poco se iban acercando el uno al otro, despacio, apenas tocándose, rozándole ella con el pelo, con un pezón rosado, con los dedos, y entonces él notaba que no se podía contener, que el próximo roce, por mínimo que fuera, lo haría correrse, y eyaculaba enseguida, delante de ella, sin llegar a abrazarla, con melancolía y deseo sin correspondencia posible, con una efusión breve y muy intensa de felicidad, frustrada por la conciencia de que la mujer se desvanecería y de que el sueño iba a ser interrumpido por el mismo estremecimiento de la eyaculación, por la humedad del semen enfriado. Recordaba el sueño negándose en vano a despertar del todo, los ojos cerrados, en el amanecer de algún lunes de invierno, queriendo calcular en la oscuridad del vasto dormitorio común cuánto tiempo faltaba para que sonara la campana.

Comprendía ahora, sin remedio, que estaba a punto de ocurrirle lo mismo que en aquellos sueños. Igual que en ellos, no quería abandonarse, pero ya era demasiado tarde, ni siquiera hacía falta una calculada caricia, un roce casual lo vencería, el pelo de ella en su cara, su vientre ancho y terso empujando el costado con un ritmo suave y continuo, la mano que ni siquiera apretaba ni exigía, tan sólo se posaba, se había movido como dibujando o modelando una forma en la sombra caliente, debajo de las sábanas.

Se quedó quieto, agraviado, con una vergüenza masculina y pueril de sí mismo, en silencio, incapaz de decir algo, de resistirse al imaginado ridículo. De pronto, cobardemente, lo único que quería era no estar allí, sintiendo la frialdad húmeda que manchaba la sábana, que había quedado también en la mano de ella. Todo inútil ahora, extinguido, fracasado apenas empezar, el deseo muerto, la mujer extraña y sin duda defraudada callándose también, limpiándose el dorso de la mano con la colcha, el río otra vez, que durante unos minutos había dejado de escuchar, el rectángulo blanco desplazado un poco más hacia la derecha, en la pared, según ascendía la luna sobre el valle. La urgencia antigua de irse, de cancelar con un gesto la equivocación, el fraude, el agobio de una presencia que se iría enfriando y volviéndose hostil a cada minuto que pasara.

Pero Susana no se había apartado de él. Le había acariciado la cara y el pelo, consciente del silencio, resuelta a no ser vencida ni por su mismo desaliento. No le era lícito callar, no podía rendirse, aceptar de antemano. Sabía que él no era capaz de imaginar que su reacción inmediata había sido de sorpresa y ternura, hasta de un cierto halago. Pensaba que hay zonas del cerebro masculino del todo refractarias a ciertas sutilezas de la inteligencia y la sensibilidad.

—Me acuerdo de la primera vez que me acosté con un chico —le dijo—. La primera vez que estuve desnuda delante de un hombre, no el que luego fue mi novio, sino otro, un chico de mi mismo barrio que luego se marchó de Madrid, no sé lo que sería de él. Habíamos estado saliendo aquel verano, recién terminado COU, casi siempre en grupo con otros amigos, pero también solos algunas veces, sin proponérnoslo mucho, al menos yo. Íbamos juntos a la piscina o nos citábamos por la tarde en la biblioteca municipal del barrio. Fue una tarde, la última del verano, en septiembre, había refrescado ya mucho y al día siguiente cerraban la piscina. A última hora no quedaba ya nadie más que nosotros. Parece que a mí todos los comienzos y los descubrimientos de mi vida me ocurren en septiembre. Nos habíamos besado alguna vez, habíamos ido por la calle de la mano o abrazados, siempre de noche, claro, y por calles vacías, soltándonos si aparecía alguien que nos conociera, pero aquel día en la piscina perdimos los dos la vergüenza. Nos acariciábamos debajo del agua, nos besábamos abriendo mucho la boca, muy torpes todavía, y los besos sabían a cloro. Tendidos en las toallas él me metía la mano disimuladamente bajo el filo del bikini y los dos teníamos la piel tan pegajosa que no lograba avanzar con los dedos, y además no estaría seguro de hacia dónde. Al final yo tenía el vello erizado de frío y las manos arrugadas. Todas las hamacas y las colchonetas estaban ya recogidas, y habían cerrado el bar y quitado la música. Salimos a la calle con el pelo mojado y él me pasó el brazo por los hombros. Era la primera vez que lo hacía a plena luz, sin cuidarse de que pudieran vernos. A mí de pronto tampoco me importaba. Me acercó la boca al oído y me dijo con la voz un poco ronca que yo le gustaba mucho, y que por qué no iba un rato con él a su casa, sus padres no estaban y no volverían hasta la tarde siguiente. Habían ido a visitar a alguien fuera de Madrid, un pariente enfermo. Él iba muy rígido a mi lado, el brazo sobre el hombro no se relajaba, no llegaba a apoyarse de verdad en mí. La verdad es que no sabíamos caminar abrazados. Eso también tarda mucho en aprenderse. Además él tenía otra dificultad para andar, y procuraba cubrirse la parte delantera del pantalón con la bolsa de deporte. Estábamos los dos muy excitados, pero muertos de miedo, yo creo que a él quedarse desnudo le daba todavía más vergüenza que a mí. Me acuerdo de una cama grande, y de que el atardecer detrás de las persianas medio echadas se reflejaba en el espejo de un tocador. Nos fuimos desnudando sin tocarnos ni mirarnos, sin hablar, hasta conteníamos la respiración para quitarnos la ropa más en silencio. Ni siquiera retiramos la colcha, que era una colcha larga, de verano, blanca, un poco áspera, me parece. Yo me tendí primero, me quedé boca arriba, con las piernas cruzadas, y él se echó a mi lado y empezó a besarme con más torpeza y más ganas que en la piscina, se le escuchaba más fuerte la respiración. De repente todo era muy dulce, muy suave, como un comienzo de la vida, parecía que nada podía ser igual después de haberme quedado desnuda delante de un hombre y de verlo entero a él. Ya ni tenía miedo de que nos sorprendieran. Él estaba de costado, me acariciaba con mucha delicadeza, o con prudencia, con delicadeza y brusquedad, si eso puede decirse, como temiendo hacerme daño. Las manos no se deslizaban bien porque los dos teníamos la piel pegajosa y un poco blanda por el agua de la piscina. A mí me daba vergüenza que las tetas y el vientre estuvieran tan blancos. Sin darme mucha cuenta me encontré tocando aquella cosa tan hinchada, tan dura y caliente, un poco grotesca o desproporcionada en comparación con lo flaco que estaba el chico. Nunca la había visto así, tan detallada, tan cerca, pero no llegué a sujetarla, apenas sabía cómo hacerlo, la cubrí con mi mano, apretando muy suave, mientras él me besaba un pezón, y entonces se corrió, sin que yo hiciera nada, sin moverse él tampoco, sólo aquello brotando a golpes debajo de mi mano, que lo recibía en la palma, se me derramaba entre los dedos y aún se reanimaba y volvía a salir, como sale el aire de un suspiro muy largo. Contigo me ha pasado lo mismo, ha sido como volver a entonces. Hay una canción de Violeta Parra que a mí me gustaba mucho, *Volver a los diecisiete*, ¿la conoces?

—Pero yo no tengo diecisiete años.

—Ni yo tampoco. Y qué más da. He tardado veinte en sentirme como aquella vez.

—No quieras consolarme.

—No seas tonto tú. No hay antídoto contra la vanidad de los hombres, contra la vanidad herida sobre todo. No hay nada por lo que deba consolarte. Si acaso he de darte las gracias.

Lo besó en la boca, le desordenó el pelo con los dedos y se levantó resueltamente de la cama, atravesando durante menos de un segundo el espacio rectangular que iluminaba la luna, más desnuda aún y más blanca en el interior de aquella luz, los hombros jóvenes y estrechos y las caderas ensanchadas por el tiempo y la maternidad, la silueta adelgazada y repetida contra la pared, recortada en ella con una exactitud de cartulina negra.

Echado en la cama, oyendo el caudal del río con los ojos entornados, volviendo poco a poco del pozo masculino de la decepción, la esperaba con todos sus sentidos despiertos, concentrados en ella, en la simple paciencia de aguardar, en la percepción de todo lo que la aludía y la anunciaba, su olor en las sábanas, el agua de los grifos y luego el pestillo del baño, que volvía a abrirse, sus zapatos de tacón, sus medias y su ropa interior en el suelo, sus gafas y su paquete de cigarrillos en la mesa de noche, cada cosa con su sombra exacta en el plenilunio. Al volver, pisando silenciosamente las baldosas, se tapaba los pechos con los brazos cruzados, en un gesto aterido de pudor. La luna alumbró ahora su cara y la alta blancura de sus muslos: en el espejo la vio fugazmente de espaldas, y le pareció imposible que un instante más tarde aquella mujer pudiese estar acostada a su lado.

«Hazme sitio», dijo Susana, casi tiritando, y se apretó contra él y echó encima de los dos las sábanas y las mantas ya desordenadas. Un poco antes, menos de una hora, cuando aún era posible que lo deseado por los dos no llegara a cumplirse —estaban de pie el uno frente al otro, cada uno con un vaso en la mano, vestidos, sin tocarse, como si no se conocieran—, ella le había preguntado por qué callaba tanto, por qué era tan difícil saber lo que sentía o lo que pensaba.

—Será por vanidad —respondió ella misma—, por orgullo. Quien se oculta tiene siempre más prestigio que quien se muestra abiertamente. Será por esas bobadas orientales que se llevaron hace tiempo, aquella cosa china o taoísta de que quien sabe calla, o de que la palabra que se dice es de plata, y la que no se dice es de oro, toda aquella basura que le gustaba a mi ex, en sus períodos orientales, que también los tuvo. Yo me hago el propósito de callar para hacerme misteriosa pero no lo consigo nunca. Siempre acabo diciendo lo que pienso justo en el momento en que se me ocurre, así que estoy en desventaja, no tengo remedio. Tú en cambio, como no dices nada, parece que llevas dentro de ti todo el misterio del mundo.

Abrazándose a ella, recibiéndola tras su regreso del baño, olía a jabón y a colonia en su piel, a secreta higiene femenina, le hablaba al oído, con su voz rasposa y mucho menos enérgica que su cara o su presencia, tardíamente le intentaba responder, y al hacerlo se hablaba a sí mismo, sin mirarla, acogido a la penumbra. Quería explicarle que había pasado una gran parte de su vida escondiéndose, disimulando su origen y sus sentimientos, y que había acabado por no saber él tampoco qué era lo que guardaba dentro de verdad. No le costaba nada entender a quienes tienen que ocultarse por algo, y tal vez gracias a eso había adquirido una notable destreza profesional para encontrarlos. Reconocía instintivamente a los simuladores, a los que mienten por necesidad o por el puro gusto de mentir, y cuanto más perfecta era la falsificación de una vida con más agudeza la percibía él, como esos expertos que reconocen a simple vista la falsedad de una firma o de un billete. Otros hombres casados mantenían con sus mujeres una ficción de normalidad debajo de la que había pasiones o aventuras ocultas. Él no ocultaba nada, o casi, ni siquiera su frialdad. Tenía la sensación de que a él y a su mujer la vida se les había ido extinguiendo y enfriando, no por efecto de la voluntad o de la falta de amor, sino en virtud de un principio físico como el que según los astrónomos hace que acabe por apagarse la fulguración de las estrellas. La diferencia era, dijo, que en su caso, tal vez no del todo en el de su mujer, nunca hubo verdadero fuego, nada que el tiempo agotara o extinguiera.

—Alguna vez la querrías —dijo Susana—. Al principio.

—No me acuerdo. Se me ha olvidado todo.

—A lo mejor es más fácil no olvidar si se han tenido hijos. Si ellos existen no puedes borrar por completo el pasado. Lo estás viendo todos los días en la cara de tu hijo. Si él está en el mundo, aquel tiempo y los errores que cometiste tienen una justificación.

Casi sin darse cuenta había empezado a acariciarla mientras hablaban en voz baja, tan lentamente como ella entraba en calor, los pies muy fríos enredados a los suyos, y al ir siguiendo con los dedos ahora más sensitivos y audaces el tacto de la piel y las sinuosidades ya familiares que buscaba y reconocía luego con los labios, volvió a acordarse, ahora sin miedo ni vergüenza, sólo con dulzura, casi con agradecimiento, de sus sueños eróticos de los catorce años, y le pareció que la veía a ella como era ahora mismo y como había sido la primera vez que unos ojos masculinos la vieron desnuda. Lo perdía todo, se despojaba de todo, igual que al desnudarse ella había dejado caer al suelo las bragas y el sujetador y se había aproximado a él como emergiendo de las prendas abandonadas e inútiles, caídas a sus pies con un rumor de gasa. No había urgencia, ni incertidumbre, ni ademanes de fiebre o de ansiosa brutalidad. La veía moverse oscilando, erguida, acomodándose despacio encima de él, el pelo sobre la cara, mezclado con la sombra, los hombros hacia atrás, las dos manos que le sujetaban con fuerza los muslos. Desfallecieron los dos en la misma oleada densa de dulzura, que él fue percibiendo como si le llegara desde lejos, anunciada, indudable, desconocida, duradera y lenta, no extinguida todavía después del final, cuando se quedaron quietos los dos y ella se desprendió poco a poco de él mientras iba dejándose caer a su lado.

No se dio cuenta de que se quedaba dormido. Se despertó con un breve sobresalto, y sin apartarse de Susana, que dormía abrazada a su cintura, intentó distinguir en la penumbra las agujas del reloj. Temía que fuera muy tarde, le volvía la angustia de que en ese momento estuvieran buscándolo, sin la menor posibilidad de encontrarlo. Había un teléfono sobre la mesa de noche. Intentó volverse de costado, pero ella lo abrazaba más fuerte y murmuraba algo en sueños. Todo tenía un punto de levedad y de extrañeza, de normalidad en suspenso, como los objetos identificables y comunes que se volvían tan raros a la luz exacta de la luna. Llevaba menos de tres horas con una mujer casi desconocida en la habitación de un albergue rural que se llamaba La Isla de Cuba y se sentía tan vinculado a ella, tan sereno en su cercanía, como si la hubiera conocido siempre.

No se movía, por miedo a despertarla. Con mucha

cautela le apartó el pelo de la cara y estuvo mirando sus párpados que no parecían cerrados del todo, sus labios entreabiertos, que aspiraban y expulsaban muy regularmente el aire. Murmurando algo Susana cambió de posición, le dio la espalda, abrazando ahora la almohada. Miró de nuevo el reloj, se sentó en la cama, marcó el número de la comisaría, con la esperanza de que ella no llegara a enterarse de que había llamado. En la voz del guardia que se puso al teléfono comprendió al instante que por una especie de punitiva compensación se le iban a cumplir los peores augurios del remordimiento.

—Pero, jefe, ¿dónde se ha metido?, llevamos horas buscándolo.

—¿Ha pasado algo?

—Ha desaparecido otra niña.

24

Tiembla, helada, nunca ha tenido tanto frío, se muere de ganas de orinar, se ahoga, no sabe que ahora no está
dormida, no sabe dónde está, quién es, qué le impide respirar, qué mordaza la asfixia, quiere abrir la boca y no
puede, no puede abrirla más, tiene desencajadas las mandíbulas pero no lo sabe, quiere aspirar el aire por la nariz
y apenas lo consigue, un solo hilo afilado como una aguja, un hilo de aire y de hielo, se ahoga, quiere mover las
manos y tampoco puede, no las siente, no recuerda dónde están, sueña que yace tirada y desnuda en la intemperie helada de una noche de invierno y que si no aprieta
muy fuerte va a orinarse, tirita, tiembla tanto que sufre
convulsiones y algo muy húmedo le roza la espalda, algo
húmedo y áspero, que pincha, como las agujas del frío,
como la aguja de aire o de hielo que entra a los pulmones,
para contener la tiritera quiere apretar los dientes pero
no lo consigue, es imposible cerrar la boca, tan imposible
casi como respirar, si no fuera por ese hilo mínimo de
aire que a cada instante parece quebrarse y dejarla definitivamente amordazada. Ha estado soñando que se ahogaba, que se quedaba helada y desnuda sobre una lámina

de hielo, ha soñado una cara y una mano que se agigantaba acercándose abierta a la suya y tapaba la cara y le hundía algo en la boca, una cara y más arriba copas de árboles y todavía más arriba y más lejos la luna, y por un instante la cara y la luna eran la misma cosa y ella se hundía hacia abajo y la cara y la luna eran el círculo cada vez más diminuto del brocal de un pozo por el que ella caía, flotando, sin peso, sin respiración ni movimiento, helada, sin nombre, sin ningún recuerdo, sin manos ni pies, orinándose desfallecidamente como un niño dormido mientras sueña que orina, y luego la humedad cada vez más fría, la cama destapada, la parálisis de los brazos y las manos dormidos que no saben obedecer a la voluntad y no buscan a tientas las sábanas y las mantas y no cubren el cuerpo frío, el cuerpo pálido, azulado y congelado, que ella ve como si fuera de otra persona o como si lo soñara: no sabe que esa figura tirada bajo las sombras lunares y exactas de los árboles es ella misma y que ya no está del todo soñando, que lo que muerde y empapa en saliva, en babas y en sangre es el tejido de algodón que está ahogándola, le ha invadido la garganta, se le introduce por las fosas nasales, y a cada tentativa de respiración se le hunde más aún, dedos anchos y fuertes empujando, recuerda de pronto, ve, en un fogonazo de clarividencia y de pánico que se extingue enseguida, dedos hincándose y hundiéndose y traspasando una materia blanda que es su propia carne, que empieza a reconocer ahora gracias a la certidumbre del dolor, la herida horrenda que traspasa y oscurece la conciencia, la apaga del todo, a pesar de la luna, de la luz invariable que ahora va permitiéndole ver ramas altas de árboles, una copa vertiginosamente lejana que se inclina y oscila y sobre la cual está el círculo blanco que antes era el brocal de un pozo y una cara que se inclinaba para mirarla, de nuevo como un fogonazo de recuerdo que no llega a cumplirse y que la sume otra vez en el pánico de los sueños, en la parálisis del frío y la desesperación de la falta de aire. Vuelve la oscuridad, como en una habitación en la que ha sido derribada una lámpara, pero es ella quien ha cerrado los ojos, apretando los párpados con tanta fuerza que le duelen las cuencas, y con los ojos cerrados el frío es más intenso, y también la asfixia y la urgencia de orinar: ahora sabe al menos que puede abrir y cerrar los ojos, vuelve la cara y algo le raspa y le humedece las mejillas y huele profundamente a tierra, a hojas empapadas y a barro, ve una sombra alta y vertical y se estremece viendo en ella una sombra humana, zapatos embarrados y más arriba pantalones vaqueros y una cosa horrenda y pálida que cuelga igual que una piltrafa de carne y más arriba la cara blanca, la cara redonda de la luna que se inclinaba sobre ella agrandándose y deformada como en un espejo cóncavo, los ojos tan fijos que ella no puede no mirar, aunque cierre los suyos los sigue viendo, aunque se encoja y se esconda uno y apriete los puños y los párpados para salir de una pesadilla no logra interrumpirla. Pero no está la cara, abre los ojos y ha desaparecido, se ha esforzado en quebrar el sueño y ha emergido de él a tiempo de no ser aniquilada en medio de la pesadilla, y lo que ve no es una figura humana, sino el tronco de un árbol, y la cara en lo más alto es la luna. Ahora oye algo, una respiración muy próxima, de algo o alguien que se arrastra y se ahoga, la ahoga a ella, aplasta sus pulmones, va a quebrarle el esternón y las costillas, le ciega la boca y la garganta, va a romper el hilo de aire y de hielo que la mantiene viva, algo que roza y araña poco a poco y va cobrando una lenta movilidad, va despertando de una densa parálisis de congelación y de sueño, de somnolencia idéntica a la muerte y que desemboca en ella como un río nocturno en la oscuridad inmensa del mar: es una mano que palpa tierra húmeda, que se va deslizando con una lentitud de babosa o de oruga y se aproxima a su cara y a sus ojos abiertos y es su propia mano, pero todavía no la obedece, la mira y le pide que los dedos se curven y los dedos permanecen inmóviles, paralizados de frío, la mano curvada se cierne sobre su cara y ya es otra más grande y tiene las uñas de filos rotos y negros, ha de cerrar los ojos, para que la pesadilla no vuelva, los ojos apretados y el cuerpo entero encogido en un dormitorio en sombras, pero no tiene dónde esconderse ni con qué cubrirse, ni siquiera se puede volver de lado contra la pared y juntar las rodillas contra el pecho y abrigarse en las mantas, ahora comprende que está desnuda, que no yace en una cama sino en la tierra húmeda de una ladera, que no hay nada con lo que pueda taparse: quiere moverse y los brazos y las piernas no le responden y los dedos de su mano permanecen congelados, quiere respirar y según lo intenta se ahoga más, quiere gritar y no puede, amordazada, ahogada, muerta ya tal vez y soñando su muerte, quiere acordarse de algo y el recuerdo es tan imposible como el movimiento o el grito. Pero no se rinde, animada por la misma obstinación de quien se resiste a abandonarse del todo al horror de un mal sueño, tirita sin que le entrechoquen los dientes porque tiene las mandíbulas tan separadas que el dolor es insoportable, aunque no más que el que le traspasa el vientre, nota las convulsiones del frío y ya no puede resistir más y se orina interminablemente y sin que se le sacien las ganas de seguir orinando, y ahora nota un calor muy intenso en las ingles, que enseguida se vuelve frío y humedad helada y escozor sin consuelo, pero es el escozor y el frío lo que la despierta un poco más, el dolor revivido y la tiritera que anima la circulación de la sangre con el ciego empeño orgánico de seguir latiendo y viviendo y permite que los dedos se cierren del todo y vuelvan a abrirse y se acerquen lentamente a la cara y apresen algo, enganchen una punta de tejido empapado en saliva y en vaho, sin fuerza aún, sin más determinación o propósito que los del instinto, las puntas de los dedos logran cerrarse en torno a esa cosa mojada y tiran hacia afuera y ella se da cuenta de que la mordaza que le invade la garganta y la nariz y la boca puede ser arrancada, y que la respiración que oía tan cercana era la suya, tan próxima a la asfixia: pero los dedos no saben o no pueden, se aflojan, las uñas pierden la punta del tejido, la desesperación de no respirar le aplasta otra vez las costillas y los pulmones, como si alguien se arrodillara encima de ella: lo ve ahora, en otra iluminación de recuerdo o de sueño, las dos rodillas hincadas en su pecho y el tórax a punto de quebrarse como un seco cascarón, las rodillas apretando y hundiendo y ella siendo aplastada y hundida y con la boca muy abierta y sin poder respirar, pero cuando ya iba a perder de nuevo el conocimiento y tal vez a ser tragada por la amnesia o la inconsciencia o la muerte los dedos de la mano reviven y tantean sobre la cara y las uñas encuentran el borde de algo y tiran y la mordaza o la tela o la gasa que la ahogaba va saliendo poco a poco, dejando libre primero el interior de la boca y la lengua torcida y luego la garganta y las fosas nasales, ahora sí que puede respirar, se atraganta golosamente de aire, tose, se embriaga de aire helado y húmedo, de olor a tierra y a vegetación, a cortezas de pinos empapadas en agua, se oye respirar y siente las costillas que ascienden y bajan y no puede tragar el aire demasiado hondamente porque el dolor en los pulmones y en el esternón es tan insoportable como el que le atraviesa el vientre, como la corrosión de ácido que la orina ha provocado en su carne abierta y desangrada. Traga saliva y el sabor de la sangre en el estómago le da arcadas de vómito, se vuelca hacia un lado y rueda unos pasos sobre la tierra, hacia abajo, hacia una oscuridad a la que no llega la luna: boca abajo ahora, la boca abierta, la lengua torcida pinchándose con agujas de pinos y mezclando el sabor de la tierra con el de la sangre, apoya las dos manos a los lados del cuerpo y logra alzarse un poco, y entonces escucha algo y tarda interminablemente en descubrir o recordar lo que es, las campanadas de un reloj, del reloj de una torre, piensa, un reloj grande y amarillo brillando en la noche tan inaccesible e indiferente como la luna llena mientras ella camina empujada y apresada por alguien y los coches y las caras de la gente pertenecen a un sueño todavía no de terror, sino de hipnotizada extrañeza, de parálisis de la voluntad y de la voz, aunque no de las piernas, que se movían obedeciendo, no sostenidas por la fragilidad de las rodillas, sino por el empuje de la mano en el hombro, en la nuca, de las uñas clavándose debajo del pelo. Oye las campanadas, quiere contarlas y no puede, cada una parece la última y vuelve a sonar otra, y ese sonido le ha devuelto su memoria o su visión de la ciudad, aunque todavía no recuerda quién es ella, ni tiene siquiera conciencia de una identidad, escucha las campanadas del reloj de la torre y ve las calles deslizándose en su imaginación como si se sucedieran en una película que nadie está mirando: apoya las palmas de las manos, las rodillas, el vientre, el pecho aplastado contra la tierra, los arañazos en toda la piel como roces de uñas, se incorpora, pero no tiene fuerza en los brazos, vuelve a derrumbarse, las agujas de los pinos le arañan los labios y los párpados, adelanta una mano, buscando algo, encuentra una corteza áspera, cierra los dedos en torno a ella, arrastra el cuerpo entero hacia arriba, primero un codo y luego otro y después las rodillas, desolladas, escociendo casi tanto como las ingles, respira más fuerte, la lengua todavía torcida, entre los labios, ahora son las dos manos las que han logrado sujetarse al tronco ancho y cuarteado, avanza un poco más, centímetro a centímetro, y logra arrodillarse, se detiene, para recobrar el aliento, la cabeza hundida entre los hombros, se va a morir de frío, ve un poco más arriba el final del terraplén, tan cerca y a la vez tan lejos como la copa remota del árbol y como la luna o el reloj amarillo, extiende la mano y es como intentar asirse desde el agua a un filo resbaladizo de azulejos o de roca. Pero no va a rendirse nunca, no va a dejarse morir ni tragar por una pesadilla que aún no sabe que ha sido verdad, porque no sabe quién es ni dónde está ni qué le ha ocurrido y sólo tiene visiones rotas de mal sueño y espanto y sensaciones primitivas de frío y de dolor y asfixia, y el impulso que la lleva a alzarse poco a poco del suelo y a tragar ávidamente el aire es tan impersonal y tan ajeno a la voluntad como la fuerza que empuja hacia arriba desde las raíces la savia de los árboles. Se va incorporando con las rodillas y las palmas de las manos en la tierra con una consciencia tan exclusivamente física como la de un animal aletargado o herido, y es el mismo instinto el que la hace encontrar una camisa que estaba tirada cerca de ella y que no sabe que era suya y ponérsela de cualquier manera y ascender a gatas por el terraplén hasta llegar a un espacio llano en el que las palmas de las manos y las rodillas no encuentran barro y agujas de pinos, sino aristas de grava y de cristales rotos. Jadea, todavía en una postura primitiva de animalidad asustada, se apoya en algo y logra ponerse en pie, y lo que ha tocado no es ahora un tronco áspero, sino una superficie lisa y fría, el hierro de una farola rota. Se le clavan las piedras y los cristales en las plantas de los pies pero no siente nada, ve sombras de árboles y de setos y más allá luces débiles sobre casas encaladas, y un valle profundo y azul, anegado de niebla y de claridad lunar. Da unos pasos, se marea, tiritando, las piernas tan flojas que si no se empeña en permanecer en pie caerá otra vez sobre la tierra, una cosa líquida y fría chorreándole entre los muslos, y entonces cree que ha oído algo a su espalda y se vuelve y la sombra de un árbol es durante un segundo una sombra masculina con la cara muy pálida. Quiere correr y no puede, escucha una voz muy suave que la llama o la insulta usando palabras atroces que ella no sabía que existieran, da un paso y luego otro y los cristales se clavan en las plantas de sus pies y ella no siente el dolor porque es mucho más intenso el que le atraviesa el vientre como un garfio, no quiere volverse para no ver la sombra, la cara pálida y muerta, la claridad del valle con una hondura de niebla y un fondo azul marino de montañas coronadas de nieve que se parece a esos valles de los sueños donde habitan los muertos. No puede correr pero sueña que corre, está corriendo ya y le parece que no ha logrado todavía moverse, corre hacia el final de la oscuridad y escucha el roce de sus pies y la urgencia afanosa de su respiración. El viento le echa el pelo hacia atrás y le abre la camisa, sueña o imagina que corre al mismo tiempo que se aleja del valle y de la luna y de las sombras de los árboles y va llegando ahora a un lugar donde no hay grava ni cristales, sino asfalto, y donde ya no la alumbra la luna, sino unas farolas muy altas e inclinadas, corre casi desnuda por una calle larga y vacía en la que están cerradas todas las puertas y apagadas las luces de todas las ventanas, y como es igual que si corriera en un sueño no avanza ni se cansa nunca y no sabe quién está viendo las cosas que ella ve ni a quién le sucede lo que vive: corre con la boca abierta, con la lengua torcida, con una cosa líquida bajando por sus muslos como baja la saliva por su barbilla, corre por el centro de una calle en la que no hay más luces que las de las farolas y en la que ha desaparecido todo indicio de presencia humana, ve a lo lejos, arriba, más luces y una torre, y en la torre una esfera amarilla que no es la luna ni una cara, tiene que llegar y no puede, tal vez está soñando y en realidad no se ha movido del terraplén y está quedándose congelada y muerta, tropieza con algo, el filo de una acera le ha hecho un daño intolerable en los dedos de un pie, tropieza y cae entre dos coches y no llega a tiempo de adelantar las manos y su cara golpea contra las losas, pero vuelve a levantarse, otra vez a cuatro patas, jadeando y con la cabeza hundida entre los hombros, humana y animal, aterrada, sobrevivida, una figura despeinada y desnuda y con la cara sucia de barro y de sangre tambaleándose en la normalidad sonámbula de la calle vacía y los coches aparcados, se apoya en uno, en la chapa helada, respira fuerte y se quita el pelo de la cara y otra vez corre y ya no está soñando, ve otras luces, una estatua alta y oscura entre árboles, la torre y el reloj amarillo igual de inaccesible, pero ahora escucha voces y no sabe que la llaman a ella, corre y cae al suelo derribada por un vértigo de desfallecimiento y siente casi en la inconsciencia que la rodean y le hablan, que la alzan del suelo, la cubren, la llevan a alguna parte, la hacen tenderse y todo está caliente, y las voces que oye están al mismo tiempo a su lado y suenan con una lejanía de transmisiones de radio. Una mano caliente, áspera, cuidadosa, le roza la cara, algo muy caliente la cubre por fin, la abriga, la envuelve, alguien repite muy cerca de su oído una palabra y ella no sabe todavía que ha vuelto a la vida y están diciéndole su nombre.

25

«Ya se puede vestir», dijo Ferreras, quitándose los guantes de goma, en el mismo tono de voz en que le había hablado a la niña, Paula, desde que la vio entrar en el consultorio, todavía muy pálida, envuelta en la misma manta que le habían echado por encima los taxistas cuando la recogieron, todavía despeinada y con grandes ojeras moradas, acompañada por su padre, guiada por él, que la abrazaba delicadamente por los hombros y le hablaba en voz baja, casi al oído, como traduciéndole las cosas que los demás le decían y que ella aún era incapaz de entender, las instrucciones de los policías y de los enfermeros de urgencias, del hombre fornido, de pelo gris, cara bronceada y bata blanca, el forense, que lo hacía todo con ademanes sigilosos y exactos, que le pasó un instante la mano a la niña por la cabeza despeinada, sucia aún de tierra y de agujas de pinos, y la retiró enseguida ante el gesto de pavor de ella, tan instintivo como el de un animal golpeado.

«Tranquila —dijo el forense—, no voy a hacerte nada, tranquila, corazón», y el padre se acercó a ella, que estaba sentada en la camilla, y le tomó las dos manos, con los ojos húmedos e intentando sonreír, repitiendo o traduciendo para ella las palabras de Ferreras, «vamos, cariño, tranquilízate, ya no va a pasarte nada». La niña se echó en los brazos de su padre y hundiendo la cabeza despeinada en su pecho empezó a tiritar y a gemir, con un sonido gutural, sofocado, no plenamente humano, un sollozo que Ferreras no le había escuchado antes a nadie, y que le helaba la sangre por su sugestión primitiva de sufrimiento y de terror, de espanto sin alivio ni comprensión posible, como el que podría haber sentido una mujer de hace veinte o treinta mil años al ser abatida en la oscuridad de un bosque por el zarpazo o el mordisco de un animal carnívoro.

Se apartó de la camilla, para no interferir en el abrazo del padre y la hija, para no ser visible a ellos, se quedó un poco atrás y recogió del suelo la manta en la que habían traído envuelta a la niña, examinándola despacio a la luz de una lámpara poderosa, buscando indicios, usando sus pequeñas pinzas para separar agujas de pino, trozos de corteza, algún pequeño grumo de barro o de sangre, de barro ensangrentado. La niña aún no había acertado a decir nada, y él no había permitido que le hicieran preguntas. Abría mucho la boca como para gritar y se volcaba hacia delante sacudida por convulsiones violentas, su padre le sostenía la cabeza y le apartaba el pelo mientras ella vomitaba una sustancia escasa y amarilla. Le había inyectado un sedante suave, una enfermera había intentado que tomara unos sorbos de tila caliente, porque estaba azulada de frío, parecía que hubiera sobrevivido a un naufragio, a un cataclismo ignorado del que no había más testigos que ella misma: testigo casi mudo, con la lengua todavía un poco torcida, con una camisa desgarrada cubriéndola apenas y los muslos y el vientre enlodados de sangre.

El único alivio, el único asidero posible contra la simple rabia y el asco, era, igual que siempre, el cumplimiento de los detalles menores. Papeles que era preciso rellenar, fechas y números de orden, hora de ingreso, nombre de la paciente, del padre o madre o tutor, domicilio. Podía pedirle a alguna enfermera que se encargara de eso, de los trámites, igual que podía haber ordenado que le pusieran la inyección a la niña, pero prefirió hacerlo todo él, no por desconfianza, sino para disciplinarse interiormente, para fingir un principio verosímil de normalidad, monotonía, eficacia. «Por favor —le dijo al padre—, me dice el nombre completo de la niña», y el hombre, sin separarse de ella, los dos sentados en la camilla donde un poco después Ferreras le pediría que la ayudara a tenderse, lo repitió muy serio, en voz baja, con docilidad y rectitud, porque se le veía que era un hombre habituado a la calma, dotado de una instintiva fortaleza moral que sin duda le ayudaba ahora a no derrumbarse, a decir gracias y por favor y a hablarle a su hija en un tono de ternura sin rastros de nerviosismo, de despecho o de odio, sin permitir que su propio dolor, el sufrimiento de tantas horas pasadas desde que la niña no volvió a casa, se sumara al de ella y lo acrecentara. A su mujer le habían dado un sedante muy fuerte, le explicó a Ferreras, como disculpándola por no estar allí: a la mañana siguiente, cuando despertara, sabría que la niña estaba a salvo. «Le daré a usted otro, si quiere», dijo el forense, pero él negó resueltamente, abrazado a su hija, no se quería dormir, no la iba a dejar sola ni un segundo, y los ojos enrojecidos se le llenaban otra vez de lágrimas, buscaba un pañuelo de papel y sólo le quedaba el envoltorio de plástico de un paquete. Ferreras abrió otro y se lo ofreció, y el hombre, después de limpiarse y sonarse, le dio las gracias, educado siempre, agradecido, acariciando el pelo, la cara de su hija, diciéndole diminutivos infantiles en voz baja, nombres que tal vez llevaba sin decirle desde hacía muchos años, porque la niña casi era ya una adolescente, llevaba unos meses viniéndole la regla, cinco meses, precisó, con una familiaridad que a Ferreras le resultó inusual en un padre. Anotó ese dato en uno de los formularios, se abrochó la bata blanca, se puso despacio los guantes de goma.

—¿Tengo que salir? —dijo el padre, con miedo.

—Prefiero que se quede. —Ferreras se acercó a la camilla, y la niña, aunque no lo miraba, retrocedía contra la pared—. Ayúdela a tenderse. Dígale que no tenga miedo.

—Qué le han hecho a mi hija. —El hombre se inclinaba sobre ella, ahuecando la pequeña almohada bajo su cabeza, cubriéndole el pecho con la camisa—. Quién ha sido capaz.

—No le toque todavía el pelo —dijo Ferreras—. Ayúdele a abrir un poco más las piernas. Así. Tiene que dolerle mucho.

Acercó más la luz, se sentó a los pies de la camilla, entre las rodillas abiertas y levantadas de la niña. Recogió muestras de sangre, de flujo, cepilló el vello tenue del pubis, encontrando varios pelos oscuros, rizados y fuertes, que guardó en una bolsa de plástico: tenía la sensación irracional y poderosa de reconocerlos, de identificar un rastro perdido meses atrás, no en una camilla de reconocimiento, sino en una mesa de autopsia, una huella tan familiar como una voz, como una cara entrevista varias veces, borrosa, encontrada de nuevo, ahora precisa y distinta a cualquier otra.

«De modo que eres tú otra vez», pensaba, examinando con un extremo de delicadeza que ignoraba poseer en las manos el sexo desgarrado y manchado de la niña, las heridas, los arañazos, la carne rosa, infinitamente indefensa, vulnerable a cualquier crueldad. La más leve presión despertaba en la niña contracciones de dolor, y él intentaba tranquilizarla diciendo cosas en voz baja, no te va a pasar nada, cariño, no voy a hacerte nada, enseguida termino. Examinó las rodillas desolladas y rojas, la piel de los muslos, que empezaba a volverse tibia, aunque conservara todavía una palidez azulada, las plantas rosadas de los pies, sucias de barro, con pequeños cristales y trozos de grava incrustados. Los extrajo cuidadosamente con las pinzas, los guardó en otra bolsa, con otra etiqueta, y repetía entre dientes, «así que eres tú, cabrón, así que tuviste que llevarla al mismo sitio».

—¿Decía algo? —dijo el padre, sentado a la cabecera de la niña, no atreviéndose todavía a preguntar.

—Nada, perdone. —Ferreras le había hecho bajar las piernas y la había tapado hasta la cintura con una sábana—. Hablaba solo.

Los moratones en la cintura y en la piel tensa sobre las costillas, los arañazos, las huellas rojizas de la presión de los dedos: te conozco, pensaba, decía en silencio, y cada cosa que descubría confirmaba su intuición, su vengativa certeza, otro pelo de pubis en el interior de la boca, debajo de la lengua, las señales de las uñas en el cuello, las manchas moradas en los hombros y debajo de la nuca, exactas como huellas dactilares, igual que la otra vez, como las manos pintadas que recordaba haber visto en la cal de las aldeas de Marruecos, siluetas azules de manos, tantos años atrás. Calculaba las palabras técnicas que escribiría más tarde en el informe, los términos exactos que describían y al mismo tiempo difuminaban la infamia, pero sobre todo imaginaba que estaba hablándole al otro, al que reconocía en las señales de sus actos, en la incisión de navaja en torno a uno de los leves pechos de la niña, en los pelos fuertes y rizados, pero sobre todo en algo más de lo que estaba ya seguro, aunque le faltara la confirmación de un examen del flujo y de la sangre bajo el microscopio, una evidencia que le parecía el retrato indudable pero todavía parcialmente en sombras del agresor, del casi repetido asesino. Lo dijo en voz alta porque sabía que era lo que el padre más esperaba y temía, lo que hasta ahora no se había atrevido a preguntarle, sentado junto a su hija, acariciándole las manos, diciéndole diminutivos infantiles al oído mientras seguía de soslayo los movimientos del médico, las expresiones sucesivas de su cara.

—No ha sido violada. Técnicamente al menos, si le sirve de consuelo —dijo Ferreras—. Tiene desgarrado el himen, pero no hay signos de penetración. No hay rastros de semen.

—Gracias a Dios. —El hombre tenía las manos cruzadas bajo la barbilla, como si rezara—. ¿Puedo llevármela a casa?

—Es mejor que se quede aquí en observación, al menos cuarenta y ocho horas. Conviene hacerle radiografías, sobre todo del tórax, puede tener alguna costilla fracturada. Ahora le pondré una inyección para que duerma por lo menos doce horas. Es lo que más le hace falta. Usted podrá quedarse con ella.

El padre la ayudó a incorporarse, le puso como a una niña torpe o dormida el camisón de la Seguridad Social que había traído una enfermera. Tan pálida, con las ojeras violáceas, con el camisón que le estaba muy grande, parecía de pronto no una niña recién llegada a la pubertad, sino una mujer muy escuálida, debilitada por la enfermedad o el hambre, alucinada por el terror, como las mujeres judías en las fotos de los campos de exterminio. Enseguida vendrían para llevársela a una habitación, dijo Ferreras. Pero tal vez podrá recobrarse, pensaba, deseaba y pedía, con una íntima y laica actitud de oración, tan sólo tiene doce años, aún conserva intacto todo el empuje orgánico de crecer y olvidar: no has podido matarla, cabrón, no podrás envenenar su vida futura. Con extremo cuidado le inyectó un somnífero a la niña en un brazo y le indicó al padre que sujetara contra la piel un algodón empapado en alcohol. Ahora vas a dormirte, le dijo a ella, acercándose con cautela, aunque esta vez no fue rechazado, verás como no tienes malos sueños.

Se quitó los guantes, pero no la bata blanca, se lavó las manos. Cuando los celadores vinieron a llevarse a la niña el padre se volvió hacia él y le apretó las dos manos, largamente, con una fuerza muy intensa, de dolor y de alivio, de agradecimiento. Era un hombre joven, de menos de cuarenta años, con una cara serena a pesar de la extenuación nerviosa y las horas de angustia que se parecía mucho a la de su hija.

Al quedarse solo, Ferreras buscó en su cazadora de motorista y explorador, colgada de la percha, una petaca plana y plateada, y bebió un trago de whisky que le quemó la garganta y luego el estómago, dejándolo en una calma inerte, de cansancio e insomnio: lo había despertado el teléfono a las tres de la madrugada, y ahora eran las cinco y media, y no pasaría ni un minuto sin que alguien llamara a la puerta. Se pasó bajo la nariz el frasco abierto de whisky: no olía a alcohol, sino a humo y algas, a agua salobre de torrente. El aroma del whisky de malta atenuaba los olores clínicos de la pequeña sala, le concedía un paréntesis de algo parecido al reposo, al olvido.

Dónde estás ahora mismo, cabrón, qué estás sintiendo, qué piensas que has hecho. La puerta se abrió sin que nadie llamara y apareció el inspector en ella.

—¿Ha sido él?

—Me juego el cuello a que sí. —Ferreras observó que los ojos del inspector se iban hacia la petaca abierta de whisky: lo huele, igual que huele todavía el tabaco y se conmueve con los antiguos y queridos olores, las dulces hebras quemadas, disueltas en ceniza y humo, las moléculas del alcohol en el aire—. Tome un trago —le ofreció la petaca, y el inspector la rechazó con un gesto rápido, apartando los ojos—. El whisky de malta es prescripción medicinal.

Pero había algo, y no era el alcohol, ni la excitación renovada de la búsqueda, de la inminente cacería. Algo que ahora estaba y que antes no había estado nunca en los ojos grises del inspector, en sus pupilas fijas y absortas, fragilidad ansiosa, o temor de algo, como si hubiera perdido, en el curso de los días, los pocos días pasados desde la última vez que Ferreras lo había visto, la suficiencia o la seguridad en sí mismo que parecían tan naturales en él como el color gris de su pelo o la tonalidad rojiza de sus mejillas, de sus pómulos huesudos, la piel siempre como avivada por un viento muy frío, por la intemperie de un clima mucho más al norte.

—En el mismo sitio —dijo Ferreras—. A la misma hora.

—¿Has hablado con ella?

—No puede hablar. —A Ferreras le extrañó mucho que el inspector lo tuteara—. Tenía en el pelo y en la camisa agujas de pinos, como Fátima. Si quieres vamos ahora mismo al terraplén y estoy seguro de que encontraremos su ropa.

—Pero no la ha matado.

—Puede que no lo sepa.

—No te entiendo.

—Puede que la haya dado por muerta, como a Fátima.

—¿Intentó asfixiarla?

—Tiene desencajada la mandíbula y la lengua casi partida. Toda la boca está llena de hilos de algodón.

—La quiso ahogar igual que a Fátima.

—Seguro. Exactamente igual.

—Vámonos al terraplén. —El inspector se puso en pie, y Ferreras observó que no llevaba bien abrochados los botones de la camisa, y que tenía una mancha de carmín en un pico del cuello, cerca del nudo de la corbata, más flojo de lo habitual en él. De modo que era eso: Ferreras, confusamente, muy al fondo de la excitación y el cansancio, de la urgencia de averiguar rastros, de identificar huellas, sentía envidia, un rencor melancólico—. He hablado con los taxistas que la encontraron, con el médico de guardia y con el padre de la niña —continuó el inspector—. Es prácticamente imposible, pero voy a intentar que mañana no se publique nada en el periódico, que nadie se vaya de la lengua.

—¿Quieres que se confíe?

—Al contrario. —Ahora el inspector había advertido la mirada de Ferreras, y se pasaba instintivamente la mano por el cuello—. Quiero desconcertarlo. Quiero que no esté seguro de que la niña murió o de que se haya encontrado el cadáver. Habla tú con las enfermeras, con los celadores, exígeles que te juren que no van a decir nada.

Salieron del hospital después de las seis de la madrugada, callados los dos, abrigándose contra el frío y la humedad de la noche, Ferreras con su maletín para la recogida de pruebas, el inspector llevando en el bolsillo del

327

anorak una linterna muy potente. El hospital estaba en un descampado a las afueras de la ciudad, hacia el norte, ya muy cerca de los primeros olivares. Grandes nubes oscuras, extendiéndose desde el horizonte ondulado del oeste, cubrían ya la mitad del cielo y habían tapado la luna. La noche era más profunda que unas horas antes, y las ventanas iluminadas del hospital relumbraban con una frialdad de lejanía inalcanzable.

—Hay que darse prisa —dijo el inspector mientras cruzaban el aparcamiento—. Va a llover enseguida.

—Como la otra vez. —Ferreras se había acomodado junto a él en el coche, agrandado en el espacio tan angosto por la espectacularidad de su cazadora, el maletín entre las piernas—. ¿No te acuerdas? Encontramos a Fátima y empezaron las lluvias. Me acuerdo de que venía el mismo viento que ahora.

Cruzaron de norte a sur la ciudad entera, las calles iluminadas y solitarias por las que aún casi no circulaban coches. La cara junto al cristal frío de la ventanilla, Ferreras veía sucederse las puertas cerradas y las ventanas a oscuras, alguna de ellas con una luz encendida, luces eléctricas de madrugadores que tomaban de pie un café con leche y se disponían a emprender solitariamente el camino hacia los primeros trabajos, luces débiles detrás de visillos que tal vez correspondían a dormitorios de insomnes y enfermos. Está en alguna parte, pensaba, aquí mismo, cerca de nosotros, quizás no ha podido dormirse y una de esas luces encendidas es la suya, o está despierto en la sombra, o se ha dormido, quién sabe, exhausto y relajado, seguro de su impunidad.

—Quiero que espere y que no ocurra nada —dijo el inspector, con la brusquedad de quien lleva largo rato dándole vueltas a algo en silencio—. Que busque de arriba abajo en el periódico y no vea ninguna noticia, ni siquiera que otra niña ha desaparecido. Que oiga la radio todos los días, a todas horas, que se ponga nervioso esperando el telediario. A éstos les pasa como a los terroristas. En el fondo les colma la vanidad ver sus hazañas en la prensa. He conocido a algunos que guardaban recortes pegados en álbumes, como los artistas.

«Habla más que de costumbre»: Ferreras seguía anotando con puntillosa perspicacia las novedades menores en el comportamiento del inspector. Hablaba más y más rápido, miraba con más frecuencia a los ojos. Encerrados en el coche, creía percibir, sobre el olor a calefacción y a ropa de invierno mojada, otro olor más ligero, aunque muy débil, de colonia o maquillaje, de intimidad de mujer.

—Me llamaron de tu oficina sobre las nueve —dijo, con toda premeditación, con la máxima apariencia de naturalidad—. No te localizaban y pensaron que yo podía saber dónde estabas

Espiaba de soslayo la cara del otro en busca de su reacción: el inspector permaneció impasible, simplemente no dijo nada, como si no hubiera escuchado, recobrando en un instante su habitual inaccesibilidad. De nuevo eran dos desconocidos que se disponían a cumplir juntos una tarea absorbente e ingrata, que salían de un coche a las seis y cuarto de la mañana en el extremo más oscuro y deshabitado de la ciudad y cruzaban un pequeño parque de setos maltratados, de lámparas con los globos rotos y bancos volcados sobre la grava: callados, casi clandestinos, uno de ellos empuñando una linterna encendida, el otro un maletín. De los grandes pinos del terraplén, empapados de lluvia, venía un fuerte olor a resina y madera.

—Estaba en casa mientras me llamaban —dijo inopinadamente el inspector—. Dejé mal colgado el teléfono.

Al menos no había hecho como que no escuchaba: que se viera obligado a inventar una mentira casi era un acto de cortesía. De vez en cuando el viento quebraba un gran bloque de nubes y la luz de la luna dibujaba delante de ellos sus dos sombras. Un instante después ya estaba oscuro de nuevo, y sólo los guiaba el círculo de la linterna.

Bajaron por el terraplén, apoyándose para no resbalar en los troncos de los pinos, y encontraron sin la menor vacilación el lugar que buscaban, la misma zanja de la otra vez, la tierra removida, la ropa arrancada y tirada, hasta la luz de la linterna se les volvió de pronto idéntica y recordaron los dos, sin decirse nada, lo único que faltaba ahora para que la repetición fuese exacta, el cuerpo pequeño y desnudo de Fátima, tan sólo con sus calcetines blancos, con aquella cosa brotando de su boca desmesuradamente abierta. A unos pasos de las calles iluminadas de la ciudad, de los lugares usuales donde se oyen voces y cláxones y vive la gente, el terraplén y los grandes pinos de copas altas y troncos inclinados y torcidos eran en la conciencia del inspector y del forense un bosque arcaico de oscuridad y de terror, muy lejos del presente, de la luz del día, de la parte civilizada y habitada del mundo.

Buscaban, arrodillados los dos, al filo de la claridad de la linterna, como asomándose a un pozo, las cabezas próximas entre sí, las manos tanteando entre las agujas y las raíces, la humedad fría subiéndoles por los huesos: los pequeños artefactos de Ferreras, sus cepillos, sus pinzas, la delicadeza como de coleccionista de insectos con que recogía una colilla de Fortuna y la guardaba en la correspondiente bolsa de plástico, las huellas de pisadas que el mismo inspector se encargó de fotografiar, provocando con el flash de la cámara instantáneas turbulencias de sombras, las prendas de la niña, una por una, el pantalón vaquero, los calcetines, las zapatillas deportivas, varios números más grandes que las de Fátima, el suéter manchado de sangre en un hombro. «Faltan las bragas», dijo Ferreras: las encontraron más lejos, arriba, entre los setos que separaban el terraplén y el parque, y antes de guardarlas Ferreras las examinó acercándoles mucho la luz de la linterna. Estaban desgarradas, empapadas todavía en saliva, en sangre, en una espesa mucosidad. Los dos recordaron el momento en que Ferreras extraía con sus pinzas las bragas de la boca de Fátima, que se quedó tan abierta como sus ojos, la lengua hundida en la garganta, partida sobre la tráquea, los pequeños dientes infantiles asomando al filo de los labios sin sangre.

Sobre uno de los pocos bancos que permanecían intactos Ferreras ordenaba sus hallazgos a la luz cada vez más débil de la linterna: mientras buscaban, inclinados sobre la tierra, atentos a cualquier posible rastro que podría ser borrado en cualquier momento por la lluvia, no habían advertido que estaba empezando a amanecer. Hacia el este, entre la sierra todavía oscura y la capa de nubes, había surgido un fulgor rojizo que iba volviéndose dorado.

—Guadiana abierta, agua en la puerta —dijo Ferreras para sí, de espaldas al inspector, mirando el valle que ya tenía una grisura de mañana lluviosa de invierno.

—¿Cómo dices?

—Hablaba solo. —Ferreras se volvió, su cara ya del todo definida en la claridad fantasma del amanecer, venida como de ninguna parte, ajena al mismo tiempo a la luna y al sol—. Me acordaba de un refrán que decía antes la gente del campo, cuando se madrugaba tanto para ir a la aceituna que todo el mundo se echaba a los caminos cuando era todavía de noche. Bajaban por los caminos hacia el valle, veían esa mancha roja encima de la sierra y decidían que era un aviso seguro de la lluvia. Guadiana abierta...

Estaba aterido de humedad y de frío, le dolían las rodillas y el costado, como avisándole del reúma de la vejez. Miraba, desde el parque abandonado, las casas blancas que se prolongaban hacia el sur siguiendo las sinuosidades de la muralla parcialmente en ruinas, los tejados, las torres de las iglesias, las esquinas donde estaba desvaneciéndose minuto a minuto la luz de las bombillas. Pensó que no había visto los amaneceres del barrio de San Lorenzo y del valle del río desde los tiempos de su adolescencia en los que aprovechaba las vacaciones de Navidad para ganar jornales como aceitunero y pagarse los estudios de Medicina. Ahora el frío, el dolor en las articulaciones, la falta de sueño, debilitaban sus defensas contra la nostalgia, y notaba que se ponía impúdicamente sentimental, lo cual, para alarma suya, le ocurría cada vez con mayor frecuencia: se acordó de la comida en casa de Susana Grey, tan sólo unos días antes, del relámpago triste de intuición que le hizo descubrir junto a ella el espacio vacío, el hueco o la sombra de alguien, de otro hombre que una vez más no era él.

—Éste era mi barrio —le dijo al inspector. Habían recogido todas las muestras y la ropa de la niña y las estaban guardando en el maletero—. Aquí estaba el cine de verano al que me traían mis padres todas las noches. Oíamos desde lejos la música de las películas, y cuando entrábamos olía muy fuerte a jazmines y a dondiegos. Me acuerdo de cuando inauguraron esta mierda de parque, quién te ha visto y quién te ve. Había una rosaleda y una fuente de taza y las parejas de novios se venían a pasear los domingos por la mañana. Yo creo que fue aquí donde vi por primera vez a una pareja de novios tomados de la mano, que le parecía a todo el mundo una cosa muy moderna, porque los novios, hasta entonces, iban del brazo. Venía uno y se compraba en un puesto ambulante un purito americano o un cartucho de avellanas tostadas, y en verano había también un carrito de helados y de refrescos de limón. Era la última moda, venirse a pasear un domingo a los jardines de la Cava, yo me imaginaba que era mayor y que venía de la mano con mi novia después de misa de doce en el Salvador y le compraba un refresco o un cartucho de avellanas calientes, o un cigarrillo suelto, un rubio mentolado, que valían a peseta, una fortuna. Mira en lo que ha quedado todo: jeringuillas y cristales de litronas. Y ese cabrón trayéndose dos veces a una niña sin que lo vea nadie, sin el menor peligro. Aunque hubieran gritado no habría podido oírlas nadie. Mi barrio de entonces es una ciudad fantasma.

Aún estaban de pie, junto al coche, y el inspector lo escuchaba sosteniendo en la mano las llaves, aunque sin impaciencia, con una voluntaria actitud de escuchar que Ferreras no dejó de advertir. «Me estoy haciendo viejo», declaró, con cierto disgusto de sí mismo, y se encogió de hombros tristemente antes de entrar en el coche. «Es muy desagradable pensarlo, pero ya no me gusta el mundo.» Y además me repito, pensaba con alarma, me estoy volviendo esclerótico, a quién le he dicho hace muy poco esas mismas palabras: se las había dicho a Susana Grey, recordó enseguida, el sábado anterior, mientras compartían el vino tinto, el pescado al horno y la salsa sutil que lo acompañaba, en una mesa con mantel y servilletas de hilo en la que sólo faltaba otro cubierto y otro plato delante de una silla vacía para declarar aún más abiertamente la sombra o la evidencia de quien no estaba allí. Entonces, al pensar en ella, reconoció el rastro de colonia que había percibido al subir al coche y tuvo un instante de lucidez simultáneamente adivinatoria y olfativa, y comprendió que la presencia fantasma del sábado anterior en la casa y en la mirada de ella se correspondía, con una especie de simetría velada o secreta, con la otra presencia invisible que ahora acompañaba al inspector, que le había dejado una mancha de carmín en la camisa y un tenue olor de colonia, una cierta manera de mirar o de quedarse absorto o casi sonreír. «Susana», repetía en silencio, pensaba en el nombre como pronunciándolo, «Susana Grey», acordándose de cosas que habían sucedido o no habían llegado a suceder muchos años atrás, más abatido ahora por el agotamiento de la mala noche, la cara apoyada contra la ventanilla, mientras la mañana se afianzaba en las calles todavía desiertas y algunas gotas aisladas y menudas de lluvia chocaban silenciosamente contra el cristal.

—Ya lo ves, no falla —dijo, irguiéndose para sacudir el sueño, avergonzado de aquel brote de desolación adolescente—. Guadiana abierta, agua en la puerta.

26

«No es que ya no tenga fuerzas para seguir escondiéndome», dijo la voz rasposa y nada rotunda al otro lado de la celosía, la voz gastada, como de arena áspera, débil en realidad, sobre todo ahora, cuando no tenía el soporte evidente de la presencia física, como esas voces que cambian del todo al ser escuchadas por teléfono, revelando cosas que tergiversa o desfigura la mirada, «es que ya no tengo la edad. No es digno vivir mintiendo y escondiéndose con más de cincuenta años, no tengo ganas sobre todo, ánimo, fe ciega, como quiera llamarlo, lo que sigue sosteniéndolo a uno cuando ya no le quedan creencias ni expectativas. Dentro de nada podría jubilarme si quisiera. Me lo sugirieron al darme el traslado, que si lo prefería podía solicitar un destino administrativo y quedarme en él hasta que cumpliera los años de servicio que me faltan, una oficina de prensa o incluso algo de más rango, una asesoría de alto nivel en el Ministerio, en reconocimiento a todos mis años de experiencia, a los servicios prestados, como se decía antes. No sé si lo dijeron para premiarme o para quitarme de en medio y quizás tampoco lo saben ellos, nada está ya muy claro en este trabajo y desde hace años no sabemos del todo quiénes están dentro de la ley y quiénes fuera, quiénes mienten y quiénes dicen la verdad. Pero me dio mucho miedo de pronto que fuera a llegarme ya lo que siempre había estado tan lejos, el retiro, o peor todavía, la jubilación, es una palabra terrible, la jubilación y por lo tanto la vejez, porque uno siempre cree que los que se hacen viejos y se mueren son otros, como los que sufren los atentados. Cada vez que mataban a alguien o que lo dejaban malherido, a alguien de nosotros, yo procuraba repasar sus actos para descubrir en qué se había equivocado, qué imprudencias había cometido, porque ésa era una manera de tranquilizarme, de sentir que no todos éramos iguales, que había una manera razonable de disminuir el peligro y hasta de evitarlo. Pero desde luego eso era mentira, en gran parte, nadie puede tomar todas las precauciones ni prevenir todas las eventualidades, nadie está seguro del todo si hay alguien que esté dispuesto a quitarle la vida arriesgando la suya. Mire esos terroristas palestinos, se sujetan con esparadrapo al estómago un paquete explosivo que no cuesta más caro ni pesa más que un walkman, suben a un autobús en Jerusalén y provocan una masacre, es lo más fácil del mundo, no hay nada que tenga menos mérito, o estos de aquí, con sus lanzacohetes y sus sistemas de control remoto, que suelen ser más modernos que los nuestros, y con toda esa gente además que está dispuesta a informarles de cosas, de horarios, de las costumbres de quien ellos eligen. Yo pensaba, me convencía a mí mismo de que lo tenía todo bajo control, pero era una alucinación, como cuando uno ha bebido y se sube al coche y cree que está conduciendo muy bien, que ve muy claro y no le tiembla el pulso. Es mentira, pero una mentira muy verosímil, digamos, con todo lujo de detalles, una de esas mentiras que inventan los grandes estafadores, tan perfectas que precisamente por eso son más sospechosas, porque en la vida real no hay nada así de acabado, de bien hecho, todo parece el resultado de la casualidad o de la prisa, de la improvisación, de un ataque de rabia, como la mayor parte de los crímenes, salvo los crímenes políticos o los profesionales, que en realidad se parecen mucho.»

La voz se quedó en silencio, el padre Orduña oyó tragar saliva y tuvo la sensación de que no conocía a quien le hablaba, la cara masculina velada por la penumbra fría de la iglesia, fraccionada por los orificios en forma de rombos de la celosía.

«Pero para eso sirve el alcohol —continuó la voz monótona, dubitativa ahora, como buscando un hilo perdido—, para inventar simulacros. Va uno borracho y jugándose la vida, la suya y la de otros, y cree que conduce con el pulso firme, tiene los ojos inyectados en sangre y el aliento lleno de whisky y piensa que nadie se da cuenta, que todo está bajo control. Y así vives, años y años, cada vez más perdido en simulacros de todo, de conversación, de amistad, de heroísmo, de deseo sexual también. Yo pensaba que era valiente al no pedir el traslado a pesar de las amenazas de muerte, pero no era valor lo que tenía, era un encabezonamiento de borracho, de borracho de la peor clase, el que no sabe hasta qué punto lo es, el que todavía disimula delante de los demás. En realidad disimular no es difícil, porque mucha gente bebe también, y los unos se escudan en los otros, y además porque nadie se fija mucho, como dice una amiga mía, Susana Grey, no sé si la conoce o se acuerda de ella, de joven me ha dicho que iba a algunas reuniones con usted, de aquellas de cristianos de base. Pero no se impaciente, no se me ha vuelto a perder el hilo, a lo que he venido es precisamente a hablarle de ella, pero todavía no, antes tengo que explicarle otras cosas que usted a lo mejor puede no entender, porque seguro que no ha probado el alcohol en su vida.»

«Lo pruebo todos los días, en la consagración, ¿ya no te acuerdas?», dijo con cierta sorna el padre Orduña, y la voz se detuvo, volvió a sonar con un matiz de agravio, ajena a todo humorismo, a toda dilación.

«Yo empezaba a beber y era automático, me ponía caliente enseguida, perdone la palabra, tenía que buscar una mujer donde fuera, y muy rápido, sin medias tintas ni seducciones lentas, sin ninguna clase de sentimentalismo, sin pensar siquiera en el adulterio. Entre otras cosas no tenía tiempo, había que volver a casa a una hora más o menos razonable, había que fichar, como decía siempre un colega mío, el que mataron en aquel restaurante donde me estaba esperando. Cuando yo llegué todavía estaba su vaso de whisky encima de la mesa, el whisky y el café sin terminar y el cigarro en el cenicero. Había sitios, clubs donde a nosotros nos conocían y no nos cobraban, a los policías, puede imaginárselo, en todas las ciudades los hay, y más de una noche acabábamos en ellos, o acababa yo solo, porque en realidad prefería no ir con nadie, siempre me ha dado vergüenza, como cuando estaba en el internado y los otros se masturbaban en grupo, hacían competiciones a ver quién se corría antes. Yo procuraba irme solo, llamaba a mi mujer para decirle que tenía mucho trabajo y que no me esperara, aunque muchas veces ni la llamaba, pensaba hacerlo y lo dejaba para un rato después, cuando hubiera terminado la copa, y cuando miraba el reloj ya era tan tarde que valía más la pena no llamar, no fuera a estar ya dormida, o a asustarse porque sonara a esas horas el teléfono. Pero no se dormía, ni se dormía ni creía una palabra de lo que yo le contaba, me esperaba despierta, con su bata y sus zapatillas, viendo la televisión, hasta las tantas, yo llegaba y le contaba un embuste y ella empezaba a reprocharme que no la hubiera avisado, se echaba a llorar, y yo lo que sentía, más que nada, era aburrimiento, ganas de que aquello terminara de una vez para irme a dormir, porque siempre era lo mismo, los dos haciendo y diciendo las mismas cosas, ella sus reproches y yo mis disculpas y mis embustes, así siempre, no sé cuántos años, y cada vez peor, porque habían empezado las llamadas anónimas, las amenazas, me cambiaban el número de teléfono y en una semana esa gente ya lo sabía, y era ella la que los escuchaba, no yo, que no estaba casi nunca en casa. Al final ya no soportaba ningún timbre, fuera o no del teléfono, ni el del despertador, ni el del horno, todos la aterraban, y ahora, en ese sitio donde está, no permiten que los oiga, cuando se recibe una llamada para ella una monja entra a avisarla.»

El padre Orduña escuchaba con la cabeza baja, inclinada hacia la celosía, los ojos entornados, las manos juntas en el regazo, o jugando con los filos de la estola, en una posición no dictada por ninguna liturgia, sino por la costumbre y la paciencia de escuchar, a lo largo de tantos años, en aquel mismo sitio, de oír sabiendo que sus interlocutores no exigían en realidad su atención, sino su simple presencia abstracta al otro lado, el rumor de su respiración o de sus movimientos, la seguridad de que alguien escucha, que ya contiene en sí misma una parte de alivio, de la absolución solicitada y siempre concedida. Se adormilaba a veces en el confesonario, con más frecuencia según cumplía años y el sueño se le iba volviendo más ligero e irregular, un sueño inquieto y liviano de viejo. Se había despertado esa mañana cuando aún era muy de noche, y al oír en la oscuridad que estaba lloviendo había tenido un sentimiento de gratitud, una efusión de oraciones respondidas, incluso de pereza de quedarse en la cama escuchando llover, al menos la dosis muy limitada o muy rudimentaria de pereza que podía anidar en un carácter como el suyo, tan hecho para la acción, tan poco dotado para la complacencia de sí mismo, ya fuera en el regalo o en la lástima.

La fuerza de la lluvia estremecía el cristal de la ventana, y el viento soplaba muy fuerte ahora, en los descampados donde antes estuvieron los talleres y la granja, y donde ahora había edificios en construcción, grúas que oscilaban con gruñidos metálicos mientras las zanjas de los cimientos y de los garajes subterráneos en excavación se llenaban de agua, de cieno pardo y denso. Buscó a tientas el botón del flexo, y cuando la luz se encendió sus gafas cayeron al suelo. Se incorporó para recogerlas y las plantas de los pies se le quedaron heladas al pisar las baldosas. Se envolvió en una bata vieja de cuadros, se lavó la cara con agua muy fría, en el pequeño lavabo contiguo a su habitación, donde había también un plato de ducha.

El padre Orduña no vivía tan austeramente porque hubiera renunciado por una decisión de su voluntad a las comodidades que para otros eran imprescindibles: vivía así porque no sabía imaginarse a sí mismo viviendo de otro modo, y porque aquellas cosas que otros disfrutaban a él le resultaban indiferentes. Miraba sin mucha atención los escaparates de las tiendas y se acordaba del asombro de Sócrates ante las abundancias del mercado de Atenas: «Cuántas cosas existen que yo no necesito.» Le gustaba su cama estrecha, de anticuados barrotes cilíndricos, pegada a la pared, y hasta no mucho tiempo atrás había dormido admirablemente en ella, a pesar de su estrechura, de lo áspero de las sábanas y lo mezquino del colchón, y ni su mesita de noche, desconchada en los ángulos, ni el flexo con la pantalla azul metalizada le parecían lo que eran, testimonios de una cierta modernidad ya decrépita de los años sesenta que había sido particularmente favorecida por los proveedores de mobiliario eclesiástico. No siempre lograba vivir de acuerdo con su alma, pero sí estaba de acuerdo con su habitación, a la que no llamaba su celda porque le hubiera parecido presuntuoso. Lo vigorizaba el frío que hacía en ella, y cuando se despertaba por la mañana, todavía de noche, y pisaba descalzo las baldosas, no se le ocurría que bastaban una alfombra y un calefactor para hacerlo todo más habitable. Se levantaba muy temprano porque desconocía el placer de quedarse en la cama, y no tenía que vencer la tentación de la pereza por el simple hecho de que no la había experimentado nunca.

A las siete menos cuarto ya estaba vestido, con su jersey gris de cuello alto y su pantalón azul mahón idéntico a los que usaba en sus años de párroco obrero, con sus zapatones negros que cualquier otro habría tirado al menos diez años atrás, pero que él seguía cuidando y llevaba a poner medias suelas a la tienda del único zapatero remendón que quedaba en la ciudad, el hijo de un zapatero comunista con quien el padre Orduña había mantenido en otro tiempo discusiones agotadoras y apasionadas sobre la existencia de Dios, la naturaleza humana o divina de Jesucristo, el ímpetu de revolución social de los evangelios, discusiones en voz baja, desde luego, sostenidas en el mismo portal donde entraban las mujeres con sus zapatos viejos envueltos en periódicos, teología laboral y clandestina.

Crujían sus zapatos cuando cruzó los pasillos vacíos de la residencia, con luces muy débiles en las esquinas, como en las calles de una ciudad deshabitada, las baldosas blancas y negras disolviendo su perspectiva en la fría oscuridad y en la mirada miope del padre Orduña, que lo rodeaba siempre de distancias de niebla. Tanta gente se había ido marchando o muriendo a lo largo de los años, y la residencia parecía que se hubiera hecho más grande, se había multiplicado el número de las habitaciones, de los dormitorios y las aulas, la longitud de los pasillos y las escaleras, la monotonía aritmética de las baldosas, blancas y negras, sueltas, algunas, resonando ahora en los lugares previstos, mientras el padre Orduña bajaba con pasos lentos y enérgicos hacia la iglesia, la cabeza ancha y fornida, la barbilla adelantada sobre el pecho, las manos a la espalda, o tanteando por precaución la baranda de las escaleras, las rodillas avanzando como si todavía encontraran la resistencia de una sotana, aunque el padre Orduña llevaba muchos años sin ponerse ninguna. Aún se acordaba del escándalo en la ciudad, los párrocos y las beatas, el elemento católico, como se decía entonces, desconcertados y furiosos porque algún jesuita había salido a la calle vestido de *clergyman*, aunque era posible que ninguno de ellos lo hubiera visto, todo era un rezadero de chismes en las sacristías y en las novenas, en las mesas camillas donde se fosilizaba cada tarde el tedio del rosario, en algún café de los que entonces todavía quedaban: ese cura que es nieto o sobrino del general de la estatua ha pasado por la calle Nueva vestido de paisano, con chaqueta negra y alzacuello, como un protestante, desde siempre fue un rojo, se le veía venir, y le negaban el saludo, se cruzaban con él y miraban a otra parte, un veterano de la División Azul que seguía llevando pistola escupió delante de él antes de cruzarse de acera, un viernes santo por la tarde, en medio de una multitud.

Ahora esas cosas le parecían mentira. Parecía mentira que hubieran existido, y más mentira aún que con el tiempo dejaran de existir, tan sólidas como eran, tan indestructibles. Para llegar a la sacristía el padre Orduña tenía que cruzar un patio de deportes desprotegido por la lluvia. Hacía muchos años que nadie jugaba en él al baloncesto, pero aún estaban dibujadas las líneas blancas sobre el asfalto y permanecían en pie los armazones metálicos de las canastas. Quiso apresurarse, pero los zapatos se le calaron en un charco que no había visto, se le cayeron las gafas y durante más de un minuto se vio a sí mismo humillado y algo ridículo, inclinado en la oscuridad, bajo una lluvia muy fuerte, buscando las gafas, temiendo pisarlas en la vaguedad nublada de su miopía.

Se había mojado mucho. En la sacristía se secó el pelo y la cara con una toalla, limpió con cuidado los cristales de las gafas antes de empezar a vestirse para la misa. Contra su costumbre, encendió una pequeña estufa eléctrica para secarse los pies. Se sentó un rato frente a ella, tan cerca que enseguida las suelas de los zapatos le olieron a goma quemada. Se frotaba las manos, vencido ahora, como un hombre muy viejo, por el frío del amanecer, apesadumbrado por la posibilidad de contraer un catarro o incluso una pulmonía si se dejaba puestos durante toda la misa, en la frialdad vasta de la iglesia sin fieles, aquellos calcetines recios y húmedos.

Con alguna frecuencia, sobre todo en invierno, no había nadie en los bancos, y el padre Orduña decía la misa exclusivamente para él solo, hecho que en modo alguno lo desalentaba. El portero de la residencia, casi tan viejo como él, era quien abría la iglesia y encendía las luces. Se vistió, aunque sin mucho ánimo, le dio más frío el contacto de las ropas litúrgicas, el metal helado de la custodia. Caminó hacia el altar mayor, consciente de sus calcetines mojados, de su paso más lento y su espalda más encorvada que otros días, apoyó las manos en el altar, se arrodilló para santiguarse y al levantar los ojos vio las pocas figuras de mujeres de todos los días, borrosas por la distancia y la penumbra. Pero había alguien más esta vez, al fondo, una silueta más alta, imposible de identificar, tan lejos, masculina, con la mancha verde oscuro de un abrigo o de un anorak, un hombre que no tenía costumbre de estar en una iglesia, o que había dejado de frecuentarlas hacía tanto tiempo que ignoraba los cambios de las costumbres litúrgicas. Sin verle la cara lo reconoció, y al terminar la misa, en vez de retirarse, como tenía previsto, a cambiarse el jersey y los calcetines y prepararse un vaso de leche caliente, se puso la estola encima del jersey y fue despacio hacia el confesonario, sin saber del todo si acudía a una cita o formulaba una invitación.

«Me acordaba de usted muchas veces. En el fondo, cuando pensaba que me escondía de otros, a lo mejor de quien me estaba escondiendo era de usted, de lo que habría pensado de mí si hubiera sabido que me ganaba la vida en la universidad pasando informes a la brigada político social sobre la gente politizada o revoltosa de mi curso, o si me hubiera visto tambalearme al salir del coche o meterle mano en un club de alterne a una prostituta que no iba a cobrarme porque yo era policía. No creo en Dios y desde que me casé no he vuelto a pisar una iglesia, a no ser para bodas y entierros, pero me he sorprendido a mí mismo algunas veces sintiendo una necesidad grande de confesarme y de ser perdonado, una necesidad muy fuerte, no ahora, desde luego, no hoy, ése no es el motivo por el que he venido. Ya hace meses que no bebo y que no salgo por ahí buscando mujeres. Dejé el alcohol de golpe, el alcohol y el tabaco, un poco antes de que me dieran el traslado. Llegué una noche a casa, más borracho que de costumbre, me desnudé en la oscuridad, como hacía siempre, en los últimos tiempos, desde que mi mujer ya no me esperaba levantada, me desnudé tropezando con las cosas, haciendo mucho ruido, pero ella no se movía, y tampoco creo que se molestara en fingir que estaba dormida, de espaldas en su lado de la cama, la veía como un bulto a la luz de los números del despertador y quería descubrir si respiraba o no como el que está dormido, y al mismo tiempo disimular, estaba convencido de que lo conseguiría. Ahora me doy cuenta de que ese disimulo no era posible, desde que no fumo ni bebo puedo oler en los demás el alcohol y el tabaco, en la ropa de la gente y en su aliento, lo huelo muy fuerte, y comprendo que cuando llegara entonces a mi casa el olor con que entraba en el dormitorio sería muy fuerte, imposible de ocultar aunque lo hubiera intentado. Pero ya le digo, uno cree que controla y no controla nada, está a merced de cualquier accidente, de cualquier desgracia, podía haberme matado uno de aquellos terroristas que me amenazaban por teléfono y me dejaban anónimos en el buzón o me podía haber matado yo mismo en el coche, o enredándome en una pelea con chulos o con traficantes en uno de aquellos bares a los que iba de noche, fingiendo muchas veces que lo hacía por razones de trabajo, o imaginándolo y creyéndolo yo mismo, contándome el embuste igual que se lo contaba a mi mujer. Ésas eran las peores mentiras, o las más peligrosas, las que yo inventaba para mí mismo y me creía, como si me las contara otro, el que se apoderaba de mí cuando estaba muy bebido. Eso sentía a veces, al despertarme de noche, todavía bajo el efecto de la borrachera, estaba acostado en la oscuridad junto a mi mujer y sentía que había alguien más en la habitación y me daba pánico, pero no me atrevía a dar la luz, para no despertarla, y ese otro seguía allí, como si hubiera estado mirándome mientras dormía, veía exactamente su sombra y cuando parpadeaba lo que había visto era una chaqueta tirada sobre una silla. Había veces en que olvidaba cosas, se me borraban horas, hasta noches enteras, y me dio por pensar que cuando me ocurría eso era porque el otro se había apoderado por completo de mí y me robaba hasta los recuerdos. Una noche llegué a casa a las tantas, me tendí en el sofá sin quitarme los zapatos ni la corbata y me quedé dormido, pero a la mañana siguiente me desperté en la cama, con mi pijama puesto, con un dolor de cabeza horrible, con los pulmones quemados por dentro de tabaco y sin ningún recuerdo. Pero esa otra noche que le digo, la última de todas, estaba tan borracho que no me había atrevido a conducir, y además no recordaba dónde había dejado el coche, y estuve andando no sé cuánto tiempo, mojándome, con esa lluvia fina del norte, y tampoco sé cómo pude llegar a mi casa. Buscaba un taxi, pero no aparecía ninguno, y yo andaba y andaba, sin que ni el frío ni la caminata me quitaran la borrachera. Me paré dos o tres veces a orinar en cualquier parte, esas meadas largas de los borrachos que huelen tanto a alcohol. Llegué frente a mi portal, miré hacia arriba por si estaba todavía encendida la luz de mi casa, y entonces tropecé y me caí. No sé cuánto tiempo me quedé en el suelo, boca abajo, sin moverme, menos mal que había una marquesina que me protegía de la lluvia. Estaba tumbado, consciente, con la cara contra una losa muy fría, imagínese que hubiera llegado algún vecino en aquel momento, todavía lo pienso y me da vergüenza acordarme. Me gustaba estar tendido allí, no tenía ninguna gana de levantarme y de entrar a mi casa, en aquel momento comprendía a esos borrachos que se quedan dormidos en la calle, tirados en una acera. No se puede caer más bajo, y es verdad, literalmente, se tiene la tranquilidad de haber llegado al suelo, de no tener ningún peligro de caída ni de vértigo, y el suelo es tan firme, tan seguro y tan ancho, que parece que nada le puede ocurrir a uno ya, da una sensación de fortaleza y de tranquilidad muy grande, de tranquilidad y de abandono, parece que lo protege a uno la misma ley de la gravedad. Pensaba que podía llegar o salir alguien, aunque eran las cuatro o las cinco de la mañana, pero la vergüenza no era motivo suficiente para levantarme. Me levanté porque me estaba entrando mucho frío, y al ponerme de pie me dio tal mareo que casi me caigo otra vez, ya estaba echando de menos la seguridad del suelo, el santo suelo, que decía antes la gente. Imagine con qué cuidado podía yo acostarme esa noche, o cómo podía creer que ella estaba dormida y que era posible no despertarla, con todo el ruido que estaba haciendo, hasta con el mismo olor que traía. Sabía que en cuanto me acostara me entrarían las náuseas, y sin embargo me acosté, y cuando entré en la cama ella se apartó más hacia su lado, como para que yo ni la rozara. Fue tenderme y cerrar los ojos y vino lo peor, primero la idea de que había alguien más en la habitación, y luego el mareo, la sensación de que si no me incorporaba y encendía una luz iba a morirme. Me levanté a tientas, conseguí llegar al cuarto de baño, me senté en el retrete y entonces empecé a vomitar, y no tenía voluntad ni para echar la cara a un lado y que los vómitos cayeran al suelo. Me vomité encima, sobre la chaqueta del pijama, sobre los pantalones bajados y las rodillas, y el olor de los vómitos me provocaba más arcadas y me hacía vomitar otra vez. Me quedaba con la cabeza caída y la boca abierta y babeando y miraba lo que había salido y lo que volvía a salir de ella como un idiota, como si no fuera yo el que vomitaba. Tenía que arreglar aquello, tenía que evitar que mi mujer lo viera, limpiar el cuarto de baño y limpiarme yo, y tirar todo lo que llevaba puesto, el pijama, los calzoncillos, las zapatillas, todo lleno de vómitos, y yo sentado en el váter, incapaz de moverme, queriendo morirme, con unas ganas de estar muerto más fuertes que todas las ganas juntas de vivir que había tenido nunca. No sé cómo pude limpiarlo todo, esa parte se me ha borrado casi por completo, ni siquiera sé si lo hice yo, el caso es que por la mañana me desperté a las once y no había escuchado el despertador. Tenía puesto un pijama limpio y los pulmones aplastados como por una losa, y mi mujer no estaba, fui al cuarto de baño y todo estaba en orden, como si los vómitos y el desastre de la noche anterior los hubiera soñado yo, pero en el espejo vi que tenía una herida y un moratón muy oscuro en la ceja derecha. Desde entonces no he vuelto a beber ni a fumar. No lo decidí, no me costó ningún trabajo, al revés, si olía alcohol o humo de tabaco me daban náuseas, me volvía la enfermedad horrible de aquella noche. Ahora, últimamente, bebo un poco de vino, pero sólo cuando estoy con esa mujer de la que quería hablarle, Susana, Susana Grey.»

La voz se interrumpió: para recobrar el aliento después de tantas palabras, o tal vez esperando una pregunta que el padre Orduña no hizo, cabizbajo, atento, cansado, moviendo débilmente la cabeza mientras se frotaba despacio las manos cruzadas, sintiendo el frío y la humedad en los pies, la proximidad del catarro.

«¿Sabe lo que empecé a sentir después de dejar el alcohol? Nada de angustia, ni de decepción por volver a ver las cosas como eran, las cosas y las caras de la gente. Sentí que me había ido, antes de irme del norte, que me había cambiado de país, y que ahora vivía en otro más frío, con el aire más limpio como en las mañanas de aquí cuando ha helado de noche y el cielo está completamente azul. Todo fuera de mí, en ese país, era más intenso, como más exacto, los colores y los olores, sobre todo, alguien pelaba una naranja a veinte metros de mí y me mareaba el olor, o veía venir a una mujer por la calle y notaba el momento justo en el que yo estaba entrando en el radio de su perfume. Pero todo eso pasaba fuera, porque el país donde yo estaba entonces, y del que no quería irme, en realidad no era el mío ni iba a serlo nunca. No sé si puedo explicárselo, en ese país nuevo siempre había la luz de por la mañana y yo venía de otro en el que siempre era de noche, y una noche artificial y encerrada además, con las luces de los bares oscuros, con el aire lleno de humo. No tenía nostalgia, ni ganas de volver, desde el primer momento sabía que la vida anterior se había acabado, pero en el nuevo país me daba cuenta de que no iba a nacionalizarme, digamos, que iba a estar de paso, hasta que me mataran o me muriera, que me afectaban los olores y los colores de las cosas pero no las personas, todas extranjeras, hostiles o amables, pero indiferentes a mí. Hasta hace dos meses, cuando pasó lo de esa niña, Fátima, cuando la vi muerta en el terraplén, sin nada encima, nada más que los calcetines blancos, entonces me di cuenta de que casi nunca en mi vida había sentido nada de verdad, por comparación con lo que sentí viéndola a ella, tirada allí, morada, amarilla, y mire que he visto cosas en mi vida, que he visto gente muerta y destrozada, cadáveres podridos, todo lo que se puede ver, pero en realidad había algo en

mí que no era afectado nunca, y yo lo tomaba por fortaleza de ánimo, por valor físico, pero no era eso, era indiferencia, o como máximo odio, una intoxicación de muerte
y de rabia, cuando veía el cadáver de un compañero, de
alguien recién asesinado, vivía muchas veces borracho
de muerte y me daba tan poca cuenta como de mis borra-
cheras de alcohol. Pero sufrir, sufrir por alguien de verdad, no odiar, no querer vengarme o tomarme la justicia
por mi mano, sufrir como si me hubieran arrancado algo,
como si me amputaran sin anestesia, eso no lo he sentido
más que aquella vez. A mí nunca me preocupó tener hijos, y cuando se supo que mi mujer no podía quedarse
embarazada yo lo que noté sobre todo fue alivio, pero
viendo a Fátima sentí que a quien habían violado y matado era a una hija mía, yo que jamás había tenido ni la
vocación ni las ganas de ser padre, ni me fijaba en los niños. Los he empezado a ver en estos meses, hablando con
los compañeros de Fátima, yendo a la escuela a la hora de
salida en busca de caras de gente sospechosa, caras y ojos,
como me dijo usted. Así que una cosa lleva a la otra, todo
se enreda, y eso es lo más raro si me paro a pensarlo, si no
me hubieran destinado aquí yo no habría visto a esa niña
con la boca y los ojos abiertos y los calcetines blancos, a
lo mejor me habría enterado de algo por el periódico o la
televisión, o ni siquiera eso, y no habría conocido a esa
mujer, a Susana, no sé si le he dicho que era su maestra.
La primera vez que la vi fue para preguntarle cosas sobre
la niña, y me parece que no me fijé mucho en ella, quizás
sólo en que tenía un acento muy claro de Madrid, pero
nada más. Ella se acuerda de todo, de lo que yo llevaba
puesto aquella vez, de cada cosa que le dije, pero dice
siempre que lo normal es que la gente no se fije en nada
ni se acuerde de nada, y tiene razón, también en eso, yo

creía ser muy observador y he comprobado con ella que no es cierto, que si no sentía nada tampoco veía casi nada, ni oía. Es como aquella historia de la Biblia que usted nos contaba, ya no me acuerdo bien, alguien que se quedó ciego porque le habían salido unas escamas en los ojos, "unas como escamas", de eso sí que me acuerdo, de esas palabras, "unas como escamas".»

«El padre de Tobías —dijo el padre Orduña—, yo creía que no te acordabas de nada.»

«Eso creía yo también. Pero todo eran simulacros, como los del alcohol, como todos los disimulos de mi vida, sólo que el más engañado era yo mismo. Creía ver y no veía nada, creía saber y lo desconocía todo, creía tener experiencia con las mujeres y era mentira, si me hubiera muerto sin encontrar a Susana no habría sabido nunca lo que era desear de verdad y disfrutar con una mujer. Le parecerá vulgar, o impropio, pero es cierto, y no sé decírselo ni a ella, me da vergüenza, le juro que yo no sabía que eso pudiera ser así, tan dulce y tan fuerte, tan fácil, y perdone que haya venido a contarle un adulterio, a contárselo y no a confesarme ni a pedir que usted me absuelva. No siento dolor de corazón, como decían ustedes, ni tengo propósito de enmienda. He estado hasta hace un rato con ella, la primera vez que he dormido en su casa. No he conocido a nadie que tenga tantos libros, tantos discos, de tantas músicas que yo ni sabía que existieran, hace que me sienta como un aprendiz, un aprendiz de todo, a mi edad, siendo casi veinte años mayor que ella, me hace preguntarme a qué he dedicado yo de verdad el tiempo de mi vida, aparte de al trabajo, al trabajo y al alcohol y a disimular y esconderme siempre. Eso tampoco me ha ocurrido nunca, ni con mujeres ni con hombres, las ganas de oír a alguien, de aprender de lo que sabe otro, no como aquellos pedantes que había en la universidad cuando yo estudiaba, que lo sabían todo y humillaban al que no era tan listo o tan culto como ellos. Alguien que sabe de verdad de algo, quiero decirle, con naturalidad, como sabe ella, Susana, hasta burlándose un poco de sí misma, dice que no habría leído tantos libros ni habría oído tantos discos si le hubiera ido mejor con los hombres. Qué vergüenza, y yo ahora descubro que no sé nada, que en realidad no me he preocupado de aprender ni de entender nada, de pronto no sé en qué se me ha ido la vida, aparte de en tener miedo y en perseguir terroristas y en beber whisky. Me encontraba cohibido anoche, cuando llegué a casa de Susana, le había comprado flores y una botella de vino pero en el ascensor empecé a pensar que las flores debían de ser muy vulgares y el vino muy malo. Hasta ahora yo no había reparado en esas cosas. De pronto es como si estuviera en el principio de todo. Sé que es mentira, en parte, pero me gusta pensarlo, y lo cierto es que muchas cosas me están pasando por primera vez. Le parecerá raro, pero yo nunca había dormido con una mujer que no fuera la mía, nunca había dormido así, abrazado, sin nada encima, ninguno de los dos, me oigo contarle esto y me siento un poco ridículo, pero también me siento orgulloso. Se ha despertado al notar que yo me levantaba y ha ido a la cocina a hacerme un café, lo he olido mientras me afeitaba en su cuarto de baño, entre todas esas pomadas y cremas que tiene, anoche me las enseñaba y se echó a reír, me dijo que cualquiera que viese tantos productos de belleza pensaría de ella que se encontraba en un estado de decadencia terminal. He abierto los botes de crema, los frascos de colonia, sin que ella me viera, los he olido todos, y también su albornoz, y entonces he empezado a oler el café, y cuando he salido estaba sentada junto a la mesa de la cocina, delante de mi café con leche, despeinada, con una bata de seda con flores rojas, creo, la bata estaba medio abierta, y ella tenía las piernas cruzadas, y estaba descalza, con cara de sueño, pero se había pintado los labios, nada más que para despedirme, eso tampoco me había pasado nunca, me ha acompañado hasta el ascensor y me ha dado un beso en la boca, y yo ahora en lo único que pienso es en el tiempo que me falta para volver a verla, en llamarla para que coma conmigo a mediodía, aunque no creo que pueda, tiene que estar a las tres y media en la escuela. No quiero pensar en nada más, por ahora, en lo que haré mañana y pasado, el domingo, cuando tenga que ir a la residencia, no sé qué voy a hacer ni tengo ganas de seguir escondiéndome y disimulando, ni ganas ni edad, no me arrepiento, no sé si es una canallada pero no me siento culpable. Eso también me pasa por primera vez en mi vida, no me muero de culpabilidad y de remordimiento, ya no me da igual morir. Yo no he sido valiente todos estos años, cuando pensaba que tenía dominado el miedo y que no me importaba mucho que me mataran, era que no conocía la diferencia entre estar vivo y estar muerto.»

La voz se detuvo, pero el padre Orduña siguió escuchando la respiración al otro lado de la celosía, viendo la sombra ahora callada y a la expectativa, la sombra de alguien que casi perdía sus rasgos individuales, disolviéndose en otras, en tantas, las de hombres y mujeres y voces innumerables que se habían arrodillado a lo largo de los años en el mismo lugar, que habían murmurado sus confesiones y culpas tan borrosas ya, tan intercambiables entre sí, confidencias cobardes, susurradas, enunciadas con miedo o vanidad, con la urgencia de recibir una absolución, pecados mezquinos o atroces, monótonos adulterios, ambiciones de posesión de los bienes o de las mujeres de otros, turbulencias terribles que permanecían durante años o décadas ocultas en la conciencia de alguien, en la voz mansa de una sombra a la que el padre Orduña muchas veces no había podido asignar los rasgos de una cara. No dijo nada aún, pero la sombra seguía esperando, el hombre que se había arrodillado por primera vez en ese mismo lugar hacía más de cuarenta años, para su primera y forzada confesión: el padre Orduña no sabía qué esperaba y no creía tampoco que él lo supiera. Lo oía respirar, inquieto, agitado en el asombro de su nueva vida recién descubierta, de su capacidad de dicha e impudor, tan torpe en el fondo para disfrutar de ellas como para olvidarse de la otra vida más sombría que lo estaba aguardando, el despacho policial adonde volvería cuando se marchara de allí, sus obligaciones conyugales, la mirada despavorida y vacía de la mujer a la que visitaría de nuevo el domingo. Viejo y austero, protegido en el interior del confesonario, con los pies fríos, con un principio de fiebre y de pesada somnolencia en la frente, encima de los ojos, el padre Orduña sintió piedad hacia él y hacia todas las sombras que lo habían precedido tras la celosía, piedad y agradecimiento a la providencia o la misericordia divinas por haberle dispensado a él de las tribulaciones y los soliviantos de la pasión sexual, que apenas lo había rozado a lo largo de su vida, del mismo modo que casi nunca había sucumbido al desaliento ni a la enfermedad. Quién soy yo para juzgar o perdonar lo que vienen a contarme, pensaba, qué puedo saber sobre sus deseos o sus tormentos.

27

Iba a buscarla todas las mañanas, a las nueve menos cuarto, llamaba al portero automático y era ella m_sma la que le contestaba, ya dispuesta para salir, vencía el miedo y los recuerdos y bajaba sola en el ascensor, lo veía a él en la puerta y le sonreía enseguida, con su jovialidad recobrada, intacta, como fortalecida, más adulta ahora, sin más huellas visibles de la desgracia que una pequeña cicatriz en la mejilla derecha, causada tal vez por la punta de la navaja, aunque ella no recordaba el momento ni el dolor de la herida, ésa era una de las pocas cosas que había olvidado, igual que había olvidado lo que estaba ocurriéndole cuando empezó a perder el conocimiento, cuando el hombre enfurecido se apartó de encima de ella y dejó de sentirse aplastada por su peso y por los golpes violentos y fracasados de su pelvis y notó que algo rígido y cruel le hendía el vientre y la desgarraba y ella pensó que ahora sí que de verdad iba a morirse y que era la navaja y no sus uñas lo que el hombre estaba clavándole en venganza por no haber logrado lo que pretendía, lo que le había repetido tantas veces que le iba a hacer, con las palabras más sucias que ella había escuchado nunca, y que le daba tanta vergüenza decirle al inspector, delante de su padre.

Se ponía de puntillas para darle un beso y salía sola del portal, como le habían enseñado que hiciera, y echaba a andar delante de él, camino del colegio, con la mochila a la espalda, con un chubasquero amarillo y un paraguas rosa los días de lluvia, con botas amarillas de goma. De vez en cuando volvía un instante la cabeza hacia el inspector, nada más que para estar segura de que la seguía y la cuidaba, pero si se encontraba con otras niñas obedecía las instrucciones recibidas y actuaba con una desenvoltura perfecta, sin mirar hacia atrás, o haciéndolo de un modo tan hábil que nadie sospecharía su vínculo con el hombre alto y canoso que caminaba a una cierta distancia, fijo siempre en ella, sin perderla de vista hasta que desaparecía en el interior del colegio, en el tumulto de niñas y niños y madres de todas las mañanas, donde solía surgir como un regalo instantáneo y añadido la presencia de Susana Grey, atareada y grave camino de su trabajo, casi desconocida, con su trenca azul marino o su gabardina de los días de lluvia, siempre rápida, a punto de llegar tarde, los brazos ocupados con libros y carpetas, los ojos miopes entornados para distinguirlo a él, que la saludaba con un gesto indeciso, más por timidez que por una precaución de clandestinidad.

Podía haber encargado esa tarea a otro inspector o a un guardia de paisano, pero prefería ir él mismo, y no sólo por el aliciente de ver a Susana Grey y cruzarse con ella diciéndole buenos días como la habría saludado si hubiera seguido siendo lo que fue al principio, alguien a quien él debía hacer preguntas y mostrar fotografías de delincuentes sexuales. Le gustaba esperar a la niña en el portal y darle un beso en la mejilla fresca y ya próxima a la adolescencia en la que apenas se advertía la cicatriz, y seguirla luego por la calle viéndola de espaldas, tan frágil en apariencia y sin embargo tan fuerte, sobrevivida, recobrada del terror, segura de que él la protegía, cómplice en el secreto necesario que habían logrado mantener, orgullosa de su propia destreza para secundarlo. La había visto temblar, el primer día, en la cama del hospital, abrazada a su padre, flaca y pálida, con el camisón de la Seguridad Social que le venía tan grande, todavía sin recobrar del todo la voz, hablando muy raro, cuando despegaba los labios, por culpa de la herida en la lengua, que al doblarse tanto hacia atrás le salvó la vida, había dicho Ferreras, porque quedó un espacio muy angosto a través del que siguió entrándole en los pulmones un tenue hilo de aire, a pesar de las bragas desgarradas e introducidas en la boca hasta la garganta, destinadas a provocarle la misma asfixia que a Fátima, su predecesora, su doble inexacta.

Ese hilo de aire y el frío, dijo Ferreras, el frío que la despertó, pero sobre todo esa cosa tranquila e indómita que hay en ella, pensaba el inspector viéndola caminar hacia el colegio, y cuando la veía salir otra vez a la una y media de la tarde, tan singular a sus ojos, en medio de las otras niñas que en realidad se parecían tanto a ella, con sus chubasqueros y sus chándals, con sus carpetas y archivadores decorados con fotos de cantantes o de actores de cine. Se acordaba de algo que le había contado Susana Grey: lo que había sentido la primera vez que dejó a su hijo en el patio de una guardería, entre los demás niños, de pronto no ya la criatura única que había nacido de ella y que compartía su vida, sino uno más entre muchos, difícil de distinguir desde lejos, y sin embargo más suyo aún que si lo viera solo, con un aire a la vez de desamparo y de suficiencia, un principio de autonomía personal.

Salía la niña, Paula, entre las otras y enseguida sus ojos lo buscaban disimuladamente, con un brillo de complicidad y de astucia, nadie debe saber nada, le habían dicho, ni tu maestra, ni tu mejor amiga, nadie. Habían tejido en torno a ella una malla firme e invisible de protección y secreto, un sistema de silencio que obedecían por igual los taxistas que la recogieron y las enfermeras encargadas de cuidarla en una habitación reservada del hospital, y ahora el inspector se concedía una satisfacción íntima y cautelosa al comprobar que había conseguido lo que al principio le pareció tan necesario e imposible, que la desaparición y el hallazgo de Paula no llegaran a los periódicos ni a los telediarios, que ni siquiera se propagase el rumor por la ciudad: que se pregunte por qué nadie dice nada, que pierda los nervios, que se atreva a volver al sitio donde dejó a la niña creyendo que estaba tan muerta como Fátima.

Pero más aún lo complacía asistir cada mañana y cada tarde a la recuperación gradual de Paula, seguirla en su camino hacia la escuela, conversar con ella luego, a la hora del café, no sólo de lo que le había ocurrido aquella noche, sino de sus exámenes y de sus juegos, de los libros o de los programas de televisión que más le gustaban. Se quedaba seria de pronto, miraba al inspector de una manera que ahora a él le resultaba familiar, de miedo y a la vez de recuerdo, de orgullo por haber recobrado un nuevo pormenor que a él le sería útil, que quedaría anotado en el cuaderno que tenía siempre al alcance de la mano: «la cazadora era de ante marrón», decía, no porque se hubiera esforzado en recordar, sino porque en la superficie de su memoria todavía trastornada había emergido esa imagen suelta, «el reloj que llevaba no era de agujas, sino de números, tenía la correa de plástico negro».

Había tardado diez días en volver a la escuela, en atreverse a salir a la calle y a cruzarse con desconocidos, y al principio su padre y el inspector la acompañaron, pero enseguida empezó a sobreponerse al miedo, paso a paso, y hubo un día en que se atrevió a bajar sola en el ascensor, y otro en el que dijo que ya no hacía falta que la llevaran a la escuela, no fuesen sus compañeras a sospechar algo, dijo ella misma, ya le habían preguntado algunas por qué iba de la mano de su padre, a los doce años, como si estuviera en párvulos.

El inspector aguardaba delante de la verja de la escuela, más viejo que la mayor parte de los padres y madres, mejor vestido también, con sus ropas invernales del norte, se iba fijando una por una en las caras de los niños que salían en tumultuosas oleadas, entre una confusión de coches y de gente, de paraguas en los días de lluvia, y cuando reconocía la cara de Paula notaba un sobresalto de tranquilidad y alegría. Iba tras ella, sabiéndose ya el camino de memoria, la acompañaba hasta el portal, le abría la puerta del ascensor, le daba un beso de despedida y luego volvía por la tarde, para conversar con ella, siempre cerca del padre, que le acariciaba la mano y la escuchaba con una mezcla de devoción y de rabia, devoción absoluta hacia su hija recobrada y rabia que no quería mostrar en toda su intensidad delante de ella. «Yo lo único que quiero es que usted me prometa que va a encerrarlo —le decía, cuando la niña no estaba delante—, que no lo van a dejar salir hasta que se muera.»

El inspector llegaba hacia las cuatro y media o las cinco de la tarde y ya le tenían preparado el café, la misma Paula se lo servía a él y al padre, y no olvidaba ponerle una sola cucharada de azúcar, y preguntarle un poco más tarde si no quería tomarse una cocacola: le dijo que no había visto a ningún otro adulto a quien la cocacola le gustara tanto. El padre era empleado de correos, y no llevaba ni un año destinado en la ciudad. La madre trabajaba de camarera en un hotel. Tenía el turno de tarde, y el inspector no solía encontrarse con ella. Rondaban los dos los cuarenta años, y su casa daba una impresión de desahogo en la modestia, de vida desenvuelta y vivida: había fotos de la pareja abrazándose, de ellos dos con la niña muy pequeña, llevándola de la mano en algún paisaje que parecía extranjero, los tres con aire de viaje, con vaqueros y jerseys y zapatillas de deporte, delante de un coche cargado o de una tienda de campaña.

Llegaba con un cassette, con un bloc de notas, con álbumes de fichas y materiales de identificación, y la niña salía a abrirle y se empinaba para darle un beso, cálida enseguida, porque el afecto parecía su disposición natural, igual que en otras personas es la hostilidad, o la indiferencia. Se sentaban todas las tardes en el mismo lugar, el inspector en un sillón, la niña y el padre en el sofá, delante de la mesa baja donde estaba el servicio de café y donde el inspector ponía en marcha su grabadora. «Quiero que te acuerdes de todo —le decía—, sin que te dé vergüenza, sin que te importe no estar segura o habérmelo contado ya.»

Pero no le hacía falta que la animaran, tenía una memoria infalible, una capacidad de percepción y retentiva que se iba volviendo cada día más aguda, en oleadas de pormenores nuevos, de matices o palabras hasta entonces no recordados. El primer día, en el hospital, apenas balbuceaba, con su lengua hinchada y torcida, temblando, con los ojos perdidos. Ahora era capaz no sólo de recordarlo todo, sino de contarlo con una precisión que a veces a ella misma se le volvía intolerable. Nunca se contradecía, no contaba nada de lo que no estuviera muy segura. Dejaba de hablar, tragando saliva antes de repetir una palabra o un gesto especialmente repulsivo, miraba de soslayo a su padre, le apretaba la mano, con la cabeza baja, sin atreverse a mirar al inspector a los ojos.

—Me ordenaba cosas y yo no lo entendía. Decía palabras que yo no sabía lo que significaban. Me decía puta muchas veces, me mandaba que me quitara la ropa y yo no lo obedecía, y entonces me daba un golpe con la mano abierta y me tiraba contra el suelo, pero yo me levantaba otra vez, se ponía muy furioso, respiraba muy fuerte, le temblaba la voz.

—Dime cómo era, qué acento tenía.

—Normal, de aquí, como cualquiera. La voz rara, muy suave. Fumaba mucho. Sacaba el cigarro y lo encendía con una sola mano, mientras tenía la navaja en la otra.

—¿En qué mano?

—En la derecha. —La niña cerró los ojos, apretó los labios, forzando su memoria—. En la misma que tenía sangre. El cigarro en la izquierda y la navaja en la derecha. El mechero azul, fallaba mucho al encenderlo. Se chupaba la sangre de la mano.

—¿Viste el color del mechero en el terraplén?

—Lo vi en la escalera, la primera vez que lo sacó. Fallaba porque le temblaba la mano. La marca de los cigarros era Fortuna. Fumaba mordiéndolos, sin quitárselos de la boca. Me decía que iba a quemarme. Chupaba muy fuerte y me lo acercaba.

—¿A la cara?

La niña no dijo nada, negó con la cabeza, apartando otra vez los ojos.

—Aquí. —Se señaló fugazmente con un dedo índice

de uña mordida la curva leve del pecho—. Luego me puso la navaja. Decía que si me gustaría que lo cortara.

«Incisión superficial de arma blanca en torno al pecho izquierdo», había leído el inspector en el informe de Ferreras. En el comedor familiar, caliente y protegido, frente a la mesa baja donde había un civilizado juego de café, junto al padre y la hija sentados en el sofá, le vino de pronto como un estremecimiento físico de pura maldad, el frío de la navaja hendiendo la piel aterida de la niña, su carne blanca e indefensa a la luz de la luna. Al llegar al terraplén le había ordenado que se desnudara, dijo. Se había negado, o simplemente no había podido obedecer por culpa de la parálisis del miedo, y él la había tirado al suelo de un puñetazo, con la misma mano que sostenía la navaja, y entonces ella empezó a quitarse la ropa, tiritando de frío, abrumada no sólo por el miedo, sino también por la extrañeza, por la incapacidad de comprender. No entendía lo que le era ordenado, tan sólo el asco y el terror que las palabras desconocidas y los gestos imperiosos le provocaban.

En el suelo se había fijado en que el hombre llevaba unos pantalones vaqueros y unos zapatos negros, sin cordones, unos zapatos manchados de barro que no eran de invierno. Pero no, dijo, en los zapatos y en los calcetines recordaba ahora que se había fijado antes, los veía mientras caminaba con la cabeza baja a través de toda la ciudad, con aquellos dedos apretando en la nuca, unos zapatos parecidos a mocasines, con borlas que se movían a un lado y a otro, no, con una sola borla, la de uno de los zapatos se había caído, no recordaba cuál, quizás el derecho: el inspector anotaba, le sonreía, alentándola, pero cuidando mucho de no presionarla, de no intentar que forzara el ritmo o el flujo de sus rememoraciones de detalles, cerraba el cuaderno y guardaba la pluma, si veía que la niña empezaba a ponerse muy tensa, le preguntaba por algo del colegio, la felicitaba por su buena memoria, seguro que no tenía problemas para aprenderse las lecciones, le dijo, si necesitaba trabajo cuando fuera mayor no tenía más que solicitar una plaza como inspectora de policía.

—El color de los calcetines —volvió a preguntar—. Me has dicho que eran claros. ¿Blancos o de otro color?

—Blancos, seguro.

—¿Llevaba algún anillo en las manos, alguna cicatriz?

—Anillos no, pero sí una pulsera.

—¿Eso que llaman una esclava?

—Creo que sí. Como una pulsera de mujer pero más pequeña.

—¿Parecía de plata o de oro?

—De oro. —La niña sonrió—. Pero seguro que era falsa. Las manos muy grandes. Más grandes que las tuyas o las de mi padre. Viéndole la cara era raro que tuviera esas manos. Las uñas con el filo negro. Me arañaba con ellas.

—¿Las tenía largas?

—Largas no, rotas, como de no cortárselas bien. El cinturón tenía una hebilla grande, yo no podía desabrochárselo y me tiraba del pelo y me ponía la navaja en la cara. La hebilla del cinturón estaba muy fría. Me apretaba la cabeza contra ella, decía que no quisiera engañarlo, que seguro que ya había hecho muchas veces eso que él quería que le hiciera.

La cara redonda, se acordaba, la barbilla muy pequeña, en eso se había fijado muy bien, parecía que la cara no estaba terminada de hacer por abajo, el pelo negro, rizado, la frente estrecha, las cejas grandes, casi juntas encima de la nariz: el inspector le enseñaba láminas, catálogos de ojos, de bocas, de narices, de óvalos de caras, y ella escogía rápidamente o dudaba, el pelo no era exactamente así, un poco menos rizado, casi tieso, la frente era un poco más ancha, las orejas no estaban tan separadas. Apartaban de la mesa la bandeja del café y los fragmentos de caras posibles eran piezas de un juego que los mantenía absortos a los tres pero que debía completar ella sola, insegura, aturdida, asustada de pronto por una combinación de rasgos que le traía un recuerdo demasiado vivo, por sucesiones de ojos que siempre tenían miradas de amenaza pero que no llegaban a parecerse a los ojos del hombre que la había derribado a golpes y la había obligado a desnudarse y a tenderse de espaldas contra la tierra áspera y helada y a ver cómo se inclinaba hacia ella con un cigarro mordido en la boca, con la navaja en la mano derecha, con el cinturón desabrochado y los pantalones caídos hasta los tobillos.

Poco a poco, con una lentitud que ya no exasperaba al inspector, porque ahora sabía que contaba con la ventaja del secreto, se iba formando ante él una cara, una figura entera, la iba construyendo la niña como si pusiera en su sitio cada uno de los trozos de un rompecabezas, como esos escultores que según había visto el inspector en un documental van añadiendo pequeños pedazos de arcilla fresca o de cera para modelar una estatua. Cuando se quedaba solo, al salir de casa de Paula, o cuando a media noche no podía dormir y repasaba las notas de su cuaderno y escuchaba de nuevo la voz de la niña en el radiocassette, iba repasando una por una todas las cosas que ya sabía, todos los fragmentos y pormenores mínimos que se agregaban a aquella rudimentaria figura de barro que estaba construyendo. El reloj digital barato, las uñas negras, la esclava de oro falso, la cara redonda. Se lo contaba a Susana Grey, le dejaba escuchar las palabras de la niña, le enumeraba excitadamente todo lo que sabía de aquel hombre con el que ya lo vinculaba una familiaridad infectada de repugnancia. Estaba cerca y sin embargo seguía siendo un desconocido absoluto, conocían su estatura y la forma de su cara y el color de su pelo y el aspecto de sus uñas y la marca de cigarrillos que fumaba y no obstante el inspector podría chocarse con él y no reconocerlo. Había pasado con la niña casi junto a la puerta de la comisaría sin que nadie se fijara en él, se había cruzado con un coche patrulla clavándole los dedos en la nuca y apretando en un bolsillo una navaja automática, pero nada de eso lo había vuelto más visible. Qué aspecto tiene, le preguntaba muchas veces a Paula, queriendo que ella recordara o descubriera un solo rasgo indudable, un defecto físico, una singularidad cualquiera, pero la niña siempre respondía lo mismo, claudicaba encogiéndose de hombros, en el sofá, al lado de su padre delante del desorden de las fichas policiales y de las láminas con dibujos de caras:

—Tiene un aspecto normal.

Iban en coche, algunas tardes, el padre conduciendo, el inspector y Paula en los asientos de atrás, repetían el itinerario de aquella tarde, y el inspector le pedía que se fijara en todos los hombres jóvenes a los que viera, que le avisara si encontraba algún parecido, el que fuera, en la ropa o en la cara, en la manera de andar. Iban despacio, junto a las aceras, y Paula miraba hacia la calle sin parpadear, seria y atenta, de perfil contra el cristal, casi adulta, levantaba una mano, adelantando el dedo índice, la dejaba caer, se mordía los labios: creía haber visto su cazadora, o sus mocasines negros, incluso creía durante un segundo de pánico y alucinación que lo había visto a él, sobre todo cuando ya había caído la noche y las calles se parecían tanto a las que había cruzado con un automatismo de hipnotizada y muerta en vida. Casi cualquiera podía ser, cualquiera con un aspecto normal, entre los hombres jóvenes y comunes que iban por la calle al atardecer, con pantalones vaqueros, con caras llenas y pelo negro, con cazadoras de abrigo para las noches húmedas de invierno. Cada tarde, en cuanto empezaba a oscurecer, le volvía el miedo, aunque se encontrara protegida en el interior cálido y en penumbra del coche, y entonces le ponía la mano en el hombro a su padre y le pedía por favor que la llevara a casa. Miraba las luces de los escaparates, la gente con paraguas y abrigos por las aceras, sentada junto al inspector, sin atreverse a acercar mucho la cara al cristal, por miedo a que la descubrieran aquellos ojos de los que no había sospechado nada la primera vez que los vio en el ascensor.

Se acordaba de casi todo menos de eso, de los ojos, los veía en sus pesadillas y se había olvidado de ellos en cuanto despertaba. No recordaba el color ni la forma, no podía decir si eran grandes o pequeños, saltones o hundidos, no veía en las fichas de los detenidos ni en los dibujos que el inspector desplegaba ante ella ningunos ojos que le hicieran encontrar un parecido con aquéllos. Se acordaba sólo de unas cejas grandes y oscuras. El retrato robot que el inspector miraba a solas en su despacho, a la luz de una lámpara baja, mientras no se decidía a marcar el teléfono del sanatorio adonde había dejado de llamar todas las tardes, era una cara simple y redonda, con cejas grandes y arqueadas, con la boca pequeña y la barbilla breve, con una mancha en blanco como un antifaz en el lugar donde no estaban los ojos.

28

Nada más verlo quieto y solo al final de la barra la mujer lo reconoció, aunque no había mucha luz y en realidad no tenía ningún motivo para acordarse de él. Lo había visto una sola vez hacía meses y entonces ni le había hablado, porque estaba ocupada con otro cliente, un cortijero de cara roja e hinchada que le miraba el escote con ojos turbios de juerguista borracho. Fue antes del principio del mal tiempo, estaba segura, antes de que llegara el invierno anticipado y lo jodiera todo, el invierno y la muerte de aquella niña, que encerraron a la gente en sus casas y dejaron vacíos los negocios nocturnos. Quién iba a animarse a salir de noche con tanta lluvia, con aquellos policías de paisano rondando los bares y ahuyentando al poco público que todavía quedaba, dejándose caer cada noche para hacer preguntas y enseñar fotos, para indagar entre las chicas si se acordaban de algún cliente muy raro, que tuviese algo de particular, dificultades de erección, por ejemplo, le había preguntado a ella misma el que parecía al mando de los otros, de pelo blanco o gris, muy serio, y ella al principio no le había entendido, pero enseguida se echó a reír, alguno que no empalmara, quiere

367

decir usted, dijo, pero el policía la miró de un modo que le detuvo la risa, y hasta le hizo sentir vergüenza, al fin y al cabo estaban buscando al asesino de una niña de nueve años, la cosa no era para hacer bromas.

Alguno que no empalmara, repitió el policía, o que se pusiera más violento de lo acostumbrado, y ella se encogió de hombros, también sería ahora, en su taburete junto a la barra, había tantos tíos raros o violentos que ni ella ni las compañeras podrían acordarse de cada uno de ellos, se acordarían de lo contrario, si les llegase uno que fuera normal.

El policía, que no la miró ni una sola vez al escote, ni siquiera una mirada involuntaria o furtiva, le dio una tarjeta en blanco donde había apuntado a mano un número de teléfono, pero ella no tenía dónde guardarla, con tan poca ropa y tan ajustada, la dejó en alguna parte cerca del teléfono o de la caja registradora y ya no volvió a acordarse de ella. Fue más tarde, esa misma noche o a la noche siguiente, mientras se moría de aburrimiento y esperaba a que viniera alguien, erguida, con los codos en la barra, el cigarrillo ardiendo entre los dedos, de uñas tan largas y frágiles que se le quebraban enseguida, en la penumbra rojiza, azulada y casi vacía del club, donde un disco de Julio Iglesias borraba la conversación de las otras dos chicas con un cliente, cuando se acordó de aquel tío, pero sólo de pasada, no sabía nada de él y ni siquiera llegó a hablar con la chica que se lo llevó al reservado, una cabra loca que desapareció del club pocos días después, llevándose consigo su ruina de chulos y drogas, escapando de algo o de alguien. No habría pensado en él de no ser por su conversación con el policía del pelo gris, pero tampoco se le ocurrió llamarlo, ni buscar su teléfono, que cualquiera sabría dónde estaba. Olvidó a aquel tío solo y callado como los olvidaba a todos, incluso a los que se hacían habituales, se le confundían sus caras en la media luz del club, echadas encima de la suya y respirando muy fuerte contra su boca o su cuello en las literas de los reservados. Salían por la puerta congestionados de alcohol y de jactanciosa o abatida lujuria y ella les decía adiós, cariño, vuelve pronto, y los olvidaba por completo, a no ser que su experiencia o su instinto le dictaran avisos infalibles, señales de peligro, de codicia. Pero éste no tenía nada que pareciera digno de ser recordado, y menos aún temido, y tampoco podía decirse por su aspecto que trajera mucho dinero y tuviese una urgencia desmedida por gastarlo.

Quizás lo que sucedía, lo que le había llamado la atención la otra vez y ahora se le confirmaba al volver a verlo, aunque cambiado en algo, aún no sabía en qué, era que no pegaba nada ni con el local ni con el ambiente, que no se parecía nada a los clientes habituales, camioneros o viajantes o dueños de tiendas de electrodomésticos, de talleres de coches o comercios de telas que cerraban sus negocios a las ocho de la tarde y antes de volver a casa salían en coche a las afueras de la ciudad, al descampado entre la carretera y los olivares donde parpadeaban las luces del club y brillaban desde el interior las pequeñas ventanas veladas por cortinas de color rojo oscuro.

Lo vio ahora, antes de acercarse a él con un cigarrillo sin encender entre los dedos, como lo había visto la otra vez, en el mismo sitio y en la misma actitud, ajeno a todo lo que lo rodeaba, refractario al sentimentalismo y a la vulgaridad de la música, a la penumbra en la que resaltaban los dorados falsos de la decoración y el cristal de las copas, los escotes y las caras, encogido como un seminarista, en la esquina de la barra más cercana a la puerta, con una cazadora de ante, los hombros estrechos, la cara baja y redonda, como si se avergonzara o no se atreviera a mirar abiertamente a las chicas, absorto en la copa que tenía delante, en el paquete de tabaco y el mechero que había dejado encima de la barra nada más entrar. Era muy joven, seguro, la cara tan redonda le daba un aspecto infantil, y además, aunque estaba sentado, se veía que no era muy alto, no más de uno sesenta o uno sesenta y cinco. Al bajar del taburete para acercarse a él le hizo un guiño al camarero, tan inactivo como ella en el anochecer de viento helado que tal vez traería nieve. A pesar del volumen de la música, aquel disco eterno de Julio Iglesias, se oía el viento silbar en el tejado y sacudir postigos y cristales en rachas violentas. Se aproximó al joven, contoneándose un poco, sin ninguna procacidad, sin verdadera convicción. Tenía las cejas y los ojos muy juntos, y aunque había advertido que ella se acercaba no se atrevía a levantar la mirada, estaba muy nervioso, había bebido un trago largo y chupaba con fuerza su cigarrillo, trataba de recomponerse, y cuando ella le dijo hola cambió en un instante la expresión de sus ojos, se volvió defensiva, altanera, incluso un poco insultante, estaba ahora queriendo parecerse a los otros clientes, debía de ser algo que los hombres llevaban dentro y que en un momento dado les afloraba incluso a los más pusilánimes, una jactancia repetida, una manera de examinar y evaluar, de arriba abajo, con suficiencia de expertos, como si ejercieran destrezas y potestades inmemoriales, heredadas de varón a varón, aprendidas por instinto, sin necesidad de enseñanza ni ejemplo.

Pero en éste seguía habiendo algo que no estaba en los demás, lo sabía ahora igual que lo había sabido la otra vez, aunque ya no se acordaba de la tarjeta con un número escrito a mano que le había dejado el policía y no habría sido capaz de explicar qué era lo que notaba en él, lo que lo distinguía, aparte de la actitud de soledad y recelo con que se había instalado en el rincón de la barra, con los hombros de la cazadora mojados y el tabaco y el mechero y las llaves del coche asidos en una de sus manos tan grandes, trayendo consigo, al empujar la puerta, una corriente de aire frío y aguanieve pulverizada por el viento, un aire de rareza que luego su voz tan suave no disipó. No era la clase de voz con la que hablaban los hombres en ese lugar, no era así como se dirigían a las chicas, como las miraban, con esa expresión amedrentada de joven antiguo, de novio formal intachable, congénito, con esa cara de hijo adorado por las madres y las amigas de las madres, de hijo modelo, invulnerable a las tentaciones de la golfería y de la carne, indiferente a ellas, tan extraño a la luz y a la música y a los perfumes densos del club como un cristiano primitivo obligado a asistir a una de aquellas orgías de las películas de romanos.

De dónde vendría, en esa noche en la que nadie hubiese querido aventurarse fuera de las habitaciones calientes y de las calles familiares, qué había venido a buscar viajando en coche hasta la desolación de más allá de las últimas casas y las gasolineras donde apenas nadie se detendría a repostar. Tímido, respetuoso, asustado, con esa sombra que proyectaban las cejas sobre los ojos demasiado juntos, los mismos ojos que apenas ella empezó a repetir desganadamente el ritual de la conversación —me das fuego, cómo te llamas, eres de por aquí, me invitas a una copa— adquirieron un brillo distinto, que no era tanto de deseo como de dominio, de afirmación impaciente de hombría.

Había algo más que lo separaba de los otros: miraba

desde más hondo, desde más lejos, y si a los demás con sólo mirarlos a los ojos de una vez ya se sabía tediosamente lo que buscaban y lo que eran, en éste todo quedaba oculto, como el fondo de un pozo o de un túnel cuyo final no se ve. Le dio fuego, le dijo un nombre sin duda tan falso como el que le había dicho ella, se le quedó mirando las uñas tan largas, pintadas de rojo, exóticas o provocadoras al final de las manos en realidad gordas y breves, con alguna mancha más oscura que difuminaba la luz escasa del club, el ruido y el brillo de las pulseras falsas. Había venido nada más que a tomar una copa, dijo, a charlar un rato, era abogado, tenía un despacho en la capital de la provincia, vivía solo, en un apartamento, y cuando ella chocó la copa recién servida de champán con la suya y le dijo que debía de ser muy listo, tan joven y ya abogado y con despacho propio y apartamento, probablemente enrojeció, pero no hubiera podido saberse, la luz del club era rojiza y en ella se disolvía el color natural de las caras, sustituido por manchas o sombras, por palideces de polvos cosméticos y carnalidades grasientas de cremas y carmín. Pareció alarmarse o sorprenderse un poco cuando ella le dijo que se acordaba de haberlo visto otra vez, pero enseguida buscó ánimos en la evidente mentira, era verdad, había pasado por allí hacía unos meses, al volver de un viaje de negocios a Madrid, había charlado con otra chica, no se acordaba de su nombre, Soraya, dijo ella, por lo menos así era como quería que la llamaran, mona, pero muy flaquita, por el vicio, seguro que con ella tendría más en donde agarrarse, y adelantó hacia él las caderas y el escote, le rozó las rodillas con un muslo ancho, ceñido tensamente de nailon. Me voy a poner celosa, dijo, mira que acordarte de otra estando yo aquí, te perdono si me invitas a otra copa, pero él ahora no hacía mucho caso, la miraba como desdeñando la vulgaridad de sus palabras y de sus ademanes, de sus manos burdas y domésticas a pesar del color rojo y de la longitud de las uñas, de su pelo teñido, con una raya oscura en el centro. Qué fue de ella, preguntó, pero hablaba tan bajo que la voz de Julio Iglesias casi no dejaba oír la suya, se había marchado de un día para otro, sin decir ni adiós, era yonqui perdida, aunque lo disimulaba, había tenido que negarlo para que la aceptaran en un club de alto nivel como éste, aunque ahora seguro que estaba tirada en la calle, pasando frío en una carretera.

Sólo más tarde pensó de verdad en Soraya, o como se llamara, y en el motivo de su huida, aunque su instinto tenía que haberle avisado antes, tenía que haberlo sabido, que haberse negado, pero hay veces que uno sabe que no debe hacer algo y sin embargo lo hace, como por fatalidad, como si no hubiera remedio, por fatalidad o por costumbre, porque esa noche estaba aburrida y destemplada y no era probable que llegara nadie más antes de la hora de cierre, y porque el tío, en realidad, no parecía nada peligroso, raro sí, pero no más que tantos otros, un putisanto, tenía cara de ir a misa y de rezar el rosario, seguro que se confesaba después y que era miembro de alguna cofradía de Semana Santa, tal vez hasta tenía novia formal y no iba a tirársela hasta la noche de bodas. Aún quedaban muchos así, bien lo sabía ella, a más de uno le había aguantado la borrachera y la lujuria en su despedida de soltero, rodeado y animado por amigos aún más borrachos que él, con las corbatas flojas, las manos sosteniendo whiskies encima de hombros fraternales y las bocas agrandadas por el tamaño de los puros que mordían, qué asco.

Éste no, mosca muerta, éste pareció no entender

cuando ella le hizo un gesto indicándole el reservado, donde podían tomar otra copa más tranquilos, charlando, conociéndose mejor, incluso haría menos frío, estaba más recogido y había una estufa. Cambiaba, en segundos, parecía alelado y suavón y de pronto tenía un gesto decidido, una mirada, un ademán muy rápido que la desconcertaba y que hubiera debido avisarle. Pasó con ella detrás de una cortina roja y cuando estuvieron en el cuarto pequeño y casi despojado de todo se quedó en pie sobre el suelo frío de cemento, con la copa en una mano, con el paquete de tabaco y el mechero en la otra, tan desmedrado que hasta daba pena, parecía que nunca hubiera estado hasta entonces con una mujer, había tartamudeado con aquella voz de buen chico cuando preguntaba dubitativamente el precio o trataba de averiguar lo que se le ofrecía a cambio, sin decir una mala palabra, sin llamar a las cosas por su nombre, eludiéndolas, igual que eludía los ojos de ella mientras la veía desnudarse, expeditiva y aterida, la piel erizada de frío a pesar del calor de la estufa que alumbraba un rincón cerca de la cama, una litera de hierro más bien, sin sábanas, con un colchón de gomaespuma y una colcha vieja encima, con un somier que chirrió bajo el peso del hombre, que no se había quitado ni siquiera los zapatos ni la cazadora, tan sólo se había bajado los pantalones y seguía fumando, bebiendo sorbos cortos de ron con cocacola, callado, incongruente con su cazadora encima y su cara de comulgante y los pantalones bajados, como si estuviera sentado en el retrete, las piernas cortas y gruesas, con mucho vello, menudo y rizado, seguro que también tenía mucho en la espalda, igual que lo tenía en los nudillos y en el dorso de las manos.

Le dijo en voz baja que no se quitara los tacones ni las medias, abrió más las piernas y le hizo una señal para que se arrodillara delante de él, y el gesto fue entonces de una grosería y una claridad inesperadas, brutales, como las palabras que dijo, y que ella no hubiera podido imaginar un segundo antes que pudiera escuchar de esa voz. Había una alfombra sucia a los pies de la cama, pero a pesar de ella el frío le caló enseguida las rodillas, así que decidió que le era preciso terminar cuanto antes, seguro que el mosca muerta no le duraba nada, que se le iba con un quejido y un blando estertor y se quedaba luego desalentado y defraudado, todavía con la boca abierta y los párpados caídos, sin acertar a limpiarse con el rollo de papel de celulosa que había siempre a mano sobre la mesa de noche.

Sentía los dedos de las manos apretándole la nuca, dictándole un movimiento rápido y mecánico, respiraba por la nariz, escuchaba encima de ella el hilo de palabras del otro, las frases aprendidas en revistas o películas que sin duda repetía para excitarse y que ella no era capaz de asociar con su cara o su voz de unos minutos antes, pero enseguida comprendió que iba a ser difícil y acaso imposible, lo había sospechado en cuanto vio lo que había debajo de los pantalones vaqueros y procuró disimular su reacción, su sorpresa, las ganas de hacer una broma. Sofocada ahora, con los ojos cerrados, oyendo su propia respiración y las palabras sucias que el hombre recitaba en voz baja y suave como una letanía, era consciente del frío y de la dureza del suelo debajo de la alfombra y del dolor de sus rodillas, del viento que soplaba en el exterior, al otro lado de las paredes, de la música de Julio Iglesias que seguía sonando en el bar. En vano lamía y estrujaba, aburrida, impaciente, con un asco neutro que atenuaba pensando en otras cosas, pero entonces una de las manos que se había clavado en su nuca ahora estaba tirándole del pelo, haciéndole que levantara la cabeza, obligándole a ver la cara redonda y transfigurada del hombre y la cuchilla de la navaja automática que saltó justo delante de sus ojos, rozándole la mejilla. Se acordaba ahora del policía del pelo gris, de la tarjeta con un número de teléfono escrito a mano, pero enseguida no pudo acordarse de nada ni pensar en nada, le parecía que aquella mano iba a arrancarle el cuero cabelludo, y no podía gritar de dolor porque el filo de la navaja estaba en su cuello, le presionaba la piel, a punto de hundirse en ella, mientras continuaban las palabras y la mano que le tiraba del pelo la obligaba a mover la cabeza todavía más rápido. Se le hinchaba de nuevo, no le habían bastado las palabras y necesitaba la navaja para excitarse, respiraba más hondo, pero no fue mucho más de un instante, ya se encogía otra vez, al principio de un manera imperceptible, enseguida evidente, y también sin remedio, ella se echó hacia atrás y logró desprenderse de la mano, fue a gritar y le faltaba el aire, y un segundo después ya no era posible, porque el hombre, el desconocido, la había tirado de espaldas contra el suelo de cemento, la tenía apresada entre sus piernas abiertas y trazaba círculos con la punta de la navaja en torno a sus pezones, diciéndole suavemente lo que iba a hacer con ellos si no se quedaba callada, preguntándole si de verdad no sabía por qué aquella chica, Soraya, se había ido de la ciudad tan rápido y sin despedirse de nadie, de qué había tenido tanto miedo.

Exaltado, resarcido, seguro de su invulnerabilidad, la miraba sin parpadear a los ojos mientras se subía los pantalones y la cremallera y se abrochaba el cinturón. Se guardó el tabaco y el mechero en los bolsillos de la cazadora, comprobó que llevaba la cartera, las llaves de la furgoneta, las de su casa. La mujer se había levantado del suelo y estaba sentada en la cama, el pelo teñido de rubio tapándole la mitad de la cara, los tacones torcidos, la carne floja y blanca, repulsiva ahora, tan poco excitante como la habitación, con su techo de uralita y su desnudez de garaje, con la pequeña ventana de cristales pintados de rojo que tendrían un resplandor de invitación y misterio para quien pasara en coche por la carretera. Se acercó a ella, la navaja todavía en la mano, le hizo levantar la cara, tirándole del pelo. Cuidado con lo que haces y lo que dices, le dijo, porque puedo volver. Le soltó el pelo, recogió el corsé o el body o lo que fuera que había llevado puesto y se lo tiró encima, y cuando ya le había dado la espalda, seguro de que ella no iba a pedir ayuda, de que no gritaría para que le impidieran marcharse (tampoco la otra, Soraya, había dicho nada, le había bastado con echarse sobre ella y empezar a introducirle las bragas en la boca para que recordara y comprendiera), se quedó inmóvil al oírla hablar, sin volverse hacia ella aún, como tardando en entender lo que había dicho, apretando muy fuerte la navaja en la palma de la mano.

«Con más polla y menos navaja me gustan a mí los tíos.»

Enrojeció, le ardía la cara, se dio la vuelta y la mujer, sentada en la cama, retrocedía mirándolo, apretaba tan fuerte la navaja en la palma de la mano que iba a provocarse una herida, levantó el puño y la mujer siguió ese gesto como no pudiendo apartar las pupilas del péndulo de un hipnotizador, la golpeó una sola vez, el puño sólido y enorme como un mazo, la vio caída sobre la almohada, boca arriba, sangrando por la nariz, apretó los dientes y se clavó las uñas en la palma de la mano y cruzó la cortina roja y el aire denso y la música sin ver más que manchas y sin oír nada más que su respiración y que los golpes de la sangre en las sienes. Salió al frío, al viento helado, arrancó la furgoneta, oyó portazos y gritos a su espalda, vio delante de sí la carretera alumbrada por los faros, las líneas blancas y las filas rápidas de olivos, las luces de la ciudad un poco más allá, reverberando en un cielo bajo y blanco, como iluminado desde dentro, un cielo de invierno profundo y de augurio de nevada.

Cruzó las calles vacías sin detenerse en los semáforos en rojo, sin saber la hora que era ni hacia dónde iba, cada vez más rápido, en línea recta, oía vibrar y rugir el motor y manchaba de sangre el plástico del volante, lo sostenía con la mano izquierda para chuparse la herida de la otra, ya sin cuidado se limpiaba la sangre en el pantalón, en la cazadora, tragaba saliva y le daba náuseas el sabor de la sangre, lo mareaba el olor a pescado que había siempre dentro de la furgoneta. Al llegar a la plaza del reloj se detuvo en un semáforo, con un rastro de lucidez o de prudencia, siempre había guardias en la puerta de la comisaría. Pero no había luces en los balcones, y la puerta estaba cerrada, los cabrones se quedaban dentro para guarecerse del frío. Tamborileaba en el volante aguardando el cambio del semáforo, se chupaba con impaciencia la palma de la mano, arrancó fuerte, con crujido de neumáticos sobre el pavimento, desafiando a los guardias invisibles, a la ciudad dormida o cobarde que se ocultaba detrás de los postigos cerrados de las casas: callaban, tenían miedo, una ciudad entera aterrada por un solo hombre, confabulada en vano para atraparlo, tendiéndole trampas en las que no pensaba caer, escondiendo cosas, queriendo borrarlas, como si él fuera idiota.

Un día y otro día y nada en el periódico, que tiraba manchado de pringue y de escamas después de mirarlo desde la primera a la última página, nada en la radio ni en los telediarios, querían engañarlo, estaba seguro, que se confiara, que diera un paso en falso, iba al quiosco las primeras mañanas conteniendo las palpitaciones del corazón, hincándose las uñas en las palmas de las manos, y como no estaba habituado a leerlo lo descuadernaba buscando, lo vencía la cólera, defraudado o herido, desconcertado, al principio con bruscos accesos de alarma e incluso de pavor y luego de irrealidad, tenía más que nunca la sensación de haber soñado lo que recordaba, y alguna noche, sin poder contenerse, fue por los callejones abandonados del barrio camino del parque y del terraplén, pero se detenía siempre antes de llegar, en el filo, tal vez no la habían encontrado aún, al fin y al cabo a la primera la encontró por casualidad un barrendero, nadie iba ahora al parque, con el viento y el frío del invierno, ya ni siquiera los drogadictos ni las pandillas de borrachos de los viernes por la noche. Pero tampoco parecía que la buscaran, o que la hubieran echado en falta, era imposible, desde luego, estaban acechando, a él no lo podían engañar, estaban esperando a que diera un paso en falso, a que se pusiera nervioso y cometiera un error. Todavía estaba a salvo y era invisible, le daban ganas de marcar el número de la comisaría y decírselo a ese inspector jefe, desafiarlo, encuéntrame si puedes, y colgar entonces el teléfono, allí mismo, en la cabina de la plaza, a un paso de los guardias y del balcón iluminado: acercarse mucho al límite de algo y apartarse y retroceder entonces, invulnerable, invisible, aproximar la mano a una puerta metálica con un letrero que advierte *No tocar, peligro de muerte*, y sentir como un imán en cada una de las yemas de los dedos, hundir el filo o la punta de la navaja en una piel lisa y blanda justo una fracción de milímetro, una punzada que no llega a ser una herida, que no llega a hacer que brote la sangre.

Iba frenando al acercarse al parque, detuvo el motor, apagó las luces y el coche siguió deslizándose hacia abajo en silencio, se quedó parado más allá de las últimas farolas y todavía a una cierta distancia de las vagas sombras de setos y árboles inmóviles, advirtiendo entonces que había cesado el viento. La mano ya no le sangraba: con la punta de la lengua podía seguir el filo tenue de la herida. No había nadie cerca, no se oía nada, ni el viento, ni motores de coches. Contra el perfil oscuro de los tejados y los árboles resaltaba el brillo de gasa o de niebla del cielo tan bajo. Estaba a salvo, quieto, abrigado, oculto en el interior de la furgoneta sin luces, en el extremo desierto de la ciudad, fuera de toda sospecha, sereno ahora, casi confiado, fumando, la brasa del cigarro cobijada en el hueco de la mano, por precaución, por disfrutar todavía más de su invisibilidad, si pasaba alguien probablemente no advertiría que él estaba en la furgoneta, confundido con la oscuridad interior, con el humo.

Si encendía ahora el motor y bajaba por la cuesta de la muralla en pocos minutos estaría de vuelta en su casa. Se vio tendido en la cama, sin poder dormir, escuchando las toses o los murmullos de los viejos, imaginando que se levantaba sigilosamente y caminaba flotando sobre el suelo hasta cruzar el parque y bajar por el terraplén, soñándolo. Salió de la furgoneta, parcialmente ajeno a sus actos, casi viéndose desde fuera, una parte de él inmóvil o pasiva y la otra avanzando, como ocurre en los sueños, como cuando se está acostado en la oscuridad y la imaginación presenta con todos los detalles algo que ya ha sucedido o que nunca llegará a suceder. Escuchaba bajo sus pisadas la grava del parque y las esquirlas de botellas rotas. Dejaba atrás la furgoneta, las últimas luces de las esquinas, las casas blancas con postigos echados, y la tierra que pisaba tenía una claridad muerta, como la del cielo, que hacía más densas por contraste las siluetas de los árboles. Había pasado mucho tiempo, no era posible que aún estuviera allí, tirada, olvidada, corrupta, o tal vez idéntica a como la había visto al irse, a la luz de la luna, de pronto perdía el sentido del tiempo y estaba por tercera vez en la misma noche repetida, y la cara que veía era la de la primera niña, Fátima, la otra se le había borrado, ni siquiera llegó a enterarse de su nombre. Bajó al terraplén, apoyándose en los troncos de los pinos, resbalando en el barro, seguro de que no iba a necesitar la luz del mechero para encontrar el lugar exacto, la zanja, llegaría a ella con los ojos cerrados, como había llegado imaginariamente en cada una de sus noches de insomnio, en sueños de los que despertaba con un sobresalto de alarma, de peligro y de vértigo.

Tropezó con algo, se le habían enredado los pies en una maraña de raíces descubiertas, pero tuvo reflejos y no llegó a rodar por el terraplén, se quedó aplastado contra el suelo, como cuando tenía once o doce años y espiaba a las parejas de novios. Se incorporó, furioso, se había puesto perdido de barro, en cuanto llegara tendría que poner la lavadora, para evitar las preguntas impertinentes y acobardadas de la vieja a la mañana siguiente, dónde has estado, por qué tienes todo sucio de barro, no te habrás estado emborrachando, hijo mío. Se palpó el interior de los bolsillos, había oído que se le caía algo, las llaves de la furgoneta, no, la navaja, maldijo en voz alta, tanteando, arrodillado, tampoco encontraba ahora el mechero, por fin dio con él, suerte que no se le hubiera caído también, lo mantuvo encendido unos segundos y cuando se apagó tuvo con retraso la corazonada de que había visto algo, pero no podía ser, quiso encenderlo de nuevo y la llama no salía, sólo el gas, la ruedecilla giraba sin que saltara la chispa, se había gastado la piedra, o le temblaban los dedos o los tenía muy fríos. Unos zapatos, eso había visto, pero miraba a su alrededor y no veía nada más que los troncos y las sombras de los árboles, mejor se levantaba y se iba, enseguida, todavía estaba a tiempo, uno de los árboles pareció que se movía y un instante más tarde le hirió los ojos un relámpago amarillo, se tapó la cara con la mano, una linterna se había encendido a unos metros delante de él y se le estaba acercando, y luego otra, más a la derecha, y una tercera a su espalda, tres conos de luz densos de neblina moviéndose en dirección a él, que aún no veía a nadie o no distinguía las siluetas humanas de las sombras de los árboles. Se incorporó, limpiándose las rodillas, la cazadora, apartando los ojos de las luces que lo envolvían y tardaban una eternidad en acercársele, ahora acompañadas de ruidos de pasos y de cuerpos que se movían en torno suyo, entre la maleza, surgiendo de los setos, separándose de las formas de los pinos. Quieto, dijo una voz, no te muevas, no des ni un paso, y de la luz amarilla de las linternas emergió una pistola. Echó a un lado la cara, cerró los ojos y levantó lentamente las manos, aunque nadie se lo había ordenado.

29

«Quítele las esposas», dijo el inspector. El guardia obedeció y se quedó luego parado, detrás de la silla donde estaba el detenido, con las esposas en la mano y los brazos cruzados, como para vigilarlo muy de cerca, mirándolo de soslayo sin disimular el desprecio, la curiosidad, el odio. Pero el inspector le indicó con un gesto que se marchara, y el guardia, contrariado, saludó con un ademán sumario y salió cerrando casi bruscamente, aunque se quedó de pie al otro lado de la puerta, su ancha espalda como una sombra azul en el cristal escarchado. El inspector había ordenado que no dejaran entrar a nadie y no le pasaran ninguna llamada.

Quería calma y tiempo, no demasiado, quizás tan sólo unas horas, las que faltaban de esa noche, no para confirmar lo que ya sabía, ni para obtener una confesión, sino para entender algo, para intentarlo, al menos, antes de que empezara el tumulto de los periodistas y las cámaras de televisión y se pusieran en marcha los automatismos del procedimiento judicial. Ahora necesitaba más que nunca el sosiego, la lentitud, el secreto. Más allá del balcón de su despacho, en la plaza del general, en la ciudad entera, desolada y dormida al abrigo de la noche de invierno, nadie sabía aún nada, y él hubiera querido que el secreto no acabase con la luz del día, que no volviera a cercar la comisaría la muchedumbre agobiante de los que buscaban titulares o imágenes y los que gritaban con las bocas muy abiertas y agitaban los puños exigiendo justicia inmediata, venganza.

Tanto tiempo buscando y sólo disponía de unas horas, no más de dos o tres, calculaba, hasta que empezasen a sonar los teléfonos y a formarse grupos delante de la comisaría, en torno a la estatua y a la fuente donde el agua se helaba ahora todas las noches. Pero aún no decía nada, no recordaba ninguna de las preguntas que había querido hacer en todo ese tiempo, desde principios de octubre, desde que vio en el terraplén y luego en la mesa de autopsia la cara de Fátima, sus ojos abiertos, los cortos calcetines blancos al final de las piernas flacas, magulladas y rígidas. Tantos meses buscando una sola mirada y ahora la tenía frente a él, huidiza y vulgar, sin misterio, sin demasiada expresión, una mirada que podía ser de cualquiera, igual que la cara o las manos, que la cazadora de imitación ante, con manchas de barro en los codos y en los puños, todo barato y común, las cosas que le habían sacado de los bolsillos y que ahora estaban encima de la mesa, un mechero azul, Bic, de plástico, un paquete casi vacío de cigarrillos Fortuna, las llaves de un coche, las de una casa, con un llavero publicitario de un taller de lavado y engrase, una navaja, exactamente la que había descrito la niña, Paula, con las cachas negras y una cabeza metálica de toro en el cabo. Casi nada más, dos billetes sucios de mil pesetas, que olían muy fuerte a algo, a pescado, unas monedas, un pañuelo de papel con manchas oscuras, tal vez de sangre: las cosas encima de la mesa, vulgares pero también inusitadas, cerca del teléfono y de la lámpara, de la bandeja metálica de los documentos y el archivador de cartón donde estaban guardadas todas las fotografías y las diligencias de la investigación, meses de papeleo, de informes y oficios mecanografiados y fórmulas repetidas en un tedio de lenguaje administrativo. La primera hoja del expediente era una copia de la denuncia por la desaparición de Fátima. La última, un informe remitido por la Delegación provincial del Instituto de Meteorología, con las fechas y horas exactas de la aparición de la luna llena en los últimos meses.

El hombre joven sentado frente a él tenía la cabeza baja y se masajeaba las muñecas, tan anchas que las esposas le habían dejado en ellas señales de un rojo muy intenso. Las uñas, los dedos, el vello rizado en el dorso, el color de carne cruda, todo lo había visto y contado Paula, la cadena dorada en la muñeca, el reloj grande y ordinario. Sin haberlo visto nunca hasta entonces el inspector lo reconocía, pero se daba cuenta de que le faltaba la exaltación nerviosa que había imaginado tantas veces que lo dominaría cuando llegara ese momento, la sensación de victoria y de ira. Lo que notaba, en el fondo de sí mismo, era un principio de decepción, de cansancio, una impaciencia de terminar cuanto antes. Esa cara redonda, de cejas arqueadas y largas, barbilla escasa y ojos muy juntos, era la que había estado buscando cada día y casi cada hora de los últimos cuatro meses, la cara agigantada por la imaginación de un enemigo, de un monstruo, la última cara que había visto Fátima antes de morir de asfixia y de pánico, la que aparecía con puntualidad siniestra todas las noches en las pesadillas de Paula, aunque la mirada se le borraba siempre al despertar. «Yo le compraba el pescado todos los sábados», dijo luego Susana Grey, mirando las fotos con incredulidad y asombro, con un grado de asco para el que no servían las palabras, «me daba pena, porque me parecía demasiado tímido para ser un buen vendedor y nunca tenía mucha gente en el puesto, las parroquianas decían que al caer malo su padre había tenido que dejar el instituto para ponerse a trabajar».

«Busca sus ojos», había dicho el padre Orduña, en un tiempo ahora tan lejano, recién muerta Fátima, antes de Susana Grey: ahí estaban, enrojecidos, huidizos, serviles, fijos en el suelo o en el borde de la mesa, en las marcas rojas de las esposas. Podría haberlos visto mil veces y no habría sospechado de ellos. Cualquier mirada puede ser la de un inocente o la de un culpable, pensaba, acordándose de las miradas serenas y francas que había en cada una de las fotos del cartel de los terroristas más buscados. Definitivamente, la cara no era el espejo del alma. Qué estaba viendo ese hombre joven ahora mismo en la suya, en sus ojos grises que no dejaban de mirarlo, con idéntica curiosidad y decepción, aunque sin un rastro de la rabia agresiva con que lo habían mirado los otros policías cuando lo detuvieron, cuando se llevó la mano al bolsillo con un gesto equívoco y alguien lo derribó por detrás y le torció el brazo hasta casi quebrárselo, aplastándole a conciencia la cara contra el barro, insultándolo. Te vas a enterar, cabrón, vamos a hacerte lo mismo que tú les hiciste a las niñas.

Tranquilos, había dicho una voz áspera y baja, la primera que había escuchado cuando la linterna se encendió delante de su cara. Alguien le hizo levantar la cara del suelo sujetándolo enérgicamente por el cuello de la cazadora, y una linterna se le acercó tanto que cuando abrió los ojos le pareció que se le quemaban, y volvió a cerrarlos, protegiéndoselos con los puños apretados, en un reflejo infantil. «Yo no he hecho nada», dijo, todavía con los ojos cerrados, mientras tiraban de él y lo empujaban por detrás, cuesta arriba, hacia los setos que separaban el parque del terraplén y los pinos, «no pueden detenerme». La voz áspera y débil habló sin la menor entonación de amenaza o de ironía: «No estamos deteniéndote, nos acompañas para una comprobación de identidad». En torno suyo se movían confusamente haces de linternas y altas siluetas de uniforme. A la entrada del parque, cerca de donde él había dejado la furgoneta, destellaban las luces rojas y azules de tres coches policiales. De un empujón certero y como casual lo hicieron entrar en uno de ellos, y dos guardias se le sentaron a los lados. Apretaba los muslos con la esperanza de que no advirtieran que se había orinado. Ahora sí vio la cara del hombre de paisano que le había acercado tanto la linterna a los ojos, la misma que había visto aquella vez en la televisión, unos segundos, antes de que la tapara un periódico: daba órdenes, entre las luces y los portazos de los coches y la agitación silenciosa de los uniformes, decía que no conectaran las sirenas, que no hacía falta despertar a nadie. «Yo no he hecho nada», repitió, aprisionado entre los hombros de los dos guardias, más grandes y fornidos que él, las manos juntas sobre el regazo, ya esposadas, percibiendo la humedad, «se lo juro, vivo muy cerca de aquí, estaba dando un paseo».

«Paseo el que te daba yo», dijo uno de los policías, sin mirarlo, y entonces el coche se puso en marcha y subió despacio por la calle recta y vacía que desembocaba en la plaza, precedido y seguido por los otros dos, que ya no llevaban encendidas las luces de alarma.

Esperaba confusamente que en cuanto llegaran a la

comisaría iban a encerrarlo en un calabozo. Había poca luz en el vestíbulo y en las escaleras, un estrépito amortiguado de pasos, de voces en voz baja y puertas que se abrían y cerraban. «El jefe no quiere que se sepa nada todavía», susurró detrás de él alguien, uno de los dos guardias que lo hacían subir a empujones bruscos por una escalera estrecha y mal iluminada. Era como haber llegado a una casa donde se ha madrugado mucho en el día de una mudanza o un viaje y todo se hace con un extremo de cautela para no despertar a los vecinos. Lo llevaban por un pasillo con un zócalo de azulejos marrones y oficinas abiertas en las que había máquinas de escribir y papeles desordenados sobre mesas metálicas. En un rincón había un cubo de agua sucia y una fregona. Delante de un guardia considerablemente más viejo que los otros, que llevaba gafas y escribía muy despacio a máquina, tuvo que decir su nombre, su domicilio, el número de su carnet de identidad, su oficio, los nombres de sus padres. Nadie le insultaba, nadie le hacía mucho caso: lo empujaban, lo llevaban, alguien le sujetó uno por uno los dedos para imprimir sobre cartulinas blancas sus huellas dactilares, le dieron un paño sucio que olía a alcohol para que se limpiara, le hicieron bajar por otras escaleras, pero tampoco ahora lo llevaron a un calabozo, sino a una habitación con azulejos blancos donde le tomaron fotografías de frente y de perfil, y una más de cuerpo entero, junto a una escala métrica.

«Pues se os ha meado», dijo a los guardias el hombre que tomaba las fotos, aunque sin darle importancia ni fijarse tampoco mucho en él, como si comentara una de las manchas de barro de su pantalón o de su cazadora. «Venga, valiente, que te vamos a poner un pañal», dijo uno de los guardias, y lo empujó de nuevo escaleras arriba, hacia el mismo pasillo de azulejos marrones donde estaba el cubo y la fregona. Las luces de los tubos fluorescentes daban a todas las caras con las que se cruzaba una palidez de insomnio, de fatiga de horarios nocturnos. «Esto ha sido una equivocación, agente, verá usted como yo no he hecho nada»: caminaba volviendo la cabeza hacia el policía, servicial, obediente, con la adecuada humildad, buscando en vano encontrar su mirada, ofrecerle su expresión de inocencia indudable, de la que a él mismo no le costaba nada convencerse. «No llamen a mi casa, por favor —había dicho cuando le preguntaron su teléfono—, que no se entere mi madre, que se va a llevar un disgusto.» No se burlaban de él ni hacían el menor ademán de asustarlo o humillarlo: solamente parecían no oírlo. El guardia abrió una puerta después de golpear con los nudillos y lo hizo pasar a él delante. No estaba en un sótano, ni en un calabozo, sino en otra oficina, menos iluminada y también menos desordenada que las otras, con una lámpara encima de la mesa, una máquina de escribir en un carrito contiguo, un armario metálico, una percha de la que colgaba un anorak verde oscuro, una silla con respaldo metálico en la que el guardia lo hizo sentarse con un gesto rápido y brusco. En las paredes blancas no había nada más que un calendario y una foto de Fátima. El policía de paisano, el hombre del pelo gris, estaba de espaldas, junto al balcón, y se volvió despacio hacia él buscándole los ojos, muy tranquilo, parecía, con las manos en los bolsillos.

Esperaba de pie, mirando la plaza desolada en la medianoche de invierno, el cielo nublado y pálido, con matices violeta, por la reverberación de las luces de las calles, de los reflectores que iluminaban la estatua, la iglesia de la Trinidad y la torre del reloj, donde muy pronto sonarían las campanadas de las dos. Había tenido la tentación de llamar a Susana Grey para decirle simplemente, «ya lo he atrapado», para oír su voz oscurecida y dulcificada por el sueño, pero no quiso provocarle el sobresalto de los timbrazos del teléfono a esa hora de la noche, aunque tal vez no se había dormido aún, estaría leyendo en la cama, junto a la mesa de noche donde había siempre un desorden de libros apilados y cremas de belleza, esperándolo, sin permitirse una convicción excesiva de que iba a llegar.

Había esperado a que le subieran al detenido con el mismo sentimiento de tensa quietud, de expectación y vigilancia absoluta, con que había ido cada anochecer al terraplén, en los últimos días de cuarto creciente, según se acercaba el plenilunio. No dijo nada al principio, ni siquiera a Susana Grey, pero fue ella, involuntariamente, la que le hizo concebir una idea que a él mismo le pareció descabellada, o al menos muy improbable, una de esas ideas que le hacían detestar tanto las películas. Estaban paseando una noche muy fría por el mirador de la muralla, detrás de la iglesia del Salvador, frente al valle y la sierra, muy abrigados, sin tocarse, vagamente abatidos por lo que no decían, y Susana señaló el gajo amarillo de luna que acababa de surgir sobre uno de los cerros: «¿Te acuerdas cuando la vimos la otra vez, el mes pasado? La luna es embustera. Si no fuera por ti no sabría que está en cuarto creciente.»

Con una avidez de recuerdos comunes atesoraba pormenores del pasado reciente, cosas memorables de unas pocas semanas atrás que ya le daban una frágil conciencia de la duración del amor. A la mañana siguiente, encerrado en su oficina, él comprobó fechas y consultó el calendario, hizo llamadas al Instituto de Meteorología, inseguro, excitado, acordándose de pronto de la noche de luna llena y de insomnio en que lo llamaron por teléfono para decirle que había aparecido el cadáver de Fátima, poseído por esa ebriedad matinal de la inteligencia y de la energía física que había despertado en él desde que dejó el tabaco y el alcohol, muy nervioso, sin atreverse a consultar todavía con Ferreras, recordando de nuevo la inundación de claridad lunar en la que había resaltado la figura de espaldas de Susana Grey la primera vez que la vio desnuda, justo un mes más tarde, día por día, lo comprobaba en el calendario y en el expediente y no podía creerlo, la misma noche en que la segunda niña, Paula, había estado a punto de morir.

No dijo nada a nadie. Alguien en el Instituto de Meteorología le explicó por teléfono que faltaban cuatro días para el plenilunio. Al anochecer salió de la oficina, muy abrigado contra el frío extremo, el cuello del anorak abrochado y subido y las manos con guantes hundidas en los bolsillos, casi clandestino, guardando una linterna y un revólver, y bajó por la calle recta y gradualmente oscurecida y vacía que terminaba en los jardines de la Cava. Miraba atrás a veces, por un instinto de recelo que el tiempo no amortiguaba. El barrio que había sido de Ferreras estaba tan poco iluminado como la distancia del valle: alguna luz en las esquinas encaladas, tras los visillos de algún balcón, ruido lejano de músicas y voces de televisores, de aplausos.

Pero en los jardines ya no se escuchaba nada, no había ningún rastro de presencia humana, parecía mentira que hubiera tan cerca calles con tráfico y casas habitadas, a unos pasos y ya en otro mundo. Los globos de las farolas habían sido rotos a pedradas mucho tiempo atrás y nadie se había ocupado de sustituirlos, igual que nadie recortaba ya los setos ni limpiaba la broza, los cristales de botellas rotas, las bolsas de plástico y los cartones de vino vacíos. Para encontrar el sitio exacto que buscaba en el terraplén, la zanja en la que habían yacido Fátima y Paula, sólo tuvo que encender la linterna un segundo, apenas un parpadeo que lo dejó después en una oscuridad más profunda. Muy pronto perdió el sentido del tiempo y se le desdibujó el propósito que lo había conducido a ese lugar. Estaba inmóvil, la espalda apoyada contra el tronco de un pino, notando subirle desde las plantas de los pies el frío de la tierra, a pesar de las suelas de sus recios zapatos del norte y sus calcetines de lana. La oscuridad se le poblaba de sombras y siluetas precisas tan gradualmente como el silencio de sonidos: rumores de hocicos en madrigueras, de patas con uñas diminutas sobre el lecho de agujas podridas de humedad que cubría la tierra; el crujido de las ramas altas, y sobre ellas el cielo blanco y nublado, a veces la mancha inexacta de luz de la luna casi llena, desapareciendo casi hasta apagarse, surgiendo un poco después, entre jirones veloces de nubes empujadas por un viento que soplaba muy por encima de la tierra fría y húmeda, de los árboles en calma, los grandes pinos inclinados. Abajo, al final del terraplén, donde empezaban las huertas, se oía el rumor del agua en las acequias crecidas, y subía de ellas un olor de vegetación y de niebla. Se acordaba con distancia y afecto de las nostalgias infantiles que le había confiado Ferreras: las voces y las músicas del cine al aire libre, oyéndose en los jardines y en el barrio entero en las noches tibias del verano.

Pero no pensaba en nada, sólo estaba, inmóvil, permanecía, esperaba, indiferente al frío y al paso del tiempo, en una quietud que no era paciencia, y ni siquiera sigilo, sino un estado particular de sus sentidos y su alma, todo él en suspenso, en guardia, tan difícil de distinguir entre las sombras de los árboles como un animal al acecho en una espesura, un tigre entre los cañaverales que se parecen a las rayas de su piel o un insecto en la hierba seca que tiene su mismo color pardo. Las manos calientes y dispuestas en el interior de los guantes de lana y los bolsillos forrados, tocando la pistola, la linterna, los pies que ni siquiera se movían para disipar el frío golpeando contra el suelo. Él mismo sentía que se borraba, que se deslizaba y desaparecía en el flujo de sus sensaciones igual que la luna entre las nubes veloces. Vivía en un paréntesis de silencio y de tiempo. Empezaron a sonar las campanadas en el reloj de la torre y como hacía mucho que no las escuchaba calculó que serían las nueve: siguió contando y ya eran las doce, había pasado cinco horas en el terraplén, tenía helada la piel de la cara y el frío de la tierra le estaba entumeciendo ya las rodillas.

Volvió a la noche siguiente, y la otra. Había bajado mucho la temperatura y el cielo permanecía siempre bajo y nublado, de un gris sucio y liso, como de un país mucho más al norte. La tercera noche, en vísperas de la luna llena, escuchó cerca ruido de pasos y voces y tuvo la sensación de despertar de un sueño en el que no supiera que había caído. Arriba, muy cerca, al otro lado de los setos, se movía alguien, hablaban bajo dos voces distintas, una de hombre y otra de mujer. Oía una agitación de ropa y de cuerpos, el chasquido de un mechero, se le ocurrió de pronto, como una inusitada novedad, que si lo sorprendían iban a pensar que era un merodeador. Adelantándose un poco, vio brasas de cigarrillos, y luego una llama rojiza y más duradera que iluminó dos caras flacas y fugaces, inclinadas sobre algo brillante: quemaban heroína encima de un trozo de papel de plata, se peleaban por algo con una monótona grosería de adictos, con pesadez lenta de borrachos.

Esa noche era más de la una cuando llamó a la puerta de Susana Grey, muerto de frío, rendido de abatimiento y de deseo. Susana llevaba puestas las gafas, pero había tenido tiempo de pintarse los labios mientras él subía en el ascensor. Usaba como pijama una camisa grande de él. Le gustaba mucho ponerse sus camisas y sus corbatas, tenía un talento particular para hacerse atractiva usando prendas masculinas. De dónde vienes, le dijo, tocándole la cara helada con sus manos tan cálidas, parece que has visto a la Santa Compaña.

Faltaban dos días para que fuera luna llena. Escogió una patrulla entre los guardias que le parecían de más confianza, les exigió secreto y les dijo que había recibido una llamada anónima, un soplo que hacía falta comprobar. Al cabo de tres horas de vigilancia, cuando los hombres ya empezaban a removerse de impaciencia y de frío, y alguno le pedía en voz baja permiso para fumar, vieron la figura que se acercaba entre los setos, que bajaba hacia ellos, sin vacilación, cautamente, como si acudiera a una cita clandestina. Vio allí mismo su cara, le hizo volverse, todavía en el suelo, le puso la linterna delante de los ojos, y al principio, al mirarlo, tuvo durante unos segundos la sensación de que se había equivocado. No se parecía al retrato robot, esa cara simple y redonda no podía ser la que llevaba buscando tanto tiempo.

«Él sabe que parece una buena persona»: ahora, en el despacho, al otro lado de la mesa, el detenido se atrevía por primera vez a sostenerle la mirada, levantando los ojos hacia él, que todavía estaba en pie, con una expresión de bondad amedrentada, de respetuosa obediencia. «Yo no he hecho nada, señor comisario, se lo juro por mi madre, vivo muy cerca de allí, estaba dándome un paseo.» La voz muy suave, quejumbrosa, dócil, perfectamente falsa, como la reverencia cobarde de los ojos muy juntos, grandes y muertos, almendrados, como los ojos de los santos en los iconos o en los mosaicos bizantinos, dijo Susana Grey al verlos. La boca breve y carnosa, la barbilla mínima, imperceptible en la redondez de la cara, las dos manos agitándose en el regazo, la una contra la otra, las uñas rascando o arañando un dorso peludo, clavándose en las palmas, el ruido de la saliva al ser tragada.

Seguía con los ojos los movimientos del inspector: se había inclinado sobre la mesa, cogía la navaja entre el pulgar y el índice, hizo saltar el relámpago de la hoja. Su chasquido instantáneo estremeció al detenido. «No es mía», dijo, tragando otra vez saliva, la cabeza baja, mirando las manos, «la encontré en los jardines». Pero el inspector no había dicho aún nada, no le había preguntado nada. Dejó otra vez la navaja encima de la mesa, se sentó por fin, echando la cabeza hacia atrás en el respaldo del sillón giratorio, oscilando casi imperceptiblemente en él. La mirada huidiza ahora se deslizaba sobre la mesa, se detenía en el mechero, en el paquete de cigarrillos, arrugado y casi vacío. «Puede fumar si quiere», dijo el inspector: vio repetirse la gratitud automática, la asustada avidez de cualquier detenido, la mano que avanzaba nerviosamente hacia el paquete y buscaba un cigarrillo, el temblor en la boca, la dificultad de encender la llama. El sonido más profundo de la respiración, el humo saliendo en bocanadas de alivio. Un hilo blanco y delgado de humo que salía de la nariz le hizo acordarse de la punta de tela que asomaba por uno de los orificios de la nariz de Fátima. Estaba sonriendo, mientras expulsaba el humo, le daba las gracias con los ojos, le ofrecía su inocencia, la probidad de su cara.

El inspector volvió a ponerse en pie con una brusquedad que alarmó instintivamente al otro. Descolgó de la pared la fotografía de Fátima, apartó de un manotazo inesperado las cosas que había encima de la mesa, sin cuidarse de que alguna, el mechero o las llaves, cayeran al suelo, y la puso allí, debajo de la luz de la lámpara. «¿Ha visto alguna vez a esa niña?» Miró fijamente y enseguida apartó los ojos, negó con la cabeza, tragando humo y saliva, tosiendo. «La vi en la televisión y en el periódico, como todo el mundo», tardó casi un minuto en decir. El inspector apartó la foto y sacó del cajón donde lo guardaba bajo llave el sobre marrón de las otras, las que hizo Ferreras en el terraplén y más tarde, en la sala de autopsias. Empujó el sobre hasta el otro lado de la mesa, despacio, con las puntas de los dedos, se echó hacia atrás en el respaldo del sillón. El detenido aún fingía no verlo, tenía la cabeza tan hundida en el pecho que el inspector no veía la expresión de su cara. Respiraba muy fuerte por la nariz, se agitaba en la silla, como quien lleva demasiado tiempo sin moverse. El inspector le acercó un cenicero. Cuando el detenido apagó en él la colilla el inspector la recogió con toda naturalidad, con mucho cuidado, y la guardó en una pequeña bolsa de plástico, anotando algo en la etiqueta de papel adhesivo. Ese gesto simple despertó un brillo de alarma en los ojos del otro, una expresión de astucia contrariada que por un instante borró de ellos cualquier rastro de docilidad o temor. A continuación el inspector sacó el último cigarrillo torcido y estropeado del paquete y lo sostuvo entre los dedos. Parecía que iba a ofrecérselo o que iba a aplastarlo. Los ojos demasiado juntos y ovalados se alzaron para mirar el cigarrillo, no la cara del inspector, ni el sobre marrón que estaba encima de la mesa.

—Ábralo —dijo el inspector con su voz débil y áspera—. Mire lo que hay dentro.

—¿Da su permiso para fumar?

—Abra el sobre —dijo el inspector, ahora un poco más alto, no mucho, lo suficiente para que el otro lo notara.

Los dedos torpes y grandes temblaban ligeramente al levantar la solapa y extraer apenas la mitad de la primera foto. No hay otras manos en el mundo que yo conozca tanto, pensó el inspector con cansancio y disgusto, con un deseo repentino de acabar cuanto antes. Conocía sus huellas dactilares, la longitud y la anchura de los dedos, la capacidad de herir de las uñas. Había seguido su rastro en las manchas de sangre del panel de mandos de un ascensor, en el pasamanos y en la pared de una escalera, en la tela de un chándal, en las moraduras de la piel de una niña muerta. Las vio incongruentes y cobardes, paralizadas, sin atreverse a seguir sacando la foto en blanco y negro en la que se veía el primer plano de la cara de Fátima.

—Te estoy dando una orden, ¿no me oyes? —dijo, grosero de pronto, calculadamente agresivo, abandonando el usted como un primer aviso de que no tardaría en dejar a un lado cualquier otro miramiento—. Mira las fotos. Mira lo que hiciste.

Se puso en pie otra vez, brusco y acuciante, pasó al otro lado de la mesa, arrebató el sobre de las manos anchas y muertas y fue poniendo las fotos una tras otra encima de la mesa, hasta ocuparla por entero, los ojos abiertos y sin pupilas y la boca desencajada de Fátima, el cuerpo descoyuntado y desnudo, alumbrado por los flashes, cercado por la oscuridad. El otro temblaba y negaba con la cabeza baja, sin mirar las fotos, y el temblor le sacudía las manos, los labios, la cara carnosa. Tirándole del pelo con un ademán vengativo el inspector le obligó a levantar la cabeza. Lo soltó enseguida, con un profundo desagrado físico, como de haber tocado grasa. Ahora los ojos miraban muy abiertos, y los blandos músculos faciales sufrían contracciones violentas y rápidas. Se tapó la cara con las dos manos y detrás de los dedos extendidos el inspector advirtió que seguía teniendo abiertos los ojos, que permanecía atento a él.

«Fue por culpa de la luna —dijo, todavía con la cara tapada, los dedos velándola como una celosía—, me emborrachaba y la luna me hacía pensar cosas raras. Mi madre me lo decía de chico, que yo era lunero. Pero yo no quería matarlas. Lo único que quería era que no gritaran...»

El inspector le puso una mano en el hombro y todo él se estremeció como por una descarga eléctrica. Tenía los codos sobre las rodillas y lloraba o parecía que lloraba ruidosamente detrás de la máscara de las manos. El inspector le ofreció el cigarrillo y le ayudó a encenderlo, sujetándolo con fuerza por la muñeca para detener el temblor de la mano, soltándolo enseguida. Pensó con desgana que había llegado el momento de llamar al guardia que tomaría a máquina la declaración. «Está actuando», se decía a sí mismo, al escuchar los sollozos convulsos, la respiración entorpecida por los mocos. Le tendió un pañuelo de papel y el otro se limpió la nariz y los ojos, repitió que no había querido hacerles nada, que todo había sido por la bebida, por la luna. «Está actuando y aunque ahora cuente cada cosa que hizo y diga que se arrepiente todo formará parte de su actuación, y ni yo ni nadie podrá saber nunca lo que piensa o siente de verdad, ni siquiera si piensa algo, si siente algo.» Casi tanto como la crueldad fría del crimen lo indignaba y desalentaba ahora la cualidad mediocre de la impostura, la evidente actuación. En realidad es posible que no sienta miedo ni culpa, pensaba, ni siquiera se esfuerza mucho en fingir.

30

Nada más despertar ya se dio cuenta de que la mañana no iba a ser igual que todas. Fue como despertarse al principio de las vacaciones de Navidad, sabiendo que hace frío afuera y que no habrá que abandonar el cobijo de la cama, y que faltan aún tantos días para el regreso a la escuela que no es preciso ni contarlos, igual que no se cuentan las monedas cuando las manos están llenas de ellas. Despertarse temprano, a la hora escolar, pero no levantarse, y disfrutar así mucho más que durante el sueño, oyendo cerca el rumor de la casa, la radio en la cocina, la conversación de los padres, oliendo enseguida a café y pan tostado. Ahora dormía en la cama de ellos, porque aún no soportaba quedarse sola y a oscuras en su dormitorio, y su padre y su madre se turnaban para dormir con ella, en cuanto empezaba a agitarse en sueños la abrazaban y le decían cosas al oído, encendían la luz, la sacudían para despertarla, pero estaba tan dormida y tan cercada por la pesadilla que muchas veces no lograban rescatarla de ella, y la veían ponerse rígida, jadear cada vez más fuerte, encogerse contra la almohada como para protegerse de un golpe, abrir desmesuradamente los ojos que sin embargo no veían la luz de la habitación ni la cara del padre o de la madre, sino una claridad lunar de bosque de terror repetida cada noche, una cara que descendía hacia ella y unas manos y unas rodillas que la aplastaban invisibles y de las que intentaba inútilmente desprenderse, hasta que una sacudida muy fuerte o uno de sus propios gritos la despertaban. Otras veces, sin despertar del todo, se iba calmando, se le cerraban los ojos y recobraba el abandono de los brazos y las piernas, la respiración se le volvía otra vez acompasada y suave, una respiración saludable y profunda del sueño infantil: la pesadilla se había extinguido, o ella misma había logrado deslizarse fuera de ella, hacia otro sueño más apacible, como si hubiera pasado buceando de aguas turbias y oscuras a otras más cálidas. El padre o la madre apagaban la luz, y tal vez ya no podían dormirse otra vez. Por la mañana Paula despertaba sin malos recuerdos, y le gustaba encontrarse en la cama tan espaciosa, con su olor y su temperatura de cuerpo de adulto, con ese misterio que tienen siempre las habitaciones y las cosas que pertenecen a la intimidad estricta de los padres.

A diferencia de todos los demás días laborables, hoy su padre estaba en casa cuando ella despertó, haciendo cosas en la cocina, escuchando la radio, y era la presencia de él y el sonido de las voces de los locutores lo que le había dado a Paula una sensación tan definida de principio de las vacaciones: cada año, el día del sorteo de la lotería de Navidad, su padre y su madre escuchaban la transmisión en la radio, y siempre hacían la misma broma que sólo a ella le parecía factible: «Si oímos que ha salido nuestro número ya no iremos hoy a trabajar.»

Casi más que el del día de Reyes le gustaba a Paula ese despertar: oír tan cerca las voces de sus padres, que le llegaban de la cocina tan claras y tan cálidas como el olor de las tostadas y el café. Muy perezosa, escuchando la lluvia contra las persianas echadas del dormitorio, se dio la vuelta debajo del edredón para mirar la hora en el reloj de la mesa de noche, y vio con alarma que eran más de las nueve, tal vez a sus padres se les había olvidado llamarla y llegaría tarde a la escuela, porque desde luego no estaban en la mañana del sorteo y faltaban más de dos semanas para las vacaciones, lo había recordado con un poco de decepción al despertarse del todo. Llamó a su madre, y la radio de la cocina se apagó, y los dos se asomaron al mismo tiempo al dormitorio, sin perder todavía la cara de alarma. No era una mañana como todas, desde luego, su padre llevaba corbata y una chaqueta oscura, y su madre no estaba en pijama y zapatillas, como solía estar cuando trabajaba en el hotel por las tardes y disfrutaba quedándose en pijama hasta las diez o las once.

Se acercaron los dos a la cama y ella pensó que tenían caras de acercarse a un enfermo. Su padre se sentó junto a ella, le pasó una mano por el pelo y le dijo que no había prisa, que hoy no tendría que ir a la escuela, pero que a las diez el inspector iba a venir a buscarlos. «Ya no vas a tener que sentir miedo nunca más», dijo su madre, sentada junto a su marido, a los pies de la cama, pasándole una mano por el hombro, en un gesto que a Paula le sorprendía y le gustaba mucho, porque había observado que suelen ser los hombres y no las mujeres las que pasan el brazo por el hombro de su pareja (su padre y su madre, a diferencia de casi todos los padres y madres que ella conocía, eran de la misma estatura). «Han detenido a ese hombre», dijo su padre, y ella preguntó enseguida, con seguridad anticipada, con orgullo, si lo había detenido el inspector. «Quién iba a ser si no —dijo su padre—, nos llamó hace un rato para decírnoslo. Ahora cuando venga te contará él mismo cómo lo hizo.»

Pero aún no se atrevieron a decirle adónde la llevarían cuando llegara el inspector: lo adivinó ella misma, con una agudeza tal vez aprendida en las películas, pero no dijo nada, porque callando le costaba menos dominar el miedo. Sintió que le volvía, a la luz de la mañana y en el abrigo de su casa, tan cerca de sus padres, el terror de la oscuridad y la persecución, que bajaba otra vez por las escaleras hacia el portal con aquellos dedos hincándosele en la base de la nuca. Con un sobresalto violento escuchó el timbre del portero automático, y corrió a abrir ella misma, segura de que iba a escuchar la voz del inspector. Iría su padre con ella. En el ascensor le apretó muy fuerte la mano, y al empujar la puerta vio enseguida al inspector, que aguardaba en la acera, junto a un coche camuflado de la policía que a ella le daba cierta vanidad reconocer. Se irguió para abrazarlo, le dio dos besos en la cara muy fría, con olor masculino de loción de afeitar. El inspector le había traído algo, como cada vez que la visitaba: solían ser pequeñas cajas de bombones o libros, siempre envueltos en papel de regalo. Los libros los escogía para él Susana Grey. Subieron al coche, ella y su padre en el asiento de atrás, y cuando el inspector se volvió hacia ellos Paula advirtió la cara de cansancio que tenía. Estaba muy pálido y mal afeitado, y sus ojos, más hundidos de lo habitual, tenían dos pequeñas manchas rojas en los lagrimales: le daba casi pena de pronto, le parecía más flaco, más viejo.

—No tienes que preocuparte de nada —dijo el inspector—. Él no te verá.

—¿Lo voy a mirar por uno de esos cristales que son espejos por el otro lado?

El inspector asintió, sonriendo. Como no tenía hijos,

hacía muy poco que estaba al tanto de la familiaridad de los niños, gracias a la televisión, con los procedimientos policiales. En el espejo retrovisor observaba los ojos inteligentes y serenos de Paula. Estaba un poco recostada en su padre, que le apretaba suavemente una mano en el regazo. Caliente y grande la de él, la de ella cada vez más fría, según el coche se aproximaba al centro de la ciudad, lleno de tráfico y de cláxones a esa hora de la mañana, de gente en las aceras. Pero ya no tenía que fijarse en cada una de las figuras que iba viendo para señalar cualquier detalle de alguien, un pantalón, un corte de pelo, unos zapatos, una manera de andar. Ahora sabía adónde iba y a quién iba a ver, y esa cara se le había olvidado por completo, sólo le quedaba un espacio en blanco que se hacía más angustioso a medida que las manos estaban más frías y no se contagiaban del calor de las manos de su padre y que el corazón empezaba a latirle más fuerte.

—Ya lo han oído en la radio —dijo el inspector, con indiferencia y fatiga, sin volverse hacia ellos, señalando los grupos de gente que se formaban en la plaza, cerca de la comisaría, las cámaras de televisión que ya empezaban a aparecer—. Ya se ha corrido la voz.

El coche se desvió por una calle lateral y se detuvo junto a una puerta pequeña donde dos hombres de paisano ya estaban esperando. Salieron rápidamente, los policías muy serios, mirando hacia el final del callejón, por si aparecía algún cámara o algún periodista. Paula tomó instintivamente la mano del inspector y la de su padre y fue conducida casi en volandas por un pasillo con poca luz, rodeada por los pasos y las corpulencias de los policías, sus manos heladas, su respiración veloz y desigual, las rodillas tan débiles como aquella noche, cuando aquel hombre la empujaba presionándole la nuca con los dedos y a ella le parecía que caminaba sin mover los pies, que se deslizaba flotando por escaleras y calles llenas de gente que se cruzaba con ella y no la veía y no habría escuchado su voz si hubiera sido capaz de gritar pidiendo socorro.

Entraron en un cuarto pequeño y la puerta se cerró tras ellos, dejándolos en una penumbra rara, como cuando se está viendo la televisión con las luces apagadas. Había una pared de cristal, o una ventana grande, y frente a ella había dos sillas. El inspector les dijo a Paula y a su padre que se sentaran. Ella tenía la impresión de que les iban a proyectar una película. En el cristal veía vagamente su cara y la de su padre, y tras ellos los otros policías, de pie, el inspector inclinándose hacia algo que debía de ser un micrófono.

Entonces la luz se apagó del todo, y cuando volvió a encenderse era otra clase de luz y ella no veía nada. Vio luego una habitación tras el cristal, una pared blanca, en la que reverberaba una claridad como la de la puerta de un frigorífico cuando se ha levantado uno y ha ido a la cocina casi en sueños a beber agua. La pared estaba dividida por cinco líneas verticales, con indicadores métricos, y sobre cada división había un número grande, pintado en negro, del uno al cinco. «Adelante», dijo el inspector en el micrófono, acercando mucho la boca. Su voz era más áspera que otras veces, más débil, y al oírle esa palabra, «adelante», Paula se estremeció. Su padre le apretó la mano, la retuvo, había hecho un ademán reflejo de marcharse.

Uno a uno, cinco hombres entraron en la habitación del otro lado del cristal y se situaron con las cabezas debajo de los números. «De frente», dijo el inspector, y antes de que se volvieran del todo, sin mirar siquiera las caras de los otros, Paula vio lo que su memoria no había querido recordar, lo que tan sólo había vislumbrado noche tras noche en las pesadillas, los ojos alargados y muy juntos, con una zona de sombra en torno a las cejas, la mirada fría, muerta, invariable, fija en ella, reconociéndola a través del cristal, adivinándola en el espejo, como si pudiera traspasarlo, ver más allá de lo que otras miradas podían ver, en la oscuridad, detrás de las paredes, dentro de ella, de Paula. El inspector estaba diciéndole algo pero ella apenas lo escuchaba, le preguntaba si reconocía a alguno de aquellos hombres, le pedía que lo señalara con el dedo, que dijera su número. Pero quería levantar la mano derecha y era imposible, quería hablar y la voz estaba detenida en la garganta, le faltaba el aire, se le movían los labios y no lograba formar con ellos una palabra, como cuando se intenta decir algo en sueños y es igual que si uno estuviera mudo. Sólo miraba, rígida en la silla, echada un poco hacia delante, sin notar ya la mano en la suya, ni la presencia de nadie más en la habitación a oscuras, viendo justo enfrente de ella, con aterradora exactitud y proximidad, los mismos pantalones vaqueros y los mocasines negros y la cazadora de ante, el cinturón ancho, con la hebilla metálica, la cara redonda, y sobre todo los ojos, los ojos que sólo la miraban a ella, que la descubrían sin esfuerzo, sin incertidumbre ni distracción, con una tranquilidad absoluta, con una expresión no de amenaza, sino casi de burla, como haciéndole saber que no valían de nada espejos ni trampas, que no importaba que él estuviera a un lado del muro y del cristal y ella al otro, separados por guardias de uniforme, por puertas blindadas y cerrojos, por armas de fuego. Tenía las manos juntas, aunque no iba esposado, y echaba la cabeza ligeramente hacia atrás: la estaba viendo, ni su padre ni el inspector ni los otros policías se daban cuenta pero ella sí, ella lo conocía y estaba segura, le estaba diciendo con los ojos lo que le decía algunas veces en sueños, que iba a volver para acabar con ella y que la próxima vez no la dejaría viva, hacía un gesto con la boca, movía los labios, le estaba hablando y nadie más que ella lo podía escuchar.

Ahora temblaba, su padre la estaba abrazando y temblaba más fuerte todavía, como aquella noche, se escuchaba el ruido seco y monótono de sus dientes, pero era preciso que dijera una palabra, que alzara la mano y adelantara el dedo índice. «El número cuatro», dijo, pero su voz sonaba tan rara que nadie había comprendido, tragó saliva, aunque tenía la boca seca, se pasó la lengua por los labios, los ojos la estaban mirando y la hipnotizaban para que se callara, pero ella no cerró los suyos ni se rindió, volvió a decir cada una de las tres palabras, más claras ahora, oyéndose a sí misma, levantó la mano derecha y extendió el brazo hasta que el dedo índice tocó el cristal. Entonces creyó que iba a seguir diciendo algo pero lo que salió de su garganta fue un sollozo o un grito, idéntico a los que algunas veces la despertaban en mitad de la noche: igual que se interrumpían las pesadillas, así se borraron los ojos y la habitación iluminada al otro lado del cristal, como por efecto del grito, y ahora lo que tenía delante era de nuevo el espejo en penumbra, su propia cara desconocida y lívida junto a la cara de su padre. «Ya se ha terminado —dijo el inspector, apoyándole en el hombro una mano que le transmitía un sentimiento muy poderoso de fortaleza y ternura—, te prometo que ya no tendrás que verlo nunca nunca más.» Pero en el mismo momento de decirlo pensaba con todo el abatimiento de tantas horas sin dormir que no era nadie para hacer tal promesa, que nadie tenía la potestad de cumplirla.

31

Detuvo el coche en una gasolinera hacia la mitad del camino y mientras le llenaban el depósito y limpiaban los cristales entró en una cabina de teléfono, pero al principio no marcó ningún número, se quedó con el auricular descolgado en la mano derecha, oyendo débilmente la señal y leyendo las palabras que aparecían y parpadeaban en la pequeña pantalla de cristal líquido, *Deposite monedas*. Buscó en los bolsillos y logró reunir unas cuantas, pero aún no estaba seguro de si debía llamar, y desde luego no sabía qué iba a decir si se atrevía a hacerlo.

Al salir del coche se había puesto las gafas de sol. La luz de la mañana de mayo le había herido los ojos cansados por el insomnio, le aturdía como una sonoridad muy aguda después de una noche de resaca. Haría calor en cuanto avanzara la mañana, se levantaría una niebla tenue de la tierra profundamente empapada de agua a lo largo de tantos meses y resplandecería violentamente al sol el verde fragante y limpio de los sembrados, el amarillo cegador de los jaramagos que crecían con una pujanza inusitada de vegetación selvática entre las filas de olivos y en las cunetas de la carretera.

Tras los cristales de las gafas la claridad atenuada del día era mucho más tolerable. El inspector tenía la pesadumbre de la resaca sin haber bebido, el mareo, el desánimo, la reprobación de sí mismo, la vergüenza de la noche, de su comportamiento. Susana le había contado que algunos indios del oeste de Canadá, cuando viajaban demasiado deprisa guiando a una expedición de europeos, se paraban a descansar uno o dos días enteros, para asegurarse de que los alcanzaran sus almas, mucho más lentas que sus cuerpos. Se le ocurrió tristemente que justo esa mañana, en el coche, su alma lo había alcanzado a él, su alma antigua, la que creyó ilusoriamente haber dejado atrás cuando dejó el alcohol y vino del norte, cuando encontró a Susana Grey. Había tardado unos meses en dar con él, pero allí estaba el alma antigua de nuevo, sucia de resacas viejas, como de un sarro o de un óxido de los que no podía desprenderse, envenenada de secretos arrepentimientos y rencores y deseos corrompidos, de doblez, de impotencia y de culpa. Pulsó uno por uno los números del teléfono de Susana (se los sabía de memoria, pero era dudoso que volviera a usarlos) y apenas había terminado de hacerlo colgó con precipitación, y enseguida volvió a descolgar, por miedo a haber averiado el aparato. Pero ahora los blindaban, los hacían tan fuertes para que resistieran la agresividad de los vándalos.

El empleado de la gasolinera le indicó por gestos que ya había terminado con el coche. En menos de media hora podría llegar al sanatorio, pero todavía era demasiado temprano, y en cualquier caso tenía algo más urgente que hacer, otra cita. Pero no sabía por qué iba a acudir a ella, se dejaba llevar o atraer tan despegadamente como por la obligación de encontrarse a la una en punto en el pequeño jardín con la estatua de yeso de la Inmaculada, o la de volver a la mañana siguiente a la oficina. Ahora el teléfono que marcó fue el del sanatorio. También ése era probable que no volviera a usarlo. Habló con una monja, le confirmó innecesariamente la hora a la que llegaría, le preguntó por su mujer, que ya tenía recogida su habitación y preparado el equipaje, dijo la voz, asistencial y eclesiástica, en estos momentos no podía ponerle con ella porque se encontraba oyendo misa.

Haber llamado por teléfono le daba un fugaz respiro de alivio, le permitía imaginarse que hacía cosas, que completaba actos necesarios y nítidos. Nada más arrancar el coche puso en el radiocassette una de las cintas que le había grabado Susana Grey. Ahora lo hacía siempre de manera automática, y como no tenía más música que la escogida por ella, todas las canciones y los fragmentos que escuchaba restablecían instantáneamente su presencia, las palabras que había dicho mientras sonaban esas músicas y los recuerdos convocados por ellas. Por azar había puesto una de las cintas que a Susana le gustaban más y la dejaban más triste, el adagio de Barber. Qué raro, pensó, que ya me sepa hasta nombres de compositores. Condujo unos minutos escuchando la música, pero la interrumpió muy pronto, avergonzado de la efusión sentimental que le provocaba, y también de la evidencia de su propia deslealtad, que lo convertía ahora mismo, en la soledad del coche, mirando su cara con gafas oscuras en el espejo de la izquierda, en una especie de actor. Pensaba que ya no tenía derecho a conmoverse con lo que gracias a Susana le había sido ofrecido, lo que en realidad no era suyo ni podía serlo ni le correspondía, y le sería retirado por tanto al alejarse de ella. Quizás le había sido retirado ya, y ahora usurpaba emociones que no le pertenecían.

Cuando subiera al coche, su mujer le preguntaría extrañada por todas esas cintas, si es que se fijaba, si era verdad que había salido de la atenuada catalepsia de los últimos meses. No sabía que te gustara tanto la música, diría, tal vez ya sospechando, a punto de fijarse también en algunas variaciones sutiles y a la vez cautelosas en el vestuario, en la corbata, incluso en la simple manera de mirar. «Tú no te das cuenta, pero ya no miras como antes», le había dicho Susana, mirándose los dos en el espejo del lavabo, en casa de ella, los dos desnudos, despeinados, con un brillo idéntico de satisfacción y abandono en los ojos.

Pero todo eso era ya el pasado. Vivía ahora en la primera mañana de otro tiempo, en las vísperas de un porvenir muy parecido a su vida anterior. Antes de salir no sólo había revisado el coche en busca de algún paquete pegado con cinta adhesiva debajo del asiento delantero, o de algún cable o conexión de aspecto irregular en el motor. Había buscado en la guantera, en el suelo, en el portaequipajes, alguna cosa que perteneciera a Susana. «Como eres policía esas comprobaciones las harás mejor que otros adúlteros», le había dicho ella, con una capacidad de amargura y sarcasmo que al inspector le sorprendió y le hirió, porque no estaba acostumbrado a notarla agresiva. Tú fuiste quien se acercó a mí, pensó decirle, pero lo pensó mucho más tarde, y en realidad no lo habría dicho, porque hasta el pensamiento lo avergonzaba por su mezquindad. Limpió el cenicero del coche, donde había un par de colillas, esparció vilmente una cantidad excesiva de ambientador, queriendo borrar cualquier rastro de la colonia de Susana, que él de pronto olía muy fuerte en todas partes, en la tapicería, en su misma ropa, en el aire. Se registró los bolsillos y la cartera: había recibos de tarjeta de crédito con fechas y lugares exactos, la hora de una cena, el día del primer encuentro en La Isla de Cuba. Con pesadumbre los fue rompiendo uno por uno en trozos muy pequeños, con el desasosiego de estar abjurando de algo.

Él no le había hablado casi nunca de su mujer, y Susana, por un exceso de delicadeza o de pudor, dejó poco a poco de preguntarle. Fingían, cuando se encontraban, que no existía nada fuera de ellos, que podían separar las horas y los lugares donde estaban juntos de la secuencia del tiempo normal de cada uno: como la primera noche, en aquella habitación junto al río, en La Isla de Cuba, protegidos de la vida y del tiempo diarios, cancelándolos, de la misma manera tajante en que se cortan con unas tijeras los fotogramas inútiles de una película, dijo Susana, haciendo ese gesto con el dedo índice y el corazón, la última noche, tan sólo unas horas atrás, delante de la cena que casi ninguno de los dos probó, ya ensombrecidos por la proximidad del adiós, instalados de antemano en él, incapaces de disfrutar el tiempo tan breve que aún les quedaba. «Pero la vida no es una película —dijo Susana, y bebió un sorbo de vino en una de sus copas preferidas, las que ponía en la mesa cuando él iba a cenar—, con lo mayor que soy y no se me mete en la cabeza.»

Él no decía nada: miraba su plato, bebía un poco de vino, se limpiaba los labios con un exceso de buena educación. Había pasado su vida adulta callando y postergando las cosas, cubriendo de silencio o dejando para más tarde íntimas decisiones y deseos. No le costaba nada no hablarle a Susana de sus visitas de cada domingo a la residencia, y para no actuar ni decidir se concedía a sí mismo treguas y plazos sucesivos: un mes más, unas semanas, y de pronto, al final, unas horas, las de una sola noche, después de haberse callado durante varios días la noticia de la fecha exacta del alta. El alma vieja de nuevo, ingresando en su cuerpo, recobrando antiguas dilaciones, embustes, miserables astucias. Mañana se lo diré, pensaba, se prometía, se juraba, exasperado consigo mismo, con su incapacidad de hablar, esta tarde, cuando vuelva a verla, dentro de un rato, mañana otra vez. Se despedía de Susana y la indignidad de su comportamiento lo alejaba de antemano de ella, le hacía vivir prematuramente en el tiempo futuro en el que se habrían roto las costumbres recién adquiridas y sólo parcialmente clandestinas de su intimidad. Había camisas y corbatas suyas en el armario de Susana, su brocha y su jabón de afeitar estaban sobre una repisa de cristal en el baño, entre un muestrario de cosméticos cuya variedad no hubiera sospechado él nunca, y que Susana le enumeraba con guasa de sí misma, exfoliantes, hidratantes de día y de noche, crema reparadora, anticelulítica, afirmante, en el filo de la ortopedia, decía ella, a un paso de la brujería. Hoy se había ido sin recoger nada, se había duchado más temprano que otros días y ella lo había acompañado a la puerta, envuelta en su bata de seda con grandes flores amarillas y rojas, descalza, con el pelo revuelto y los labios ya pintados, pero al decirle adiós no había hecho ademán de besarlo, como otras veces, y él no se atrevió a inclinarse hacia ella, le dijo hasta luego, en el tono neutro de sus primeras despedidas, y fue hacia el ascensor y entró en él sin volverse. Casi no habían dormido ninguno de los dos. Como en una repetición sórdida de la vida antigua, hacia las seis de la mañana, cuando ya clareaba, había fingido que dormía, para evitar más preguntas, para eludir posibles reproches que Susana Grey no le hizo.

Se avergonzaba de no haberle dicho el poco tiempo

que faltaba para que le diesen el alta a su mujer, pero la vergüenza era mayor cada día y hasta cada hora que pasaba, y le hacía aún más difícil hablar. Pudo, estuvo a punto de hacerlo cuando ella le dijo que acababan de concederle el traslado a un pueblo muy cercano a Madrid. Le hablaba muy seria, con perfecta franqueza, con una naturalidad que era el reverso exacto de las cobardías y las dilaciones ocultas de él.

—Tú sabes que llevo muchos años queriendo irme de aquí, pero si me pides que me quede, aunque no me prometas nada, si me pides una sola vez que me quede, mañana mismo renuncio al traslado. Fíjate si te quiero que por ti estoy dispuesta a seguir viviendo en esta ciudad, aunque sea para verte de vez en cuando, para que vengas aquí un par de horas antes de volver a tu casa o me lleves contigo un fin de semana a un viaje de trabajo y me dejes escondida en la habitación del hotel, como a una de esas queridas que tenían antes los hombres. Esto no debería decírtelo tan claro, ya sé que sería mucho más misteriosa si me pusiera más inalcanzable o si me callara aunque fuese una parte de lo que te callas tú, pero no me da la gana, ya te lo dije aquella vez, no tengo tiempo, no sirvo.

De repente era el tiempo el que se les acababa, provocándole a él (no a ella, que lo venía previniendo todo con una lucidez sin fatalismo, pero también sin ninguna esperanza) el mismo estupor que si descubriera que se le acababa el aire, que una enfermedad lo iba a matar en una fecha próxima. Todo formaba parte de la despedida, del inaceptable final. Estaba en la oficina, a las seis, y la luz que entraba por el balcón abierto, la tibia textura de polen del aire de la tarde, le provocaban un sentimiento insoportable de afrenta: añoró el frío y la lluvia del lejano invierno, la noche prematura y los portales cerrados, el privilegio secreto de llegar extenuado y aterido a casa de Susana, después de la medianoche, y dejarse acariciar y desnudar por ella, por sus manos cálidas y eficaces, que le desataban los cordones de los zapatos, se los quitaban luego dejándolos caer pesadamente al suelo del dormitorio, que le masajeaban vigorosamente los pies casi helados por la espera en aquel terraplén y los apretaban contra su pecho para calentarlos más.

Lo que hiciera esta tarde, esta noche, probablemente lo estaría haciendo por última vez. Por la mañana había tenido una conversación innecesariamente larga con el director de la residencia, o más bien lo había escuchado durante mucho tiempo en el teléfono. Gracias a Dios, su mujer se encontraba, si no completamente restablecida, sí en condiciones de completar su curación en el domicilio familiar. Desde mañana, Dios mediante, a él, su marido, le correspondía continuar la tarea de las enfermeras y los médicos, los profesionales, decía. Vida tranquila, alimentación equilibrada, medicación suave, paseos, ejercicio físico moderado, nada de sobresaltos. Sin duda él podía hacerse cargo de que su mujer era una convaleciente. Qué vas a hacer cuando ella salga, le había preguntado el padre Orduña, con menos reprobación que lástima en su voz, lástima sobre todo hacia la mujer enferma y encerrada, sonámbula de pastillas, pero también hacia Susana Grey y hacia él: en qué laberintos se extraviaban los sentimientos de los hombres y de las mujeres, en virtud de qué ley se convertían alternativamente en ángeles y ejecutores, en verdugos y víctimas los unos de los otros, monótonamente, sin aprendizaje ni descanso, sin que les sirviera de nada la experiencia del dolor ni los desalentara nunca por completo la repetición del fracaso.

Limpiaba la mesa, hurañamente de espaldas al balcón y a la tarde de mayo, guardaba papeles en los archivadores y en los cajones antes de salir. En la pared todavía estaba la foto en color de Fátima, ya remota en el tiempo, tan sólo siete meses después de su muerte, anacrónica en su lejanía de niña perenne. Sobre la mesa tenía ahora otra foto tomada hacía unos cuantos domingos por la madre de Paula, en la plaza, delante del jardín que rodeaba el pedestal de la estatua: la niña sonriendo entre él y su padre, abrazada a los dos. En comparación con ellos, con el padre tan joven y la hija de doce años, él se veía inesperadamente mayor, pensaba con aprensión que quien no lo conociera podía imaginar que era el abuelo de la niña.

Pero ya apenas se acordaba de lo que le había importado tanto, de la obsesión de la búsqueda, del acecho nocturno en el terraplén, la detención, los interrogatorios, los flashes de los fotógrafos, la multitud congregándose una mañana de aguanieve en los alrededores de la comisaría, pidiendo a gritos justicia, inmediata venganza. Después de la excitación de las primeras horas, del orgullo que ni siquiera delante de Susana se había atrevido a mostrar, lo que sintió enseguida fue abatimiento y vacío, y un deseo muy poderoso de que todo acabara, una vez obtenida la declaración y confirmadas las pruebas acusatorias, de que el juez decretase la prisión incondicional y desapareciera de la plaza la segunda invasión de las cámaras y los periodistas.

Porque se sentía tan lejos ya de aquellas cosas lo sorprendió más aún la llamada de teléfono que recibió esa tarde cuando estaba a punto de irse, la tarde del último día en que le estaba permitido mantener una ficción de vida en común con Susana Grey. El tono de la voz en el auricular le hizo acordarse del director del sanatorio, incluso por un momento había creído que era él. Pero quien lo llamaba era el director de la prisión provincial, para transmitirle, dijo, el ruego de un interno a quien él conocía muy bien, seguro que no hacía falta que le dijera su nombre. Hablaba con un matiz de receloso halago, tal vez de envidia profesional. Desde que logró detener al asesino de Fátima el inspector había notado en algunas personas una admiración a la vez desconfiada y algo abyecta que le incomodaba mucho, y que además le era ajena.

—Quiere verlo a usted cuanto antes, mañana mismo, si es posible. Dice que es un asunto de mucha importancia, de vida o muerte.

—¿Lo sabe su abogado?

—Ahora no tiene abogado. El que tenía lo abandonó la semana pasada. Nadie quiere defenderlo. Habrá que hacer un sorteo entre la junta directiva del colegio de abogados, me imagino. Nadie quiere hundirse con él.

Tuvo una sensación de desagrado muy fuerte al ver desde la carretera el edificio de la cárcel, construida no hacía mucho tiempo, los muros blancos y lisos, en medio de una llanura estéril, ni de suburbio ni de pleno campo, con una sugestión de hermetismo y asepsia. Podía no haber venido, aún estaba a tiempo de volverse. Él no tenía nada que hablar con ese hombre. Al obtener la declaración y reunir las pruebas terminó su trabajo, y justo entonces le había sobrevenido aquel sentimiento de desolación y vacío, de futilidad, sobre todo: mientras buscaba al asesino había agigantado sin darse cuenta la relevancia de su tarea, y ahora, recién concluida, la contrastaba involuntariamente con toda la extensión de la crueldad y del mal, con el dolor sin alivio de los padres de Fátima y el espanto que había visto en los ojos de Paula. No había compensación posible, no existía un modo de reparar el ultraje, de hacer verdadera justicia, de borrar siquiera una parte del sufrimiento provocado. Sentir orgullo, envanecerse del éxito, le hubiera parecido no sólo una obscenidad, sino también una falta de respeto hacia las víctimas.

«Pero las víctimas no le importan a nadie», pensaba: merecía mucha más atención su verdugo, rodeado enseguida de asiduos psicólogos, de psiquiatras, de confesores, de asistentes sociales, perseguido hasta el interior de la cárcel por emisarios de periódicos y de cadenas de televisión que le ofrecían dinero por contar su vida y sus crímenes, por ceder los derechos para una película o para una serie. Al menos no le rinden homenajes públicos, como hacen en el norte, le dijo con asco y desánimo a Susana Grey, al menos no pondrán su nombre a una calle, no sacarán su retrato de una iglesia y lo pasearán en alto como si fuera un estandarte religioso.

Pero había ido a verlo, había sido convocado por él y acudía a su cita, cruzaba los controles de seguridad de una cárcel recién concluida y dotada de un aire de asepsia tecnológica como el de un hospital, pero en la que ya se imponían, con más fuerza que las pantallas de vigilancia electrónica, las paredes blancas, la luminosidad inusitada de los corredores, el olor viejo y perenne de todas las cárceles, el cóncavo ruido inmemorial de los pasos y las voces, los cerrojos, las puertas metálicas. Entró en un locutorio blanco, sin ventanas, cerrado y cúbico como la celda de un manicomio, con una luz que reverberaba con intensidad idéntica en todas las paredes y en el suelo y no formaba sombras. Había una mesa en el centro, también blanca, como de oficina moderna, y una sola silla, del lado donde estaba el inspector. Justo enfrente de él había otra puerta, y sobre ella una pequeña cámara de vídeo.

El funcionario de uniforme que lo había acompañado salió cerrando suavemente la puerta que estaba a su espalda. Encima de ella había otra cámara. Esperó más de un minuto, sentado en la única silla, incómodo, imaginando las pantallas donde lo estarían viendo ahora mismo, descubriéndole gestos instintivos que él desconocía, las cosas que uno hace cuando se queda solo. La puerta situada frente a él se abrió, y el hombre que el inspector vio en el umbral no era el asesino de Fátima.

Durante un segundo supuso que alguien había cometido un error, pero venció a tiempo el gesto instintivo de ponerse en pie. Reconoció los ojos, aunque ya no estuvieran inyectados en sangre por muchas noches de insomnio ni hundidos y como emboscados bajo la sombra de las cejas. Ahora miraba abiertamente, con una disposición de afabilidad y deferencia confirmada por las otras cosas que al principio lo habían vuelto irreconocible, no sólo el traje oscuro y la corbata, la pequeña insignia religiosa en el ojal, el pelo muy corto, la cara redonda perfectamente afeitada, sonrosada incluso bajo la luz fluorescente. Se volvió para dar las gracias con un murmullo al funcionario que lo había acompañado, inclinando la cabeza, las manos juntas sobre el vientre, cruzadas, sosteniendo algo, un libro de tapas negras con letras doradas, una Biblia. El gesto peculiar de las manos sin duda se debía a que estaba esposado, pero justo las esposas eran el rasgo más incongruente de su presencia. Tenía en la actitud de los hombros, en la manera de ladear ligeramente la cabeza, de mantener los pies juntos, una mansedumbre de apostolado seglar, una beatitud de recién comulgado. Ni siquiera sus manos eran las mismas, a pesar de las esposas: eran mucho más blancas, más afiladas que antes, y las uñas estaban limpias y rosadas, aunque mordidas, observó el inspector, se las mordía y en cuanto se daba cuenta debía de reprenderse a sí mismo y bajaba las manos, las escondía detrás de las tapas de la Biblia.

Permanecía quieto al otro lado de la mesa, aceptando mansamente la humillación de estar de pie. De vez en cuando alzaba de manera casi imperceptible la cabeza y miraba un instante la cámara de vídeo, tal vez preguntándose si funcionaba de verdad. Por gestos así, más rápidos y fugaces que un parpadeo, el inspector lo identificaba, se mantenía en guardia. Hasta la voz había cambiado: era tan suave como antes, pero mucho menos oscura, como si la hubieran sometido también a una especie de limpieza sanitaria, igual que las manos y los filos de las uñas.

«Pensaba que no iba usted a venir —dijo, sin apartar de él los ojos, parpadeando apenas—, rezaba para que viniera, quería contarle a usted la verdad antes que a nadie, al fin y al cabo a usted le debo el primer paso de mi salvación. Creía usted estar siendo el instrumento de la justicia de los hombres y no se daba cuenta de que lo guiaba la mano de Dios. No me creía, y llevaba toda la razón, yo no estaba diciéndole la verdad. Le dije que yo había sido el que mató a aquella niña, y que a la otra la dejé por muerta, usted me preguntaba por qué lo hice y yo le dije que por culpa de la luna, me acuerdo muy bien, y usted no dijo nada pero yo le vi en la cara que no se creía ni una palabra y me dijo, por qué con niñas, por qué no te atrevías con mujeres, y yo no le contestaba, no lo sabía, luego me lo dijo también el psicólogo y yo le dije que porque las mujeres se reían de mí porque decían que la tenía muy chica. Eso sí que les gustó, a ellos, no a usted, a usted me dio vergüenza decírselo, me pedían que volviera a contarles lo de cuando estaba en las duchas del cuartel y el agua salía helada y se me encogió la picha, y yo se lo contaba, y lo de las dos putas que se burlaron de mí, a la primera le saqué la navaja y se asustó tanto la tía que no volvieron a verle el pelo, a la más joven, y la otra se asustó mucho también, aunque lo disimulaba más, porque era más vieja y más resabiada. Se me quedaban mirando tan serios, con sus batas y sus cuadernos, y me decían que lo contara otra vez, no sé cuántas veces, y que si de chico se burlaban de mí o me pegaban en la escuela y si le tenía mucho miedo a mi padre y estaba muy unido a mi madre. Yo les decía que sí a todo, y se lo creían, no eran como usted, a usted ni se me habría ocurrido contarle nada de eso, pero también quería engañarlo, porque el primero que estaba engañado era yo, aquí lo dice en el Libro, extraviado en las tinieblas, me dijo que por qué había matado a Fátima y yo le dije que no había querido matarla ni hacerle daño, que sólo quería que no gritara, y lo mismo con la otra, nada más que taparle la boca, y era todo mentira, usted bien que lo sabía, porque lo había guiado la mano de Dios, usted sabía cuánta maldad había en el fondo de mi alma, me lo dice el compañero del Culto, el que me enseñó a leer en el Libro, tu alma era un pozo de inmundicia, eso me dice, y lleva razón, pero ya no voy a seguir diciendo mentiras, ahora quiero decirle a usted la verdad.»

Tomó aire, tragó saliva, durante una fracción de segundo miró al inspector sin mansedumbre, bajó los ojos, apretó la Biblia entre las dos manos, haciendo sonar la cadena de las esposas, se pasó la lengua por los labios, tal vez estaba echando de menos un cigarrillo.

«Vino aquel abogado, me dijo que los psiquiatras dirían que estaba loco, que tenía trastorno mental y que me declararían no imputable, como ellos dicen, pero resultó que sí, certificaron que sí era imputable, y yo le pregunté al abogado qué era eso, y me dijo, pues que eres responsable de tus actos, pero a mí todo eso me da igual, a mí la justicia que me importa es la de Dios, no la de los hombres, el abogado dijo que aunque me declararan imputable no me pasaría más de diez años encerrado, pero por mí como si me quieren tener aquí hasta que me muera, mi espíritu es libre, por muchas paredes y rejas que me pongan, como dice el compañero del Culto, que lo más bonito es la libertad verdadera del espíritu, a ésa no pueden ponerle rejas las leyes de los hombres. Yo sé que Dios quería que me trajeran aquí, que me prendiera usted como prendieron de noche a su Hijo en el Huerto de los Olivos, para salvarme del que me poseía, eso es lo que quería decirle, por eso pedí que lo llamaran. Yo no fui el que mató a aquella niña.»

El inspector quería irse. Miró de soslayo en dirección a su reloj y el otro se dio cuenta de su gesto. Debería levantarse ahora mismo, darle la espalda a esa mirada fija y resabiada y a esa voz monótona y procurar olvidarse de las dos para siempre. Pero no hacía nada, sólo escuchar, sentado, tamborileando ligeramente con los dedos de la mano derecha sobre la superficie plástica y blanca de la mesa en la que no se proyectaban sombras, enervado por la voz, por los ojos, por la oscilación contenida del cuerpo, que le hizo acordarse de cuando de niño subía a la tarima del encerado a contestarle de memoria al padre Orduña alguna pregunta del catecismo, y para repetirla con más exactitud cerraba los ojos y oscilaba apoyándose en un pie y luego en el otro.

«Yo no fui. Fueron mis manos, fue mi cuerpo, pero yo no. Fue el demonio. El Enemigo. Él se había apoderado de mí. Léalo en el Libro. Aquí viene explicado todo. Yo soy inocente. La piedra no tiene la culpa del daño que hace, sino la mano que la arroja. El filo de la espada no mata, sino el malvado que la levanta contra los hijos de Dios. No me cree ahora tampoco, hombre de poca fe, me gustaría que conociera a los compañeros del Culto: ellos se saben el Libro de memoria, se lo podrán explicar mucho mejor que yo. Antes se me olvidaban las cosas, o yo quería olvidarme y no lo conseguía, me quedaba despierto toda la noche, pensando. Ahora me puedo acordar de todo lo que hicieron mis manos y no tengo que sufrir, me las puedo mirar sin que me dé vergüenza, aunque las tenga atadas por la justicia de los hombres, como estaban atadas las manos de nuestro señor Jesucristo.»

—¿Eso es lo que te dijo ese abogado que contaras en el juicio? —El inspector intentó no mostrar toda su ira, no levantar demasiado la voz—. ¿Esa basura del diablo?

El otro observaba en calma, esperaba, de pie, la cabeza un poco ladeada, los hombros encogidos, blanqueados de caspa. Una vez más la mirada se alzó rápidamente hacia la cámara de vídeo. Sigue actuando, pensó el inspector, actúa no sólo para mí, sino para los que vigilan en la sala de pantallas, para quienes oigan luego su voz y vuelvan a mirar su cara en la cinta de vídeo.

«Pero ya he vencido al Enemigo, eso quería decirle, usted me entenderá, aunque ahora piense que no me cree. Ahora puedo acordarme de todo lo que hice, de lo que hicieron mis manos, y eso ya no me turba, ya no me paso las noches sin dormir, como antes, cuando el demonio me tenía despierto, en aquel calabozo, cuando yo oía de lejos los gritos de la gente que quería matarme. Yo también quería que me mataran. Pero ahora leo el Libro, digo las oraciones y cierro los ojos y me duermo, el Ángel del Señor me trae la misericordia del sueño porque mi espíritu está en paz. ¿Sabe cuánto tiempo de condena me pide el fiscal? Casi quinientos años, pero da igual que fueran mil, no me importa no tener ningún abogado, no tengo que responder ante las leyes de los hombres sino ante la ley de Dios, y él sabe que me puso a prueba y que soy inocente, alabado sea el Señor, sea por siempre bendito y alabado.»

El inspector se puso en pie y el otro se echó hacia atrás con un gesto automático de miedo que sin embargo no enturbió la calma de sus ojos, grandes y muertos, con la intensidad vacía o del todo insondable de los ojos de los mosaicos bizantinos o los de esos retratos funerarios egipcios de la época romana que Susana Grey le había mostrado en un libro, comparándolos con los de la fotografía que publicaba el periódico al día siguiente de la detención.

—¿Cuántos años tienes ahora mismo? —Miraba tan fijo las pupilas del otro como él había mirado las suyas desde que entró en el locutorio.

—Veintitrés. ¿Y usted?

—No es asunto tuyo.

—¿No se da cuenta? Usted podría ser mi padre.

—Cumplirás diez, como máximo. —El inspector ahora había alzado la voz, más áspera de lo habitual, casi temblándole, con una furia inútil que no sabía contener—. Con poco más de treinta estarás otra vez en la calle y harás lo mismo que has hecho esta vez, y si vuelven a atraparte estarás otros pocos años y serás todavía un hombre fuerte y dañino cuando te suelten de nuevo, si no quiere tu Dios que te hayas muerto antes.

Hizo la señal acordada en dirección a la cámara que estaba frente a él. No quería ver nunca más esos ojos. Cuando tuviera que testificar en el juicio, dos o tres años más tarde, al cabo de un procedimiento de exasperantes lentitudes, procuraría no mirarlos, intentaría no pensar que estaban mirándolo a él. Oyó abrirse la puerta que estaba a sus espaldas con un sigilo tecnológico de prisión moderna y el mismo funcionario que lo había acompañado se detuvo en el umbral, con los brazos cruzados y una expresión neutra en los ojos, debajo de la visera galonada, como si sólo estuviese mirando la pared blanca frente a él, la puerta que un instante después se abrió al otro lado. El preso, al oírla, le sonrió al inspector y dejó la Biblia encima de la mesa.

—Quédesela —dijo—. La he traído para regalársela. Ojalá le haga a usted tanto bien como me ha hecho a mí.

Salió sin que nadie entrara a buscarlo y la puerta se cerró en silencio tras él, tan ajustada en el marco, en la reverberación de la luz fluorescente, que parecía que no hubiera quedado ni un rastro de fisura en la pared blanca y lisa.

32

El timbre de la puerta resonó con una nitidez desconocida en la casa ahora casi vacía y Susana Grey fue a abrir suponiendo distraídamente que sería su hijo, que había bajado a comprar algo en la ferretería, una cinta de papel adhesivo para cerrar las últimas cajas de cartón llenas de libros y de discos. Él mismo había bajado a pedir las cajas en el supermercado, con una decisión que sorprendió mucho a Susana, porque era del todo nueva en su hijo, tan retraído hasta hacía muy poco, tan incapaz de hablar con los desconocidos, de comportarse con naturalidad en presencia de extraños. Había guardado los libros y los discos y cerrado y sellado cada una de las cajas con una habilidad manual también sorprendente y una energía física casi tan nueva como su desenvoltura para pedir un favor en el supermercado. Cuando levantó una de ellas, más pesada que las otras, porque contenía parte de los volúmenes de una enciclopedia, Susana se había fijado en la musculatura de sus brazos, que eran muy delgados y nervudos, con bíceps muy marcados y tendones de hombre, tan de varón adulto como los grandes pies que había observado casi con alarma al verlo salir esa mañana de la ducha, envuelto en un albornoz masculino que no le preguntó de quién era, aunque ella estaba segura de que había notado la novedad de su presencia, igual que había visto y usado para rasurarse las patillas la brocha y el jabón de afeitar que todavía estaban sobre una repisa de vidrio, entre los frascos de colonias y de cremas de belleza.

Desmontaba las estanterías usando unos destornilladores que habían estado siempre en una caja de herramientas nunca usadas por ella, complacido de remediar la torpeza manual de su madre, que asistía descreída y risueña al despliegue de sus habilidades masculinas. Antes de guardar los libros miraba apreciativamente algunos de ellos, y se había entusiasmado al encontrar muchos discos que ahora estaba en condiciones de admirar, porque su gusto había crecido igual que su estatura, y ahora disfrutaba de Eric Clapton, de B. B. King, de The Police o Paul Simon, y se asombraba y se sentía halagado por el hecho de que su madre tuviera toda esa música y además reconociera y apreciara las canciones de ahora mismo que él había descubierto por su cuenta, las de R.E.M. sobre todo, que había traído consigo en una cinta y había puesto nada más llegar.

Una canción de Eric Clapton estaba sonando cuando llamaron a la puerta, y Susana pensó que habría preferido que el chico tardara unos minutos más en volver de la ferretería, porque era *Tears in Heaven* y no podía evitar nunca al oírla que se le humedecieran los ojos. La había oído con su hijo la tarde anterior, mientras desmontaban algo en la cocina, y él le había preguntado de qué iba. «De un hombre que ha perdido a su hijo y quiere saber cómo sería encontrarse con él en el Cielo.» Al decir eso temió que el chico pensara que la canción sería una cosa muy blanda, y entonces volvió a ponerla desde el principio y se la tradujo verso a verso. Notó con pudor y felicidad que él advertía la emoción de su voz y que en lugar de reprobarla, o de sentirse incómodo por ella, era capaz de compartirla, tal vez de intuir también que para su madre la letra de la canción aludía a sus propios sentimientos de ternura y de pérdida hacia él. La descubría ahora, cuando había dejado de vivir siempre con ella, la admiraba secretamente por tener esas aficiones, por vestir de una manera un poco extravagante y parecer más joven que la mujer de su padre y que las madres de sus amigos, probablemente ninguna de las cuales habría sabido traducirle del inglés las canciones que a él le gustaban.

Ya era más alto que ella, pero no sólo le habían crecido las piernas y los brazos a lo largo del último curso, sino también el carácter, o el alma, y la expresión de sus ojos era más franca de lo que había sido unos meses atrás, y su voz ya tenía una gravedad tan definitivamente adulta como el tamaño de sus pies o su musculatura de aficionado a los deportes. Llevaba el pelo casi rapado en la nuca, rizado y abundante sobre la frente y los ojos, e iba vestido con esa doble pasión de singularidad y gregarismo de los catorce años que acababa de cumplir: una camiseta grande, regalo de ella, unos vaqueros negros, unas zapatillas de deporte negras y enormes, que le agigantaban más los pies y acentuaban el balanceo entre desordenado y arrogante de su forma de andar.

Pero sobre todo hablaba, le hablaba a ella, la noche anterior se habían quedado conversando hasta más de las tres, sentados el uno al lado del otro, en la cama grande que era uno de los pocos muebles no desmontados todavía, charlando y escuchando discos, incluso el chico había bebido un vaso de vino durante la cena, y animado visiblemente por él le había hablado de sus dificultades con la Química y las Matemáticas, de su entusiasmo por *El guardián entre el centeno*, que ella le había regalado en una de sus visitas de fin de semana, de amigos y películas, y por fin de una compañera de octavo que le gustaba mucho, pero a la que probablemente no volvería a ver, porque el curso siguiente se iría a vivir a Madrid.

«Igual que yo», dijo ella: lo escuchaba hablar, lo miraba, tan joven y serio, con su bozo oscuro y sus espinillas en la nariz y en la frente, recién llegado al umbral de la vida adulta, a las incertidumbres y a los deseos de los mayores, y a la vez mucho más infantil de lo que sugería su aspecto físico: tan al principio de todo, tan extraviado, pensó, con una clase de afecto que no era del todo el mismo amor que le había dedicado en la infancia. Se reprochaba a sí misma su amargura de tanto tiempo hacia él, el rencor y los celos que había sentido cuando el chico le dijo que le gustaría vivir un tiempo con su padre.

No iba a pedirle que se fuese ahora con ella a Madrid. No pensaba competir con su ex marido en las astucias y en las suavidades más bien viscosas del chantaje emocional, pero también era cierto que no tenía ganas ni fuerzas para arriesgarse a recibir una negativa. El chico fue a acostarse después de las tres y ella se quedó fumando un rato en la terraza, echada en la hamaca, los pies descalzos cruzados sobre el metal de la baranda, disfrutando del aire quieto y tibio de la noche de junio. Al pasar luego junto a la habitación donde él dormía lo oyó respirar y no resistió la tentación de entrar a verlo a la luz del pasillo. Tan grande, extendido sobre su cama insuficiente de niño, con un peso de hombría en el cuerpo desbaratado por el sueño y un rastro último de fragilidad o de infancia en los labios entreabiertos y en los párpados, apretados de pronto contra la luz, mientras tragaba saliva y hacía un ruido de masticación. Por temor a despertarlo no se inclinó sobre él para darle un beso.

La llamada en la puerta la hizo salir de la música y de sus cavilaciones sobre la noche anterior. El timbre resonó igual que trece años atrás en el piso recién comprado donde empezaban a instalarse, después de haber firmado letras innumerables que acabarían de pagar a principios del siglo XXI: todo vacío otra vez, apenas sin nada más que el equipo de música, las cajas de cartón, la cama grande en medio de un dormitorio sin cortinas ni mesas de noche, con una bombilla colgando de un cable retorcido y manchado de pintura. Todo y nada en algo más de diez años, la cantidad inconcebible de cosas que se van acumulando sin propósito a lo largo de la vida, los yacimientos inútiles de papeles y objetos, de zapatos viejos, de ropa olvidada, de fotografías, de recortes de periódicos, de documentos administrativos, la cartilla de vacunaciones de su hijo, su título de Magisterio, cuadernos de apuntes, manuales de alfarería o de marxismo de su ex, un pasaporte caducado muchos años atrás. Limpiando la casa, vendiendo casi todos los muebles y quedándose tan sólo con algunas cosas que le gustaban mucho o que le traían recuerdos a los que no quería renunciar, limpiaba también su vida, la simplificaba y le parecía que la aireaba y que la hacía más abierta y más grande, como una casa vacía que se acaba de pintar. Entre las cosas inesperadas que encontró estaba la etiqueta de identificación que le habían prendido a su hijo de un tobillo en el hospital cuando nació. Viendo al chico sellar enérgicamente las tapas de las cajas con cinta adhesiva se había acordado de él cuando tenía año y medio, el día en que les entregaron las llaves del piso y empezaron a instalar algo y a limpiarlo. El niño, gordito y rubio, caminando todavía inseguro, con un peto de pana, un jersey y unas botitas verdes, andaba por las habitaciones esgrimiendo un bote de limpiacristales y una bayeta, atareado y afanoso, imitando a sus padres, con el chupete en la boca, respirando por la nariz.

Detuvo la música antes de abrir la puerta: pensó mientras iba hacia ella que hasta en la manera de llamar se le notaba a su hijo que estaba empezando a ser un adulto. Al mismo tiempo que abría ya empezaba a volverse, con la rapidez de quien da por supuesta la identidad del recién llegado y quiere reanudar cuanto antes una tarea interrumpida, pero no era a su hijo a quien le había abierto. El inspector estaba en el umbral, con un traje claro y una expresión de inseguridad y casi desamparo en los ojos, como temiendo que ella no fuera a dejarlo pasar.

—Vaya, podías haber avisado —dijo, y se llevó la mano al pelo instintivamente, seria aún, desconcertada, con la inquietud de no estar peinada, de no haberse pintado siquiera los labios. Llevaba una camiseta de su hijo, unos vaqueros viejos y unas zapatillas blancas de lona. No podía saber cómo esa ropa de verano y ese aire de descuido lo turbaban a él, después de varias semanas sin verla, hasta qué punto lo conmovía el deseo. Se adelantó para besarla tan dubitativamente como había aparecido en la puerta, sin dar un paso aún hacia el interior, descubriendo de pronto, con desolación y alarma, las paredes blancas y vacías, las cajas apiladas en el suelo.

—No me habías dicho que te ibas.

—Tú no me lo habías preguntado.

Oyeron subir el ascensor y el chico apareció delante de ellos, que aún no se habían movido. Susana observó la incomodidad del inspector, que se sentía muy amedrentado por su hijo, incapaz de reaccionar con naturalidad a su presencia. Más rápido, el chico debió de intuir en un segundo quién era ese hombre, y después de cruzar una mirada con su madre le pidió dinero para ir a comprar algo más que le hacía falta, cuerda o papel de embalar.

—Éste es Pablo —dijo Susana, divertida en el fondo por la formalidad con que el inspector le tendía la mano a su hijo, exasperada por la rigidez de sus actos—. Pablo por Pablo Neruda y por Paul Simon, al cincuenta por ciento.

El chico dijo adiós y se marchó escaleras abajo con un estrépito de galope.

—¿Piensas entrar? —Susana se hizo a un lado en la puerta. El inspector dio unos pasos hacia el salón y se quedó mirando las paredes donde sólo quedaban, como impresiones en negativo, los espacios más claros donde habían estado los cuadros, las sombras de los muebles recién desmontados. Lo dominaba una congoja de despedida irreparable, más grave aún porque no había contado con ella. Como él se quedaba paralizado siempre en el filo de sus decisiones y sus actos, creía que el mundo y el tiempo se paralizaban también en espera de ellos, y ahora lo asombraba descubrir que no, que habían seguido ocurriendo cosas durante las semanas en que él no llamó ni buscó a Susana ni dejó de pensar en ella y de echarla de menos mientras le ayudaba a su mujer a acomodarse en la nueva vida, en la casa alquilada que hasta ahora no había visto.

—¿Cuántos años tiene tu hijo?

—Va a cumplir quince.

—Parece mentira.

—Los chicos ahora crecen muy rápido.

—No es eso. —Por primera vez desde que había llegado el inspector sonrió—. Parece mentira que tú tengas un hijo tan grande. Yo siempre pienso en ti como una chica joven, no la madre de un adolescente que es más alto que yo.

—Venga ya, no quieras halagarme.

—No te halago, lo que más me gusta en la vida es mirarte. —En los ojos del inspector se traslucía la evidencia de lo que estaba diciendo—. Me pasó una cosa rara contigo, me di cuenta después. La primera vez que te vi en el colegio no me pareciste muy joven. Creo que te veía como se imagina uno que son las maestras, como una mujer de edad intermedia, como de cuarenta años. Después, cada vez que me encontraba contigo, me parecía descubrir que en realidad eras más joven que la vez anterior. Será que aprendía a fijarme, como tú dices.

—O que yo me arreglaba más para gustarte.

—En aquel sitio, en La Isla de Cuba, cuando volviste del cuarto de baño, te vi más joven que nunca. No parecía que tuvieras más de veintitantos años.

—Estaba apagada la luz.

—Pero había luna llena.

Estaban el uno frente al otro, en medio del salón vacío, sin aproximarse del todo, sin dar un paso hacia atrás. No había dónde sentarse. En la cocina no quedaba nada que beber. Qué absurdo, pensaba Susana, tenerle aquí delante y que todo sea mucho más difícil porque no quedan ni dos sillas en las que sentarnos.

—Lo siento —dijo, buscando un tono de distancia—. No me queda nada. Ni una cocacola ni una silla. Ni un vaso para ponerte un poco de agua. ¿Cómo está tu mujer?

—Bien, mucho mejor. —El inspector bajó los ojos y tragó saliva antes de hablar de nuevo—. Pero no he venido a hablar de ella.

—No me extraña, nunca lo has hecho. Supongo que

pensabas que callando las cosas hacías que desaparecieran. Eso hacen los niños pequeños, que cierran los ojos para borrar lo que les da miedo, piensan que si no lo ven deja de existir. Ni siquiera me has llamado en mes y medio. Leí en el periódico que te iban a ascender por lo del asesino de Fátima, y compré una botella de Vega-Sicilia para celebrarlo contigo, pero cuando pasó una semana y no me habías llamado llamé yo a Ferreras y me la bebí con él. Se me declaró otra vez. Se me declara siempre que bebemos juntos más de dos copas de vino. Yo le puse una canción de Kurt Weill que canta Lotte Lenya:

> *Pobre corazón idiota,*
> *huyendo de quien te adora,*
> *llorando por quien te ignora.*

—Ferreras me contó que había estado contigo. Me moría de celos.

—Tampoco te morirías mucho, la verdad, cuando no me llamaste. ¿Pensabas que con callarte mi existencia y hacer como que no me conocías yo iba a desaparecer?

—Mi mujer estaba recién salida del sanatorio. No me parecía correcto llamarte.

—¿Correcto para quién? ¿Para ella o para mí?

—Susana, por favor.

Le gustó que él dijera su nombre, y el modo en que lo decía, pero no pensaba rendirse a su mirada de contrición y desamparo, no iba a callar nada ahora.

—¿Se te había olvidado cómo me quedé cuando saliste por esa puerta, la noche que pasamos, los dos callados en la oscuridad, sin hacer nada, como dos impotentes, sin poder dormirnos? Ni siquiera me habías dicho que al día siguiente le daban el alta.

—Iba a decírtelo esa noche.

—Habrías sido capaz de no decírmelo nunca, si no hubiera yo encontrado la carta del sanatorio. Encima te la dejaste olvidada en la mesa de noche. Me sentó peor que si hubiera encontrado una carta de otra mujer.

—Tenía obligaciones hacia ella.

—¿Y no las tenías hacia mí? ¿No obliga a nada estar acostándose con una mujer durante seis meses?

—Parece mentira que digas eso. Estar contigo no tenía nada que ver con una obligación.

—Qué suerte tengo yo en la vida, que nadie se sienta obligado a nada conmigo. Nadie se queda conmigo por obligación, pero tampoco hay nadie que se quede por otro motivo, así que la que se queda sola soy yo, eso sí, sin crearle a nadie culpabilidad ni remordimientos, a diferencia de tu mujer o de mi ex marido. Soy un chollo, la abandonada perfecta. Me vendría bien una enfermedad, o una cara de atormentado como la que pone el padre de mi hijo, a ver si alguien se sentía obligado a algo conmigo. Joder, tan culpable como te sentías hacia tu mujer, ¿en todo este tiempo no te has sentido culpable ni una vez hacia mí?

Le dio la espalda, no quería que él la viera llorar, y menos aún que volviera su hijo y la encontrara con los ojos húmedos y la nariz enrojecida. En el dormitorio, debajo de la almohada, tenía una bolsa de kleenex. Se sentó en la cama para limpiarse, respiró hondo luego, y cuando se apartó las manos de la cara él estaba en el umbral, en la misma actitud que unos minutos antes, cuando ella le abrió y no se atrevía a pasar de la entrada. Pensó que a cada uno nos retrata del todo un solo gesto, y que ése era el que lo retrataba entero a él: parado en el quicio de una puerta, sin decidirse a dar el próximo paso, por inseguridad o miedo de no ser aceptado, o tal vez, en el fondo, por falta de verdadera convicción, de simple impulso de vivir. Así la había mirado el último día, la última mañana, ella pintándose los labios y los ojos ante el espejo del cuarto de baño queriendo borrar los rastros de la mala noche y él parado en la puerta, ligeramente recostado en ella, mirándola con mucho deseo y a la vez con una perfecta disposición de renuncia, como si en realidad no le costara tanto irse, incluso perderla. Ya vestido, se acordaba, afeitado, peinado, con una corbata y una chaqueta oscuras, las adecuadas para ir al sanatorio, ya dispuesto a obedecer con toda exactitud las normas de las que sólo gracias a ella, a Susana, decía haberse librado.

—Mira mi hijo cuando tenía seis meses. —Se puso en pie, digna de nuevo, recobrada, mostrándole una foto que había encontrado entre unos papeles la tarde anterior y no se cansaba de mirar, la había dejado en la mesa de noche antes de dormirse—. Era tan glotón que apretaba mucho la cara contra el pecho y casi no podía respirar.

El inspector vio a una Susana no mucho más joven, sino en otra edad anterior de su vida, casi en la adolescencia, con la cara más redonda que ahora, sin las líneas tan definidas de la nariz y el mentón ni la prominencia de los pómulos, con el pelo largo y un flequillo recto sobre los ojos, con una manera de vestir no sólo más anticuada, sino como más ingenua, una camisa blanca con cuello ancho y bordado, una falda larga, unas sandalias de cuero. La prefería ahora, más hecha por el tiempo, modelada por la inteligencia y el aprendizaje de los años. En la foto estaba dándole de mamar al niño, que tenía la cara roja y redonda y los ojos cerrados.

—No te lo quise decir —dijo Susana—, pero justo por aquellos días yo creía que estaba embarazada. Me dio terror, pensé que el mundo se te caería más encima aún si llegabas a enterarte, pero si te digo la verdad me llevé una decepción mortal cuando me desperté una mañana y me había venido la regla. ¿No te has parado a pensarlo, que tú y yo podríamos tener un hijo, o podríamos haberlo tenido? Una da por terminadas ciertas cosas de la vida y de pronto descubre que podría estar empezando. Tengo treinta y siete años. Todavía es una edad perfecta para quedarme embarazada. Pero di algo, no me mires así. ¿No piensas decirme a qué has venido?

—A pedirte que no te vayas. —El inspector se abrazó a ella con un ademán brusco—. No puedo vivir sin ti.

—Tardas un poco, ¿no crees? —Intentó desprenderse del abrazo pero él no la dejó—. Si me lo hubieras pedido hace un mes no habría dudado en quedarme, aunque hubieras seguido con tu mujer, yo no te habría presionado. Pero no te estaba proponiendo que me hicieras tu amante fija. Lo único que hacía con eso era decirte que estaba enamorada.

—También yo lo estaba de ti.

—¿Lo estabas?

—Y lo estoy. He venido por eso.

Se separaron al oír que el ascensor se detenía muy cerca. Pero volvió a ponerse en marcha y el timbre de la puerta no sonó.

—Pero es que en este tiempo me he dado cuenta de que me apetece mucho volverme a vivir a Madrid —dijo Susana—. Vine aquí para seguir a un hombre y me he quedado media vida, y la verdad es que no quiero seguir quedándome sin más razón que estar cerca de ti. Mi padre está encantado de recibirme de nuevo en su casa. Desde que murió mi madre no ha encontrado quien le haga compañía y le ponga cierto orden en su vida. Es fuerte y muy independiente, y me parece que sigue teniendo con las mujeres casi tanto éxito como tenía cuando estaba viva mi madre, así que no creo que vaya a ponerse muy pesado conmigo. Tiene un piso grande en la calle Ibiza, donde caben todos mis libros y mis discos y los pocos muebles que no he vendido. Una vivienda de oligarcas, decía mi ex, me hacía sentirme avergonzada de vivir en aquel sitio que me gustaba tanto. Estoy muy cansada de esta ciudad y de este trabajo. Ya no me ilusiona nada enseñar, no tengo fuerzas, y además no son buenos tiempos para hacer ese trabajo. Es tristísimo ver cómo van creciendo y embruteciéndose los niños a los que les enseñaste a leer y a escribir, lo rápido que aprenden a perder la imaginación y la gracia, a hacerse mayores y groseros. Con la mitad de esfuerzo podrían hacerse encantadores y cultos, pero nadie les anima, y menos que nadie sus padres, y casi ninguno de nosotros. ¿Te dije que me han dado plaza en una escuela de Leganés? Iré y volveré a Madrid en tren todos los días, pero quiero hacer otras cosas además, quiero terminar la tesis y buscarme otro trabajo si puedo, en Madrid tendré muchas más oportunidades que aquí, la misma ciudad va a obligarme a estar más despierta. Quiero volver a pasearme por el Retiro los domingos por la mañana, ir al Rastro y al Prado, tomarme una cerveza o un vermú a mediodía en la plaza de Santa Ana. No estoy para jubilarme, no me voy a pasar el resto de mi vida desayunando nescafé con galletas y calentándome con una estufa eléctrica en la sala de profesores. Estoy enamorada de ti y echo mucho de menos a mi hijo en cuanto paso unos días sin verlo, pero no puedo vivir esperándoos, pendiente de lo que decidáis uno de los dos.

—Dame tiempo —dijo el inspector—. No mucho si no quieres, ponme un plazo.

—No te estoy dando un ultimátum. Yo no te voy a exigir que hagas nada. ¿No te has parado a pensar que quizás tu mujer no esté muy interesada en seguir llevando la vida que ha tenido contigo todos estos años? Ya sabes el defecto que tengo, que siempre miro las cosas desde el lado de quien está frente a mí. A lo mejor te convenía decirle alguna vez lo que piensas y lo que sientes de verdad.

De nuevo se abrazó a ella, estrechándola muy fuerte, buscando su boca, la piel tan suave de su cintura bajo la camiseta, muerto de deseo, con la urgencia sexual de un hombre mucho más joven, de quien sólo hace muy poco que ha probado de verdad lo que no sabía que existiera y ya no sabe vivir sin esa dulzura. La empujaba hacia la cama, pero ella prefirió desprenderse de él cuando aún le era posible contenerse, el chico iba a llegar en cualquier momento, dijo, todavía razonable, complacida por su vehemencia, por su cara de desconcierto cuando se apartó de él.

—¿No puedes quedarte unos días?

—Si me quedo es posible que no me vaya nunca. —Al tiempo que negaba enérgicamente con la cabeza Susana aludió con un gesto de las dos manos a las paredes vacías—. Además, ya no tengo nada aquí.

—¿Te vas hoy mismo?

—Esta tarde. Quiero llegar a Madrid antes de que se haga de noche. No puedo creérmelo, tantos años encerrada aquí y no me hacían falta ni cuatro horas conduciendo para volver a mi ciudad.

Lo acompañó a la puerta y no le concedió la posibilidad de decir adiós a su manera desastrosa de tantas veces, de tantas intolerables despedidas de amargura y parálisis. Lo besó abriendo mucho la boca, saboreándole los labios humedecidos de saliva, le revolvió el pelo al apartarse de él. Cerró la puerta y fue rápidamente hacia el balcón para verlo aparecer abajo, en la calle, a una distancia de tres pisos, a la luz violenta del mediodía de junio. Un hombre joven, con gafas, que estaba enfrente, en el lado de la sombra, miró hacia arriba y apartó enseguida los ojos, sin duda le había llamado la atención el ruido metálico de la ventana en el silencio de la calle. Se olvidó de él en cuanto vio salir del portal la cabeza gris y erguida, la espalda vigorosa bajo las hombreras de la chaqueta clara de lino, que ella misma había elegido para él, fue la última cosa que le compró antes de que dejaran de verse. Entre mil hombres distinguiría esa manera de caminar, esa especie de pesadumbre enérgica con que él se movía. En unos segundos desaparecería a la vuelta de la esquina. Iba a cerrar la ventana y vio que el hombre joven de las gafas ya no estaba en la acera de enfrente. Había cruzado, mirando a un lado y a otro de la calle, llevaba algo en la mano izquierda. Iba tan deprisa que enseguida alcanzó al inspector, aunque no llegó a subir a la acera, caminaba por el bordillo, hizo un gesto raro, levantando algo, lo que tenía en la mano. Entonces Susana Grey comprendió de golpe y empezó a gritar con una fuerza que estremecía el aire inmóvil de la calle y le desgarraba la garganta, impidiéndole escuchar el sonido del primer disparo.

33

Una fracción de segundo antes de oír el grito ya estaba volviéndose, no porque lo hubiera alarmado un sonido de pisadas que se le acercaban por detrás, ya que eran pisadas sigilosas de suelas de goma, de zapatillas de deporte que luego vio desde el suelo salpicadas de sangre: fue la sombra lo que le alertó, la sombra oblicua que se alargaba hacia él desde la calzada, a su derecha, y que le despertó como un relámpago su instinto de vigilancia y peligro, tan adormecido en los últimos tiempos, olvidado por completo esa mañana, cuando salió del portal de Susana Grey pensando en la urgencia inaplazable de la verdad y el coraje y temiendo ser vencido no por la cobardía ni por la fuerza del remordimiento personal o de las coacciones sociales, sino por algo mucho peor, más tóxico y arraigado en él, su predisposición a la conformidad, al aplazamiento, su hábito de aceptar lo establecido como irremediable, de callar y no hacer. Salió de la penumbra fresca del portal y el sol le hirió los ojos, y echó a andar por la acera resistiendo la tentación de volverse y levantar la mirada hacia la ventana del tercer piso donde sin la menor duda estaría Susana Grey, acordándose de las precauciones de sus primeras visitas, de su torpeza para la clandestinidad y el nerviosismo que le producían las miradas de las vecinas de ella. Salió pensando en la Susana de ahora mismo a quien había estrechado con la desesperación de temer que podía perderla y en la que había visto en la foto de catorce años atrás, con su pelo largo, su flequillo recto, sus pómulos carnosos y la camisa abierta por donde asomaba un pecho pequeño y redondo del que mamaba afanosamente el niño de seis meses. Aún no se le aliviaba la tensión física del deseo: salió del portal con la cabeza baja, sin mirar a un lado y a otro de la calle, ajeno a la luz cruda del verano, hostil a ella, desalentado, poseído por un impulso interior que podía ser al mismo tiempo de felicidad y de desgracia, de capitulación y entusiasmo, alimentado por una energía nerviosa idéntica a la de las primeras mañanas en que se levantaba limpio de los efectos del alcohol y el tabaco. Dio los primeros pasos en la acera y no se volvió a mirar a su espalda, como habría debido y como hacía siempre, no vigiló el lado derecho, que era el más vulnerable, porque el izquierdo estaba protegido por la pared, de la que caminaba muy cerca, entrando y saliendo de las breves zonas de sombra de aleros y toldos. Escuchó el grito, pero una fracción de segundo antes la parte de su visión no regida por la conciencia había percibido algo trivial y no del todo alarmante, una sombra que se aproximaba a la suya, y tal vez su oído había registrado también el roce de las suelas de goma sobre el asfalto, la vibración del aire provocada por alguien que se apresura, que respira más fuerte. Pero fue el grito lo que le despertó de su ensimismamiento, y es probable que si no hubiera empezado ya a volverse y a intuir el peligro no habría llegado a saber lo que estaba a punto de ocurrirle, y tal vez habría muerto sin enterarse siquiera de que iba a morir: fue una diferencia de menos de un segundo, pero en ese tiempo cabe todo, en una fracción de tiempo tan infinitesimal que no la hubiera podido medir un cronómetro caben enteras la vida y la muerte, la riada última de la memoria y la explosión del olvido, el impacto de la bala que atraviesa la piel y quema la carne y destroza un hueso y para el corazón, el gesto de una mano que se alza sosteniendo una pistola hacia la altura de la nuca y de una cara que se vuelve y otra mano levantada y abierta como para que el sol no dé en los ojos. El inspector oyó el grito, y en una burbuja lentísima de tiempo alojada en el interior de unas décimas de segundo vio una cara muy próxima, separada de él tan sólo por la longitud del brazo extendido para que el cañón de la pistola se posara en su nuca. Busca sus ojos, recordó, viendo unos ojos claros detrás de unas gafas de montura ligera, y a esa cara se le superpuso la del asesino de Fátima, aunque no se parecían nada entre sí, igual que se superponen dos juegos de facciones posibles en las láminas transparentes cuando se intenta obtener un retrato robot. Vio con toda claridad y detalle, como si estudiara una fotografía o un cuadro, una cara joven, bien afeitada, con el mentón ancho, los labios firmes, la mirada tranquila, los ojos inexpresivos y francos tras los cristales de esas gafas que sin duda eran de marca, tenían una montura dorada y muy fina que brilló un instante al sol. Pensó con estupor, con inesperada tranquilidad, «así que ésta era la cara del que iba a matarme», y en el interior de ese segundo que no llegaba a terminar comprendió que la verdadera sensación de la inminencia de la muerte sólo puede conocerla quien está a punto de morir, que ninguna otra sensación en la vida se le parece o la anuncia: la calma, el asombro, la silenciosa detención del tiempo.

Pero el grito, que lo había alertado, se unió al sonido del primer disparo para quebrar el instante inmóvil y despertarlo del letargo, del fatalismo de morir. Su mano derecha, al hacer el gesto de proteger la cara, había golpeado el brazo rígido que sostenía la pistola, y el disparo que una fracción de segundo antes le habría destrozado la cabeza sin que él llegara a enterarse de que iba a morir rompió con un cataclismo de cristales el escaparate de una tienda. Echó a correr, pero se dio cuenta de que no le daría tiempo a llegar a la esquina y se tiró al suelo y rodó buscando refugio entre los coches aparcados, protegiéndose la cabeza con los dos brazos cruzados sobre la cara. Contó uno por uno los tres disparos que siguieron, asombrado de no sentir dolor, de estar vivo aún para seguir escuchando y arrastrándose, sin alcanzar nunca el filo de la acera donde estaban los coches, para oler a pólvora y ver sobre el pavimento de la acera unas zapatillas blancas salpicadas de sangre. «Ahora se ha acercado más para rematarme, pero ese disparo ya no lo escucharé», pensó con una clarividencia parecida a la de esos brotes fugaces de racionalidad que surgen a veces en medio de un sueño. Quiso alzar la cara del suelo para ver de nuevo la de quien iba a matarle, pero no tuvo fuerzas, se quedó respirando con la boca abierta contra la losa que quemaba y escuchó un ruido metálico y familiar, el del gatillo de una pistola encasquillada, y luego un roce de pisadas que se iban. Con la cara contra el suelo se oye resonar poderosamente todo, los pasos y los golpes del corazón, pasos y golpes que retumban a la vez en la hondura de la tierra y en el cuerpo derribado encima de ella. Ahora todo se convertía en un bosque de pasos, de latidos y oscuridades rojizas, de voces entre las cuales alcanzó a distinguir una sola, al mismo tiempo que reconocía el tacto de unas manos rozándole la cara.

«No estoy muerto —dijo, se oyó repetir en voz alta a sí mismo—, no estoy muerto», antes de desvanecerse en los brazos de Susana Grey, asido furiosamente a ella con las dos manos, perdiéndose en un sueño afiebrado de turbiones de sangre y sirenas de ambulancias.